# 暗礁

巴代
パタイ
Badai

魚住悦子＝訳
Uozumi Etsuko

草風館

# 日本の読者の皆様へ

パタイ

## 遠いようで近い

これはずいぶん昔の事件であり、信じられないほど悲惨な物語です。あまりにも昔のことなので、それがひどく遠いところで起こったことだと話せる人も、もはやほとんどいないほどです。五十四人の人が思いもかけない状況におかれ、異郷で同時に命を落としたこともほとんど忘れ去られており、その点でも悲惨だと言えます。

一八七一年、宮古島の人々が琉球中山王国へ税を納めて帰る途中、冬にはめったにない台風に遭遇し、南台湾に流れ着きました。彼らはそこで伝説の「大耳生番《おおみみせいばん》」に出会い、その結果、この小説に書いたような出来事が起こったのです。そこには接触と友好、希望と絶望があります。この出会いは暗礁のように、その後、日本の国運に巨大な波を巻き起こしました。

歴史における争点や小説の詳細について、多く述べるつもりはありません。少しずるいかもしれませんが、今、この本を読もうとしている読者のみなさまにいくつか質問をしたいと思います。

一、宮古島はどこにありますか。九州からどのくらい離れていますか。
二、一八七四年、日本ではどのような国際的な事件が起こりましたか。
三、当時の台湾と現在の台湾はどうちがいますか。

これらの質問は、この本を読まれるみなさまにとって、導入となり、あるいは「読後課題」となるでしょう。これらの事件は、ずいぶん昔のことで、日常とは関係がないように見えますが、実は深いところでつながっていることに、気づいていただきたいのです。わたしたちが接触したことがある民族や土地でも、注意をしていなければ、よく知らない、遠く離れたものとなってしまうのです。

二〇一八年九月一四日於台湾岡山

暗礁●目次

## 【凡例】

台湾の先住民族は、現在、「台湾原住民族」と呼ばれている。これは一九九四年、彼らが自ら求め、公式に認定された呼称で、中華民国憲法に記載されている。本作品に描かれている一九世紀後半、原住民族は「番人《ばんじん》」と呼ばれており、台湾を領有統治していた清朝政府への納税等によって、「熟番《じゅくばん》」と「生番《せいばん》」に区別されていた。ただし、作品の舞台となった恒春半島には当時、清朝の支配が及んでおらず、ここに暮らしていた原住民族はすべて「生番」と言える。「生番」という語は差別的に使われることが多いが、作品の時代背景から、「番人」「生番」という語はそのまま残した。一八九五年に台湾を領有した日本は、「番」を「蕃《ばん》」に換えて、「蕃人」「生蕃」「熟蕃」の語を使っている。

作品に登場する原住民族は、当時「瑯嶠下十八番社《ランキョウしもじゅうはちばんしゃ》」と呼ばれていた南パイワン族である。漢民族は閩南《びんなん》人と客家《はっか》人が登場し、さらに、マカタオ族などの平埔《へいほ》族（熟番）も登場する。なお、本作品に頻出する「パイラン」は漢民族（閩南人）を指すパイワン語である。

一、地名

原住民族の部落名は清朝時代に漢字で表記され、その後、日本政府（台湾総督府）、中華民国政府によって漢字名に変更されたものが多い。訳出にあたっては、安倍明義編『台湾地名研究』（蕃語研究会、一九三八年）を参照した。主な地名は次のとおりで、（ ）内は漢字表記である。

クスクス社（高士佛社、高士社）、シナケ社（四林格社）、チュラソ社（豬勞束社）、クアール社（亀仔角社）

牡丹社《ぼたんしゃ》はパイワン語では「シンボウジャヌ」であるが、漢人はその音から牡丹《ボウタヌ》と呼んだ。牡丹社事件によって漢字名「牡丹社」が広く知られるようになった。

また「石門《せきもん》」は四重渓の両側から岩壁が迫る要害の地で、牡丹社事件では日本軍とパイワン族が交戦した。

パイワン語では「マツァツクス」で「出会うところ」を意味する。
漢民族の集落のうち、柴城《ツァシァ》はのちに、車城《チァシァ》と改名された。「保力《ポヲリエク》」は旧名「保力庄」、「統埔」は同じく「統領埔」であるが、「保力」「統埔」と記す。（ルビは『台湾地名研究』によるが、統埔については記載がない）

二、人名

牡丹社の頭目とその息子の名はともに「アルク」である。両名とも牡丹社事件の石門の戦いで戦死した。訳文では、父子を区別するために、父を「アルグ」息子を「アルク」と表記した。

チュラソ社の潘文杰《はんぶんけつ》は、漢人の父とパイワン族の母のあいだに生まれた。父の姓は「林」である（「任」の説もあり、パタイは「任文結」としている）。「潘」は牡丹社事件後、清朝政府から与えられた姓である。訳文では原文どおり「任文結」とした。

三、本文では、原注は（　）内に、訳注は〔　〕内に記した。

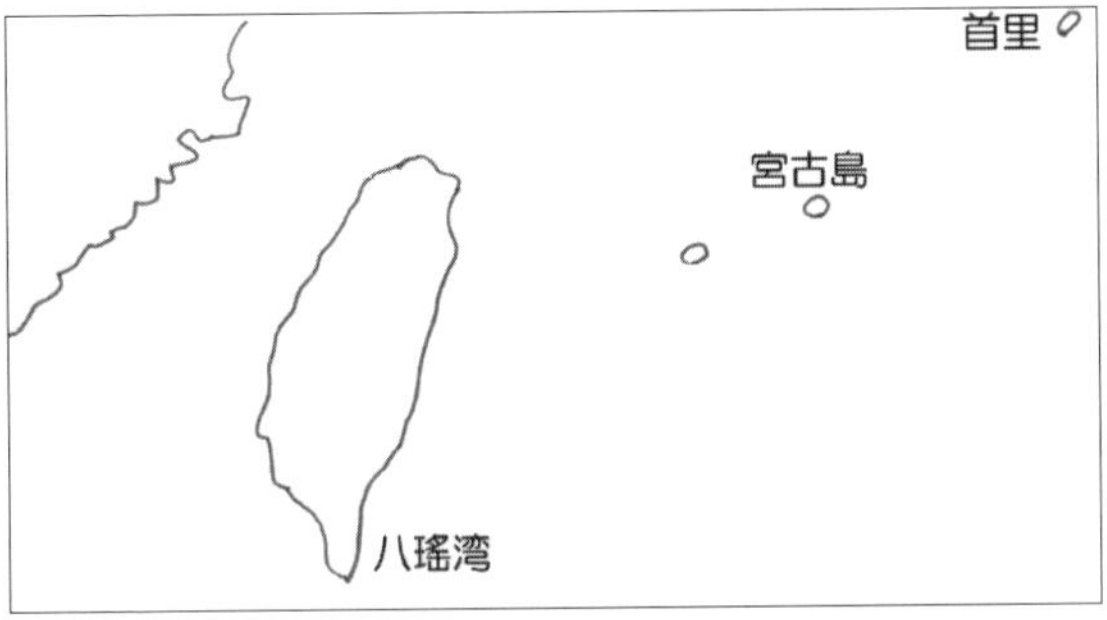
首里
宮古島
八瑤湾

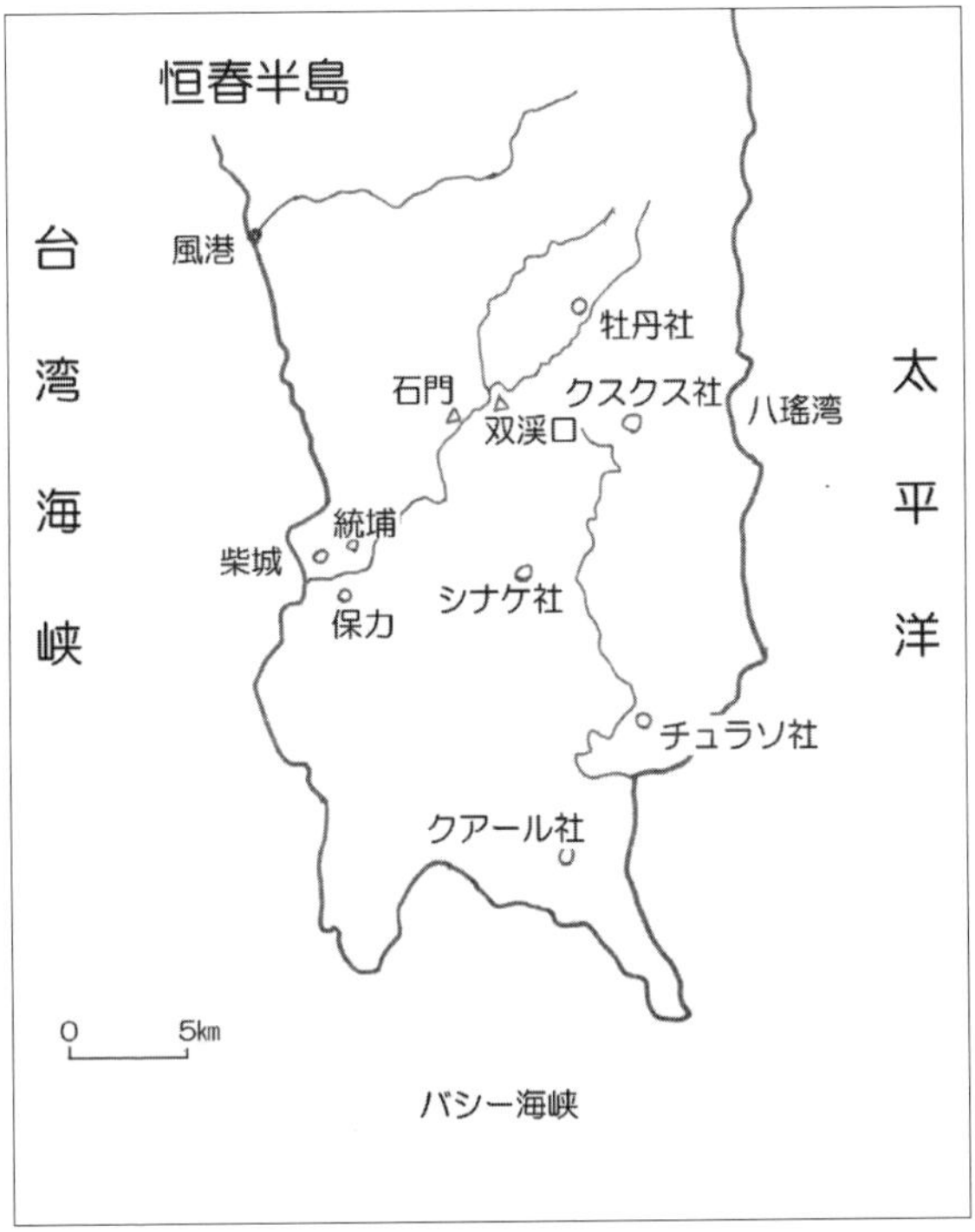
恒春半島
台湾海峡
風港
牡丹社
石門
クスクス社
双渓口
八瑤湾
太平洋
統埔
柴城
保力
シナケ社
チュラソ社
クアール社
0
5km
バシー海峡

# 暗礁

# 一　漂流

もう夜が明けるはずだ、彼は思った。

強烈な虚脱感が、意識がだんだんはっきりしてくると、真実味を帯びた辛さに変わった。両目を開くと、あちこちの隙間から、さまざまな太さの光がかすかに射しこんでいるのが目に入った。めまいがしはじめ、目の前のものが、少し歪んで、おかしな位置にあるのがぼんやりと目に映った。

彼は手を伸ばして、前でひらひらしている着物をはらいのけようとした。連続した、やむことのない周期的な波の音がゴーッとおしよせてきて、船にぶつかった。塩辛い海水が泡といっしょに船倉《せんそう》の底に流れ込んだ。彼が横になっている縄で編まれた吊り床《つどこ》は、船倉にぎっしりと詰め込まれたほかの設備といっしょに、波の方向に揺れ傾き、そのあと、ガッと音をたてながら元の場所に戻った。射しこんでいる光も、一瞬、位置を変えたが、また元の場所を照らした。うめくようなうわごとのような低い声があちこちであがった。

力が弱くなった、いまいましい台風はおさまったのだろう、彼はそう思った。

長さ七〇フィート近いこの木造の帆船は、四日前に冬には珍しい台風に遭遇した。はじめのうち、船乗りたちはかろうじて帆桁を操作し、櫂を漕いで風雨に立ち向かっていた。しかしあまりに激しい風に帆柱が折れ、船倉の外にあるものは次々に動き出した。危険だ、海に吹き落とされかねないと判断した船長は、甲板にあるものを片づけさせ、乗船している六十九人全員に、甲板の下の船倉に入って風を避けるように命じた。その後、船は漂流しながら、嵐を脱する機をうかがっていたのだ。

彼ははじめのうちは、強まってゆく嵐に対抗心を抱き、波で上下に揺さぶられるのに逆らおうとした。大声で全員に注意をうながし、吊り床に横になって身体をしっかり固定するように呼びかけた。船内で絶えずあがる驚きの声や、オッッオッッと嘔吐する声を耳にしながら、身体を楽にして、吊り床の支柱をつかみ、船の激しい振動や、持ち上げられたかと思うと、どっと落とされる頻度を計って、息を整えようとしていた。意識ははっきりしており、ふだんの漁の経験から、船の外がどうなっているか頭に描いていた。彼は、自分が船の観望室に立って、船が風浪のなかで持ち上げられたり落とされたり、左に七十度近く傾いたかと思うと、たちまち百四十度近く右に戻されるのを見ていると想像していた。強風には激しい雨がまじり、海面全体はすでに暗い鉛色に変わっていた。山や丘が連なって動いているように見え、船はあえぐように丘を駆け上がると、いきなり振り落とされたように底の見えない谷に向かって滑り落ちた。その瞬間、彼は全世界が無重力状態になったように感じた。絶えずぶつかってきて船を押しやる強風は、雨をたっぷりと含んで、狂ったようなうなり声をあげていた。嵐に遭遇する前に固定できなかった荷物箱や道具箱、吹き飛ばされて散らばってしまった小舟や櫂、帆柱、灯り台、魚網など、甲板にあったものは、風で次々に船の近くに舞い上がり、交錯し、ぶつかりあっていた。船が沈みこむ速度が緩んでも、あるものは甲板に戻ることはなく、船の近くの海を浮き沈みしながら漂い、あるものは、航行していた。それをおもしろいと思ったとたんに、強い力が彼と周囲のものをすべて上へ、上へ、休むことなく上へと持ち上げ始めた。彼は力いっぱい息を吸い込んで、窒息しそうな圧迫感に抵抗するしかなかった。やっとおさまったと感じ、口を開いて歓喜の叫びをあげようとしたとき、背中に地底深くへ引き込まれるような力を感じ、いきなり下へ引っ張られた。そのため、彼をはじめ船倉にいた人はみな、さっきは口から出せなかった叫び声を長くあげた。彼はウーッと声を出したが、身体はたちまち下へ下へと沈み始め、止まることがなかった。空っぽになってしまったような感覚が、千万匹のアリが這うように太腿の内側から広がり、肛門を通って胃腸をのぼり、頭のてっぺんにまで上ってきた。冷汗がふきだし、目がかすみ、酸っぱくて温かいものが胃から猛烈にこみ上げてきた。彼は本能的に顔を左側の通路に向けて嘔吐し、ウッという声とともに未消化の食べ物が混じった吐瀉物を噴き出した。彼は礼を欠いたと感じたが、身体がつらく、力なく頭を元に戻した。しかしまた我慢できなくなって、続けざまに嘔吐した。幅二尺の通路の向かい側左下の吊り床に身体を丸めていた男が文句を言おうとしたが、その声が出ないうちに、その男も吐瀉物を大量に噴き出した。彼は粥のような、ねばねばしたものが次々に自分の顔や胸にかかるのを感じた。通路の向かい側の、同じ高さにある吊り床でも、嘔吐が始まっていたのだ。船倉の寝室には通路は三本あり、その両側には吊り床が三段ずつ連なっていたが、腐った食べ物の残渣《ざんさ》が飛びかい、まるで嘔吐合戦のような混乱が、船が上下に大きく揺れるたびに繰り返された。彼は想像力を失い、嗅覚もほとんどなくなった。嵐はいっそう凶暴になっていった。誰もが幾度となく意識を失ったり取り戻したりしていた。よく眠れた人はいなかったし、意識が完全にはっきりしている人もあまりいなかった。船乗りの何人かは、寝床の上あたりに置いておいた携行食品を口に入れていたが、ほとんどの人が何も口にしなかった。失禁する者までいて、彼らはその後、二日というもの、恥も外聞もなく、寝床にそのまま排泄していた。

きのうの午後になって、風がやや弱まり、波の勢いもそれほど強くはなくなった。彼は少しずつ意識を取り戻したが、昏睡しているときもあり、飢えと悪夢のせいで何度か目を覚ました。夜になってまもなく、船の底に強烈な衝突音がし、続いて、カラという音が船室に伝わってきた。続けてすぐに、船全体が波に高く持ち上げられたかと思うと落下し、ガンッと音がして、激しい衝撃が走った。彼は深い谷に張られた網の上に落ちたような、引き裂かれるような疼痛を背中全体に感じた。内臓がばらばらになって飛び散ったような感覚すらあった。物が壊れる音と、波の音が船倉に響き続けた。座礁だ、船が砕けて沈むかもしれないという危機感がたちまち心いっぱいに広がった。全身の関節がはずれて筋肉の神経を一インチずつ引き裂かれるような痛みを感じたが、力を振り絞って起き上がろうとした。船乗りたちが行ったり来たりしながら、力ない声で情報を交換しているのに気がついた。座礁だ！　船は浸水している。その後、おかしなことに、なぜか、弱々しい笑い声が聞こえてきた。その瞬間、人々は驚きの声をあげたが、その後は微かな話し声がウォンウォンと響くようになり、すぐに船を打つ波の音や遠くの波のゴーッという音にかき消された。

船室は静かになった。船乗りたちが笑っているような声をあげていたが、ほかの人たちはしんと静まりかえり、反応がなかった。船が受けた損害の状況はわからなかったが、上下左右に投げられ揺れるような激しい揺れはすでにおさまったのをはっきりと感じた。今は規則的な大波に打たれて揺れているだけだった。ここ数日、台風のせいで暴風が吹き荒れ、大波があちこちから不規則に起こり、海神にすべての命が呑み込まれるような恐怖と絶望があったが、もはやそれは感じなかった。やがて船室には落ち着いた寝息が聞こえるようになった。彼はゆりかごに入っているような安らぎを感じていたが、身体はどんよりとして力がなく、ぐったりしていた。耳元で歌が聞こえるような感じがした。低くゆっくりと歌う声で、遠ざかったり近づいたりしている。知らない歌のようでもあり、また記憶にある歌のような親しみも感じた。彼は疲れきり、衰弱していた。まわりがいっそう静かに動かなくなったように感じ、知らぬまに一晩、ぐっすり眠った。夢さえ見ず、さっきの大波が船に打ちつけて、やっと目が覚めたのだった。

「もう夜が明けるはずだ」薄暗い光の中、吊り床の上で彼は細い声を絞り出した。

船倉はあいかわらず静まりかえっていた。先ほど、波が打ち寄せて、海の風と新鮮な空気が少しばかり入ってきた。彼は、澄んだ、生き返るようなにおいを少し嗅いだが、すぐに船倉に漂っているねっとりとした空気に再び包み込まれ、息が詰まりそうになった。眠気を感じ、意識がもうろうとした。そして、子どものころ、祖母と母が漬物や肉や魚を漬け込んでいたかめのことを思い出した。そのかめからは、いつもこのような生臭く、汗くさい、すえた、大小便のようなにおいが漂っていた。いやではなかったが、息が詰まるような感じだった。

何といっても、この四日というもの、七十人近くの人間がここに詰め込まれていたのだ。彼は心でつぶやいた。

今、自分がおかれている状況を思って、彼は笑い出した。船倉の外へ出ようと、寝返りを打ったが、吊り床に縛りつけられたようで、身体を動かす力がなかった。やけつくような感覚が肛門に向かって下りていき、同時に頭のてっぺんから下へと冷汗が噴き出して、耳鳴りがした。酸っぱく、ぬるぬるした液体が食道を上がってきた。この数日の嘔吐の経験から、彼は慣れたしぐさで頭を横に向け、通路にたまった水の上にそれを吐き出した。

「ふん、おれは拳術師だっていうのに、こんな、ていたらくとは」彼はぼそぼそとつぶやいた。心に苦笑が浮かんだ。

大波に押されて、船体は再び、ガキッという音をたてて揺れた。彼はその拍子に吊り床から転り出た。身体に力が入らず、吐いたばかりの粘液が浮かんでいる水たまりに、しっかりと立てなかった。手さぐりで船倉の蓋を押し上げ、甲板へ這い出し、その上げ蓋から二歩ほど離れた狭い空間に横になると、小さな声で「ふん」と言った。

彼は本能的に腕を上げて、袖で口元を拭った。顔の左半分と口角にはぬるぬるした液体がへばりついていた。この何日か、嵐のなかで嘔吐し続けたので、胆汁と胃酸のせいで頬の皮膚はピリピリしていた。手を伸ばして身体をさわってみると、着物の襟のあたりに、ねばねばしたかすがこびりついているようだった。昨夜まで仲間たちと嘔吐し合い、吐瀉物を浴びせあった惨状を思い出したが、吐き気は全く感じなかった。

「ちっ、こんな日があろうとはな、ハハ」彼は罵声をあげたが、急に笑いはじめた。

大波がまた船に打ちつけ、横たわった身体も揺れた。注意してみると、甲板は濡れていたが、雨はやんでいた。船倉への入口の遮蔽板の向こうでは、風はまだゴウゴウと吹き荒れており、風に吹かれて霧のようになった細かい水滴が漂っていた。もう夜が明けたのだ。東の海面の空は明るくなっていた。夜空に星が残っているかは、よく見えなかった。まわりの様子を見極めることもできなかった。耳元には海岸の岩を打つ波の音が絶えず響き、視線の及ぶ限りの空間がゴウゴウという音で満たされ、船体も規則正しく大波に打たれて、左右に揺れていた。彼は思い切って目を閉じて、口を大きく開き、新しい空気を吸い込んだ。細かい波しぶきが服や髪やひげにつくままにして、もの思いにふけった。

彼は二十七歳だった。美しくて働きものの妻が、この二月に二人目の息子を産んだばかりだった。

十五歳の時から、大人といっしょに海に出て漁をし、畑を耕してきた。身体を鍛えるために、時間があれば、先輩たちといっしょに身体を鍛錬し、身を守るための拳術を習った。彼は頭がよく、品行方正だった。身体の動きと動作の正確さを意識し、修正と強化を重ねた結果、ある種の拳術を編み出し、漁や畑仕事が暇な時には、島の青年たちに身体鍛錬と防御術を教えていた。琉球群島の西南方二八〇カイリにある宮古島に、新たに武術の流派を打ち立てたのだ。島は海賊に何度も襲われたが、そんな時にこの拳術が十分に力を発揮したので、村でも重視されるようになり、村人たちのあいだで武術の習得がだんだん盛んになった。今回、村から派遣されて進貢船に乗っている男盛りの男たちの大半は、ふだんからこの鍛錬に参加していた。彼は村長から目をかけられ、今回の航海では、村長の随員のひとりとなった。

何年か前、琉球の中山国は宮古島から年税を取り立てることにし、島主が毎年、団を率いて中山国の王府がある首里に来て、貢物を献上するよう強要した。ここ数年、彼は毎年、護衛のひとりに選ばれ、遠く琉球の首府まで航海する村長の安全を守ってきた。これは光栄な任務だった。しかしながら、琉球中山の国府は、宮古島と八重山諸島は、長年、大清帝国と間接貿易を行なっており、利潤を上げているにちがいないとにらんで、年税を重くした。そのため、宮古島の人々の生活はいっそう苦しいものになり、身分の上下を問わず、国府を怨む声が絶えなかった。彼も一年のうち、この時期には進貢船に乗って家族と遠く離れ、はるばる首里まで赴かねばならなかった。彼も怨み言を口にしていたが、実はひそかな願いがあった。いつか、琉球中山王の進貢船団に入って、遠くへ航海をしてきた先輩たちから聞かされた、大清皇帝がいる紫禁城に行き、見聞を広めたいと願っていたのだ。そのため、毎年、首里への航海に出るたびに、いささか複雑な気持ちになった。

あいつらはみんな元気だろうか。妻や子どもたちを思うと、心に甘い思いがわいて、さまざまなことを考え始めた。

風はすでにかなり弱まっていた、船体も安定してきた。二、三日もすれば家へ帰れることだろう。ああ、あいつらに買ってやった土産物が、船に残っていたらいいんだが。彼はそう思い、笑った。知らぬまに口角が上がっていた。

## 二　八瑤湾

「おい、何でこんなに早く出てきたんだ？」

「ここ数日、風や雨が続いて、仕掛けたワナがどうなってるか、わからないから、雨がやんで、風もましになったから、見に行こうと思ってな」

「こんどの嵐はそれほどひどくはなかったが、五、六日も続いたからな。見に行かなくちゃな。これ以上放って置いたら、獲物がかかっていてもだめになってしまう」

「ハハ、全くだ。このところ、そのことがずっと気になっていてな。それにしても冬だというのに、この台風は雨まで降って、ほんとうにひどかったなあ。夏の台風に少しも負けていない。あと何日か続いたら、わしらも大変なことになっていただろうよ！」

夜明けの薄明るい光の中で、小道の交わるところに立って、二組の男が話をしていた。上り道に立っているふたりは親子のようだった。父親のほうが小道の入口にいる青年に尋ねた。

「カルル、おまえたちは？　風はまだ吹いてるし、地面もぬかるんでいるのに、夜も明けないこんな早くに、どうしてあっちから来たんだ。何かあったのか？」

「そういうことじゃないんだよ。おやじが言ったんだが、この数日の嵐は一時《いっとき》もやまなかったし、台風に、東北から吹いてくる季節風まで加わったようだ。さっきおじさんが言ったように、この嵐は夏の強烈な台風に勝るとも劣らない、この様子じゃ、この数日の間に部落のまわりで何かあったかもしれないし、海でも船が南へ流されて座礁しているかもしれないって。今、雨がやんで、風もましになったから、おれたちは海岸の様子を見に行こうと思ったんだ。よそから来たやつらに先を越されたくないからな！　それで先に部落のまわりを見てきたところなんだ」カルルと呼ばれた青年はそう答えた。

「そうだったのか！　じゃあ、ぐずぐずしていられないな。遅れをとったら、いいものは、よそ者のパイラン（漢族）やマカタオ人〔平埔族〕に取られてしまうだろうからな。さっさと行ったほうがいいぞ、いいものがあったら、部落に持って帰って、みんなに新しい世界を見せてくれ。おお、そうだ、おれにも少し残しておいてくれよ！」

「ハハハ、いいものがあったら、みんなに分けるにきまってるよ、安心してくれ。おれはよそ者のことを心配してるんじゃないんだ、おれのふたりのアリヤン（仲間）が約束を忘れてるんじゃないかと心配なのさ。嵐がおさまったらすぐに、領地を見回ろうって約束してたんだよ」カルルは言った。

「忘れてなんかいないぞ、おれが来たじゃないか」小道の向こうから大きな声が響いた。

「お、牡丹社《ぼたんしゃ》のアルクか？　来たんだな」カルルは声がした方を振り向いて、大声で答えた。

「あたりまえさ！　さっさと行こうぜ。ぐずぐずしていたら、アディポンのやつにこっそりひとりじめされてしまうし、おれたちがのろいと笑われてしまう」アルクが言った。

「ハハ、おまえたちはすっかり支度ができてるようだな。ああ、若いってほんとにいいことだ、風のように来て、雨のように去る、どこかへ行きたいと思えば、すぐに行く。このへんにしておこう。おれたちも行かなくちゃな。いいものがほんとうにおれのワナにかかってるかもしれない。おまえたち、巡回が終わったら、おれの家に来ていっしょにスープを飲めよ」父親のほうが言った。

「ハハ、わかったよ、あとでおじさんの家に熱いスープをご馳走になりに行くよ！　そうだ、ジリュウ、次はおまえもいっしょに来いよ、あちこち見て回ろうぜ」カルルはそう言うと、ジリュウという名の青年の答えも待たずに、そばにいた若者を振り返って、部落に戻って自分の行く先を伝えるように言いつけた。それからアルクにちらっと目をやると、ひとことも言わずに山のふもとに向かって、小道を駆け出した。

「おい、待てよ！」

「うるさい、待てだって？　どんなに待ってやったって、おまえは追いつけないさ、おれのあとをついてきて、おれの屁のにおいをかぐのが関の山さ」カルルは振り返りもせず、頭を少しそらせて低い木の枝をよけると、あっというまに走り去った。

「おれを馬鹿にするのか？　おれがおまえに追いつけないとでも思っているのか！」

ふたつの影が、灰色に変わった夜明け前の光の中を、前後しながら猛スピードで駆けて行った。小道は丘を越えると、トキワススキの茂みに入っていき、視界が一気に悪くなった。しかしふたりのスピードは変わらなかった。ススキの穂先が光って、濡れた小石の道にきらきらと反射していたが、その道をまっすぐに駆けて行った。時には行く手をふさぐほど長く伸びたススキを払いのけ、低い雑木林の中をくぐるようにして、左右にくねる小道を注意しながら走って行った。

「オイ、どうしても速く走らなくちゃならないのか。道はぬかるみだらけだし、風も雨もないふつうの日じゃないんだぞ、それに空はまだ暗いじゃないか！」

「何だって？　怖いのか？　おまえはゆっくり来ればいいさ、転んでアリチ（陰茎）を折ったりしちゃ困るからな。そんなことになったら、おれにはおまえの家族に言い訳できないからな。おれは、きょう、海岸にいったい、どんないいことがあるのか、しっかり見たいんだよ」

「いいことだって？　アディポンの話してたことを言ってるのか？」

「そうさ、考えてみろよ、気をつけろ……」カルルはいきなり警告を発した。彼はうまく枝を払いのけたが、その枝はピシッと音を立てて跳ね返り、葉にたまっていた雨水が飛んだ。

「何をするんだ！」アルクはさっと枝をよけたが、水滴をたっぷり浴びてしまい、そう抗議した。

「ハハハ、ほんとに悪意があったら、注意なんてしないさ……」カルルはそう言ったが、その声はすでに遠ざかっており、アルクは脚を速めてついて行くしかなかった。

「カルル、おまえの足は短いってみんな言うけど、走り出したらちっとも遅くないなあ」アルクが少し息を切らしているのがわかった。

「うるさい、早く来い」カルルは速度を緩めずに言った。

ふたりは小道に沿って、左に折れ右に折れて進んでおり、その姿が見え隠れした。ふたりは走りながら話を続けた。道の両側にはトキワススキが高くびっしりと茂っており、猛スピードで駆けるふたりの姿はそのなかに没していた。東の海の上の空はすでに明るくなっていた。その光が、ふたりの足元の濡れた小石の道に反射し、影もだんだんはっきりとしてきた。小道は何度か曲がりくねったあと、弾力を失った籐のつるのように、直線に延びていた。ふたりには、この道の先が、短くはない直線になっているのがわかっていた。アルクは脚を速めて大股でカルルに近づいた。途中、ふたりの話し声と走る音に驚いた鳥たちが、次々に巣から飛び立ち、さえずりを交わした。ゴーッ、ザザッという海鳴りが遠くからはっきりと聞こえるようになった。

「考えても見ろよ、台風が来るたびに、ものや船が流されて来る、そのあとは、パイランやマカタオ人、それにおれらの部落のやつらがここにやってくる。でも、仿猝〔現、満州〕や西岸の柴城《ツァシァ》（現、車城）に行って、ものを交換するたびに、パイランどもはその品物は、沈んだ船から持って来たって言うんだ！」カルルは息を切らせて言った。

「待てよ……、カルル……、もう少しゆっくり走りながら、話せないのか」アルクはそれ以上に息を切らしていた。

「しゃべらなくていいよ、だがゆっくり走るわけにはいかないんだ。さっさとついてこい、止まるな。シナケ社（四林格社）のアディポンに負けるわけにはいかないんだ」カルルはそう言うと、振り返りもせずに続けた。

「考えてもみろよ、おれたちも毎回、海岸に行って、あのよそ者どもの真似をしてものを取ってくる。抵抗されて、人を殺したことまであるんだぞ！　なのにおれたちは、いいものを手に入れたことは一度もないんだ！」

「おい、おまえ、黙れと言っときながら、なんでまだぶつぶつ言ってるんだ」

「ちっ、アルク、おまえなあ、ちっとは頭を働かせて考えろよ」カルルは後ろに手を振って言った。

「これにはきっと、なにかわけがあるんだよ。アディポンの言うとおり、おれたちはそれをはっきりさせなくちゃならん。いつも、いいものをよそ者に持って行かれて、おれたちには何もないなんて、そんなわけにはいかないんだ、人殺しまでしてるんだからな」

「ああ、おれたちのところに入りこんでおきながら、挨拶もしないなんて、あっちゃならないことだ。結局、やりあうことになったら、怒りを抑えられるやつなんていないからな。人を殺さないでいられるか。この点についてては、おれは妥協しないぞ。無礼なよそ者は敵だ。誰であろうと、殺すべきやつは殺すんだ」アルクの声はゆるぎなく、力強かった。

「おい、もうちょっと速く走れないのか？　おまえは、ああ、ああって言って、人殺しの話まではじめて、頭に来ちまったのか？」

「ふん、人殺しのことを言ったからって、なんでおれが頭に来たってことになるんだ。おまえこそ、おれの話がわかってないじゃないか……」アルクは大きく息をついて、言葉を続けた。「おれが言いたいのは……、フウ、ほんとに息が切れる！　おれが言いたいのは、どんなやつがどんなふうにここにやって来ようと、そういうものがどんなふうにここに現れようと、おれたちに一言、知らせるべきだって言ってるんだ……。おい、ちょっとゆっくり走れないのか？　おれは……、おれたちにはここのすべてを支配する権力があるって言ってるんだ。おれたちが助けてやるにせよ、追っ払うにせよだ。もしそのよそ者どもが部落に害を与えたり、領地を破壊するようなことがあったら、おれたちは躊躇なく阻止するべきだし、人を殺すことだって躊躇するべきじゃないんだ」

「わかったよ、やっぱり、牡丹社のアルクの家の性格だな。だが、もう少し速くついて来いよ、うしろに離れてしまったら、話が聞こえなくなっちまうじゃないか。これ以上遅れると、ススキの原を出たころには、太陽は海の上に昇ってしまっているかもしれない」

「何を大げさなことを言ってるんだ。鳥たちはまだあちこち飛び回っているじゃないか。日の出まで、まだ時間があるさ。おまえは話に夢中になってないで、ゆっくり……、ああ……」

「ハハ、誰が話に夢中なんだ？」カルルはうまくひっかけたとばかりに大笑いすると、脚を速めて、駆けて行った。

「おい、クスクス社のいまいましいカルルめ、走るなよ、おれがおまえをどうするか、見てろよ！」アルクは怒りで頬をふくらまして言った。

カルルはついさっき、小道の先にバンザクロ(番柘榴)の枝が横に伸びているのを見つけていた。アルクに話しかけて、脚を速めさせ、自分はわざとスピードを緩めて、手を伸ばして枝をはらい、後ろに跳ね返らせた。枝が向かってくるとアルクが気づいたときにはすでに遅く、彼は顔をさっと右によけたが、バンザクロのしなやかな枝とその葉が左頬を直撃した。

「走るなよ、おれがおまえをどんな目に遭わせるか、みてろよ、このずる賢いカルルめ」アルクはかっとなった。

深い草むらの小道は湿って滑りやすかったが、ふたりの飛ぶような追いかけっこには全く影響がなかった。途中、驚いた鳥の群れが次々に飛び立って旋回した。

「おい、アルク、声を小さくしろ、誰か来たぞ！」カルルは急にスピードを緩めると、振り返って手を振った。

「こんどは何をたくらんでるんだ？　もうその手にはのらないぞ！」アルクはこう言いはしたが、本能的に脚は遅くなった。

小道の両側には、人の背丈の二、三倍もあるトキワススキが茂っていたが、その隙間から見える空はすで明るくなっていた。鳥の群れが次々に飛び立って旋回していたが、道ばたからだけでなく、右前方からも鳥の大きな群れが飛び立ってこちらへ向かってきた。

「誰だろう？　それとも……、鹿の群れでもいるのかな」アルクは息を切らしていたが、思わず疑問を口にした。

「鹿の群れだって？　鳥が驚いて群れで飛び立つとしたら、鹿が群れをなして走っている時だけだよ。鳥の群れもこんなに小さくはないさ。誰かが走って来てるんだ」カルルは何度か大きく息をついたのち、アルクをちらっと見た。

「誰なんだ？　アディポンのはずがないだろう」

「それは……」カルルは答えなかった。薄暗い光の中で、汗びっしょりのアルクの左頬に赤いみみずばれができているのが見えた。すまないと思うと、からかってやろうという気持ちがすっとひいた。

「あの方向は……アディポンが来たにちがいない。行こう、あいつに先を越されないように！」

## 三　野原茶武

彼は眠っていた。岩に打ちつけた波のしぶきが顔にかかって、目が覚めた。左頬に嘔吐のあとが残っていることを思い出して、手を伸ばして顔を拭った。

ほんとうにひと眠りしたんだ、彼はそう思った。

ようやく目を開けると、空はあいかわらず、鉛色の厚い雲の層で覆われていた。陽はまだ昇っていなかったが、明るくなっており、規則正しく打ちつける大波から飛び散るしぶきが、甲板を越えて向こうへ流れていくのがはっきりと見えた。

ここはどこなんだ、彼は心でつぶやいた。

彼が横たわっているのは、船倉への入口を囲った防水壁のそばだった。高さが一尺余りの低い板壁だが、吹きつける海風を遮り、大きな波しぶきも防いでいた。彼は伸びをすると起き上がろうと思ったが、全身がけだるく、硬いが温かい木の板に横たわっているのが心地よかったので、そのまま横になっていた。しかし船の甲板では、すでにたくさんの人が動き始め、作業をしているのが感じられた。起き上がって座ろうと思っていると、誰かが呼びかけた。

「野原《のばる》さん！　どうしてここで横になってらっしゃるんです」

風が吹き、波のドーンという音が、絶えず規則的にあちこちで響いていた。彼は聞きちがえたのかと思った。それとも、空腹のあまりの幻聴だろうか。耳をほじって、その声がどこから来るのか確かめようとした時、その声が再び聞こえた。

「野原さん、濡れてるじゃありませんか！」

「おお、君たちか！」

野原さんと呼ばれた男は起き上がって座り込むと、自分の名を呼ぶ人がいることに驚いていたが、声のする船首の方を向いた。裸足の男がふたり立っていた。ふたりは、膝をわずかに隠す丈の股引をはいており、羽織った上着の袖もひじに届くぐらいの丈しかなかった。これは、冬や夜に作業をするときの服装で、作業がしやすく、体温も保てるのだ。

彼は、今が冬で、農暦十一月だと思い出した。台風なみに強烈な東北からの季節風がやっとおさまりはじめた夜明けの海上で、野原は思わず息を深く吸いこみ、あたりに流れている水分と風をはっきりと感じた。意外なことに、空気はひんやりしてはいたが、冬の海の冷たさや寒気はなかった。さっき、船倉の通路の水たまりを越えたときに履物を濡らしたが、動いても、凍りつくような不快感がないことにも気づいた。

ここはいったいどこなんだ。冬の台風のあとだというのに、寒さを感じないとは……。ずいぶん南に来てしまったのだろうか？　彼はそう推測し、同時にふたりがまだ自分を見ているのに気づいて、はっとした。野原は息を吸い込むと、大きな声で言った。

「こんなに早く起きて仕事をしているのか？　ゆうべは全く眠らなかったのか」野原はふたりが、琉球島から帰航するときに、船を係留していた縄を解いた船乗りだと気づいた。そのとき、野原はすぐに船に上がらずに、ともづなを解くのを手伝おうとして、ふたりに船に追い上げられたのだった。その後、船上で三人は名乗りあった。

「野原さん、ゆうべ、この船が座礁してからは、おれたちは交替で船の様子を調べていたんです。今はちょうど、おれたちが当番なんです。一晩中、寝る気になれなくて、早くから起きて、仕事をしていたんです」

「ご苦労さん。この船は、まあまあかね？」風と波の音の中で、野原は声を張りあげて言った。

「まあまあですね。ひどい災難でしたが、まだ運が良かったと言えるでしょう」船乗りのひとりが言った。

「そうなんです、野原さん。ゆうべ、大波がふたつ、続けざまにおこって、船を暗礁にぶつけ、それからこの岩礁の上に放り出したんです。船の下のほうは全部、壊れてしまって、水が船倉にまで入って来ましたが、幸いなことに船全体が岩礁の上に放り上げられて、突き出した岩のあいだにしっかり挟まってしまったんです。船尾が上がってしまったので、海水は満ち潮の時には船内に流れ込みますが、引き潮になるとほとんどが流れ出てしまいます。それで船は沈まずにいるんです。ゆうべ、おれたち船乗りは、すぐに応急処置をして、第二層の船倉を閉鎖しました。それで、それ以上の重大な損傷は受けてないんです」波が打ち寄せ、風が吹くなか、船乗りの声は大きくなったり小さくなったりした。

「ああ、ほんとうにご苦労だったな。おれも起きて、ほかの人の様子を見なければならんな」

野原はなんとか立ちあがった。長時間、横になっていたので、身を起こした瞬間、めまいがし、少し空腹を覚えたが、体力はほとんど回復していた。彼は思わずこぶしを握って、左右に正拳を一突きずつした。

ふん、おれは宮古島下地村の野原茶武だ！　彼は体力がほとんど失われていないのを感じて、嬉しかった。左右に目をやると、船首と船尾に船乗りが何人かいるのに気づいた。彼らは嵐でほとんど壊されてしまった船の中を片づけようとしていた。

「おい、船頭、おはよう、すべて順調かね？」野原は息を吸い込んで、大声で言った。

船長はひどく眉をしかめて、何も言わずに綱を引き続けた。甲板の下の船倉を指さし、甲板には残っているものはほとんどなかった。帆柱は、根元に縄の切れ端が巻きついているだけで、柱は折れ、帆も見えなくなっていた。右の舷側には小舟が二艘あって、船乗りがそれを固定していた。数日にわたった台風は、船の外側を徹底的に壊してしまったようだ。野原には船長の気持ちはわからなかったが、問いかけられて煩わしく思っているらしかった。彼は無意識に船首の方向に眼をやり、陸地を眺めた。しかし、波しぶきがあがり、その水分で海岸には霧が立ちこめて視界を遮っていたので、陸地の様子ははっきりとは見えなかった。野原は深呼吸すると、頭をちょっと振って、船倉に下りていった。

もう一隻の船はどうしたんだ？　野原は船がもう一隻あったことを思い出し、厚い灰色の雲が垂れこめる海面を眺めた。大波と、陸で風に巻き上げられた木片や木の葉が海に落ちて浮き沈みしているだけで、ほかには、波しぶきの泡しか見えなかった。

この船は宮古島人の進貢船で、「山原号《やんばる》」という名だった。島主の仲宗根玄安が率いており、数人の与人《ゆんちゅ》（村長）、目差《みざし》（副村長）二人、筆者（村幹事）十二人、船乗り、商人、役人、それに随員五十一人の計六十九人からなる集団だった。一八七一年の農暦十月三十日に、もう一隻の船と進貢団を組んで、二八〇カイリ離れた琉球中山国の首府である首里城に年貢を納め、八重山諸島の二隻の船とともに帰途についた。ところが、宮古島に近づいたとき、この季節にはめずらしい東北からの強烈な季節風に遭遇して、航路から遠く外れてしまった。もう一隻の宮古島船はそのまま姿を消してしまったが、この山原号は台湾東部の沖で、今度は、冬にはめったにない台風に巻き込まれた。海上を三日間漂流し、きのう、十一月二日の夜になって座礁した。船乗りたちが調べたところ、船体の外部は破損していたが、船倉内部の破損状況は、島主が目を覚ましてから、その指図に従って、詳しく調べる必要があった。船長はずっと眉をしかめていた。船は修理がむずかしく、放棄せねばならないことはもはや確定的だったが、船倉にある使用可能な道具や武器、それに食物の状況をすぐには調べられなかったので、今後の計画が立てられず、いらいらしていたのである。

船倉では身体の弱い島主をはじめ、全員が目を覚ましていた。船乗りが船倉の通風口をいくつか開けた。島主は狭い会議室に、船長と三人の村長、関係する幹部を集めて、人々の状況を知ろうとし、同時に、船の破損状況と残った物資を調べて、対策を協議しようとしていた。野原は船倉に入った。通路で人々に混じっているしかなかったが、できるだけ会議室に近づいてその協議を聞こうとしていた。

空はすっかり明るくなっていたが、雲が厚く、太陽の光がじかに照りつけることはなかった。海の上も、海岸も、遠くにしっとりと青黒く見える山々も、濃い霧に覆われていた。時間をかけて調べたが、船長がまとめた情報は、楽観できるものではなかった。船が嵐に揺さぶられ、さらに座礁して激しい衝撃を受けたために、多くの人が衰弱し、嘔吐していたが、たいして重いけがはしていなかった。しかし船底にあったいくつかの貨物室は、おそらく最初の座礁によって破損し、武器箱や道具箱、それに予備の食料まで、すべて海底に沈んでしまっていた。

「何だと？　つまり、わしらにはもう食べるものがないということか？　飲み水もないのか？」島主は聞いたことが信じられないとでもいうように、耳を手でおおって揉みしだきながら、悲しげに言った。

「この船倉にはまだいくらか水があります。それにこの三日間、ものが食べられた人はあまりいなかっただろうから、それぞれ、まだ携帯用の乾燥食があるはずです」船長は左右に目をやって、みなの顔を見ながら言った。

「二回目の衝撃がすぐに来たのでよかったんだ。そうでなければ、破損の状況から見て、そのまま海を漂っていたら、船は十五分ともたずに沈んでいたにちがいない。座礁した船尾が持ち上げられて、貨物室に流れ込んだ水が減ったんで、わしらは無事に一夜を過ごせたんだ」

「ならば、もう一隻の船は？　問題はないのか？」

「もう一隻は……」船長は少しためらった。「もう三日も姿を見ていません」

「ということは……」島主は耳をおおったまま、無言のまま、いきなり頭を両腕に埋めると机に突っ伏し、低い声でぶつぶつひとりごとを言った。

船倉の空気窓から外を見ると、波しぶきが飛んでいるのがはっきりと見えた。水しぶきに反射して船内に光が射しこむので、野原には会議室のまわりの船倉がよく見えた。船倉の隅ごとに、不安そうにきょろきょろしている目があり、言い合わせたように島主を見つめていた。島主はこのとき、まばらな白髪の頭をほとんど両腕のあいだに埋めてしまい、不規則で意味もない言葉を、うわごとのように口にしていた。野原は島主の金色の縁取りがある黒い着物に、吐瀉物がべったりとつき、さらに何か所か、汚いものがついているのに気がついた。まるで、郷里の長山漁港の魚市場の奥にある倉庫の小部屋に年中こもっている、あの老人のようだ。野原は、自分はなぜ急にあの流れ者のような老人を思い出したのだろうと驚いた。そして思わず眼を大きく開いて、島主をとりまく村長や副村長たちが眉を寄せ、頭を掻き、ため息をつき、頭を振りながら、島主が気を取り直して何か言うのを静かに待っている様子を眺めた。

野原の思いは、さっき脳裏に浮かんだ老人に戻っていった。それは奇妙ではあるが、興味深くも思われる、よくわからない老人だった。漁港で臨時働きや時間つぶしをしている年寄りたちによると、その老人は「伊屯《いとん》」という名だと言う。それはよそ者がめったに来ない、宮古島のような辺鄙な小島にはない名前だった。しかし、彼が何歳なのか、いったいどこから来たのか、さらには、いつからひとりでこの小さな漁港で暮らしているのか、誰もはっきりとは知らなかった。

「おまえさんのいうあの年寄りたちは、どこが年をとっているんだね。あいつらはわしに興味を持ったことも、まともに相手にしたこともないんじゃよ！」ある時、野原が魚を二匹持って訪ねて行って世間話をしていると、老人はそう言った。

老人は長い腰かけに坐っており、腰かけの端には酒が半分入った瓶が置いてあった。ずいぶん時間が経ってから、老人は瓶を持ちあげて、一口飲んだ。老人は長い間、小さな漁港で漁船が魚を水揚げしているのを見ていた。時には、魚を積んだ舟を漕いで、農産物と交換に来た漁師たちをじっと見ていることもあった。それがあたりまえの情景になってしまったので、野原も自然と彼に注意するようになった。そして時間をかけて観察をしたのち、ある時、魚を二匹、手土産にして老人を訪ねたのだった。その後は、時間さえあれば、野原は足を止めて老人と言葉をかわし、彼の話に耳を傾けることもあった。野原はなぜ自分が老人にひきつけられるのかわからなかった。老人には奇妙ななまりがあったが、たいへん博識だった。

いろいろなことをよく知っているので、おもしろいからだろう！　野原は自分が老人にひきつけられるわけをそう考えていた。

最も印象深いのは、話のあまり感情が高ぶると、老人は両腕に頭を埋めて、ぶつぶつとうめくように、野原にはわからない言葉をつぶやくことだった。それは今、目の前にいる島主とよく似ていた。

ちっ、おれはどうして、身よりがない老人を、身分の高い島主と引きくらべたりしたんだろう？野原は自分をとがめた。

野原は苦笑しながら、朝の光が届かない暗がりにひっこんでいる仲間たちを見わたし、島主の後頭部の白い小さなまげに再び目をやった。島主は突然頭をあげると、両手で頬をおおったまま、船長をじっと見て尋ねた。

「つまり、もう一隻の船は行方不明で、今は……、この船しか残っていないんだな。この船は……、修理できるのか？　これからも使えるのか？」

「いいえ」船長はひとことだけ言うと、黙り込んだ。

「どうしてだね？」

「もう一隻は今のところ、確かに行方不明ですが、おそらく……、姿を見せるかもしれません。この船のほうは……、完全に壊れてしまいました。避難のための小舟が二艘、残っているだけです。われわれはこの船を棄てて上陸し、助けを求めなければなりません。奇跡でも起こって、もう一隻がいきなり現れでもしない限り、われわれは家に帰れないのです」

「ああ……」人が詰め込まれた天井の低い船倉に、驚きの声が広がり、まもなく静まりかえった。

打ちつける波に船は何度も揺れた。船長が専門家として船の状況を述べた以上、それ以外の状況が起こることはまずありえないと誰にもわかっていた。

野原も少し動揺した。さっき甲板から見ても、近くには、ほかの船の姿はなかった。船乗りの話からも少しは覚悟ができていたが、しかし、船長にそれを証明されると、やはり絶望の思いがこみ上げ、心が沈んだ。どういうわけか、何日か前、家を出る時に下の息子を抱き、上の息子の手を引いていた妻の浦の姿が心に浮かんだ。彼女は微笑んでいたが、微かな憂慮を隠そうとしていたのだ。

ああ、浦！　妻よ、こんなことになるとおまえは知っていたのか？　野原は思わず苦笑した。長山漁港の南は、小さな岩礁が岬になっており、彼はそこに、漁をするための幅六尺の舟を泊めていた。毎回、彼は取っておいた漁獲と、交換で手に入れた品を担いで、岩礁を越え、十五尺の高さの坂を上り、自然の防風林を抜ける。そこには短い草に覆われた平坦な土地が広がっている。彼は結婚する前に、半年近くかけて、そのすみに木造の低い家を建てた。妻の浦は時間を見はからって家の縁側の踏み段の前に立ち、微笑をたたえて遠くから彼を見つめていた。彼はハハハと大声で笑うと、威勢よく言った。宮古島の第一流の拳士、最も勤勉な漁民の野原茶武が帰ったぞ！　すると、いつもはうっすらと笑みを浮かべている浦が、嬉しそうに笑い、美しく揃った歯を見せるのだった。

そうだ、彼女の歯は、小さくて美しく、真っ白で揃っている。野原は我慢できなくなって、歯のあいだでちっと音を立てて息を吸い込み、心でそう言った。

「おい、松川、何か考えはないのか」島主の声がいきなり響いた。

野原の心はたちまち現実に引き戻された。みなの目が島主のそばにいるたくましい体格の男に向けられていた。あれは島主の随員の頭《かしら》だ、と野原は思った。

「わしは……」松川という名の随員は、咳払いをすると言った。

「まず、わしらがどこにいるのかはっきりさせましょう。わしらは座礁しました。ということは、そばにあるのは陸地だということです。少し前に船倉の入口から見てみましたが、まわりには木が高くそびえています。近くに人家があるかもしれない、道具を借りて船を修理できるはずです」

「できんよ。さっきのおれの話をちゃんと聞いていなかったのか？　船は完全に壊れてしまった、修理はできないんだ」船長はきっぱりと言った。

「ああ、ちゃんと聞いていたさ。上陸して助けを求めなければ、帰れないとも言った」松川は声を抑え、突然燃え上がったわけのわからない怒りも抑えて、こみあった薄暗い会議室の反対側にいる船長を、鋭くにらみつけて、こう言った。

その瞬間、空気が固まり、規則正しいドーンという波の音もやんだように感じられた。全員の目が松川と船長に向けられていた。島主は目を見張ったが、すぐには反応できなかった。

野原は本能的に頭をそらせて、別の方向を見ると、いきなり大声で言った。

「おい、おまえたち、いつもおれと拳術の練習をしているおまえたち、いつまでも年寄りや病人の真似をしているんじゃない。さっさと床を出ろ！　船倉に入ってきた水で、吐瀉物で汚れた服を洗うんだ、船倉のなかもきれいに洗え。風がやむまで、こんな漬物部屋みたいな空気のなかにいるわけにはいかないぞ」

その声が緊張を打ち破った。島主はたちまち気を取り直し、笑顔で野原に言った。

「ハハハ、野原、おまえの頭はほんとうにしっかりしているようだな。松川、随員をみな集めて、船頭を手伝って船を掃除させろ、与人と幹部たちは、わしと甲板へ上がってみることにしよう」

「それは……、大人、上はまだ風が吹いています、危険です」船長は、自分が礼を失していたと感じて、島主を止め、雰囲気を和らげようとした。

「ああ、船頭、おまえはほんとうに無礼者だな。わしを誰だと思っているのだ。宮古島の島主だぞ、漁も長距離の航海も、わしのほうがずっとよくわかっているわ。だが、おまえの言うとおりだ。風が強いときは気をつけねばな。みんな、上がって行って状況を見よう、状況がよくなければすぐに下りてこよう、長居はすまい、わかったな」島主は船長にこう言うと、振り向いて村長や副村長、村幹事たちにも声をかけた。

「松川、おまえたちはしっかり掃除をしろ」島主は大声をあげ、野原のほうを向いて命じた。

「わかりました、島主様」船が揺れ、野原の身体もそれにつれて揺れた。人々が近づいてきて、指示を待っていた。

「この状況を好転させなければならない」野原の脳裏に、家の前の草地に立った長男が、前に大きく一歩を踏み出し、もっともらしく左こぶしを固めて腰のあたりに納めると、右こぶしをゆっくりと伸ばし、その後、迅速に攻撃に移る様子が浮かんだ。彼は心の中できっぱりとこう言った。波の音がまた襲ってきた。

## 四　砂丘からの監視

「ちょっと待てよ」

「間に合わないじゃないか。ほんとうに、また負けてしまうぞ」カルルはぜいぜいあえぎながら、ちょっとがっかりしたように言った。

飛ぶように移動していたふたつの人影は、前後してトキワススキの草原を抜け出した。空が急に明るくなった。ふたりは足を止めると、目を細くして、明るさに目を慣らした。

ほんとうに、アディポンのやつったら、眠らなかったんだろうか。また先を越されてしまった。カルルはほんとうに悔しく思い、眼を細めて前方を眺めると、あえぎながら、こっそりとじだんだを踏んだ。

「なんだ、もうこんなに明るくなっていたんだ。もうすぐ海から陽も昇るだろう。トキワススキに騙されてしまったよ」アルクも息を切らせながら、カルルの後ろに止まって言った。

「騙された、だって？　アルク、はじめてここに来たってわけじゃないだろう。嵐のあとだから、厚い雲で太陽は隠れてるが、おまえの目まで曇ってしまったのか」

「ふん、えらく怒っているみたいだな、何もなくても、おれに腹を立てるんだな。おまえのせいで、おれの顔が腫れあがったことは、気にしていないくせに」

「おい、そんなこと言って何になるんだ、それにここはまだ風がずいぶんきつい」カルルは分《ぶ》が悪いと見て、すぐに話をそらせた。

「話をそらすなよ、しらじらしい！　風が強いことと、おれの傷が痛むことは関係ないさ。おまえはおれに謝るべきだろ」アルクは叫ばんばかりに言った。

「ああ、まだ言うのか？　おれたちはまだ、走らなきゃならないのかな？」

「走るって？」アルクは何か思い出したように、いきなり走り出した。

「おい、何をするんだ」

「もうおまえの手には引っかからないからな。おまえの後ろを走ったら、どんな悪さをされるか、わかったもんじゃない。ハハハ、あとから来いよ、おれの後ろでしっかり屁のにおいをかぐんだな、ハハハ……」アルクは笑い声をあげながら、あっというまに姿を消した。

「この馬鹿やろう、この……、何だ？」

カルルはアルクが姿を消した方を見ながら、頭を振り振り、左に向きを変えて、短い草に覆われた小さな丘に上った。そこには男がひとり、海に背を向けて座っていた。男はカルルに背を見せて汗を拭っていた。黒い髪が肩で広がり、平たい楕円形の木片をはめ込んだ大きな耳たぶが見えた。暁の光の中で、汗びっしょりの身体が光っていた。

シナケ社のアディポン、眠らないアディポン、こいつはほんとうに脚が速いなあ。カルルは負けん気が起こって、いまいましそうにぶつぶつ言った。

ここは川が海にそそぐ地形になっていた。さっき、カルルとアルクが立っていた位置から見ると、川は西の山のほうへ延びており、山の中腹に達していた。そこには背の高いトキワススキの草原があり、ふたりが疾走してきた小道はその中を通っていた。山腹の後ろには丘が隆起していて、バンザクロやリュウガン（竜眼）の木が混じる帯状の雑木林がある。さらに進むと、カルルの部落のクスクス社だった。ここは一年じゅう、強い海風が吹くので、東の方向には、アダンやサイザルアサ、モモタマナ、ミフクラギなど、風にも、塩分を含んだ湿気にも強い植物しか生えていなかった。さらに、海風が吹きつける場所には、膝ぐらいの高さの草しか生えていなかった。カルルが上ってきた小さな丘は、海に向かって広がる川床の左側にあり、海岸からは五〇〇メートルほど離れていた。この丘には、サイザルアサの茂みがいくつかあるほかは、海に向かってグンバイヒルガオが這っており、風があたらないところには低い草が生い茂っていた。

「おい。どこへ行った？　いまいましいカルルめ、またおれをこけにしやがって？　どこだ、出て来い」アルクはかんかんになって怒りながら、遠くから駆けもどって来ると、左右を見ながら怒鳴り散らした。

「ここだ」カルルが怒鳴った。

声のしたほうを見ると、小さな丘のてっぺんの風があたらないところにふたりが座って、アルクのほうに手を振っていた。彼はかっとして、丘を一気に駆け上がり、大声で怒鳴った。

「どういうつもりだ！　身内だ、いい兄弟だって言ってるくせに、いつもおれを馬鹿にしやがって！　ここに上って来るなら、どうして先にそう言わないんだ。ほんとにむかつく！　これからもこの調子でやるんなら、ほかのやつと行ってくれ！」

「もういいって。誰がおまえをやみくもに走らせたって言うんだ、走らなければならないのか、っておれは言ったじゃないか」カルルは口調を緩めて言った。

「おまえはそんなこと、言わなかったぞ」

「おれは、まだ走らなきゃならないかなって聞いたぜ。おまえを走らせたんじゃない、おまえが気が狂って、馬鹿笑いしながら走っていったんだ。自分が先に走って、屁を嗅がせてやるって言ってたじゃないか。忘れたのか」

「おれは……。わかったよ、おまえはさっき、走ろうと言わなかったとしてもだ、途中で止まろうなんて言わなかったぞ。アディポン、おまえはおしか？　何か言えないのか？」アルクは少し自信を失って、声がだんだん小さくなった。

「わかったよ、これ以上うるさくしてると、あいつらはみんな逃げてしまうぞ」カルルは今回は振り返ってアルクを見ることもせずに、海のほうに腕を伸ばし、腰を下ろしたまま、言った。

アルクは怒りが収まらないまま、手のひらで汗を拭って座り込み、海のほうを眺めた。海を見たとたん、彼は目の色を変えた。「これは………、ほんとうに大きな船だ！」アルクは口を大きく開けてそう言うと、そのまま口を閉じるのを忘れていた。

船は飛んできてそこで地に下りたとでもいうように、大きな岩礁の上に斜めに突っ込んでいた。ふたつの大きな岩のあいだに、左舷と右舷がぴったりはまり込み、あやうくバランスを保っていた。大波が岩と船に規則正しく打ちつけ、高くあがる波しぶきが海岸全体をどんよりとおおっていた。そのため、船の姿ははっきりとは見えなかったが、上部が黒く塗られた大きな船であることはわかった。船首と船体は少し破損しており、船体の下半分は岩の下に落ち込んだようになっていた。甲板では人影がいくつか、よろめきながら作業をしたり、行ったり来たりしていたが、やがて姿を消した。

「こんな大きな船はほんとうにめずらしいなあ、いいものがたくさんあるにちがいない」アディポンが言った。

「もしそうなら、おれたちは、どんなものをあいつらと交換してもらうか、よくやり方を考えなけりゃな。あいつらがどこから来たのかもわからないし、どんな言葉を話すのかもわからない。けちで物を交換したがらないってこともあるしな」カルルは船をじっと見ていたが、思わずそう言った。

「年寄りたちから聞いた話だが、十数年前、クアール社〔訳注1〕の沖に大きな砲弾を撃つ大きな船が二隻現れたそうだ。百人近い異人が鉄砲を持って上陸して、クアール社の人たちを殺そうとしたんだ。幸いなことに、そいつらはここの地形や環境を知らなかった。それで、クアール社にやられて、異人が何人か、死んだってことだ」アディポンは、カルルの話を続けたくないのか、話題を変えた。

「どうしてだ?」

「聞くところによると、その前に、クアール社の沖に船が二隻来たそうだ。船には異人十三人とパイランがひとり、乗っていた。それまで見たことがないものをもらったそうだが、その後、どういうわけか、いさかいになってしまった。パイランは逃げたが、結局、クアール社のやつらはそいつらを皆殺しにしてしまい、船にあったものを全部持ってきたそうだ。年寄りたちの話だと、そいつらの品物はほんとうにいいもので、布地や、水を飲むコップや、ピカピカ光る丸い金属もあったそうだ。それから、伸び縮みする不思議な筒があって、筒を延ばすと、あそこの船の上の人の顔だってはっきり見えたそうだ」アディポンが言った。

「ああ、おれもそれは知ってる、あいつらはテラスクって呼んでた。柴城のパイランたちは、望遠鏡と言ってたようだ。そのいいものは、今どこにあるんだ、アディポン」カルルが尋ねた。

「今まで残ってるわけがないだろ。どこから聞きつけたのかわからんが、パイランたちは次の日、クアール社に駆けつけて、あれこれ言って、酒を贈った。そして、借りて帰りたい、ちょっと見たら返すからと言ったそうだが、結局、それはそのまま行方不明になってしまったそうだ」

「そんな割の合わないことってあるか！」

「割が合わないだって？　酒を数樽もらって、飲んでしまったんだから、割が合わないってことはないさ。考えてもみろよ、部落の人間で、パイランどもの口のうまさにのせられないものがいるか。あいつらは、何か欲しいと思ったら、最後にはきっと手に入れるさ。ただ、年寄りたちが言うには、あの時の品物は確かにいい値で売れたそうだ。ほかにも、すごくよさそうなものもあったんだが、賢いパイランたちはそれは欲しがらなかったということだ」

「どうしてだ？」

「わからんさ、そのことについては、誰にもよくわからないらしい。パイランは、女が触ったものを嫌うという意見が多かったがな」

「パイランは女が触ったものは嫌うだって？　ハハハ、アディポン、おまえはふだん、用事がなければ、あちこちに出かけて、人の話を聞くのが好きじゃないか。パイランは女が触ったものを嫌うなんてでたらめを信じるのか？　それに、ほんとにその船に女が乗ってたって言うのか？」カルルはおかしなことでも聞いたとでもいうように、そっくり返って笑った。

「ああ、そいつは、船長の女房だったんだ。年寄りたちが言うには、そいつが男か女かわからなかったし、手も足もおれたちの部落の男たちより長くて、背も高かった。腕に生えてる毛だって、ずっと多かったそうだ。だから、殺してしまったんだ！　年寄りたちの話では、この出来事のあと、役人らしい男が来た。あの女を殺してしまってから、年寄りたちはまだひどく混乱してるらしいって言ったそうだ。六、七人がいっしょに来て、クアール社のやつらに、友だちになろうって殺すなんて、ありえないって。パイランどもは、何か知っていたにちがいない。女を危ないところがあると嗅ぎつけていたのかもしれない。だから買い取ろうとはしなかったんだ」アディポンは振り返ってカルルをちらっと見ると、そう言った。

「アディポン、聞けば聞くほどおもしろい話じゃないか。危険は嗅ぎつけることができる、それはわかるが、パイランどもは、あとでどんなことが起こるか、ほんとうにわかっていたんじゃないのか？」

「あとで何が起こるか、あいつらが知っていたかどうかは、おれにはわからない。何か予感があったんだろう。その後、異人たちは大砲を積んだ船二隻でやって来たんだからな。報復するためさ！

その異人の役人が友だちになりたいと来たときにも、クアール社に異人の頭と奪ったものを返すように要求した。結局、年寄りたちは、パイランたちが欲しがらなかった遺品を返すしかなかった。それが殺された女のものだったんだ」

「その女のものって、何なんだ？」カルルはおおいに好奇心をそそられて尋ねた。

「四年も前のことなんだぞ、誰もよく覚えていないさ。覚えていたとしたって、それが何だったかなんて、言えないさ。何て呼べばいいんだ？　ある年寄りは、袋のようなものと、頭に載せる金属のようなものだと言ってはいたが、そう言ったあと、自分でも首を振っていた。その異人の役人は、それを見るとすぐ、クアール社に殺されたのが、その女と女の夫だと断言した。このことは、チュラソ社（現、里徳）の大頭目のトキトク（卓杞篤）があいだに立って、やっと収まったんだ。何か、字も書いたらしい。今後は、異人を殺さない、もし異人が赤い布の旗を掲げて来たら、助けてやるということだそうだ」アディポンはそう言うと、アルクをちらっと見た。アルクの顔の汗はもうひいていた。彼は瞬きもせずに、船を見つめていた。

「パイランたちにはどうなるか、わかっていたみたいだな、やつらが、すごく勘がいいわけじゃないとしたら、前に同じようなことがあったんだろう」カルルが言った。

「ハハハ、おまえは奇妙な話だと言ったが、この何年か、おれたちが耳にした略奪事件は、このクアール社の事件以外は、どれもパイランがやったことだ。航行する船からの略奪も、海岸での略奪も、パイランがいなくちゃできないさ。あいつらは問題がなければ、人は殺さない、それはほんとうだ」アディポンはまたアルクをちらっと見て言った。

「おい、牡丹社のアルク、ずいぶんおとなしいじゃないか、何か言えよ」

「そうさ、アルク。おれが先に行かせたからって、まだ腹を立ててるわけじゃないだろう？　おい、何をそんなに意固地になってるんだ？　わかったよ、謝るよ。これが片づいたら、イノシシをしとめて、詫びのしるしにおまえにやるよ」カルルは、アルクの左頬のみみずばれを見て、すまなかったと思った。

アルクは機嫌をとるようなカルルの言葉にもほとんど取り合わず、強ばった表情で眉を軽くしかめ、船を見ながら言った。

「クアール社のやり方は何もまちがっていないさ！　自分たちの土地を守って、異人たちを殺したんだ、どこがまちがってる！　おまえたち、どの部落にも伝わってる話を忘れるなよ。二、三百年前に異人がクアール社の人たちを虐殺した。クアール社は三人しか生き残らなかった。皆殺しにしようとしたんだ。容赦しなかったってことだ。それに、クアール社の連中がものを持って行かなかったとしても、パイランどもはやっぱりごっそり奪ったさ。クアール社はまちがっていない。もし異人がおれたちの牡丹社に現れたとしたら、特に理由がなくても、おれたちも首を取ってやるさ」

「おお、やはり牡丹社のアルクだ、それでこそ、誰もおまえの部落には足を踏み入れたりしないさ」カルルは言った。

「何だと？　おまえ、何が言いたいんだ。このずる賢いカルルめ！」

「何？　兄弟じゃないか、なんでそんなことを言うんだ？　猟だって、おれたちは長年、いっしょにやってきたが、おれがずるをしたことがあるか？」

「おれは……」アルクは少し言葉に詰まった。確かにそんなことはなかった。カルルはしょっちゅうからかうが、いつも面倒を見てくれたし、便宜をはかってくれた。

「もういいさ、ふたりとも。おまえたち、あの大きな船に乗っているのはいったいどんなやつか、考えてみたかい？」アディポンはそう口をはさんで、ふたりの口げんかを止めた。

「遠くから航海してきたパイランか異人だろう。柴城や保力のパイランどもは、いつ、この船から略奪を始めるんだろう、どんな方法でやるんだろう、考えてみろよ」

「そうさ。おれたち、約束したじゃないか、台風が過ぎて嵐がやんだら、すぐに海岸を見回って、何か起こってないか見ようって」カルルが言った。

「牡丹社はこの海岸からいちばん遠いのに、兄弟のよしみで、アルクも約束を守って来てくれた。今いちばん大事なのは、あの船がどういう状況にあるか、見守ることだ。口げんかをしている暇なんかないぞ！　目の前にあるあの船が今後、どんな騒動をひきおこすか、誰にもわからないんだからな」アディポンはふたりを見て、声を和らげて言った。

「あれは……」アルクは何か言おうとしたが、カルルをちらっと見ると、船のほうを振り返って黙り込んだ。

風はまだ吹いていたが、ずいぶん弱くなったようだ。背の低い草に覆われた低い丘の上の、風があたらない場所に、三つの部落から来た二十《はた》過《ち》ぎの三人の若者がいた。刀をつけて、台風が来る前にした約束を守ってやって来たのだった。岩礁に乗り上げて規則正しく波に打たれて揺れている奇妙な大船を、しばらくの間、静かに見守りながら、これまで耳にしてきた、難破船からの略奪が見られるのではないかと期待していた。

三人の木の輪がはめ込まれたとびきり大きな耳たぶは、海岸の岩礁にある大船が何を言っているのか聞き取ろうと、精一杯、耳を澄ませているようだった。

## 五　長山港の老人

「何とか方法を考えんとな」島主の仲宗根玄安は、両腕に埋めていた頭をあげ、軽く眉をしかめて船長を見ていた。

「島主様、今の状況はごらんになったとおりです。小舟が二艘残っているだけで、ほかのものはすべてなくなりました。帆柱や櫂もなくなり、しっかり縛りつけておいた縄すら、完全なものはもう何本も残っていません」船長は島主に目をやったが、すぐに目を落として、おだやかな声で言った。島主を極度に刺激したくないと思っているのは明らかだった。

「確かにそのとおりだ。しかし……、まさか……、方法がないとでも……」島主がそう言うと、顎ひげが微かに震えた。見ている者には、彼が動揺しているせいなのか、それとも吹き込んでくる海風のせいなのか、わからなかった。

野原はちょっと我慢できなくなって、何か言おうとしたが、ドーンという異様な海鳴りが響いたので、口をつぐんだ。しばらくは、誰も口を開こうとせず、吹き込んでくる風がうなるのが聞こえるだけで、船倉は静まりかえっていた。野原が船長のほうに目を向けると、ちょうど何気なく振り返った船長と目があった。彼はまた島主のほうに目を向けた。

さきほど島主は、村長や副村長を連れて、甲板に上がって行ったが、まもなく全員が船倉に戻ってきた。船倉を片づけたり掃除したりしていた人たちはみな、彼らを取り囲んだ。さっきの会議がまだ終わっていないかのようだった。野原が船倉を掃除するよう言ったおかげで、船倉の空気はずっとさわやかなものになっていた。

「島主様、今、焦ってみたところで、何の役にも立ちません。幸いなことに、小舟が二艘、残っています。風がもう少しおさまったら、上陸します。陸地には木が高くそびえているし、海岸からあまり離れていない場所には植物が茂っているようです。協力してくれる住民がいるはずです」船長がこう言った。

「ここはどこなんだ？」ずっと黙っていた村長たちのひとりがこう尋ねた。

「わかりません、しかし、冬だというのに、東北からの風が吹いて、台風まで来たのに、寒くはありません。ずいぶん南に来たように思われます」

島主のそばにいた松川が、船長をじろっとにらみつけると、すぐに目を戻して話を続けた。さっき船長とやりあって、面目を失ったのを挽回しようとしているかのようだった。

「確かに、ずいぶん南です、台湾の沖じゃなければいいんですが」船長は言った。

「台湾だと？」船倉にがやがやと声があがった。そこここで人々の低いうめき声が同時にあがり、うなり声のように聞こえた。

「ああ、それなら、問題はないはずだ。わしらは、台湾北部の漢人と交易の経験がある。彼らに金を渡すことができたら、いくらかの協力は得られるはずだ」派手な身なりをした男が嬉しそうに言った。そのことばに、同じように派手な装束の男たちが反応し、彼らとはちがう身なりをした男たちも嬉しそうにうなずいて、笑い声をあげた。

「首里からおいでになった商人やお役人は、ほんとうにお気楽ですなあ」船長は、むっつりとして眉をしかめている船乗りたちにちらっと目をやると、今、発言した男のほうに向き直り、いささか軽蔑したような目つきで言った。

「ここは台湾の東部か、あるいは南部でしょう」

「東部か南部だと？　何かちがいがあるのか。ここの人は商売をしないとでも言うのかね？　金もうけが嫌いなやつはいないぞ。ちがうか？」

「そうだとも。もしそういうことなら、わしはしっかり観察して、何か特別な品物がないか見てやろう。琉球へ戻ったら商団を組んでここへ商売に来るさ」別の中国服の男が言った。

話しているのは首里から来た商人たちで、嬉しそうに言葉を交わしていた。ほかの人たちが眉をしかめ、憂慮の表情を浮かべているのが目に入らないようだった。

「そうだとも！　台湾の東部と南部は、北部とどうちがうんだ？　船頭は船をしっかり見ていさえすれば、それでいいんだ。首里の役人や商人が何を考えようと、おまえが気にすることはない」松川はここぞとばかりに、船長をやりこめようとした。

「黙れ！　松川、おまえは随員だ。立場をわきまえて、静かにしていろ、この話に口を突っ込むとは、無礼だぞ」島主が叱りつけた。

「はい、島主様！」松川の声は、波の音に少しかき消された。彼は腹立たしそうに引き下がったが、眉間に突如、怒りが浮かんだ。

島主のまわりにいる人たちには、ここの地理がよくわかっていないらしい、野原は思わず心でそう嘆いた。

経験が少しある船乗りならみな知っていることだが、台湾は宮古島の西南にある大きな島で、ごく少数の商人が北部のいくつかの港でほそぼそと交易をしているだけだった。さっき、船乗りたちがざわめいたのは、台湾から宮古島までの距離は、宮古島から琉球までの距離とほぼ同じだと知っていたからである。この距離を航行するには、今の船の状態では無理で、新しく船を造るほかなかった。この冬の季節に、太平洋の潮流に乗って宮古島へ戻るには、海流に不確定な要素が多すぎ、船を少し修理したぐらいではどうにもならなかった。物資も飲み水もある程度の備蓄が必要だった。だから、船長は船体についてあっさりと話したが、船乗りたちはみな驚き、危惧したのだった。一部の商人が天真爛漫で何も知らないことについては、どうすればいいのか、誰もわからなかった。野原のため息には幾分、軽蔑も込められていたのだ。

船倉の中の温度は、人が集まって話したり動き回ったりしているうちに、少し高くなった。いくつかある入口から射しこむ光も、明るくなってきた。人々の顔の輪郭や手足の動きが見えるところには、うっすらともやが立ちこめていた。船乗りたちの憂慮と、琉球王府の首里から来た商人たちの喜びは、船倉の内と外の光景と空気のように、対照をなしていた。野原にはそんな比喩しか思いつかなかった。彼の位置から見ると、船倉の外は、規則正しく打ち寄せる波と、時おり飛び散る波しぶきが霧のように漂っているが、遠くには明るい光が射して、青黒く、いささか沈鬱なたたずまいの山の稜線が見え隠れしていた。一方、船倉の中では、島主や村長たちが思い悩み、下を向いて頭を振っている姿が、うす暗がりのなかにぼんやり浮かんでいた。極端ではないが、対照的なながめだった。

この人たちも心配しているのだ！　ほんとうに、船長が言う台湾の近くにいるのかもしれない。野原は口をちょっと尖らすと、眉を軽く寄せて心の中でつぶやいた。彼は台湾という島について、宮古島と下地村のあいだにある長山港で、あまりはっきりしない言い伝えを船乗りたちから聞いたことがあった。この島には人食い人種が現れるというのだ。台湾の人や風土について、それ以外には聞いたことはなかった。

長山漁港を思い出すと、野原はわけもなく、港の近くに住んでいるあの風変りな老人がしてくれた話を思い出した。ある時、船乗りたちが家族に嘘をついて、宝探しや交易のために、大きな船で遠くまで出かけた。船の飲み水が少なくなったので、途中でどこかの島に寄って水を探した。そこは宮古島から遠く離れた南の島で、海岸線が長く続いていた。上陸した海岸にはサイザルアシやギンネム（銀合歓）の木が茂っており、やや内陸には、トキワススキが高く茂っていた。夏で、ひどく暑く、夕暮れ前でも水蒸気が立ち込めて、遠くの景色がゆがんで見えた。

「そいつらは上陸して、真水を探すことにしたんじゃ」その老人は遠くに視線を漂わせながら、なつかしそうに話し続けた。
その海岸は、砂浜と岩の浜が混じっていた。砂浜は黒い玄武岩の砂粒からでき、岩の浜は珊瑚礁と火成岩が岩礁をなしていた。道がないので、海岸沿いに進むしかなかった。何度もマングローブの茂みを抜け、砂地に足をとられたり、水のなかを進んだりした。最後に、谷のように見える地形に向かって、曲がりくねって進んだ。アダンや、マングローブの茂み、竹林、ソテツなどの雑木が茂る広い森を抜けて、とうとう、清らかな水が流れる谷川を見つけた。谷川は、木がびっしりと茂った林から流れ出て、浅い淵をいくつか作り、そこから海に向かって流れていた。みんな大喜びだった。水を汲んで桶をいっぱいにすると、がまんできずに着ているものを脱ぎ、流れに入って水浴びをして、暑さを忘れた。すると、谷川の上流から女の叫び声がした。立ち上がって行ってみると、彼らより上流にあるカヤの茂みと雑木林の向こうに、五、六人が入れる大きさの淵があり、淡褐色の肌をした女が数人、あわてて林の中へ逃げ込んで行くのが見えた。上下に跳びはねる乳房と、ぶるぶる震える尻を見て、みな大笑いした。しかしすぐにわれに返り、船から遠く離れすぎたことに気づいた。奥まで入りすぎると、危険があるかもしれない。そう思って、あわててそこを離れて船に戻ろうとした。船を泊めた場所に近づいたころ、男の子がひとり、ついてきたのに気づいた。その子がどうしても離れようとしなかったので、しかたなく船に乗せた。
「あとになって、その船乗りがそう話してくれたんじゃよ」老人は野原にそう言った
野原は、老人がそう言ったあと、「そこは、ほんとにおかしなところなんだよ」という表情を浮かべたのを見て、思わず口もとがほころんだことを思い出した。自分も子どものころ、なにか、真

剣に話し終えると、ひとこと付け加えて、それがほんとうだと強調したものだが、老人も子どものような生真面目な表情を浮かべていた。

息子たちはおれの習慣を受け継いでいるだろうか。野原の脳裏に、長男が口げんかで言葉に詰まって、焦って頬を真っ赤にしていたのが浮かび、心に甘いものがこみ上げた。

彼はふと目をあげた。船倉の中には、そこを立ち去ろうとしない人たちの焦りと憂慮と失望が満ちていた。それは規則正しく打ち寄せる波の音がゴーッ、ゴーッと鳴りやまないのと似ていた。波は強くなったり弱くなったりしていたが、その音と船の揺れがやむことはなかった。今では、商人たちの顔にも喜びの表情はなかった。

あの老人の話とそれほどちがわないなら、目の前のこの海岸でも、人が住む家を見つけられるはずだ。野原はそう思いながら、さっき、甲板から見た陸地の光景を思い出した。灰色のもやが立ち込める遥か向こうに、高く連なる木々の梢が見えた。あれは山の稜線だったのだろうか。しばらく考え込んでいたが、男の声がして、たちまち現実に引き戻された。

「台湾の東部と南部は、ほんとうに北部とちがうのかね」

それはさっき、嬉々として商売のコツをひけらかしていた首里の商人の声だった。その口ぶりには疑いと戸惑いがあった。

「ちがいがあるかどうかは、今はどうでもいいんだ。今は、船は壊れ、食べ物も流されてしまい、飲み水も少ししか残っていない。きょう一日、持ちこたえられるかすら、わからない。船を下りなければ、二日も経たないうちに、わしらは飢えと渇きで死んでしまうだろう。たとえ、今いるのが首里の海岸だとしても、同じことだ」船長はぶっきらぼうにそう言うと、人々にまじっていた船乗りたちに叫んだ。

「おい、おまえたち、甲板に上がって避難するための舟を用意しろ、なんとかして上陸せんとな」

「おい、船頭、おい……」島主は、一瞬、どうすればいいかわからず、頭をあげて船長を見、さらにほかの村長たちを見て、頭をかいた。そして長いため息をつくと、幅広い両袖のあいだに頭を埋めてしまった。

船乗りたちは動き始めたが、ほかの人たちは小さな声でがやがやと話し合っていた。広がりつつある恐怖を抑えたかったのだ。雰囲気は少し和らいだが、時々、けわしい声や、あえぐような息づかいが、規則正しく打ち寄せる波の響きのあいまに、はっきりと聞こえた。

野原は強烈な飢えを感じた。手足の先がかすかに震え、力が抜けるようなめまいが、空っぽになった身体の中を通って、額《ひたい》まで上ってきた。もう何日も食べていないことに気づいて、思わずほかの人たちを見た。誰もが極度の飢えに耐えているようだった。

「何をしているんだ」船長がいきなり怒鳴り、船倉の中は大騒ぎになった。

「ここにいても何にもならない、上陸して助けをさがしてみるべきだ」松川はそう言いながら、船倉のはしごを上っていった。数名の随員も甲板に上がろうとしていた。

「ちょっと待て、いっしょに行こう。やってみなければな！」船長は島主の反応を待たずに、松川たちを見て言った。

「甲板は狭いし、風もまだ完全にはおさまっていない、用がない人は下にいてくれ。呼ばれない限り、上がってきて作業の邪魔をしたりしないでくれ」船長はほかの人たちにそう言うと、船乗りを数人連れて出て行った。船倉には空間ができた。島主と村長たちもあとについて船倉を出ていった。

男の自尊心ってわけか。野原は心でつぶやいた。

彼がそうつぶやいたのは、先ほど、松川と船長がやりあったことを思い出したからだった。松川はそのうえさらに島主から叱責されて屈辱を覚えていたので、腹立ち紛れに船倉を出て何かしようと決意したのだ。

次々に船倉を出て行く人たちを見ながら、野原は通路のそばの低い棚によりかかるように座っていた。かれは急にひとり言を言った。

「つぶしたサツマイモを食べられたらなあ」

「野原さん、腹が減りすぎて、頭がおかしくなってしまったんですか？　ハハハ」隅っこから何人かが嬉しそうに笑う声があがった。

「そうさ、腹が減ってないやつなんていているか？」

「おっしゃるとおりです」

そんな話をしているうちに、島主と村長たちが船倉に戻ってきたので、人々は静かになった。

野原は少し身体を動かして低い棚にもたれ、つぶしたサツマイモを思い出して唾を呑み込んだ。

虚脱感が増し、心は我が家に戻って行った。

彼はつぶしたサツマイモがいちばん好きだった。ゆでたサツマイモの皮を剥いて、鍋に入れ、しゃもじか、短いすりこぎでつぶすのだ。それを茶碗に入れずに、鍋からじかに指ですくって食べるのが好きだった。毎回、指をしゃぶるようにして食べ、爪のあいだに入ってしまった甘いイモもきれいに舐め取ると、また鍋に指を入れた。子どものころは、そのようにして朝のうちずっと、あるいは昼からずっと食べていたものだ。結婚すると、自分で建てた家の裏に小さな畑を作って、サツマイモを植えた。長山港で交換してもらった早生の稲も植えた。妻の浦はいつもこのおやつを作ってくれ、おしゃべりをしながら食べた。長男も彼をまねて、つぶしたサツマイモをすくい、指を全部、口に突っ込んで、おしゃぶりのように吸っていた。しかしおなかがすいて、自分ひとりで食べようとして、焦ったあまり、鼻の穴にイモを詰めてしまって息ができなくなって泣き喚いた。イモをあごにべったりつけてしまい、それを見つけて食べようとするアヒルに追い回されて、大泣きすることもあった。

あいつときたら！　野原は息子を思い出して、急に笑い出し、思わず指を口に突っ込んだ。妻が彼に笑いかける時の、子どものような甘い笑顔が心に浮かんだ。

## 六　柴城の女の月経帯

「ハハハ、カルル、作り話で人を騙すなんて、一回で結構だよ。それに、たいしておもしろくもないのに、こんなに何回も話して、おまえ、疲れないか？」

「おい、おれは何回も話したけど、ほんとのことだぞ」

「ほんとうだとしても、三回も聞けばうんざりさ。スズメみたいにぺちゃくちゃしゃべり続けるとはな。それに内容も変わらないし」

「変わるだって？　アルク、おまえ、変わることがない話を作って聞かせてみろよ」

「おい、おれがまちがってるとでもいうのか。じゃあ、おまえ、話してみろよ、おまえが何度も話したあの布きれの話は何なんだ。裏庭に血がついた布を干すやつなんかいるか」アルクは声を大きくした。


なぞの大きな船が座礁した海岸から五〇〇メートルほど離れた小さな砂丘の上で、髪を肩で切り揃え、耳たぶに丸い木片をはめ込んだ三人の男が、船をじっと眺めていた。カルルは我慢できなくなって、今までに何度も話した、三か月前に柴城であったことを話し、アルクに反撃されたのだった。

カルルの話は、三か月前の漢族の農暦八月のことだった。その日、カルルとクスクス社の青年たちは、カルルの父の名代で、部落の女が嫁いだ柴城の漢人の家に贈り物を届け、もてなしを受けた。夕方、帰る時になって、漢人の女たちがひそひそ声で話しているのにカルルはひきつけられた。彼は好奇心を抑えられず、青年たちを先に行かせると、自分は声がしている低い囲いのそばのカジノキのところへ回って行き、女たちが何をしているのか、見てみようと思った。

低い土囲いのなかには、土レンガづくりの小屋があった。それが何のための建物かわからなかったが、土囲いと小屋のあいだで話し声がしているのは確かだった。カルルが何事だろうと思っているうちに、漢族風の短い服を来た女が囲いの向こうで立ち上がり、腕をむき出しにして、濡れた手に持っていた、手のひらと同じくらいの幅の、長い布を二、三本、小屋から囲いへと渡した短い竹竿に掛け、すぐにまたしゃがみこんだ。何かを洗っているらしい。カルルはぼんやりと見ていたが、はっと気をとりなおし、好奇心から囲いごしに手を伸ばして、その布を一本、手にとった。ところが、すぐに女たちに見つかってしまった。囲いの向こうにいた三人の女は驚いて立ち上がり、カルルの方を見ると、ぼそぼそと話を続けた。カルルは木と囲いのあいだの隙間にすばやく入りこんだ。女たちが庭を抜け、入口を出て追ってきた時には、カルルはもう次の角まで来ていた。彼は角で立ち止まると、手にした細長い布をぼんやりと見ていた。

それは長さが腕二本分ぐらいで、幅が手のひらほどの布だった。端から手のひらふたつ分ぐらいの位置に、重ねた布が何層か縫いつけてあった。その大きさは手のひらぐらいで、古い血の跡が線や点になって残っていた。カルルは我慢できずに、鼻に近づけてにおいをかいでみた。それから、湿っているのもかまわず、その布を腕に巻きつけ、さらにはおでこに巻きつけてみた。傷口に巻くものだと思ったのだ。しかし、腰に巻いてみても、しっくりしなかった。彼がそこを離れようとした時、誰かがいきなりその布を奪い取った。カルルが反応するまもなく、顔を赤くした女の姿が目に入り、同時にさまざまな声が耳に入ってきた。わかったのは「生番《せいばん》」という漢字音だけだった。彼はぽかんとして突っ立ったまま、三人の女が角を曲がって姿を消すのを見ていた。

この出来事は当然のことながら騒ぎをひきおこした。その家の男たちは、女たちが庭から駆け出すのを見て、何かあったらしいと出て来た。すると、腰に刀をつけたカルルが、道ばたにぼんやりと立っているのが目に入った。男たちは、女たちが取り返した長い布を持って戻ってくるのを、心配そうに離れて見ていた。カルルといっしょに来た青年たちも、姿が見えなくなったカルルを探していたが、カルルが突っ立って、ひとことも言い返さずに、女にこっぴどく罵られているのを見つけた。

「それで、結局、その長い布は何に使うものかわかったのか」アディポンが尋ねた。

「おれもそれを何に使うのか、気になっていたんだ。はじめのうちは、真面目に考えていたんだが、そのうち、考えなくなった。変なことだが、女たちの腕は、ほんとうに真っ白だったんだ。咬んだらどんな味がするんだろう」

「おまえってやつは！　三月《みつき》も同じことばかり話してたくせに、女に怒鳴られたあの布のことは、何もわからなかったのか。だのに、むき出しになった女の腕だけは覚えているんだな。ペッ」アルクは横を向いて痰を吐き、馬鹿にしたように言った。

「ふん、アルク、おまえに何がわかる！」

「何がわかるだって？　ハハハ、カルル、その布を何に使うのか、確かにおれにはわからんがな。しかしおまえが用もないのに柴城に行って、柴城の男たちに追いかけられたことが何回かあるってことは、よく知ってるさ。それに、おれの部落から柴城に嫁に行った女の話だと、おまえがこそこそ柴城に来て、パイランの家の女としゃべってるのを何度も見たってことだよ。そういうことなら知ってるさ」

「おまえ……」

「おれ？　おれがどうしたって？　兄弟分だとか言って、こんなところまで来て、風に吹かれ雨に打たれてる。こんなことにはこまめに声をかけて誘うくせに、パイランの街へ行って飲み食いしたり女に会ったりすることは、ひとりでこそこそやってるんだな、このやろう」アルクは大げさな表情をすると、目を大きく開いてカルルをにらみつけた。

「おれは、へへへ、そんなことは……」

「そんなことだって？　はっきり言えよ、この三月というもの、この布の話を何回したんだよ。パイランの女に惚れたってはっきり言えよ、どうなんだ？」

「おれは……」カルルはそれまで機知をきかせて積極的にしゃべっていたのだが、きまり悪げに顔をそらすと、海の船のほうを眺めた。岸に茂るアダンの葉が吹きつける海風に乱れていた。

「その布はいったい何に使うものなんだろう、おまえの頭にそんなにしっかりやきついているなんて」アディポンが口を挟んで、空気を和らげようとした。

「それは……」カルルは言いよどんで、そばのアルクをちらっと見た。彼とは言い争ったばかりだったが、もともと物事をあまり深く考えないこの仲間が、自分のことをこんなによくわかってくれていると知って、感動した。

「それがチナブ（アワなどで作るちまき）を包むものだなんて言うなよ」アルクが言った。

「チナブだって？　ハハハ、ほんとうにそれでチナブを包むんだと言ったら、おまえはそのチナブを食べるんだな？」

「ふん、食べられるものを、食べないなんてことはないさ。おまえがケチで、くれないってんじゃなけりゃな」

「わかった、言うよ。先に言っておくけど、おれはそれが何か、知らなかったんだ」カルルはアディポンをちらっと見ると、目をアルクに戻して言った。

「それは女に土石流（月経）が来た時に使うものなんだ」

「土石流だって？」アルクは一瞬、ポカンとしたが、いきなり、「ワハハ、カルル、この世の人間のなかで、そんなことをしでかすのは、おまえだけだぞ。パリシ（巫術）にでもかかったのか？え？　女がクチ（女性器）にあてていた布に鼻をくっつけてにおいをかいで、そのうえ、身体に巻きつけてみるなんて。おい、気をつけろよ、そういう巫術を聞いたことがある。そのうち、水分を吸い取られて死んでしまうぞ、ワハハ……」

アルクはそう言って、また大笑いした。その笑い声は、稲刈りがすんだ田んぼで落穂ひろいをしていたスズメたちが、驚いていっせいに海に向かって飛び立ったあと、そのざわめきが海風と潮騒にまぎれてしまうのに似て、急速に広がって薄まり、すぐに収まった。アルクは口を開けていたが、アディポンとカルルが自分といっしょになって笑うこともせず、愛想笑いすらしないのに気づいた。ふたりは眉を軽くしかめ、すこし緊張した表情で、土に両手をついて、海岸近くで座礁している船をじっと見ていた。

「どうしたんだ……」ふたりが見ている方に目をやると、船が見えた。話すために口を閉じたが、再び口を開いても言葉が出ず、呆然として船を眺めていた。

日の出からすでに一時間ほど経っていた。海岸の上空は雲が切れて、陽の光が雲のすきまから射しこみ、浜は明るくなっていた。海は風に巻き上げられて波が立ち、もやがたちこめていた。さっきよりは白かったが、船が座礁したあたりを完全に隠すほどではなく、船が大きな岩にひっかかっているのが見えた。船はいまも大きな波に囲まれ、波が立つたびにあがる波しぶきが、風に吹かれて船を襲っていた。船の甲板に人が続々と現れた。

「あいつら、何をしてるんだ」アルクが声をあげた。

「え？　あれは別の舟なのか？　船のうえにまだ舟がのっているのか。あいつらは何をするつもりなんだ」

「アルク、静かにしてくれないか。あいつらが何をしているのか、よく見てみよう」カルルは振り向きもせずに言った。

アルクはなおざりにされたように感じて、気分がよくなかったが、遠くの船の上で、何人かが小舟を下ろそうとしているのが見えた。さらに人がひっきりなしに船倉に出入りしており、それを見て好奇心を覚え、いらだちもすぐに収まった。

「あれ？　あそこにいるやつらは、さっきのやつらとはちがうぞ。いったいあの船には何人乗っているんだ」アディポンが言った。

「あいつらは何をする気だ。海に下りるのか？　海はまだ荒れているし、あの岩のあたりは潮の流れが急なはずなのに。ちょっとでも気を緩めたら、ぶつかってしまうぞ。船に乗って、海で生きているんだろうに、そんなことぐらいわかるはずだが」カルルは船を指さして、叫ぶように言った。

陸に向かって吹く風はすでにおだやかになっていたが、海は見わたす限り、まだ灰色だった。朝の金色の光を放つはずの太陽はすでに海面を離れていたが、灰色の壁にかけられた薄灰色の銀盤のようで、生気がなかった。しかし、船がある岩礁のまわりは、波がつぎつぎにあがって真っ白になり、泡か綿か雲のように見えた。それを見ると、海岸では波と岩が激しくぶつかり合っていることがわかった。カルルはそれで驚いたのだった。波がこんなに激しい時には、海に入れないという常識は、彼らのように山に住んでいる人間でも知っていた。船にいるのは、海で生きているか、海と関わりが深い人たちのはずだ。どうしてこんな時に海に入ろうとするのだろう。

「海にいるやつらは、おれたちより状況がよくわかっているんだろう。それにあいつらは、おれたちよりずっと腕がいいんだ」アディポンが言った。

「たぶんそうだろう。だが、船にもう一艘、小舟を積んでいるなんて。いや、二艘だ。あの船には小舟が二艘あるんだ。どういうことだ、どういうことなんだ」カルルは叫ばんばかりに言った。

「ハハハ、おい、クスクス社のカルル、いったい何が言いたいんだ。一艘だろうが二艘だろうが、そんなに驚くことか？　さっき、おれたちはクアール社のことを話してたじゃないか。あそこでは、大きな船が座礁して、異人たちが女を連れて小舟に乗って上陸してきた。そしてクアール社のやつらに殺されたんだ。その時の舟がああいう小さな舟さ。何をそんなに驚くことがあるんだ」アルクの目に、おまえはそんなこともわからないのか、と馬鹿にしたような表情が浮かんだ。

「おい、アルク、なにをえらそうな目で見てるんだ。じゃあ聞くが、おまえはあんな小さな舟を見たことがあるのか」

「それは……」

「おまえは大きな船から小さな舟が海に下ろされるのを見たことがあるのか」

「それは……」

「それはって、どういう意味だ。おまえが、わかったふりをするのを、はじめて見たよ」

「おまえ……」

「おれ？　おれがどうした」

カルルはすぐにやりかえしたが、それ以上続けるつもりはなかった。というのは、座礁して大破した大船から海に小舟が下ろされ、その小舟に男がひとりが乗り込むと、縄を強く引いて小舟を大船に近づけ、さらに三人が小舟に乗り込んだのだ。

ゆっくりした動きだった。カルルたちには、船の人たちの顔ははっきりとは見えなかったが、その身体の動きから、小舟に乗り込んだ人たちがどれほど注意深く、びくびくしているかがよくわかった。難破船とそのまわりの岩のあいだで、小舟は波に揺られて上下し、左右に揺れていた。小舟の男たちは船べりをしっかりとつかんでおり、そのうちのひとりはどうにかこうにか身体を動かすと、櫂を突き出した。

「あいつらは上陸しようとしているんだ、何人いるんだろう。カルル、おまえ、部落に戻って、このことを知らせるべきだよ。長老たちに心づもりをしてもらうんだ」アディポンが言った。

「そうだ。おれたちには、あいつらが何をするのか、何のためにここに来たのかわからない。あそこから上陸してきたら、最初に行きつくのはクスクス社の近くの畑だ。部落に知らせないうちに、いきなりあいつらが現れたら、どんなことが起こるかわからないぞ」アルクはそう言いながら、急に海のほうを指さして驚いて叫んだ。

「また一艘、下ろしたぞ。なんてことだ、危なくないのか」

座礁した大船から小舟がもう一艘、下ろされた。突然風が強くなった。海面の波しぶきがいっそう細かく広く飛び散った。三人がいる丘に吹きつけてくる風にも細かい砂が混じっており、圧迫されるような感じで、肌にあたると痛かった。三人は息を殺し、唇をしっかりと閉じ、目を細めて、海に下ろされたばかりの小舟を見ていた。小舟は紙で作られた舟のようにふらふらと揺れていた。風で持ち上げられたかと思うと、たちまち滑り落ち、大船に近づいたかと思うと、あっというまに遠く離れた。船の人たちはあわてて縄を強く引き、小舟が波にさらわれないようにした。船の人たちの叫び声や驚きの声は聞こえなかったが、そのあわてた動きから、彼らが混乱して危険な状態にあることがよくわかった。三人は下ろされたばかりの小舟だけを見ていたわけではなかった。先に下ろされた舟には六人ほど乗っており、すでに大船から少し離れて、岩のあいだにできた水路を岸のほうへ移動していた。その小舟は上下左右に揺れていたが、不規則に傾き、大きく揺れて、横滑りしたり、その場で回転したりしているようだった。小舟の六人は舟べりをしっかりつかんで、海に落ちないようにしていた。櫂を漕ぐ者はなく、舟は波に打たれつづけた。陸からそれをじっと見ていた三人はあっけにとられていた。

「あいつらはいったい何をするつもりなんだ？　風も波も全くおさまってないのに、あんなふうに舟に乗っていられるのか」アルクが大声で言ったが、口に砂が吹き込んできた。その様子を見て、あとのふたりは手で顔をおおった。

「あいつらは何者なんだ。なんでここに来たんだ。船を動かすのがあんなにうまくて、度胸もあるのに、なんでこんな危ない目に遭っているんだ」カルルが言った。

「おれはなんでこんなに不安なんだろう」アディポンがぽつりと言った。顔をおおった手の指のあいだから海を眺めてその変化に気づき、緊張のあまり眉をしかめた。

三人はすぐに話をやめて、海上で起こっていることに全神経を集中させた。六人が乗った小舟は波のあいだで浮き沈みし、時には岩にぶつかった。海に下ろされたばかりのもう一艘には誰も乗ろうとはしなかった。大破した大船の甲板では人々があわてふためいていた。三人は少し言葉をかわしたが、やがて黙り込み、眉をしかめた。

## 七　暗礁

船は規則正しく揺れていたが、いきなり大きく揺れた。波の音も大きくなり、船倉にドーンと大きな共鳴音が響いた。野原は無意識に体を動かしたが、甲板であがった驚きの声とざわめきを耳にして、もの思いから覚めた。

「どうしたんだ」船倉の外で、誰かが驚いたように尋ねていた。

その声は波の音のあいまに、甲板の厚い板の向こうから聞こえてきたので、遠くからの声のように聞こえた。それを聞いた人は何が起こったのだろうと戸惑った。

「どうしたんだ」また誰かが尋ねた。

甲板では混乱がひどくなったらしく、あちこちから驚きの声があがり、船倉でも騒ぎが起こった。

「ひっくり返った、舟がひっくり返ったぞ。急げ、何とかしなければ！ ひっくり返ってしまったぞ」

大声で叫ぶ声がして、人々は何事かと驚きあわてた。船倉はたちまち、がやがやと騒がしくなった。野原はすぐに甲板に這い上がった。敏捷な男たちも何人か、彼について船倉を出た。さらに何人かが甲板に出ようとして、甲板にいた船長に大声で止められた。

「みんな、船倉に残っていろ。上がって来て、作業の邪魔をするな。おまえたち、上がってきた者は、さっさと手伝ってくれ」

船長の怒鳴り声で、人々は甲板に上がるのをやめた。狭い甲板には二十人近くが残り、ひしめきあっていた。体格が劣る者は反対側の舷側に退き、なかには船倉に戻る者もいた。野原ら、がっしりした体格の男たちは、海に下ろしたばかりの小舟の綱を力いっぱい引いて、固定する作業を手伝った。大波に巻き込まれて船にぶつかることのないようにしたのだ。船長と船乗りたちは、小舟二十艘分ぐらい離れた海面を眺めていた。ひっくり返った小舟が浮き沈みしていた。波で絶えず方向が変わり、その場でぐるぐる回っていた。時おり、叫び声があがった。

「どうして三人しか姿が見えないんだ、あとの三人はどうした」船長が叫んだ。そして小舟に向かって大声で呼びかけた。

「おい、おまえたち、大丈夫か？」

その小舟は、少し前に、船長の注意を無視した松川が、息を荒げて何人かを連れて甲板に上がり、無理やり海に下ろしたものだった。船長が舟を下ろすべきかためらっているうちに、松川はほかの五人を怒鳴りつけて、舟を固定していた綱を解かせ、波の動きに上下する小舟に、緊張した面持ちで注意深く乗り移った。それに従った五人はひどく怖がっており、舟に乗り移りながら、幾度も松川の様子をうかがい、足を滑らす者もいた。しかし松川は顔をこわばらせて海岸をにらんだまま、一言も発しなかった。最後のひとりが乗り込むと、舟を漕ぎ始めたが、舟は揺れ、男たちはよろめいた。小舟からも座礁した大船からも驚きの声があがった。

松川の舟が大船を離れたころには、風浪はやや強まっていた。小舟はふたりで漕いでいた。舟は波に何度か上下した後、岩のあいだの水路に入り、陸に近づいて行った。船長は舟が揺れながら進んでいくのを見ていたが、やがて揺れもおさまってきたので、二艘目の舟を下ろすように指示した。ところが、二艘目を下ろすやいなや、風浪が急に強くなり、激しい波が船を超えて岩に打ちつけた。一艘目の小舟はあっという間に岩のほうに押しやられ、舟の六人は驚いて大声をあげた。波がおしよせて舟のへさきが高く持ち上げられ、舟は時計と逆方向に、上から下へと放りだされた。舟はひっくり返り、六人が全員、海に投げ出された。大船の甲板にいた人たちは驚いて叫び声をあげ、小舟を見たが、ひっくり返った舟に、もがきながらしがみついているのは三人だけだった。三人は岩に激しく打ちつける波と海のうねりのなかで浮き沈みしていた。あとの三人の姿は見えなかった。

「縄の長さはどれぐらいだ？　浮き板にするものはないのか？」船長は縄を持ってきた船乗りに尋ねた。

「長さは足りないと思います。それに船には浮き板にできるようなものは、何もありません」

「浮き板がないんなら、縄なんて、何の役に立つんだ？」

「この小舟を下ろして、助けに行ったほうがいいんじゃないでしょうか」

「舟を下ろしても壊れてしまったら、助けられないし、上陸もできなくなる」

「ではどうするんですか。あの三人に、助かる方法を自分たちで考えさせるのですか。波がもう少しおさまったら、自分たちで泳いで戻るでしょうか」

「黙っていろ」

あれこれ意見が出ていたが、船長がうるさいと一喝する前に、人々は急に黙り込んだ。みな、ひっくり返った舟から十歩ほど離れた、向かいの岩のあたりを見ていた。海に投げ出された船乗りのひとりが、その岩にしがみついていた。身体は大部分が海水に浸かっており、寄せてくる波に抵抗して頑張っていたが、海面から出ている岩によじ登る力はないらしく、大波が来たら呑み込まれてしまいそうだった。それを見て船長は呆然とし、口を開いたが、何も言えなかった。

それは波に浸食された大きな岩だった。海面から出た部分は特に浸食がひどく、穴がたくさんあき、溝が縦横に走っていた。潮の満ち引きの影響を長期にわたって受けたために、岩の側面は崖のようになっていた。波に洗われていたが、そこにはしっかりした突起がいくつかあった。船乗りは海面に隠れた岩に両足をふんばり、海面から出たでっぱりを両手でつかんでいた。肩から下は水に浸かり、身体は波の動きに何度も押したり引いたりされていた。手と足を使って身体を支えていたが、頭が海水に浸かるのは避けられなかった。その位置から腕の長さの半分だけ上がれば、岩の上端だった。ふだんなら水の浮力を利用して身体を持ち上げ、海面から離れた場所までよじ上れるだろうが、今の彼にはそれはできず、岩の上から誰かに引上げてもらうしかなかった。しかし、潮の流れは強く、波は激しく打ちつけていた。船乗りはすでに力尽きた様子で、波の動きが大きくなるにつれて、身体を確保することができなくなり、今にも波にさらわれそうだった。

船の人たちは、船乗りが危険な状況にあることを知って、浮き板になるものを投げ込もうとしていた。しかし、彼が手を緩めると、浮き板もろとも波にさらわれ、別の岩に激しく打ちつけられて、命が危険にさらされるのではないかと危惧していた。もう一艘の小舟で救助に向かうにしても、転覆するかもしれないと考えると、舟を海に下ろすことはできなかった。この混乱のなか、誰もが口を開け、しかし息をひそめて船乗りを見守っていた。彼は岩をしっかりつかんでいたので、両腕は血の気を失って白く見えた。身体は浮き沈みしながら左右に漂っており、海水を飲んでは、頭を左右に猛然と振っていた。誰にもなすすべがなかった。

「おれが行く」声が響いた。野原はすでに着ているものを脱ぎ棄て、ふんどし一つになっていた。

「何をするんだ」その声に船長ははっと我に返った。ほかの人たちも驚いて彼を見た。

「おれが泳いで行って、あいつを引っ張り上げる」

「泳いで行く？　何を馬鹿なことを言ってるんだ。この波だぞ、死にたいのか。船に残っているんだ」船長は怒鳴るように言った。しかし野原はすでに海に跳びこんでいた。人々は思わず驚きの声をあげたが、すでに遅く、がやがやと話しはじめた。

「ああ、あいつめ、なんてこった」船長は眉を軽くしかめると、大声で叫んだ。しかし誰も気づかなかったが、その口元には笑みが浮かんでいた。

海に跳びこんだ野原を横波が襲った。波しぶきは頭を超え、波の強い力で右へ流された。あやうく右側の岩にたたきつけられそうになり、船から驚きの声があがった。野原は急いで水を蹴り、横に滑って、横と下から押し上げてくる力に抵抗しようとした。あわてて海水を何回も飲んでしまったが、本能的に息を吸い込むと、下の方へ潜っていった。海上では風のせいで波が横から押してくるが、その力からしばらく逃れようと思ったのだ。横波の力はやがてかなりおさまった。

海面のすぐ下は、荒波のせいで泡が二、三メートルの厚さにたまっていた。濁った海水と、眼球ほどの大きさの泡のあいだに、さらに細かな泡が混じっていた。海面の波が右側の岩に打ちつけてできた泡だった。右へ流れる海流が野原の身体を取り巻いた。空からの光が海面を通して射しこみ、泡に白く反射するので、腕より先に何があるのか、全く見えなかった。野原はひそかに弱音を吐いたが、姿勢を整えて、泡の層の下へと潜っていった。視界はやや見通しがきくようになったが、連日の嵐のせいで岸近くの海水には砂が大量に混じっており、目に入ると痛かった。野原は目を細めて、さっとまわりを見回し、海面の下の岩の状況を知ろうとした。そして驚いた。

海面下では、岩ががっしりと組み合い、入り組んで、湾のような形に並んでいた。ほぼ同じ高さのがっしりした太い岩の柱が二本、立っており、海面下約二メートルのところは危険な岩礁になっていた。海面下の水路には、二〇メートルの間隔をおいて二本の岩柱がそびえていたのだ。野原は岩柱のあいだの岩盤の様子は詳しく観察しなかった。しかしちょっと見ただけで、魔物の城のように険しい岩のあいだに、船の器械らしきものや、木片、箱、道具などが散乱しているのが目に入った。ゆうべ、この大船は、風と波と海流に流されて前方の暗礁にたたきつけられ、そのあと大波によって後方の暗礁にたたきつけられて、岩のあいだにがっちりとはめ込まれてしまったのだ。

運がよかったのか悪かったのかはよくわからない。しかしまず、あいつを助けなければ。野原は気をとりなおして、浮き沈みしている船乗りのことを思い出した。目の前の状況を見て衝撃を受けはしたが、それ以上考えることはしなかった。

彼は水を掻いて数メートル進むと、海面に出て息を継ぎながら、船乗りがいる場所を確かめた。船乗りが急に片方の手を緩めたので、船から驚きの声があがった。野原は焦ったが、波で岩のほうに流されて、右腕を突き出た岩にぶつけた。彼はうめき声をあげて再び水に潜ると、南に向かって泳いだ。波と海流は東から西へおしよせていた。南へ向かって泳ぐ野原は、それに対抗するために、力を振り絞らなければならなかった。潮が西へ、陸地のほうへと流れているので、長年の間に岩盤は幾筋にも分断され、蛇行した水路となって西へ延び、海岸に達していた。いちばん近い水路は大きな船からは小舟一艘分ほどしか離れておらず、さっきの小舟は、この水路を岸に向かって漕いでいたのだった。

野原は、砂まじりの海水のせいで目が痛むのを我慢して、前方を見ようとした。水路の入口を確認したかったのだ。彼は右前方の岩に広い切れ目があるのを見つけた。岩全体が上に延びて、海面の上に突き出ており、ふたつの岩のあいだにできた水域は広く明るかった。

あそこだ！　野原は顔にからみつく数本の海草をはらって、心でそう言った。手と足に力を込めて泳いで行き、その水域にたどりついた。彼はすぐに身体を右に向けたが、その切れ目にできた水路から押し戻された。手足を動かして水を打ったが、前には進めなかった。前方はやはりよく見えなかったし、ちぎれた海草がさらに多くなった。

ああ、引き潮なんだ。野原は、狭い水路を潮が引いているせいだと思い当たった。水路から外へ押し戻されないように力いっぱい泳いだが、やがて最後の息も使い切ってしまった。彼は向きを換え、力いっぱい水を蹴って、海面に出て息を継ごうとしたが、突然、後ろのほうから強い力に押された。その力に包み込まれて、トビウオのように、海面から飛び出しそうになり、身体が水面から前に投げ出された。彼は驚いて大声をあげ、大きく息を吸い込んだ。水路の左側、小舟三艘分くらい離れたところに、水に落ちた船乗りがいた。水路の右側にも海に落ちた船乗りがふたりいたが、すでに岩に這い上がっており、野原ともうひとりの船乗りを力なく眺めていた。

野原の身体は突然、海面にどさっと落とされた。高くあがった波で下の方へ巻き込まれて、その姿は見えなくなった。彼はその勢いにのって海中に潜っていき、前へ二、三歩分、水を掻いた。しかし、引き潮の力は後ろに引き戻そうとした。彼は力を振り絞って水を掻いて抵抗し、本能的に左へ動き、手を伸ばして水路の左側の岩をつかんで、身体を固定しようとした。

なるほど、舟はここでひっくり返ったんだ。野原は頭を高く持ち上げて、海水を吐き出し、心でつぶやいた。手をだらりと垂らした船乗りが、手を持ち上げて岩のでっぱりをつかもうとしているのが見えた。その身体はほとんど海水に没し、波に大きく揺れていた。

「まずい、波が続いたら、あいつはもちこたえられないぞ、急がねばならん」野原は焦った。すぐに息を吸い込んで水に潜り、力を入れて水を掻いた。

水路に入ると、海面下の岩はいっそう複雑に入り組んでおり、海草やさまざまな魚が流れ、入り混じり、絡まりあっていた。海水は水路の外より濁っており、流れも速く、潮の満ち引きもいっそう頻繁で不規則だった。海面下の水泡は細かく緻密で、異常なほど白かった。

この岩礁の波の力は、故郷の海より大きいな、野原は心でつぶやいた。痛みのあまり目が開けられないほどだったが、できるだけ引き潮の力に合わせて、水を掻いたり蹴ったりする力と方向を調整し、暗礁のあいだにできた水路に留まろうとした。そうしなければ、水路の両側の岩にたたきつけられてしまう。彼は、海に落ちた船乗りが、昆布のように、海流に前後に揺さぶられているのが見えたと思った。頑張って目を大きく開いてよく見ると、それは岩礁で大きく育った海草が、潮の流れに攪拌されて人間の大きさと形になり、流れに揺れているのだった。

野原は潮が引く力が弱まったのを感じた。姿勢を整え、潮が満ちる前に海面に出て息継ぎをしようとした。波の力に押されて、予想外のことが起こらないようにと思ったのだ。足を踏ん張ったとたんに、波の力に襲われ、巻き込まれた。水を蹴ろうとしたカエルを大きな手が水中からつかみ出したかのようだった。その力と速さが突然やって来て、あまりにも大きかったので、野原はこらえ切れずに大声で「しまった」と叫んだ。その叫び声が終わらないうちに、彼は波に放り上げられた。彼は思わず口を開き、目を見張った。目がひどく痛み、視界がぼんやりしているのを感じた。「飛んでいる」時に、船乗りが前方の岩のあたりでもがいているのが目に入ったように思えた。野原は目を大きく開いて周囲をよく見ようと懸命になったが、身体と顔が岩にガッとぶつかると同時に、激痛に襲われ、うめき声をあげて意識を失った。大波がいくつか襲ってきて、彼は意識をわずかに取り戻し、船乗りのことを思い出した。あわてて起き上がり、次々に襲ってくる大小の波に打たれながら、船乗りがいると思われる方向に歩いた。岩の上は侵食されてできた穴やくぼみでいっぱいだった。遠くから呼びかける声が何度も聞こえてきたが、それが歓声なのか叫び声なのか、聞き分けられなかった。何歩も歩かないうちに、波がいくつか打ちつけてきて、野原は突然、ばたりと倒れた。

## 八　牡丹社のアルク

「ワッ、いったいどういうことだ」

小さな砂丘に座り込んだ三人は、腕をあげ、手を少し広げて、吹きつけてくる砂まじりの風を防いでいたが、瞬きもせずに海岸の岩礁を見つめていた。誰も動かなかったので、こう言ったのが誰かはわからなかった。ただ、髪だけが風になびいていた。彼らは海岸の波と座礁した大きな船、そして転覆した小舟をじっと見ていた。餌を狙って飛び出そうと身構えている海鳥のようでもあった。

「カルル、おまえ、部落に戻ってこの様子を報告しないのか？　この様子だと、あいつらはいずれ、上陸してくるぞ」

「ああ、恐るべきやつらだな、あんなに波が高いのに、海に下りるなんて。部落に戻って、ちょっと話しておいたほうがいいだろう。おまえたちはここに残るかい？」

「おれたちは……」アディポンは少しためらった。

「おれたちは残るさ。おまえはさっさと部落に戻って、またここに来いよ。ついでに食べ物を持ってきてくれ。おれはあいつらがいったい何をするのか、見てるよ」アルクは振り返りもせずにそう言うと、手を振った。顔についたほこりを払うようでもあり、カルルを追いやるようでもあった。それを見たカルルは、この兄弟分の男気をよく知っていたので、心が動かされた。彼は立ち上がると、部落の方向に眼をやり、それから向き直って言った。

「わかったよ。待っててくれ、すぐに戻ってくるから。ついでに酒が残ってないかも見てくるよ」そう言うと、さっさとその場を去った。

「あいつらは、いったいどこから来たんだろう」アルクは、カルルがいなくなっても、そのことを気にもしない様子で、こう言った。

「すごく興味があるよな。でも、どこから来たにせよ、あいつらは海と深く関わる生活をしているにちがいないし、おれたちよりずっといい暮らしをしてるにちがいない。今はこうして台風に遭ってる。おれたちは助けてやるべきじゃないか」アディポンが言った。

「うん、そのとおりだな。あいつらがどこから来ようが、何と言っても、ここはおれたちの土地だ。あいつらが伝えられているような異人たちじゃないなら、助けてやるのは当然だ」

「ハハハ、めずらしいな。おまえが怒って、殺してしまおうと言わないなんて」

「フン、なんでおまえまで、カルルと同じように、おれが人を殺すと思うんだ。おれが人を殺したことがあるか」

「いや、聞いたことがないよ。でもおまえは、話をするときはいつも、殺気立ってるじゃないか」

「殺気立ってるのは、おれの立場からそう見せてるんじゃないか。うちの家族はそんなふうに話す習慣なんだ、おまえだって知ってるじゃないか」

「ハハハ、立場から見せてるのか。確かにそうだな。シナケ社のおまえの親戚も、みんなそんな話し方をするもんな。豪壮で、男気があって、それに声が大きい。聞いてると耳が痛くなるよ」アディポンが言った。

「ハハハ、アディポン、おまえみたいな、背が高くて立派な美男子が、こんな話し声で耳が痛くなるなんて、わからないものだな。ほんとにおもしろい。うちの身内は、なにも悪気はないんだ」

「おまえの身内は確かにそうさ。大声でも悪気はないし、部落のことは何でも先に立ってやる。おれたちシナケ社には、おまえの身内にやってもらわなければならないことも、実際にあるからな」

「おれたちは、牡丹社ではそうじゃないんだ。おやじのアルグがいつもおれに言うんだが、部落のことは先に立ってやらなくちゃならない、それは何かのためじゃなくて、手本を見せて、ほかの人たちにもやってもらうためだ。だがそうすると、部落では賛成してくれる人もいるが、文句を言うやつもいる。おれたちシナケ社から牡丹社に移ってきたよそ者が、自分たちを無視して、指導権を奪おうとしてるとか言うんだ」アルクは身体を少し後ろにずらしながら、そう言った。

「ハハハ、部落ってそういうものさ。あまり関わらないと、冷たいと言われるし、積極的にやると、何かたくらんでると言われる。そんなこと、気にするなよ。牡丹社に、部落のことに熱心に取り組むおまえたちのような氏族や家族がいなかったら、柴城のパイランたちから恐れられる部落にはなれなかっただろう。もしそうなったら、おれたちの山や谷も、あいつらに取られてしまっただろうよ」アディポンはアルクを見てそう言った。

「そのとおりさ。部落はみんなのものだ。自分が関わらないんなら、よそ者が来て馬鹿にされても、とがめることはできないさ」

アディポンとアルクは、いうなれば同じ氏族の遠戚にあたる。アルクの父のアルグは、牡丹社のカフルアン氏族に婿入りしたのだった。アルグは苦労人で、その度胸や勇気、機敏さから、たちまち威信が高まり、人望も得て、牡丹社で影響力の強い新興勢力となり、衰退しつつあったカフルアンの影響力を取り戻したのだった。当然のことながら、牡丹社に婿入りしたアルグはよそ者で、伝統的な指導者氏族にとっては不快な存在だった。そのため、アルグは公の場では、いつも補佐的な立場をとっていた。しかし彼は弁が立ち、判断も的確で、行動力もあった。いざという時には決定的な提言ができたので、多くの氏族の指導者から信頼と支持を得た。さらにアルグは家人に、物事をひかえめに謙虚に行うよう命じており、部落のことに積極的に力を尽くし、かつ見返りも求めなかったので、部落の人々からも好意をもたれ、いくつかの氏族の敵意と反対力をやわらげることができた。こうしてアルグは牡丹社の指導者となった。彼の命令はジナイ社、上牡丹社、中牡丹社、下牡丹社などの数社に伝えられた。さらに、クスクス社など、いくつかの大きな部落と連盟を結んで、南パイワン族の下十八社《しもじゅうはっしゃ》〔訳注2〕の名義上の総頭目であるチュラソ社のトキトクと対等にふるまっていたのである。

このような関係だったので、牡丹社のアルクとクスクス社のカルル、シナケ社のアディポンの三人は、同じ年ごろだということもあって、ひかれあい、ふだんから連絡をとりあって、いい仲間になっていた。その結果、予想外のことながら、三つの部落の交流も密になり、さらに近隣の小さな部落まで従うようになった。こうして、南パイワン族下十八社に、眼に見えないもうひとつの連盟ができていたのだ。

「見たところ……」、アディポンは振り返って海岸を見ながら言った。「あいつらは、すぐには上がって来れないだろう。あの岩の上で風に吹かれているが、おそらくそんなに長く風に吹かれてはいないだろう。あいつらはまたひとしきり、あれこれやるはずだ。おれたちは場所を換えよう。ここで風に吹かれて砂を浴びてることはない」

「そうだな、こんなふうに吹きさらされてると、干し肉にはならなくても、頭が痛くなっちまう」

ふたりは海岸をちらっと見ると、立ち上がって砂丘を下りていった。

「それぞれ、別の方向へ行って、果物でも採って食べよう」

アルクは砂丘の左側を、サイザルアサの茂みをいくつか抜けて、下りて行った。それからススキの茂みがまばらにある川を渡った。幅二メートル、深さ一メートルの、西北に伸びる枯れ川だった。広い川床は漏斗状になっており、両側は上から下へ不規則に積みあがった土手になっていたが、長年、風に吹かれ雨に打たれて、陥没した個所もあった。雨水が流れ込んでも、水がなくなってしまうと、たちまち干上がった。夏と冬は雨量がちがい、毎年、くりかえし、掘り下げられたので、両側の土手は砂がえぐり取られていた。晴天が長く続くと、乾いた土手の壁はでこぼこになって、奇妙な眺めだった。今は台風が去ったばかりで、雨がやんで間もないので、土手は濡れており、落ち込んだ個所もあって、新しい眺めとなっていた。

アルクはこの枯れ川をよく知っていた。晴れた時は、上流へ数十メートル入ると、シチク（刺竹）の林が緑色のトンネルになっている。シチクの林の中はいつも湿っており、小さな水たまりがいくつかあった。そこには蚊やハエがおり、オタマジャクシやカエルが泳ぎ、ヒキガエルが鳴いていた。時にはオカガニ（陸蟹）も姿を見せた。赤い甲羅の蟹と白い甲羅の蟹が、ばらばらに動いており、朽ちた落葉と湿った砂で灰褐色になった竹林のトンネルに、色どりを添えていた。オカガニが集団で現れた時には、赤白両軍が列を作って向き合ったが、それは対決を意味していた。喚声を上げることはなかったが、挑発しあっていた。大きな蟹がそれぞれ身体を高く持ち上げ、目を突き出して観察していた。移動するときは、ずらっと並んだ蟹の爪が、木の柵のように横に動いた。こんな時、オカガニの大群は大きな色の板となって、突如として右へ左へと動き、ふたつに分かれたかと思うと、長い線になった。こちらで伸びたかと思うと、あちらではもとに戻り、集まって大きくなったかと思うと、あっというまに川底のからみあった草のあいだに消えてしまう。そしてあたりは緑が混じった灰褐色の世界に戻ってしまうのだった。

蚊が増えると、コウモリがやって来て巣をつくり、カエルたちも集まって来た。するとカエルを食べるヘビもやって来たので、シチクの林の梢に巣を営むオオカンムリワシは目を光らせていた。竹林のはずれの草むらで、満腹してのんびり日なたぼっこをしていた不注意なヘビたちも、心が休まらなかった。一方、オオガニが動き始めると、カニクイマングースが本気を出し、ヤマネコの牙が突然鋭くなる。カルルとアルクは誘い合って、時々ここに来ていた。

しかし今、シチクのトンネルやその奥の狭い流れに入るつもりはなかった。シチクの林の上流の、地面に水が流れている灌木の茂みに入りこんで、草を食べるキョンやススキの根をかじる野ウサギと出会おうとも思わなかった。川床はぬかるんでいて、黄色く濁った水が蛇行しながらゴウゴウと流れているからだった。彼は水が流れる川を渡って、対岸のバンザクロが何本か生えている雑木林に行くつもりだった。

雑木林には、人の背丈の倍ほどの高さがあるバンザクロが四本生えており、枝が伸び、交錯して、直径一五メートルほどに広がっていた。熟した実がいくつか土に落ちていたが、実には鳥がついばんだ跡が残っており、ハエがあたりを飛び回っていた。アルクは動物の足跡がたくさん残っているのに気がついた。この数日、餌をあさりに来たハクビシンがいい思いをしたのは確かだった。

「あのサルどもは、まだ山から下りて来ていないようだな」アルクはひとりごとを言った。牡丹社からクスクス社に来る途中の林で、サルの群れを見かけたのを思い出したのだが、幸いなことに、木には熟した実がまだたくさん残っていた。

彼は実を全部採るつもりはなかった。白っぽい緑の実を四つ採って、アディポンと分けることにした。ここを離れる前に、三人で上流の灌木の茂みにあるバンザクロの熟れた実を採り、部落に持ち帰って家族に分けるつもりだった。彼は川岸の小道を西へ歩いた。シチクのトンネルのいちばん西北の出口の三叉路に、ケガキ（毛柿）の木があった。アルクはここでも赤く熟れたケガキの実を四つ採って、袋に入れた。小道はさらに西に延びて、灌木の茂みに続いていた。途中で、はっきりしない別れ道が、人の腰ほどの深さのある溝を横切って、南へ延びていた。アルクはおならをした。便意をもよおしたので、刀を抜いて道ばたのオオセンナリの大きな葉を何枚か切り取って、南へ向かう小道に入り込み、細い流れのそばにしゃがみ込んだ。

アディポンは海に向かって、砂丘の右側を歩いて行った。彼は八瑤湾《はちようわん》〔船が座礁した湾の名〕から内陸に延びる川床へ行って、台風による変化がないか、調べるつもりだった。川床に行く途中に、熟した実が木に残っているのではないかと期待していた。火を起こすわけにはいかなかったので、果実で腹を満たそうとアルクと約束していたのだ。太陽の光はすでに灼けつくようで、海風も確かに弱くなっていた。彼はススキやアシの茂みを抜けていったが、キジや水鳥が驚いて飛び立ち、キョンが鳴く声が突然、北西の方向から聞こえてきた。アディポンは水を飲み、小さく一周すると、アシを何本か切って、小さな砂丘の左側の木陰に戻り、遠い海面をじっと見ていた。

海面の波しぶきは依然として真っ白だった。座礁して壊れた大きな船の上では、何人かが出たり入ったりしていた。岩の上で身動きがとれない四人は、すでに居場所を換えていた。ひっくり返った小舟は、きっちりと岩にはまりこんだように見えた。

「何を見てるんだ」アルクの声が後ろから聞こえた。

「ああ、海岸のあいつらの動きを見てるんだよ。動くのはしばらくやめたようだ。さっき、波で岩の上に放り上げられたあの男は、風が当たらないところに移されたよ、ほんとうに勇敢なやつだな」アディポンが振り向いて言った。

「ほんとうにそうだな。機会があって、あんなやつと友だちになれたら、きっと楽しいだろうな」

「おまえは、ほんとに肝っ玉が太いやつだな」

「ハハハ、そんなふうにほめてくれるとはな。おまえもあいつと同じ男だな」アルクは歯を見せて笑いながら言った。

「ハハハ、だが、おれはおまえのように強くも、たくましくもないよ」

「確かにそうだ、おまえはおれみたいに、たくましくも強くもない。だがおやじは何度もおれに言うんだ。おまえにはシナケ社の人間の冷静さと知恵がある、おれにはそれがないから、おまえからしっかり学べって言うんだ」

「アマ〔おじさん〕にほめてもらうのは嬉しいけど、ほめすぎだよ。おれはちょっとこざかしいだけで、知恵があるなんて言えないよ」

「おまえは、おれたちよりいろんなことを知ってるじゃないか」

「それはおれがふだん、用がないときは、あちこち出歩いて、いろいろ見たり、人の話を聞いたりするのが好きだからさ」

「その点だけでも、おまえの意見や指導を受けいれるのに十分だよ」

「おいおいおい、そんなふうに言うなよ。ほめすぎだって。おまえは、カルルとはこんなふうに話さないじゃないか」

「それはちがうさ。カルルは賢くてすばしっこいけど、ちょっとずるいところがある。こざかしいだけだよ。あいつと話してると、本性が出てしまって、うまく隠せないんだよ。どうごまかしたらいいのか、わからないし。でもおまえはちがうさ」

「ちがうって？　おれたちは同じ年ごろの親友じゃないとでも言うのか」

「もちろんそうさ。それに、先輩や先生みたいな関係でもある。ここ何年か、そういうふうに感じたことはなかったかい」

「ハハハ……、たとえそうだとしても、どうして自分でそんなふうに思えるんだ。もちろん、おまえに証明してもらわないとな。でも、やっぱりそんなふうには思わないよ。おれたちは兄弟分で、それぞれ得意なことがあるし、苦手なこともある。何かあったら、みんなで相談して助け合うのが当然だ。誰が誰の先生だなんて、そんなことはないよ」

「ハハハ、そのとおりだ。おれたちは遠慮なんてやめよう。果物を食えよ」アルクは袋からバンザクロとケガキを取り出して言った。

「あ、おれは果物は何も取ってこなかったけど、小川のそばのアシの根を取ってきた。アシの根は水気が多いし、今の時期には甘みがあるからな。何本か切ってきたよ。これで腹をふくらして、喉の渇きをおさえよう」

「それはいい。ずっとここにいたら、確かに何か食べたくなるよな。それに、しゃべったり、あいつらを監視したりするのに気をとられて、タバコを吸うのも忘れていた」

「ハハハ、そうだ、タバコを吸うのを忘れていた」

ふたりはそう言ったが、タバコを入れた袋もキセルも出さなかった。海岸を監視するという警戒心から、火をつけてタバコを吸うことを本能的に控え、おとなしく果物をかじるだけで、目はずっと海岸に向けていた。

風はいっそう弱くなった。太陽の光の下、砂丘のまわりや広い川床では、アシやススキの根元や葉先から水蒸気があがった。しかし風でたちまち西へ吹き寄せられ、そのためクスクス社の方向の林には薄いもやがかかった。

「アディポン、あいつらがどんな人間か、わかるかい？」

「わからない。強いて推測するなら、北の方の海の民族だと思う。おれは、八瑤湾の南にあるいくつかの部落の言い伝えを聞いたことがある。あの異人たちがここの海に来る前は、大きな船が海岸に沿って、南北によく行き来していたそうだ。たくさんの船がわざわざ海岸に停泊して水を取ったり、何かを探していたそうだ。もちろん、台風で被害を受けた船もあったらしい。こんな黒い大きな船は、おれははじめて見たよ。おれは、あいつらは北の方の海の民族だと思う。そこがどんなところか知らないし、そこに何があるのかも聞いたことはない」

「ほんとにおもしろいな。おれたちは死ぬまでこの山や森や草原で暮らすのに、あいつらの多くは一生、海で生きるんだ。あいつらがどう暮らしているのか、何を食べて何を飲むのか、おれたちにはわからない。あいつらは、おれたちが何で、何を考えているのか、わからないだろう。おれたちは想像しあい、推測しあってるだけだ。こんな災難があってはじめて、出会えるなんて、ほんとうにおもしろい」アルクは果物を食べるのをやめて言った。

「海だけじゃないさ。陸の上だって、山の向こうのピナバ〔台東平原〕のカティプル人〔知本のプユマ人〕がどんな暮らしをしているのか、おれたちには、たぶんわからないんだよ。北の方で平地を占拠しているパイランが、実際にどう暮らしているのかもわからない。ただ推測したり、人から聞くだけだ。ちがう民族は、接触し、意思疎通をし、交流して、はじめて認識が進むんだ」アディポンは振り返って言った。

「人から聞いた話なんだが、アディポン、教えてくれないか。数十年前に、海から来たやつらに子どもが連れて行かれたって話は、ほんとうのことなのか？　どうなんだ」

「誰にもわからないよ。プダワン（現、旭海）の南の方の部落には、確かにそういう言い伝えがある。おれは南の方へ行ったことがあるが、この話に関係する人はもういないだろう。このことを話す人もいない。不注意な母親が、子どもがいなくなったのを隠すためにでっちあげた話じゃないかと疑う人までいるんだ。パイランのやつらが子どもをさらって売り飛ばし、作り話をして、騙してるんだと言う人もいる」

「ハハハ、言い伝えがどれも、そんなふうにできるってわけじゃないだろう？」

「そうさ。言い伝えは、ここでひとつ足し、あそこでひとつ付け加えて、何でもないことが、それらしい話になるのさ。でも、もし海から来たやつらが子どもを連れて行ったというのがほんとうだとしたら、それはあそこにいるやつらと何か関連があるにちがいないとおれは信じたいんだ」アディポンが言った。

「待てよ、アディポン、あいつらは死んでしまったのか？　さっきから今まで、ピクリともしないぞ」

「ああ、何人かは岩に隠れているが、あの水に放り出されたやつは、確かにここしばらく、ピクリともしないいな。あいつは大丈夫だろう。仲間があいつを死なせたりはしないだろうよ」

波しぶきと波、それに大船の甲板で何人かが動いているのが遠く見えるだけで、太陽の光のもと、岩礁の上では、人が動いている気配は確かになかった。

「あいつが生きているといいんだが」アルクは思わず小さな声で言った。

## 九　岩礁の危険

痛みが鼻の下の人中《じんちゅう》の部分から広がった。はじめは重苦しい痛みだったが、だんだんはっきりしてきた。糸切り歯の根元が痛み、そのまわりの歯茎が痛み、やがて口いっぱいに広がって、上唇や顔全体が痛かった。鼻がつまったような感じがしていたが、血の塩辛い味はよくわかり、ねばついているように感じた。ドーンという音で、彼は聴覚を取り戻した。

おれは気を失っていたんだろうか。気を失ったことがあったかな？　野原は心でつぶやいた。目の前が白くなったように感じ、さらに赤い血の線が絡み合っているようでもあった。目を開こうとしたが、眼球が刺すように痛み、違和感があったので、眉をしかめ、目を硬く閉じた。

そうだ、おれは波で岩の上に放り上げられたんだ。だが……、彼は少しためらった。それからあとのことは忘れてしまったか、覚えていなかった。彼は何かを思い出し、あわてて起き上がろうとした。すると頭の上から声がした。

「野原さん、起きないでください、そこなら風をよけられるので、ゆっくり休んでいてください」

波が打ちつける音に混じって、叫ぶような声が聞こえた。

「君は……」野原は起きあがって座ると、声を振り絞って尋ねた。腕と膝がずきずきと痛んだ。

「あ、おれは平良島の濱川です。来てくださって、ありがとうございました。命がけで来てくださらなかったら、おれは波にさらわれていたでしょう」濱川と名乗った男は、話しながら、野原の前に這いつくばらんばかりだった。距離が近くなったので、声は少し小さくなった。

「ああ、君だったのか。気をつかうなよ、おれは波に放り上げられたのは覚えているんだが、そのあとのことはわからないんだ」野原はそう言いながら、あたりをさっと見回したが、異常なほど、なじみがないと感じた。

野原は自分たちがいるのが、岩と海面のあいだにある、窪んだ平たい場所だということに気づいた。ほかの岩と同じように、表面は海水でひどく浸食され、小さくて深い穴がたくさんできており、そこには貝やヒトデ、ウニが隠れていた。ふたりから一メートルほど離れたところには、灰黒色のシオガニの群れがいたが、波の動きにあわせて、忙しそうに行き来し、餌を探して上下左右に動き回っていた。ここは窪んでいたので、海風がじかに吹きつけることはなかったが、陽の光を遮ることはできなかった。幸いなことに、波が立つと、岩に砕けてしぶきがあがり、水でできた薄い幕のようになって、太陽に焼かれる痛みを和らげてくれた。

「あの時」濱川は言った。

「あの時のことは、自分でもよくわからないのです。おれがいたところからは、岩の上によじのぼることもできなかったし、波が何度も襲ってきたので疲労困憊してしまって、持ちこたえられなくなっていました。最後の波が引いた時、おれはとうとう力が尽きてしまいました。ところがそのあと、大波が来て、押し上げてくれたのです。おれはその勢いで水中のでっぱりをいくつか上り、波が引いて力が弱まった時に、もっと上へ上がろうとしたんです。そこへちょうどあなたの腕が垂れてきたので、おれはそれをつかんで上りました。船からは歓声が聞こえてきました。あなたは気を失っておられたのに、無意識に腕を垂らしてくれたんだと気づきました」濱川は野原を見つめながら微笑んだ。顔には心からの感謝が浮かんでいた。彼は声を大きくして言った。

「あなたがピクリともしないので、風で身体を冷やさないようにと、ここへ運んだのです。ほんとうに重かったですよ。担ぎあげた時、危うく海へ落ちるところでした」

「そうか、すまなかったね」野原は笑ったが、上唇の人中から激痛が走った。

「波に放り上げられて、そのまま倒れこまれたんだと思います。気を失っても、おれを助けてやろうと思っておられたのでしょう。ほんとうに意志の強い方ですね。ありがとうございます」濱川はふたたび深くおじぎをした。

「気にするなよ。とにかく、おれたちはとりあえず無事なんだから。そうだろ？」

「そうです。あとのふたりも、あの向こうに避難しています」濱川は四メートルほど離れたところにある隆起した岩を指して言った。

「いなくなったのは三人かね？」

「はい、松川さんと、あとのふたりは姿が見えません」

「何だと？」野原は思わず叫んだ。随員の頭である松川が、顔いっぱいに怒りと屈辱の表情を浮かべ、意固地になって船倉から出て行ったのを思い出した。

「波も風もまだ強いので、探しに出る方法もありません。おそらく、あいつらはもうだめでしょう」濱川の顔に、一瞬、落胆の色が浮かんだ。

「考えすぎないことだ。どこか岩の隙間に閉じ込められているかもしれないぞ。風がもう少しおさまったら、無事に出てくるかもしれないじゃないか」

「それならいいのですが」

「ここで休んでいよう。この太陽と風と波に長くさらされていると、命とりになるぞ。十分に休んだころには、波風も少しはおさまるだろう。ひっくり返った舟を戻して、それから……、上陸して水を見つけて飲もう」野原は濱川を慰めようと話していたのだが、突然、喉の渇きを覚え、水を見つけて飲もうという言葉が口をついて出た。痛み、特に顔の痛みがひどく、声をはりあげて話すのは辛かった。それで彼は話をやめて、静かに休もうと思った。

ふたりはそれぞれ場所を決めると、それ以上、話をせずに、岩にもたれ、風をよけて休んだ。野原は目を開けているのが辛かったので、思い切って目を閉じた。すると、喉の渇きがいっそう強く感じられた。海風がつぎつぎに岩に吹きつけてきて、うなり声をあげ、波が打ちつける音とあいまって、聴覚をふさいでしまった。彼は膝とひじ、それに唇や鼻の痛みが移動して、脳まで広がるのを感じた。彼はそっと息を吐くと、脚を伸ばした。足の裏から、甲殻動物がぐしゃりとつぶれる音が伝わってきた。

そうだ、イワガニだ。野原は心でつぶやいたが、口にはあまり出さなかった。そして、さっき泳いできた水路を思い出した。

船から海に跳びこんだ時、泥や砂がまじった泡で濁っている海水を避けようと、野原は海面下へ三メートルほど潜った。そこでは岩礁はけわしく、聳え立って海面に達しており、水路は狭くなっていた。水面から顔を出している大きな岩のほかは、低い岩礁で、さまざまな色の珊瑚が生息していた。そこでは、台風のあとの激しい海流をものともせず、いろいろな魚が泳ぎまわって、餌をあさっていた。野原は魚の種類が多いのを不思議に思った。息継ぎのために海面に出たときに見ると、その岩礁は外海までのびていた。数メートルほど離れたところでは、海底の岩礁は断崖のように連なって南北に伸びていた。気泡やちぎれた海草を追っているらしい魚もいて、水流にのって南から北へと動いていた。野原の位置からも、そこの水温はやや高いように感じられた。

あれは海流だ、故郷へ向かって流れる温かい海流だ。野原は岩にもたれていたが、打ちつけた波で、右半身にしぶきがかかった。彼は思わず右の腕を撫でたが、結論を下すように心でこう言った。

まさか、ここは台湾なのだろうか。心にそんな思いが浮かび、何かに驚かされたように目を開いた。しかし、目がごろごろして涙が出たので、また目を閉じた。

太平洋の西側の海流は、台湾を経て石垣島や宮古島の方向に流れ、さらに琉球へ向かっている。これは宮古島の漁師や船乗りたちの常識だった。野原が驚いたのは、琉球の漁民たちがみな持っているある概念のせいだった。もしここが台湾だとしたら、言い伝えられているように、水難にあった船乗りたちを殺し、煮て食ってしまう野蛮な生番がいつ現れるかしれなかった。

野原はふたたび目を開けて、海岸のほうを眺めた。岸には青々とした山林が連なるのが見えるだけだった。明け方にくらべると、視野はずっとはっきりしていた。彼は瞬きをすると、また目を閉じた。

ここが台湾でなければいいんだが。しかし、そうだとしたら、ここはどこなんだ。野原は頭を振った。心にまたこの疑問が浮かんだ。彼は太陽の光が十分に射しこむだろう海底の情景を思い出した。あの豊かに茂る海底の植物や、きらびやかな色彩の魚は、故郷の岩礁にいる生物と生息状況や分布が似ていた。海水の温度と流れの速さも、ほぼ同じだろうと思った。ここが故郷に近い海でないとしても、同じ海流が流れている地域のはずだった。

海流は確かに北へ流れている！　野原は海流が北に向かって流れているのを目で確かめると、心の中で叫んだ。海底の珊瑚礁でできた岩は、長年、海流に削られて、表面がつるつるした岩壁や岩の列になったのだろうと思った。あちこちに突出した大岩がたくさんあり、危険が潜む暗礁になっていた。風に流された大船はここで座礁し、壊れてしまったのだ。一方、海流と垂直方向に西へ、海岸へと伸びている水路は、満ち潮と引き潮のときには、海流をいっそう複雑にしていた。この水路に乗り出して、波で転覆した小舟に乗っていた人たちは、海に投げ出されて、思いがけない方向へ流されたことだろう。そうだとしたら、松川たちは舟が転覆したのち、引き潮の力で水路から押し出され、さらに海流の外側の力に引っぱられて、沖へ流されたにちがいない。今ごろは、海流に乗って北へ、宮古島のほうへ流されているかもしれない。魚の群れに食われてしまったかもしれない。野原は自分の推測をますます確信し、一瞬、恐ろしくなった。腕から首筋まで、鳥肌が立った。彼は手をのばして、身体じゅうを撫でまわした。

「ああ、この海流はほんとうに北の故郷へと流れているのだろうか」野原は我慢できなくなって声を上げたが、その声はドーンという波の音にかき消され、一メートルほど離れたところで目を閉じて休んでいる濱川を驚かせることはなかった。

波は規則正しく岩を打った。風もやまず、波しぶきがあがったが、そのおかげで太陽の熱さはやわらげられ、野原は少し眠くなった。妻の浦とふたりの子どものことを思い出すと、異物が入って涙が流れていた目から、さらに涙があふれた。

宮古島長山漁港の南に、小さな岩礁でできた岬がある。そこにある手ごろな広さの水路と岩礁と砂浜からできた天然の小さな港に、彼は幅六尺の舟を泊めていた。ふだんは舟を漕いで沖に出て、海流が流れる場所で網を打ち、魚を捕った。戻って来ると、まず長山漁港に行って物と交換した。それから漁獲を持って岩礁を越え、海岸から高さ十五尺の天然の防波堤を上り、さらに木がびっしりと茂った天然の防風林を抜けて、広く平らな草地の庭に入る。そこが彼の家だった。そこは、台風の季節には、海から風と波しぶきが吹きつけ、今、彼がいる岩の裏のような状況になった。台風に何度か直撃されて、妻子が怖がったので、野原は引っ越そうと考えた。しかし妻はこう言った。

ここはふたりが結婚して苦労して築き上げた場所だ。まわりには土堤も防風林もあって守られている。木造の家も頑丈にできている。海岸に近くて漁に出るのも便利だし、少し辺鄙な場所だが、いつも海風が吹いている。村からは少し離れているが、畑仕事も漁もできるいいところだ。野原はそれを聞いて、引っ越そうという考えをひっこめたのだった。

この台風で、あいつらは大丈夫だっただろうか、野原は心で思った。この奇妙な台風が宮古島を襲ったかどうかは、よくわからなかった。しかし、ある年の秋、宮古島と琉球のあいだを通って西北へ抜けた台風のせいで、下地村の家の三分の二が壊れたことを思い出した。しかしその時、自分が建てた家は海にいちばん近かったのに、何の被害もなく、家族は驚いたのだった。

万一、ここが台湾だったら。野原の心にまたこの疑いがわき、彼は思わず目を開いて、陸の方を見やった。目の不快感はすこしおさまったようだ。さっき、彼の帰りを待ちわびている家族を思い起こしたが、心ではどうしても「台湾」のことを考えてしまう。宮古島や琉球の人々のあいだでは、台湾は生番が出没し、人を殺して食うところだと言い伝えられているのだ。

番人《ばんじん》に出くわす前に、水と食べ物を見つけて体力を回復できるだろうか。そうすれば、そいつらと一戦交えることができるのだが。そう思うと、彼は思わずこぶしを固めた。筋肉が盛りあがった腕とこぶしから力が湧いてくるのを感じた。

あるいは、そいつらが出てくる前に、道具を見つけて船を修理し、海流に乗って北の故郷へ帰れるだろうか。野原は目を開いて四方を見まわしながら、そんな思いにふけった。

大船の甲板には動いている人影はなかった。野原がいる岩では、濱川がそばで休んでおり、向かいの岩では姿は見えなかったが、ふたりが休んでいた。岩があちこちに顔を出している海域には、今も打ちつける波によってもやが淡く立ちこめていた。太陽の光がじかに射すようになって、海はすでに晴れわたっていた。波がつぎつぎに海岸へおしよせていたが、風に巻き上げられる白い波しぶきはすでにおだやかになっており、気温もすこし高くなってきていた。

野原は立ち上がって岩の上を歩き、岩のくぼみや穴に隠れている貝を見つけて、飢えを満たそうとした。彼はちょっと舌を出して、顔にかかった波しぶきをなめてみた。その塩辛さに、いっそう、喉の渇きを覚え、本能的に陸の方をながめたが、急に嬉しくなって笑った。

船が座礁した位置からまっすぐに陸に向かうと、そこには雑木林が広がっている。その奥は土地が高くなっていて、後ろの山の稜線に続いていた。この水路の左側には川が見えた。あまり大きくはないが、川床は広く、川の流れはおだやかで、アシやトキワススキが密生していた。鳥や獣が食べる物が豊富にあるにちがいない、彼はそう思った。彼の目は無意識のうちにさらに上流に遡っていた。そこは見通しのきかない緑の世界で、さらに奥へ上へ、山の稜線へとつながっていた。山は森林でおおわれ、太陽の光の下に原始林がうっそうと茂っていた。

「ここがどこであろうと、食べ物や飲み水、それに船を修理する木材はあるはずだ」野原はひとりごとをつぶやいた。言いしれない恐怖が突然こみあげてきた。あのうっそうとしたどこかに、名も知らぬ生物が隠れていて、自分をじっと見ているように感じたのだ。彼は本能的に頭を振ると、手いっぱいに採った貝を持って、さっき休んでいた場所に戻った。

「ここはどこですか」濱川がたずねた。

「わからんよ。ずいぶん南にちがいない。この貝を食べて、腹をふくらそう。喉の渇きも止まるだろう。昼過ぎにならないと、この風はおさまらないだろう」

「ありがとうございます、野原さん。ほんとうに勇敢な方ですね」

「そんなこと、気にするなよ。しっかり休もう。話をすると、喉が渇くぞ」

貝の水分は口の渇きをすこしなだめてくれた。野原はもう動かずに、静かに座って風が弱まり、波がおさまるのを待つことにした。その時が来たら、率先して上陸し、あの川へ行って、水を存分に飲み、身体も洗おう。

野原は急に吐き気を覚えた。ぬるっとしたものが胃からこみあげ、呑み込んだばかりの貝の破片を吐き出した。酸っぱさと胆汁のような苦みが口いっぱいに広がり、鼻と涙腺のあたりまで体液が上がってきた。彼は我慢できなくなって、ごろごろする目を閉じた。そしてペッと痰を吐き出して、口をさっぱりさせた。

ふん、腹が減りすぎて、こんな貝すら胃が受けつけないとはな。彼は心の中で低い声で罵った。陸のことを思い出して、彼は目を開き、晴れあがっていく緑の山々のほうへ、そしてあの川床のほうへ目をやった。さっき襲ってきた感覚を思い出し、長山漁港の老人から聞いた、船を岸に泊めて水を探す話を思い出した。その光景、草原、曲がりくねった道、川、そこに現れた女と子ども。そいつらは人を食う生番だったんだろうか。彼はそう考えながら、急に笑い出し、低い声で言った。

「ほんとうに興味深い話だ！」

# 一〇　海岸での略奪

「みなさん、どうして来られたんですか」

アディポンは振り返ると、立ち上がった。砂丘の向こうから人々が上ってくるのが見えた。先頭に立っているのはクスクス社の大頭目のチュルイで、その左後ろにカルルがいた。十三人の戦士が刀をつけてその後ろについていた。

「アマ（おやじ）は安心できないから、どうしても自分で見に来るって言うんだ」チュルイが砂丘の上に着くと、カルルがそう言った。

「チッチッチッ、心配だから来たんじゃない、どうしてこんなに多くの人が来たのか、気になったから来たんだ」

「ハハハ、アマはいつもこんなふうだ、心配してるのはわかってるさ」

「ふん、いらんことを言うな。そうだ、おまえたち、わかったのか？　あいつらは何者なんだ？」

「わかりません。あんなやつらは見たことがありません」アディポンが言った。

「うん、おまえが見たことがない人なら、わしらにもわからんだろうな」チュルイは眉をしかめると、海岸のほうに目を向けたが、急にこう尋ねた。

「あそこにはどうしてひとりしかいないんだ。ほかに人はいないのか」

「いますよ。朝早くからさっきまで、出たり入ったりしていたんですが、今はみな、船の中に入っています」アルクは朝から今までに見たことを詳しく話した。

「それはつまり、たくさんの人がいるってことだな。いったい何人いるんだ」

「わかりません。ただ、見ていると、あのなかには、アマ〔おじさん〕のような、身分の高い人がいるにちがいありません」アディポンが言った。

「身分の高い人だって？　わしのように」チュルイは考え込んだが、また言った。

「もしそうなら、あいつらは海の部落にちがいない。あいつらはどんな部落だと思う？　どこから来たんだと思う？　連盟を結びに来たのか、それとも昔のカティプル人のように、新しい領地を探しに来たんだろうか」

チュルイはひとりごとのように言った。その声はとてもおだやかだった。男たちは聞いていたが、返事をするものはいなかった。

「もしそうだとしたら、十分にもてなさねばならんな」チュルイが言った。

「アマ、ずっと見ていたんですが、いったい何人いるのか、まだよくわかりません。あいつらは何度も出たり入ったりしているんですが、そのたびに、人がちがうようなんです。あいつ以外は」アディポンは岩の上にいる男を指して言った。

「そうだ、あいつは何者なんだ。あいつはさっきから、ずっとこっちを見ているようだ」

「わかりません。でも、勇敢な男にちがいありません」

「そうだとも。もしあいつらがほんとうに連盟を結ぶことを求めてきたなら、おれは必ずあいつと友だちになるぞ」アルクが言った。

「ワハハ、アルク、あいつがほんとうにおまえの友だちになったなら、きっとおもしろいだろうな。山のことはおまえがいちばんよく知っている。あいつは海のことをよく知っているようだ。つまり、おれたちが四人で組んで行動すれば、止められるやつは誰もいないってわけだ」カルルが言った。

「ふん、あいつがおれと友だちになったら、少なくとも、おれをしょっちゅうからかったりはしないだろうよ。おまえがどこからそんなにたくさん、おれをからかうネタを持って来るのか、おれにはわからんよ」

「ふん、牡丹社のアルクともあろうものが、こんな時にまでそんなことを言うのか。けんかを売ってるのか」

「どうして言っちゃだめなんだ、おまえはけんかが怖いのか」

「あいつは大したやつにちがいない、仲間を助けたんだから」アディポンはふたりの口喧嘩を気にもかけずに言った。

「あいつらが何者であろうと、上陸してきたら厄介なことになる、何か方法を講じなければならん」チュルイは海岸に目をやったまま言った。

「アマ、それは、あいつらを上陸させないということですか?」アルクが尋ねた。

「いや、わしらにはあいつらが上陸するのを止める力はない。あの様子を見ると、あいつらが水や食べ物を探すのを止めるべきでもない。わしらが考えなければならんのは、あいつらを助けるのに十分な食べ物が、わしらのところにあるかということだ」

「アマ、十分だと思うよ。あの船は見かけは大きいが、そんなにたくさんの人は乗っていないはずだ」カルルが言った。

「それならいいが。あいつらの目的が何であれ、わしらの土地に来たからには、敵意がないのなら、食事を出すのは当然のことだ。わしらが前もって準備しておけばいいんだ」チュルイは何か思い出したように続けた。

「しゃべってばかりで、おまえたちがここで何をしているのか、尋ねるのを忘れていたな」

「ああ、アマ、ご存知だと思いますが、台風が来るたびに、よそから来たやつらが、いつもいいものを持って来ます。おれたちも何か手に入らないか、見に来たんです」

「あの様子だと、あいつらはまだ生きているぞ。おまえたちはどうやって手に入れるんだ。強奪しようって言うんじゃあるまい。それに、ものを奪うことにかけては、おまえたちはパイランにかなわないぞ」

「アマ、それこそ、おれたちが来た目的なんです。台風が過ぎるたびに、柴城や保力のパイランどもは、特別なものを持って来ますが、あいつらはそれをどこから持って来たのか、隠そうともせずに話します。あいつらがいいんなら、おれたちもいいはずです。だからここにずっといて、あいつらがどんなふうにものを手に入れるのか見ようと思ってるんです」

「おまえたちは、パイランが略奪するところを見られると思ってるんだな」

「アマ、何か見られるだろうと、確信してるわけじゃないんです。ただあちこち見て来て、ここでも見てるだけなんです。ここはおれたちの土地ですから」

「そうなんです、アマ。でもパイランどもがこの機会を逃すとは思えません。あの船にはいいものがたくさんあるはずです。金目《かねめ》の物を嗅ぎつけるパイランどもの嗅覚は、獲物を嗅ぎつける猟犬と同じくらい鋭いですから」アルクが言った。

「ああ、おまえたちの言うとおりだ。パイランを見くびっちゃならんぞ、あいつらから学ばねばならんことはたくさんあるんだからな。わしはよそを見て来よう。おまえたちはここでゆっくり待っていろ。何かあったらすぐに知らせるんだぞ」チュルイはそう言いながら、ふたたび海岸に目をやった。さっき、岩の上にいた男はもうそこにはいなかった。座礁した大船には相変わらず動きはなかった。


「ほんとうにパイランが来るかなあ」

「来るか来ないか、誰にもわからないさ」

チュルイが男たちを連れて去っていくと、三人は砂丘の木の下に戻って座った。カルルがクワズイモの葉で包んだ食べ物と、竹の筒に入れた酒を取り出した。砂丘の左側の灌木の茂みのあたりで酒を少しまいて祈りを捧げたのち、飲み食いをしながら雑談し、何度も海岸に目をやった。太陽が西に傾いて山の稜線に近くなると、風はおさまり、波もおだやかになった。

「動きがあったぞ」

「何だと？」

「海のあいつらがまた出てきたぞ」

「ほんとだ、あいつらは何をしようってんだ。歓声をあげているじゃないか」

「ああ、ひっくり返った小舟を戻そうとしてるんだ」

カルルとアルクはそう言葉を交わしていたが、目は海面にくぎづけになっていた。海上では、海に落ちた船乗りたちのうちの四人が力を合わせて、ひっくり返って岩礁に挟まってしまった小舟を戻そうとしていた。一方、座礁した大船の上には人が集まってきて、もう一艘の小舟を海に下ろそうとしていた。

「ああ、あいつらは上陸してくるぞ」アルクが大声で叫んだ。

狭い水路では、四人が乗った小舟が一本の櫂を操って、海岸へ向かっていた。小舟は波に浮き沈みしていた。もう一艘には七人が乗って、大船を離れ、水路の方へ向かっていた。波しぶきがあがり、男たちは二本の櫂を力を込めて漕いでいた。

「あいつだ！」アルクが叫んだ。

「もう少し静かにできないのか、アルク。大声でわあわあ叫ばれて、耳が痛くなってしまったよ」

カルルが文句を言ったが、アルクは気にも留めずに、叫び続けた。

「あいつは何をしてるんだ。また舟を戻すのか？　ああ、ほんとにたくましいなあ」

男たちを上陸させたあと、狭い水路を小舟が戻っていくのが見えた。もう一艘の小舟と揺れながらすれちがったので、アルクは息を呑んだ。

「何かというと人を殺すと口走るアルクには見えないな。見ず知らずのよそ者をそんなにほめるとはな。おまえがあいつと兄弟分にならなかったとしたら、ほんとうにおかしなことだよ」

「ぐだぐだ言うなよ、あいつらが何をしているか、静かに見てろよ」

「誰がぐだぐだ言ってるんだ、このやろう……」

「黙れ」

ふたりは言い争ったり、黙って海岸を眺めたりを繰り返していた。アディポンも時々、ふたりの話に割って入っていた。やがて三人とも口をつぐみ、目を大きく開いて、海を往復する小舟を眺めはじめた。大船の甲板に人がたくさん出てきたのだ。

「三十九、四十、上陸したやつらと小舟のやつらを入れると、もう四十人もいるぞ。大きな船の上にはまだあんなにたくさんいる。あの船にはいったい何人乗っているんだ」アディポンはこう言った。おだやかな口ぶりだったが、驚きと不可解な思いがこもっていた。

小舟はすでに何回も往復していた。波はしだいにおさまってきた。上陸した人々は、それぞれ河口に行って、水を飲んだ。それ以外の人の大半は、岩場に行って、小さな穴で食べられる貝を見つけ、それで飢えをしのごうとした。小石だらけの浜から離れて、砂の上に座り込んで、上陸してくる人を待っている男もいた。

砂丘は海岸から五〇〇メートルと離れていなかった。アディポンたち三人は本能的に警戒心を強め、静かに、じっと海岸を見ていた。

「もし人数がもっと多くなって、部落にやって来たら、どこの部落にも受け入れるだけの力はないだろう。パイランの村に行ってもらいたいなあ、あそこなら食べるものも、もっとたくさんあるから」カルルが言った。

「もうすぐ暗くなるぞ。あいつらはもう少し急いだほうがいい。上陸したら、休めるところを見つけて休んだほうがいい。ここから西の海岸や南のパイランの村までは遠いからなあ。もしここに残っていたり、川沿いに奥へ入って行ったら、クスクス社にたどりつくことになる。五十人をこえる人の世話をするのはほんとうに大変だぞ」アディポンが言った。

「そうだな。そう言われると、心配になってきた。万が一、あいつらがこっちへ来るようなことになったら、部落に一度に五十数人の男が入ってくることになる。あいつらに敵意がなくても、何か予想外のことが起こったら、それをおさめるのはおおごとだぞ。早いところアマに知らせなきゃならん。そうすれば部落のほかの氏族と対策を検討する時間もできるだろう。このことは、おまえたちも手伝ってくれよな、何かあったら、よろしく頼むぞ」カルルが言った。

「心配するな。緊急事態が起こったら、決めてあるとおり、狼煙《のろし》を上げてくれ、すぐに駆けつけるから。何か手伝いが必要だったり、それほど緊急じゃないなら、牡丹社に誰か寄こしてくれ。おれのアマは必ず全力で支援するから。ただ……」アルクはちょっとためらった。

「ただ、何だ？」カルルが言った。

「おれたちがきょう一日、ここにいたのは、パイランどもがどうやってものを奪うのかを見るためだった。でも日は沈んでしまったし、もうすぐ空も暗くなって、影すら見えなくなってしまう。それに、あいつらはほんとうに何かいいものを持っているんだろうか」アルクが言った。

「おい、おまえ、アルク、さっきは人を感動させるようなことを言ったくせに、今になって……。

だがおまえがまちがってるとも言えないな。確かにおれたちはおもしろい場面を見ようと待ってたんだが、こんな調子じゃなあ。こんなふうになるとは、思ってても見なかった。うん？　ちょっと待て……」カルルの口ぶりが急に変わり、興奮した声になった。

「あいつらの手を見ろよ、確かに何か持ってるぞ。何か持ってきたぞ、何だろう」

三人はタカの目のように優れた視力で、五〇〇メートル離れた海岸での人々の動きをすべて、ほぼ完全に見て取った。海からやって来た人々は続々と上陸し、品物をいくつか、おろしはじめた。数は多くなかったが、ほぼ朝から晩まで、じっと待っていた三人を小躍りさせるには十分だった。

「おい、見ろよ。おれたち、何か持ってきて、あいつらと交換すべきじゃないか」アルクが尋ねた。

「何か食い物を探そう。あいつらには今、食い物と飲み水が必要だ。でもあの川の水はきれいとは言えないし、食い物はさっきおれたちが食ってしまったからな。あいつらと交換できるものは、ほとんど残っていない」アディポンが言った。

「今、走って帰って、あいつらが欲しがるものを見つけたとしても、間に合わないだろう」カルルが言った。

「おまえには、あの女の布以外には、交換できる特別なものはないじゃないか」

「おい、アルク、こんな時にまでそのことを言うのか。けんかを売ってるのか」

「待てよ、ちょっと考えてみろよ。間に合ったとしても、あいつらと取り替えるいいものをたくさん持ってきたとしても、おれたちは、あいつらの言葉がわからないじゃないか。身振り手振りじゃ、いきちがいが起きて、何か困ったことになるかもしれん」アディポンがこう言ったので、ふたりは黙って考え込んだ。

「やっぱり、パイランたちを通して、あいつらと話をしなけりゃならんな」アディポンが言った。

「ああ、あれこれ言っても、やっぱりあのずるいパイランどもに頼るしかないな。あいつらはどうして、どんなことでもうまくやってのけるんだろう。おれたちの農作物や猟の獲物も、あいつらが商うし、けちをつける。ああやって、よそから来た人まで、パイランと話し合って、ものを交換するのか。パイランどもがすごく頭がいいのか、それともおれたちがひどく馬鹿なのか」カルルは気をくじかれ、ひどくがっかりしたような口ぶりで言った。

「おれたちは馬鹿じゃないし、あいつらがすごく頭がいいわけでもない。おれたちは山や林や草原で暮らしている。おれたちがわかることを、あのずるいパイランどもが理解できるわけじゃない。柴城や保力のやつらは、故郷を遠く離れてやって来て、あそこに村をつくった。生きていくために、あいつらはあちこちで、いろんな人と接触しなければならなかったんだ。それで自然に、おれたちの知らないことを、たくさん知るようになった。どんな品物の価値が高く、どんな品物なら、よりたくさんのものと交換できるかも、おれたちよりよく知っている。だが、そのために、あいつらはいっそう強欲になり、もっと多くのものを手に入れたいと思っているんだ。おれたちは、ずっとおれたちのやり方でやってきた。腹が減ったら、山や荒野に行けば食い物がある。喉が渇いたら、川の水や露で喉を潤すことができる。しかし、おれたちの欲望があいつらと同じように底なしになったら、その時はおれたちはあいつらから学ばねばならんし、あいつらが必要になる。これからは何事もあいつらに頼る必要があるというわけじゃない。おれたちには、すべての変化に対応できる力が、まだない。あいつらを理解する力もまだないんだ。おれたちは、あのよそから来た人たちに接触できないってわけじゃないが、あいつらのそういう方面の能力に頼らないわけにはいかないんだ。それがパイランであろうと、ほかの民族であろうと」

「今のこの状況について言ってるのか」

「今、こんな状況なら、誰かに助けてもらう必要がある」

「おれたちだけじゃ、できないのか」

「できるさ。やってみよう」

「あちこち見て歩いて、経験も知識も豊富なアディポンでも、その力がないって言うのか」

「できると思う。やってみるよ。でも、おれは、パイランがやって来て、あの人たちをどうするのか、見たいんだ」アディポンが言った。

「そうなったら、あいつらが持っているものを手に入れる機会がなくなってしまうんじゃないか」

「いや、兄弟、今、あいつらの手に残っているものが、いいものと言えるのかどうか、わからないぞ。手に入れても、どうしたらいいんだ。伝説のあの女の遺品のように、あとになって船が来て攻撃されることになるかもしれないぞ〔訳注3〕。おれたちは何も知らないんだ。思い出してくれよ。きょう、おれたちは、よそから来た人たちからパイランがどうやってものを手に入れるのか、見に来たんだ。それに、海から来た人たちの数は、もう五十人を超えているのに、舟はまだ人を運んで来るじゃないか。こんなに大勢じゃあ、ものを交換をしたあとで、おれたちに食い物や泊まる場所を求めたり、何か助けてくれと言うかもしれない。そうなった時、おれたちの部落のなかで、どの部落があいつらの要求を満たせるんだ」アディポンはおもむろにそう言った。

「アディポンの言うとおりだ。だが、もう日は沈んだ。あいつらもみな上陸するだろう。しばらくしたら暗くなる。ふだんならハエみたいに抜け目がないのに、パイランはどうしてるんだ」身体を少し後ろに傾けて、アルクが残念そうに言った。

「じゃあ、もう少し待ってみよう」カルルが言った。

海では小舟がまだ動いていた。波も片時《かたとき》もやまなかった。アルクは我慢できなくなって、あくびをして言った。

「なあ、もう待つのはやめよう。自分たちで方法を考えて、あいつらと話をして、ものを手に入れよう」

「ハハハ、アルク、がっかりするなよ。おまえがそう言うから、あそこに……、ほら見ろよ、パイランがやって来たぞ」カルルが、海から来た人たちの方を指さして言った。

その方向に、短い上着と黒っぽいズボンをつけた弁髪の男がふたり現れた。ふたりは手を振りながら、上陸したばかりの、清国風の黒や白の服を着た人たちや、船乗りの身なりをした人たちに近づいた。双方は身振り手振りで話していたが、意思が通じたらしく、やがて人々がふたりを取り囲んだ。つづいて起こった場面を目にして、砂丘の三人はしばらく言葉を失った。

双方の意思はなかなか通じないようだったが、ふたりが何か言ったにちがいない、海から来た人々は驚愕した。その後、ふたりは人々のあいだを歩き回って、人々が船から持ってきた品物を受け取り、ふたつの大きな袋に詰め込んだ。海から来た人々は六十人を超えていたが、ほとんど抵抗も拒否もしなかった。品物をすべて受け取ると、ふたりは袋を背負って、小道を南の方へ歩きはじめた。奇妙なことに、海から来た人たちは全員が海岸を離れ、ふたりのあとをおとなしくついて行った。何分も経たないうちに、海岸に残っているのは二艘の小舟だけになった。遠くでは、大破した大きな船が、波と海鳴りにあわせて揺れている。この様子を見ていたアディポンたちは、驚きのあまり、ものも言えず、ずいぶん長くあっけにとられていた。

「アディポン、おまえは賢くて、たくさんものを見てきた。教えてくれ、さっき、いったい何が起こったんだ。おれたちはブリンアオ（巫師）でも見たのか」カルルが言った。

「それは……、おれにもわからない」アディポンはあまり話したくないらしく、眉を少ししかめて言った。

「おまえはどうだ？　アルク」

「ふん、おれにわかるわけがないだろう。一日待ったのに、いいことは何もなかった。あのふたりのパイランは、殴りも殺しもせずに、六十数人が持っていたものを全部、簡単に手に入れてしまった。ほんとうに不思議だ、おかしいよ。もういいさ、おれは行かなくちゃならん。山道は遠いんだ、真っ暗になる前に、牡丹社に帰らなくちゃならない」

「あいつらがパイランについて南へ行ってしまったんだから、おれたちがここに残る意味はなくなった。おれたちも帰ろう」カルルはそう言ったが、何か思いついたようにまた言った。

「アディポン、ほかに用事はないんだろう。おれのところに一晩泊まって、さっきのことをもう一度、話してくれよ。おまえとたくさん話して、知識を増やすよう、アマにいつも言われてるんだ。今朝、ワナをしかけたやつがいるんだが、何か獲物があったはずだ。いっしょにスープでも飲んで、しゃべろうよ」

「それもいいな」

「アルク、おまえはどうする?」

「行けないよ。アマに何度も言われてるんだ。夜は必ず部落に戻って、青年たちといっしょに待機してろ、いつでも指示が聞けるようにって。おれは帰らなくちゃならない」

帰る方向は同じだったので、三人はいっしょにクスクス社への道を歩き始めた。途中、アルクとカルルはずっと言い争っていたが、アディポンはずっと黙ったままで、もの思いにふけっていた。

あれこそ、言葉で、話し合いで、意思を通じさせるということなんだ。二言三言、言うだけで、欲しいものを手に入れる。アディポンは心でつぶやいていたが、それが声になって口から出そうだった。

## 一一　行き先をめぐる言い争い

やっぱりここは台湾だった、野原は心でつぶやいた。今、受けたばかりの驚きと憤りを抑えきれず、指がかすかに震えた。

さっき、あのふたりは、近くの村に住む漢人だと名乗り、ここは台湾だと言ったのだ。そして、決して西の方へ行ってはならない、もし西へ行けば、伝説の「大耳生番《おおみみせいばん》」に出くわすだろう。そうすれば、命の危険があるかもしれないと言ったのだ。もし移動するのなら南へ行け、南に行けば漢人の村がある。さらに脅すようにこう言った。「大耳生番」は金や持ち物を奪うだろう、ちょっと油断すれば殺されるかもしれない、だからいちばんいいのは、金や持ち物は自分たちに預けることだ。

ふたりの話を聞いて、野原は半信半疑だった。このふたりは詐欺師だと思った。それも経験豊富な詐欺師だ、取り上げたものを入れる大きな袋まで用意して来てるじゃないか。ふたりを怒鳴りつけたかった。しかし、身の回りの物も、家族への土産も、きのうまでの嵐と座礁で海に流されてしまっていた。島主や村長たちからは余計なもめごとを起こさないよう言われていたし、首里から来た役人や商人たちは、驚きのあまり、持っているものをすべて、言われるままに渡してしまったので、野原は怒りを抑えた。しかしふたりについて南へ向かいながら、しっかり観察を続けて、このふたりのよからぬ好意をあばいてやろうと様子をうかがっていた。

野原は腑に落ちなかった。上陸を強行して海に落ちて行方不明になった松川たち三人を除いて、六十六人が無事、上陸できた。島主や村長たち、それに首里の商人たち以外は、体格がたくましい書記や随員、船乗り、漁民なのだ。その中には護衛にあたる者も何人かいた。この護衛たちのほかにも、ふだん、下地村で野原と拳術の修練をしている男たちは、武器がなくても攻撃に耐えられるし、一行を守ることもできた。それなのに、はじめて会った男たちに二言三言、言われただけで、残っていたものを取り上げられた。しかも、きれいな水も食べ物も全く手に入らない。それに、こいつらが言う「大耳生番」がどこにいるのか、どうやって人を殺して食うのかも、実にあやふやだ。野原は、ふたりが話をでっちあげて自分たちを脅したのだと思った。こいつらが腕の立つ詐欺師であることは確かだ。和人の言葉と漢人の言葉、それに琉球の言葉を交えて少し話しただけで、おれたちを騙したのだ。野原は怒りがこみあげてきた。南に向かいながら、ふたりをじっくりと観察していたが、彼らの目つきはうさん臭く、時々足を止める様子は、何かを企んでいるように思えた。しかし琉球や宮古島から来た人々は、迷ったアヒルや子どもが、飼い主や大人に連れて行かれるように、無言で、落胆し、おびえた様子でふたりのあとを歩いていた。そして不安そうなまなざしを交わし、時々あたりを見回していた。野原にはこの状況が我慢できなかった。それでいっそう憎々しげにふたりを睨みつけていた。怒りが爆発しそうになったとき、ふたりが同時に振り返って、生番が出るという山の方に目をやった。野原はすぐに人を食う凶番の伝説を思い出した。ここが台湾にちがいないと思うと、言いしれぬ恐怖がこみあげ、突如として襲ってきた恐怖に心が震えた。

ここがほんとうに台湾だとしたら……。野原の思いは急に別の方向に向かった。

ほんとうに人を食う生番がいるのだろうか。

野原は思わず、山の稜線の下に広がる緑の世界に目を向けた。彼が、大波で打ち上げられた岩の上から、食べ物を求めて草が茂る広い川床に目をやり、連なってそびえる幾つかの砂丘に目をやり、さらにその奥のうっそうとした森林に目を向けていた時、何人かの目がそこから自分を監視しているのを確かに感じた。その感覚はたちまち消えてしまったが、淡く、極めて微かで、ひどくあいまいでありながら、異常なまでに具体的な感覚だった。

野原は思わずこぶしを固め、歩きながら、息を吸い込んで止めると、いきなり前に突き出した。短い袖がサッという音を立て、空気が震えた。下地村からいっしょに来た人たちがそばにいたが、その音を耳にして驚いた。

「野原、どうしたんだ」

「うん、おれはこう思うんだ。もしここにほんとうに生番がいるなら、おれたちは歩く隊形をちょっと変えるべきじゃないか。日はもう山に沈んでしまったし、もうすぐ暗くなるだろう。生番に襲撃されるかどうかはわからんが、島主や村長たちを守らねばならん」野原はそう言ったが、こぶしを突き出したために、筋肉が引っ張られて、上唇から痛みが広がり、思わず顔をしかめた。

「確かにそうだな。だが島主の護衛頭の松川は死んでしまったし、新しい護衛頭はおまえの言うことを聞くだろうか」

「そんなにあれこれと気を配ることはできないよ。島主はおれたちの責任ではないが、おれたちは下地村の村民だ、ふだんから拳術の修練をしているのは、こんな時に役に立てるためだ。おれたちには村長たちや、ほかの人たちを守る責任があると思う。この先、警戒を怠らないのはもちろんだが、何か手を打って、島主たちを守らなければならないと思う」

「ああ、そのとおりだ。どうしたらいい」

「おまえたちは、いつもおれと拳術の修練をしてきた。三人ずつ、二組に分かれよう。おれたちは最前列に行って、あのふたりのそばにいる。おまえたちは村長のそばにいてくれ」野原が言った。

「そうすると、ほかの村の随員たちが誤解して騒ぎだすかもしれない」

「そうだ、騒いでもらいたいんだ。島主の随員たちは全く警戒していない、こんな土壇場になっても、まだのんびりしている。子どもが脅されて、その人についていくのと同じだ。騒ぎを起こせないか、試してみよう。みんなの目を覚まさせるんだ。今のこの状況は、異常すぎる」そう言いながら、野原は人々に目をやった。上は島主から、下は経験が豊かなはずの船乗りまで、誰もがおとなしく、びくびくしており、押し合いへし合いしながら、群れになって歩いていた。

岩礁の外側は砂浜になって丈の低い草が生え、道が南北に走っていた。道はふたりが並んで歩けるほどの幅があり、ここを通る人は多いようだった。上陸したばかりの宮古島の人たちはこの道を歩いていたが、道幅を気にすることなく、あちらに一団、こちらに一団となって進んでいた。列の先頭は、人々から持ち物をすべて取り上げたこの土地のふたりの男だった。船長と船乗りたちが一団となってそのあとに続いた。島主と村長たち、それに島主の随員がその数歩後ろに続いていた。首里の役人や商人、それに副村長や書記たちもひとかたまりになっていた。野原と、同じ村から来た何人かがその後ろに続いていた。最後尾は数人の船乗りと、村長から離れた随員たちだった。先頭のふたりは時々、西の山を眺めていたが、そのほかの人たちは疲れて頭を垂れ、まるで水からすくい上げたばかりのアヒルのように、みじめなありさまだった。

野原は返事を待たずに、自分の後ろにいたふたりに指示して、いっしょに列の先頭へと進んだ。

隊列に変化が生じた。

野原が序列を無視して進んでくるのを見て、先頭の島主のそばにいた護衛たちは、島主を護ろうと広がった。新しく護衛頭になった前川屋真が叫んだ。

「おまえたち、何をしているんだ。礼儀をわきまえろ、島主様の前に出るんじゃない」

この大声を聞いて、ほかの人たちははっと頭をあげ、野原を見た。小さなかたまりになっていた隊列が急にばらばらになると、米の飯かサツマイモのように、ふくれあがったのち、再びしっかりと固まって隊列を組んだ。それを見て野原は急に空腹を感じ、唾を呑み込んで言った。

「おれはあのふたりが信じられない。あいつらはおれたちを騙して、ここは台湾だ、大耳生番が出てきて、おれたちの荷物を奪い、おれたちを殺すだろうと言った。もしそうなら、あいつらは、どうして、ふたりだけでここにいるんだ。おれは今から、あいつらのところへ行って、何を考えているのか、しっかり監視するつもりだ。もしおれたちを騙しているなら、荷物を取り返す」

「おい、おまえはほんとうに分別がないな」村長のひとりが、野原が礼儀を無視していると叱責した。

「かまわん、これでいい。みなに警戒心を強めさせるのは悪いことではない。先に行かせなさい。ほかの者も注意するように。わしらには、ここがいったいどこなのか、わからないし、あのふたりがいったい何をするつもりなのか、わしらをどこへ連れて行くつもりなのかもわからない。用心するに越したことはない。ことを起こすなよ」島主の仲宗根玄安は、咎めようとせず、手を振ると、眉をしかめて野原を見た。

隊列の形が変わった。川を渡るときだけは、しばらく止まって、顔を洗ったり、黄褐色の泥が混じった、きれいとは言えない水を飲んだりしたが、そのあとはまた南へ進んだ。野原はいくらかためらっており、何度も振り返ってその川を眺めた。

川は山々に深く入りこんでいるようだった。台風のあとなので、川の水があちこちに溢れるように流れていたが、流れは激しくはなかった。主流は大きくなかったが、西へ延びていることははっきりとわかった。川床にトキワススキやアシの茂みがいくつもあり、上流には雑木林があった。さらに遡ると、高い木の姿が見えた。川床の右側の遠く離れたところに、独立したように見える砂丘がひとつあった。

土地の人間だと自称するこの男たちが言うことがほんとうなら、ここは確かに生番が現れる土地である。だとすれば、その生番はどこに住んでいるのだろう。野原は頭を振りながら、目で川の流れを上流へと遡った。そして突然、長山港の老人が、川の淵にいた女たちと子どもたちについて話したことを思い出した。もしそうならば、この川の上流にも同じような集落があるはずだ。食べ物や泊まる場所など、何らかの支援を得られる機会があるかもしれない、自分たちも試してみるべきだ。しかし、あのふたりの話が真実だとしたら、できるだけ早くここを離れなければならない。

川を越えて南へ進むと、海風は横から垂直に西へ吹きつけるようになり、その勢いはさらに強くなった。砂浜は広くなり、西側には丘が連なり、平地が隆起してできたような山が、海岸と緑の山々のあいだに横たわっている。風が砂ぼこりを煙のように巻き上げていた。だんだん暮れていくなかで、あたりは荒涼としており、生気がなかった。そのため、野原は疑念を深め、躊躇したのだった。

南にはほんとうに漢人の集落があるのだろうか。もし、このふたりの漢人が言うことが嘘でなければ、台湾人の集落はおれたちをどのように受け入れてくれるのだろうか。おれたちには奪われるものはもう何もない。あいつらについて行かなければ、人を殺して食うという大耳生番たちは……、野原は再び頭を振り、頭の中でつぶやいた。彼は自分が多く発言する立場にはないことがわかっていた。

ほかの人たちも不安になったらしく、多くの人がきょろきょろしはじめた。島主と村長たちは、足を止めると、振り返って海の方を眺め、座礁して岩に挟まり、壊れてしまった大船をぼんやりと眺めていた。島主は急に泣き出し、すすり泣きながら涙を流した。それを見た人々はあわてて慰めようとした。護衛がふたり、急いで列の前の方に駆けていき、列を率いているふたりの漢人に、いったい自分たちをどこに連れて行くのかと尋ねた。

言い争いが始まった。護衛たちが大声で問い詰めると、漢人たちは怒鳴るような声で言い返した。漢人の言葉に琉球の言葉を少しまじえて、双方が身振り手振りで、ものすごい剣幕でなじりあった。規則正しく繰り返す波の音のせいもあって、野原には意味のある言葉は一言も聞き取れなかった。彼は前へ出て、船長のそばに立った。もう少しふたりに近づいて、何かを聞き取りたいと思ったのだ。すると、後ろにいた何人かが彼についてきた。しかし漢人たちは一歩も譲ろうとしなかった。後ろのほうから、下地村の村長が島主の言葉を伝える声が聞こえてきた。みなに口を閉じるように命じ、書記のひとりに、話し合いの手助けに行くように指示していた。

漢人たちは身振り手振りで、大声でわめきながら、道の南の方を指すだけだったが、やがて向きを変えると、足を速めて南に向かい、山から海岸へ延びている砂丘の鞍部を超えて姿を消した。それを見た書記は呆然としていた。誰もがうろたえ、島主があわててやってきて、どういうことかと尋ねた。

漢人たちは、こう言ったのだった。自分たちを信じないのなら、ことは簡単だ、ここで別れよう。もうすぐ暗くなるが、前方に見えるあの鞍部を超えたら大きな洞窟がある。宮古島の人たちが夜を過ごすだけの広さがあるし、近くには枯れ柴もたくさんある。火を起こして一晩、温まることができるだろう。夜が明けたらできるだけ南へ行くように、まちがっても西へ行ってはいけない、西へ行けば大耳生番に出くわしてひどい目に遭うだろう。自分たちには責任はない。

「あのならずものどもは、ほんとうにそう言ったのか」島主は腹を立てた。

「あいつらの言葉はよくわかりませんが、だいたいそんな意味だったと思います」

「なんてやつらだ、わしらはこんなに大勢いるのに、獣のように洞窟に寝ろというのか。なんてことだ、こんなところで、あんな砂丘で、わしらは……、ああ……」島主は顔をゆがめると、袖で頭を覆い、また泣き出したようだった。

「わたしが行って、あいつらを連れ戻します。話をつけて、わたしらを連れて行かないのなら、渡したものを返させます」護衛のひとりが言った。

「もめごとは起こさないほうがいい」船長は、ほかの問題が生じるのを恐れて、あわてて言った。

「あいつらは、わしらをこれ以上、助けてくれはしないが、少なくとも大きな災難に巻き込んだわけではない。もしわしらがあいつらにほんとうに何かしたら、村をあげて仕返しに来るかもしれない。今は、何とかして船を修理する道具を見つけなければならない。わしらが琉球へ戻るのを手伝える人でもいい。喧嘩をしてうっぷんを晴らしている時ではない。とりあえず、あいつらが言っていた洞窟がどんな具合か、見に行こう。もしほんとうにだめだったら、ほかの方法を考えよう。もうすぐ暗くなるぞ」彼は島主が気を取り直す前に、野原たちに指図して、前方の偵察に行かせた。そして後ろの者に、隊形を保ってついてくるように言った。

船長がすべての指図を終わる前に、野原は何人かを連れて駆け出した。道は砂丘の鞍部を通っており、彼らがいたところからはそれほど遠くなかったので、急ぎ足で十数分で着いた。そこは、洞窟とはいえないが、道の左側に二つの大きな岩が洞窟のような空間を作り出していた。高さはないが、譲り合えば、六十数人が座って休めそうだった。入口は風が当たらないので、火を起こせばある程度は暖かくなるだろう。野原はそう見積もったが、しかし、十一月の冬の夜、風があるのに、このような海辺の不完全な洞窟で、暖かさを保てるだろうか。夜になったら動物や、あいつらが言う大耳生番が出てこないだろうか。野原は左右を見回し、自信が持てなかった。南の方に目をやると、丘にはリュウゼツランや背の低い草や風に強い灌木が見えるだけで、岩が隆起し、道は下って行って海に近づいたところで狭くなっていた。

野原は、いっしょに来た人たちがあれこれ話し合い、この洞窟に不満を言っているのをそのままにして、小道に沿って砂丘の鞍部まで戻った。船長がみなを連れてゆっくりとやって来るところだった。人々はますます沈み込み、驚いているようだった。彼らの後ろに、台風で削られて広くなった川床が見えた。何本かの流れが入り乱れて海に向かっている。夕映えのなかで、あちこちにあるアダンのまばらな茂みが疥癬《かいせん》のように見えた。海は、波が岸に打ち寄せていたが、海面にはもう白い波しぶきや泡はなかった。壊れた大船は変わることなく岩に挟まって、波の規則的な動きにあわせて揺れ動いていた。野原は急に手足の傷が痛むのを感じて、さっき急いで歩いたことを思い出した。振り向いて、西へ広がる一面の緑を眺めた。太陽が山に沈んでしまい、うっすらと霧がかかっていた。野原は少し驚いた。大きな山が連なる夕暮れの景色は、海風が吹くなかで夕日が海に沈む宮古島下地村の景色とは全くちがう。山々が太陽の光を吸い込んでしまう光景は、沈鬱で動きがなく、幽遠な灰色の世界だった。おだやかではあったが、人の心を沈ませ、不安にさせる雰囲気があった。

あそこには人が住んでいるにちがいない。野原の心にそんな思いが浮かんだ。川床のまわりの雑木林を見て、実のなる木があって腹を満たせるだろうと想像し、唾を呑み込んだ。そして急に少しぼんやりした。炊事の煙が上がるのを見たような気がしたのだ。

わが家でも火を起こしたにちがいない。野原は妻の浦が、夕方になるとかまどに火を起こし、家じゅうに煙が立ちこめたのを思い出した。夕飯の時に、息子は飽きることなくその話を彼に聞かせた。自分がどんなに勇ましく口を覆って入口に駆け出し、かまどを見たか、話すのだった。野原は急に目を潤ませた。鼻がつんとした。

炊事の煙がカヤ葺き屋根の隙間を縫って立ち昇る光景は、漁をしている彼に、毎日、家へ帰る時間を知らせてくれた。野原は涙が浮かんだ目を細め、口角をあげ、心で苦笑した。

## 一二　クスクス社

カルルとアディポンは肩を並べて話しながら、クスクス社への小道をたどっていた。川床いっぱいに広がるススキの茂みと雑木林を抜けると、大きなアカギが二本立つ小さな空地があり、道はそこから上り坂になった。道幅は変わらず、ふたりで並んで歩けた。巣に帰る鳥や最後の餌をあさる鳥たちが、あちこちでチッチッと鳴いていた。キジバトやコウライキジ、コジュケイは競い合うように鳴いていた。群れで動くスズメと単独行動に慣れたクロガシラやクロヒヨドリ、そのほかの名も知れぬ鳥たちも、ここぞとばかりに、にぎやかに声をあげていた。ふつう冬には見かけないヒグラシも、山麓のあちこちに集まって、カナカナカナと声をそろえて鳴いていた。

道を曲がると、アコウ（雀榕樹）の木の下に空地があり、石をいくつか並べて休めるようにしてあった。そこには男たちが三人、座っていた。三人は刀をつけ、獣の皮で作った上着とカチン〔腰から下につける前面だけの脚覆い〕をつけていたが、立ち上がってカルルとアディポンを迎えると、ふたりを頭のてっぺんから足の先まで、じろじろと見た。

「おまえたち、何も持たずに帰って来たのか」ひとりが驚いたようにたずねた。

「ジリュウ、おまえも来たのか。家で待っていないで、おまえまで来たとは……。おれたちのスープは？　まさか……、おまえたち、飲んでしまったのか？　そんなことって、あるか。おれたちは、おまえたちといっしょに飲もうと思っていたのに、おまえたちは……。全部飲んでしまったのか？」カルルは少し驚いた表情を浮かべた。

「そうじゃないよ。部落の人たちが、今、まだ、おれの家で食べてるし、おれのアマ〔おやじ〕が少し取り分けて、おまえたちを待ってるさ。でも……」ジリュウは少しためらったが、ふたりをじろじろ見ながら言った。

「おまえたち、何も持って来なかったのか？」

「持って来なかった。何も手に入らなかったんだ」

「ええっ？　ほんとに役立たずだな。おまえたちには期待できないって、わかっていたから、自分たちで見に行こうとしていたところだ」ジリュウは一瞬、馬鹿にしたような表情を浮かべ、歩きながらそう言うと、ほかのふたりに行こうと手で合図をした。

「おい、おまえたち、今から行っても無駄だぞ」カルルは、道を曲がって坂を下って行こうとしているジリュウたちに、大声で注意した。しかし三人は取り合おうともせず、行ってしまった。

ジリュウは、カルルとアルクが今朝、出会った父と子の、息子のほうだった。あれから見回りに行くと、彼らのワナにはキョンがかかっていた。しかし、カルルたちはなかなか帰って来なかった。ジリュウは、ほんとうにいいものがあったのに、手に入れられなかったのかもしれない、それともカルルがこっそり自分のものにしてしまったのではないかと疑い、いらいらしていた。そこでふだんからいっしょに悪さをしているふたりを誘い、刀をつけて、海岸に行って、機会をうかがおうとしていたのだ。

「ああ、ジリュウのやつめ、ふだんから度量が狭くて、計算高いやつだ。そんなに急いで行っても、何もいいものは見つからないさ」カルルはうんざりしたように言った。

「行かせてやれよ、疑ってるんだから。すぐに考えが変わるさ。それにあいつらが今から行って、ついでに、あの人たちがあれからどうなったか、確かめてくれたら、それもいいことじゃないか」アディポンが言った。

「アディポン、おまえの言うことは正しいよ。だが、あいつのああいう態度を見ると、おれはすぐかっとなるんだ。おまえがそう考えるなんて、なるほど、おやじがおまえをほめるわけだ」

「ハハ、そう言うなよ。おまえだって同じことを考えてるのは、わかってるさ。あいつらに無駄足を踏ませたくなかったんだろう」

「おい、そんなことを言うなよ。おれは今まで、おまえに嘘を言ったことなんて、ないぞ。この話はもうやめよう。急いで戻らないと、ジリュウの家の人たちがスープを飲んでしまうぞ。そうなったら、鍋を舐めて、空きっ腹をなだめることになっちまう」カルルはアディポンが自分を理解してくれたことに心が和んで、嬉しそうに言った。

クスクス社の中心となる集落は、海を背にした傾斜地に建てられており、八瑶渓の川床から約五〇〇メートルの高さの山の尾根にあった。二十数戸のカヤ葺きの家が階段状に並んで建てられており、牡丹渓の向こうに、アルクの牡丹社を遠く望むことができる。主要な畑は海に向かった斜面にあり、畑の種類ごとに石垣で区切られていた。クスクス社の中心となる集落から東の斜面を八瑶渓の川床まで下りると、そこにも家が何軒かあって小さな集落をつくっており、小道でつながっていた。これらの小さな集落も多くはクスクス社の氏族で、さまざまな理由からここに住んでいた。

畑仕事に便利なように建物を建ててそこに泊まり込んでいるうちに、数軒が集まって小さな集落ができたところもあった。領地の概念や部落の規範、戒律、歳時祭儀など、本質的な点ではクスクス社に属しており、祭儀や何か重大なことがあれば、カルルとアディポンが歩いてきた山道をたどってクスクス社に戻るのだった。

　カルルがクスクス社に入るやいなや、斜め横から男が現れて、行く手を遮った。

「こっちだ、カルル！　遅かったじゃないか。早くジリュウの家に行かないと、猟の獲物は全部食われてしまうぞ」

「おれ、先に家に戻って、アマ〔おやじ〕に会ってくるよ」

「その必要はない。おまえのアマはあいつの家にいるよ。みんなで話をして熱くなっているところだ。アマ〔おじさん〕に、おまえがそろそろ帰って来るころだから、ここでつかまえて、連れて来いって言われたんだ。おまえが見たことをみんなに話させようってわけさ」

「そういうことか。わかったよ。だが、おれたちが食うものはまだ残っているんだろうな。一日じゅう、風と砂に吹かれてたんだ、熱いスープか何か、飲まないとな。シナケ社のアディポンにも来てもらったんだ。スープの一口でも飲ませられなかったら、噂になって、笑いものになるぞ」カルルが言った。

「大丈夫だ、ジリュウの家では、おまえのために肋骨と内臓を取ってあるんだ。おまえは海岸へ人を見に行ったんだから、戻って来たら、何かいいものをくれるだろうってな。おまえたち、ほんとうに何か持ってるのか？」

「それは……。申し訳ないな」

この「いいものをくれる」という一語でカルルの楽しい気分はしぼんでしまい、気まずい思いになった。そしてちょっとためらったが、すぐにアディポンを持ち出して、ごまかした。

「うん、それなら、シナケ社の友人をもてなすのに、失礼にはならないだろう」

「申し訳ないなんてことはないよ、みんなおまえを待っているんだ」

ジリュウの家は階段状に並んだ部落のなかで、最上段の右側にあった。上の入口から部落に入って最初の角を右に折れ、二軒の家を通り過ぎると、そこがジリュウの家だった。道は彼の家の庭のそばでふたつに分かれ、一本は家の後ろを通って山の稜線に向かい、そこで部落の狩場へ行く小道につながっていた。もう一本は、部落の外側を下っていく小道だった。

クスクス社の家の建て方はだいたい同じだった。ジリュウの家は長方形で、庭には小石や小さな石板が敷かれていた。庭に入って右手には、家畜を飼っていたらしい柵があって、干からびた動物の糞と、動物の乾いたにおいが残っていたが、中には何もいなかった。柵のそばに、地面から一メートルくらい上がった高床式の穀物倉があった。四本の柱で支えられており、柱の上端にはそれぞれ、手のひら三つ分くらいの大きさの、真ん中がくぼんだ木板が逆さに取り付けられていた。ネズミ返しだった。穀物倉の屋根は住居と同じカヤ葺きで、壁に入口と窓があり、そこから穀物を出し入れした。穀物を納める空間は、直径が大人ひとりが腕を広げたぐらいだった。広さ一〇平方メートルくらいの石畳の庭を過ぎると、そこがジリュウの住まいだった。カヤと竹と木で建てられた家で、ケイチク（桂竹）で編んだ格子状の網で厚いカヤ葺き屋根を押さえていた。壁もカヤで葺かれており、巨大なシイタケにすっぽり覆われているような形で、風や雨を避けて安全に過ごすことができた。

西北を向いた部落の斜面には、夕陽があたっていた。家々から炊事の煙が昇っていき、風に吹かれて漂っていた。子どもたちが楽しそうにあちらの路地、こちらの路地と駆け回っていた。ジリュウの家の話し声は、庭に入る前から、カルルとアディポンに聞こえてきた。

「まずいことになったなあ、みんな、おれたちが何か持って帰ると期待しているんだ。おれたちは何も持たずに戻って来た。絶好の機会をあのパイランどもにくれてやってしまったんだ。すぐに耳が痛いことをどっさり言われるだろうな」

「おまえがそう言うんなら、おれはアルクについて、牡丹社へ行くべきだったなあ。おまえに引っ張られてここに来て、悪口を聞かされることになるとはなあ」アディポンは笑みを浮かべ、振り返って谷のはるか向こうに見える牡丹社を眺めると、カルルのほうに向きなおって言った。

「ほんとうにすまない、こんなことになるとは、思いもしなかったんだ」カルルはアディポンに見つめられて、うなずきながら申し訳なさそうにこう言った。

「おい、冗談だよ。しかたないさ。みんな、部落の外の人間をほとんど見たことがないんだから、珍しいものを手に入れて、それで楽しもうと思うのは、よくあることさ」

「実は……」カルルは足を止めた。

「どうしたんだ？」

「つまり、おれたちのところでは、本気で悪口を言うことはあまりないんだ。部落にはいくつかの氏族があるが、ふだんは冗談を言い合ってる。ただ面白がるためにだけ、悪口を言うこともあるけど、実際にはあまり悪気はないんだ。さっき、誰かが耳が痛いことを言うかもしれないと言ったが、そういう言葉は、聞いた人を嫌な気分にさせることもあるし、悔しい思いもさせるが、そういう冗談には、実はたいして悪意はないんだ」カルルはこう言った。

「なに？　わからないなあ。おれたちがさっき話したのは、誰かが悪口を言うって意味じゃなかったのか」

「そうだけど。でも……、そうでもないんだ」

「ハハハ、何が言いたいんだ」

「つまり、うちの部落の人たちは、おまえの目の前でおまえをけなすし、おまえが引っ込みがつかなくなるようなことを言うが、おまえの気勢をそいで、話を面白くしようと思ってそうするだけなんだ。おまえが我慢できないことを陰で言ったとしても、それは何かを気づかせたり、笑い話にするためで、ほんとうに心に何か思うところがあって、そうする人はいないんだよ。悪口を言うのも、ほんとうの悪口とは言えないんだよ」

「カルル、おまえの話はほんとうにおもしろい。悪口かそうでないかに、そんな大きなちがいがあるのか？　そんなに真面目に説明してくれるなんて、何が言いたいんだ？　アルクの牡丹社のことを言っているんじゃないだろうな」

「それは……。確かに、申し訳ない。おれは牡丹社の話をしているつもりはないんだ。おまえが今、言った牡丹社だが、アルクが、悩んでいるとか、困っているとか、何度も言っていたのを思い出したよ。兄弟分として、まずわかってほしいんだが、牡丹社には氏族のあいだにわだかまりがあるが、クスクス社にはそんなものはない。もしうちの部落の人が、何か失礼なことを言っても、それで嫌な気持ちにならないでほしいんだ」カルルは、よその部落のことを話すことは、失礼でうしろめたいことのように感じたので、ためらいながら言った。

「ハハハ、おれが何か大変なことでも言ったみたいじゃないか。カルル、考えすぎだよ、牡丹社のことは、おれも少しは知っている。あそこでは氏族同士がひそかに張り合っている。いろいろな人から何度も聞かされたので、知ってるんだ。きょう、アルクが帰るのにこだわったのも、噂のネタになりたくなかったからじゃなくて、いい手本になりたかったからだ。ちがうか？　おまえがこんなに慎重なのは、まさか、クスクス社の人間は、冗談を言って、人をいたたまれない気持ちにさせるからなのか？」

「ちがうちがう、そうじゃないんだ。ウウ……、そうでもあるけど」

「ハハハ、おまえは何度、そうじゃないって言うんだ。安心しろよ、クスクス社に来たことがないわけでもないし、クスクス社の人の口が悪いのを知らないわけでもない。それにおれは口喧嘩に来たわけじゃないよ」アディポンはそう言って、カルルの肩をたたいた。

アディポンはカルルより頭一つ分、背が高かった。ジリュウの家の庭の入口の前に立ち止まってふたりが話しているので、集まった人たちが好奇のまなざしを投げてきた。

「おまえたち、そんなところでふたりで話しているが、なにか企んでいるのか？　おまえたちが持って来たいいものを隠そうと相談しているんだろう」

「そうよ、人の家の入口で、こそこそして。まだ明るいんだよ、あんたたち、誰にも見られてないとでも思っているの？　そこのシナケ社のアディポン、あんたはそんなに男ぶりがいいのに、まだ女を見つけられないのかい。カルルには、とっくに柴城に好きになった女がいるっていうのに、知らないのかい？　ほっそりしたパイランの娘だよ。カルルはあんたに惚れたりしないから、つきまとうのはやめなさい。こっちへ来て、わたしらに顔を見せておくれ。そして誰かひとり選んで、嫁にもらいなさいよ」中年の女が大声で呼びかけたので、アディポンはしかたなくカルルをちょっと押しやった。

「まあまあ、見なさいよ、あのふたりはほんとうに仲がいいわね。こんなアリヤン（仲間）がいたら、ほんとうに何も言えなくなってしまうわ。残念ね、わたしらの嫁入り前の娘たちは、ふだんから広い畑を守って、いつかアディポンが訪ねて来てくれて、好きになって嫁にもらってくれるかもしれないと待っているのに、あんたたちはふたりでそんなふうにくっついているなんて。女の気持ちをひどく傷つけているのよ。それに、カルル、わたしらおばさんは、あんたがパイランの娘を好きになったことを責めたりはしていないのに、今、ほんとにアディポンを誘惑するなら、痛い目に遭わせるわよ」中年の女がまた言った。

「おいおい、あいつらふたりは立派な男なんだぞ、いいかげんなことを言うんじゃない。アディポンがなんでカルルに惚れるんだ。アディポンは賢くて、男っぷりもいい。パイランの村でも、きっとたくさんの女たちがアディポンとつきあってるんじゃないか。おまえたち若い娘も、もっと頑張らなきゃな、パイランに負けるんじゃないぞ。おい、アディポン、何度も言ったことだが、パイランの娘たちをあんなにたくさん、ひとりじめするなよ。おれにも気前よく、ひとり紹介してくれよ」ひとりの中年の男が声をあげた。

「チッ」カルルは軽く舌打ちすると、笑顔でアディポンのほうを振り向き、そっと言った。

「ほら、おまえはおれより歓迎されてるじゃないか」

「まだ座ってもいないのに、もうおれを歓迎してくれてるって言うのか。さすがにクスクス社だなあ、ハハハ」アディポンも笑顔になって低い声で答えた。

ジリュウの家の庭には、ジリュウの家族や親戚だけでなく、クスクス社のいくつかの氏族の長たちも来ており、近所の人も加わって、三十人ほどが、四つに分かれて石板に車座になっていた。クスクス社の大頭目のチュルイがいるグループでは、腰ぐらいの太さの木を切った椅子をふたつ、ふたりのためにチュルイの左右に置いてあった。カルルたちはそこに座った。娘たちはアディポンを見ていた。車座になった人たちの声が急に小さくなった。カルルの話を聞こうとしているらしかった。

「おい、アルクは？　おまえたち、いっしょに来なかったのか」チュルイが尋ねた。

「うん、アマ、あいつは急いで帰ったんだ。夜は、牡丹社の若者たちと夜番をしなければならないって言っていた」カルルが言った。

「ハハハ、あいつはほんとうに責任感がある若者だ、おまえたちも見習わなきゃな」

「牡丹社の大頭目のアルグが、自分の氏族の若者たちにそうさせているんだ。そうせざるを得ないんだろう」族長のひとりが言った。

「そうだな、あいつはよその部落から牡丹社のカフルアン氏族に婿入りしたのに、数年で重要な指導者になってしまった。ふつうの人はあまり言わないが、氏族の指導者たち、とくに昔からの指導者の家系の人たちには、思うところがいろいろあるだろう」チュルイが言った。

「まあ、おれはアルグを尊敬せざるをえないよ。牡丹社のやつらはあんなに強くて、ふだんは互いに誰かの言うことを聞いたりはしない。おれたちの部落なんて、眼にも入れてない。ところがアルグは、シナケ社の出なのに、牡丹社のやつらより牡丹社人らしく自分を変えてしまった。みながあいつの言うことを聞くのも無理ないさ」中年の族長が言った。

「ハハハ、おまえはそう言うが、牡丹社人以上に牡丹社人らしいって、何なんだ。牡丹社人らしいってどんなことだ」

「おい、チュルイ、おまえが知らないわけないだろう。牡丹社の人間は情を重んじ、愛憎が深いんだ。仲がよければ、あんたに畑を半分譲ってくれるかもしれないが、仲が悪ければ、そいつの家の犬だっておまえにいい顔はしない。だからこそ、牡丹社のやつらはパイランの詐欺師どもをあんなに憎んでいるんだ。それが、柴城や統埔、保力のパイランが牡丹社のやつらをあんなに嫌う原因だとも言える」

「うん、それだけじゃなく、アルグは知恵と計略があるし、勇気もあって、外に対しては一歩も譲らない。だが牡丹社のほかの氏族に対しては、さまざまなことを受け入れている。自分の氏族の者には厳しく要求するのに、ふだんはほかの氏族の人には控えめで、どんなときでも礼儀正しく振舞っている。これも、牡丹社のふつうの人たちが彼にあんなに信服する理由だ。伝統のある指導者氏族でさえ、表向きは礼儀正しく振舞っている」チュルイはそう言いながら、そばに座って何も言わないアディポンを思い出して、こう言った。

「おれたちばかりしゃべっていて、このふたりの若い者が、きょう一日じゅう、海辺で風に吹かれながら見てきた、よそ者の様子をまだ聞いてないぞ」

「そうよ、あんたたち族長たちは、ほんとにあれこれうるさいわよ。ずっとしゃべっているんだから。海辺で何があったのか、ふたりから聞きたいのに」中年の女性が勢いづいて大声をあげた。

「ああ、みなさん、まあ落ち着いて。まずおれが話します。足らない部分は、アディポンが補ってくれるでしょう」カルルが手にしていたスープの椀を置いて言った。

## 一三　洞窟をめぐる論議

空は暗くなりかけていた。海岸の西に連なる山々では、山ひだがすでに暗く沈んだ色に染まっていた。それは、夜になる前に、夕焼けが山に遮られてできる光景だった。台風のせいで八瑤湾で座礁した宮古島の人たちは、三々五々、縦に並んで歩いた。沈み込んでおり、それぞれが心配事をかかえて落ち着かない様子だった。海岸に並んだ岩の外側の砂地の小道を南へ向かって歩いていた。隊列は山すそから海に延びた砂の小山の背を超えたところで、ふたつの大きな岩でできた洞窟の前に集まり、議論を始めた。洞窟の入口でそれを見ているだけの人たちもいたし、離れてあちこち歩きまわる人もいた。先頭に立ってここに来た船長は、眉をしかめて洞窟をじっと見ていたが、すぐに行ったり来たりしてあたりを調べた。船乗りたちが何人か、あちこちへ散って、薪を探していた。先ほど、島主から護衛の頭に任じられた前川は、息を切らせて列の先頭にやってくると、あの漢人たちが立ち去った南の方向に向かって罵り声をあげた。野原について先頭に立ち、あたりを探っていた何人かは、すでに洞窟を調べ終えて、熱心に意見を述べ合っていた。

野原は砂丘の鞍部を越える小道に立ったまま、何も言わずに仲間たちを眺めており、洞窟に近づいて議論に加わろうとはしなかった。彼は島主や首里から来た役人たちの顔に浮かんだ、驚愕と信じられないという表情に注意していた。聞こえてくるのは、洞窟を見てきた人たちの馬鹿にしたような嫌悪の声だけだった。

「これはまちがっている」黒い着物を着た村長が怒鳴るように言った。その声には失望と憤りが込められていた。そして、叫ぶようにまた言った。

「どうしてこんなところで寝られるんだ」

「そうだ、何と言おうと、われわれは首里から来た役人と商人だ。時には田舎のまずい米を食い、硬い板の上に寝ることも我慢できるが、こんな、サルでも寝られないような穴ぐらでどうして寝られるんだ。座ってか？　それとも泥砂の上に横になるのか？　ふとんは？　ほんとうになんてことだ。なんでこんなひどい目に遭うんだ。初めて巡回の航海に出たというのに、こんなことになるとは。何か起こったら、このいまいましい土地で命を落としてしまうだろう」下あごのほくろに四本の毛が生えた、もうひとりの琉球の役人が言った。

「静かにしろ、死ぬだって？　ここで死ぬのはおまえだけだ。あんたは死ねばいいさ、生番どもがきれいに食べてくれるだろうよ。わしは戻ったら、あんたの布地の商売を取り込んでやろう。二、三年もすれば、首里だけじゃなく琉球全土の布地の商売を必ずこの手に握ってやるさ。その時は、中山王が紫禁城に朝貢なさったり、薩摩藩に使節を送ったりするのに、わしは欠かせない人間になる。そうなれば、商売はもっと大きくできるかもしれん。ワハハ、おまえがここで死ねば、好都合だ」もうひとりの薄ねずみ色の着物の商人が眼をむいて言った。

「なるほど、そういうつもりだったんだな。道理で、はじめのうちは、この航海はひどくいいものだと言っていたわけだ。宮古島や八重山に行って、辺鄙な小島を見ようと言っていたな。台湾に近くて、西洋人が南北に行き来しているから、島で何か珍しいものが見られるかもしれないと言っていたな。わしを誘ったのは、こういう企みがあったんだな。ほんとにひどいやつだ。台風で船が座礁しなかったとしても、この航海で、わしはおまえの毒牙にかかっていたことだろうよ」

「黙れ！」村長のひとりが大声で怒鳴った。

「あんたたち、少なくとも男らしくするんだ。こんな時に喧嘩して、何になるんだ」

「なにっ、おまえの身分は何だ。小さな島の与人《ゆんちゅ》（村長）じゃないか。島で自分の村のやつら相手に威張っていればいいんだ。口を出すな。わしら商人のことがおまえにわかるのか。全琉球の布地の商売にどんな競争があるか、わかるのか。馬鹿者が、何を口出ししてるんだ」

「あんたは……、ほんとうに失礼だな、その物言いは。あんたが役人だとしても、そんなえらそうな口の利き方はないぞ。それに、あんたも商人だと？　役人のくせに、こっそり布地を商っているんだな。役人だろうが、商人だろうが、何をわめいてるんだ。こんな状況になっても、何をこそこそやっているか、わしらに教えるとは、大したもんだ。あんたが凍え死にしようが、飢え死にしようが、それが意外だとは全く思わんよ、あんたこそ馬鹿者だ」村長はますます腹を立てて、大声でなじった。

「黙るんだ、みんな黙ってくれ、そんなことを言いあって気力を費やすんじゃない。みな、それぞれ方法を講じて枯草を見つけたり、枝を取ってきたりして、それで寝床をこしらえて寝よう」船長はすでに戻って来ていて、おだやかに止めたが、数人が静かになったのを見ると、口調を変えて続けた。

「ここから南へ行くと、少し先では山が海岸まで迫っているようだ。あのふたりの話だと、この道の先には村があるはずだ。そこまで、どれくらい距離があるかはわからんが、村があったとしても、わしらが夜に大人数《おおにんずう》で現れたら、歓迎してくれるはずはないだろう」

「船頭、つまり、わしらは今夜、ここで眠るしかないというのか」新しく護衛頭となった前川も戻ってきていたが、船長のことばを聞いて、こう尋ねた。

「ああ、わしはあのふたりが指さした方向には、確かに村があると思う。その村で助けてもらえるかもしれない。しかし、そこまで、どれくらい距離があるのか、わしらにはわからない。暗くなる前にそこにたどりつけるのか。断られて追い出されるかもしれない。そうしたら暗くなってから、この人気《ひとけ》のない場所をうろうろすることになる。だから、今夜はみな、ここにいたほうがいいと思う。暗くなる前に寝る支度をするんだ。しっかり休んでから、あるいは夜、寝つけなくて手持ち無沙汰だったら、また口喧嘩をすればいいさ」

「ここで寝るだって？　夜になったら、あいつらの言う大耳生番が襲ってくるかもしれんぞ」随員のひとりが言った。

「あいつらは、ここには生番はいないと言ったし、南へ行っても生番はいないと言っていた。西へ行くのが危険だと言ったんだ。ここに残ったほうが安全なんだ。今、危険かどうかと考えても何の意味もない」

「船頭、あんたは長年、外地を渡り歩いてきた。なんで、あいつらが言ったことを信じるんだ」村長のひとりが頭を掻きむしりながら、疑り深そうに船長を見て言った。

「ハハハ、わしは経験豊かな船頭だ。わしと船乗りたちはいつでも実際的なんだ。南へ行ったら村があるだろうか。西へ行ったら危険だろうか。そんなことは、わしらの今の状況からはかけ離れているし、今は証明することもできない。しかしだ、落ち着くための準備にすぐに取りかからなければ、今夜は道ばたで凍死するかもしれないし、あるいはこの洞窟で凍死するかもしれないってことだ」

「ウウ……」人々は何かを悟ったように、低い声をあげたが、それが海のそばの洞窟で海鳴りと反響して、感嘆の声のように聞こえた。

「ここで凍死などしないし、餓死もしない」護衛頭の前川がいきなり言った。

「そうだ！」次々に声があがった。空にはまだ明るさが残っていた。船長と前川の考えはもっともだった。もう一晩、飢えに耐えるか、それとも危険を冒して進んで食べ物と助けを求めるか、今、人々の心は迷いに迷っていた。

砂丘の鞍部の小道に残っていた野原は、戻ってきて人々の外に立ち、仲間たちが話すのを静かに聞いていた。砂丘から西の山の尾根の方に目をやると、遠くの林で何かが騒いでいるようだった。あの騒ぎはサルたちにちがいないと野原は思った。彼はある年、年貢を納める団に加わって、船で琉球に行った。その時、陸地を視察したのだが、ある村はずれの林でサルたちが騒いでいるのを見た。そのことが深く印象に残っていた。

もし、ほんとうにサルの群れだとしたら、その方向では、野生の果実がすぐに見つかるということだった。近くに村があるかもしれない。しかし、琉球のサルとここのサルは、習性が同じだろうかと野原は考えた。

彼は、役人たちや商人たちが憂い、悩み、焦り、憤る表情を見ていた。船長と船乗りたちの動じることのない、落ち着いた、そして軽蔑したような表情も目にした。そのはっきりした対比を興味深く見ていたが、どうするべきかわからなかった。役人や商人は、琉球王国の首都である首里で、衣食にこだわった贅沢な生活を送ってきた。それで、小さな朝貢船に詰め込まれた時は、早くから不平をこぼしていた。今、彼らに空腹を我慢させ、泥の上に草を敷いて、身体を寄せ合って眠らせるとなると、当然のことながら、さらに泣き言を言うことだろう。しかし、もし船長の言うとおり、ここに残って、ひとつの洞窟にみなが入って一晩過ごせば、凍死はしないはずだ。ただ、数日にわたる空腹にさらに耐えねばならず、確かに快適なことではない。まず何か見つけて口に入れるべきではないだろうか。空はまだ暗くない。先に何か探しに行って、何か食べてから、戻ってきて眠ることはできないだろうか。それも悪くないはずだ。川床の近くには雑木林がたくさんある。食べられる実が成る木が一本や二本はあるはずだ。試してみるべきだ。野原はそう考えながら、心に思うところがあった。宮古島下地村の村人たちは、ふだんは畑に出、漁に出ており、自分の着ているものがきれいかどうかなど、気にもかけない。懸命に魚を捕り畑を耕すが、きちんと食べられて、着るものを着られ、家族が落ち着いていっしょに暮らすことができればそれでいいと思っている。彼らが話していた布地の商売のことなどどうでもいい。役人や商人たちはさまざまな材質の布地の衣服を二、三枚重ねて着ている。きれいではあるが、あれを着て仕事ができるだろうか。この洞窟は確かに居心地はあまりよくないが、風と雨を避けて一晩を落ち着いて過ごすには、何の問題もないはずだ。これは運命なのだろうか、それとも階級から来るものなのだろうか。野原はあれこれ考えたが、憤りは感じず、かえって、足るを知り、運命と認める安定感を覚えた。

琉球から来た人たちは運に恵まれた人たちなんだ。野原は心の中で思わず笑った。船長と護衛頭の前川の意見に賛成だと言おうとしていると、前川の声がまた聞こえた。

「島主様、島主様、何かおっしゃってください！」

島主は腰をかがめて、両腕で頭を抱えており、その表情はゆったりした着物に遮られて見えなかった。

「島主様……」

「ああ、わしらはなんでこんなことになってしまったのだろう」島主は身体を起こした。眉をしかめ、両目は潤んで、鼻水が二筋流れていた。彼は言葉を詰まらせながら言った。

「今年、わしらは大がかりに船を二隻したてて、意気揚々と首里に納税に赴いた。中山王は今年は特別にたくさんの贈り物をくださった。そのうえ、役人たちも派遣してくださり、大商人たちまでわしらといっしょに宮古島に来ることになった。ああ、それなのに、家に帰れずに、こんなところ、こんないまいましいところへ来てしまって……」

「台湾です、あのふたりは台湾だと言っていました」前川が口をはさんだ。

「台湾、人を食う生番が出没するところに来てしまって、そのうえ、今夜はこんないまいましい洞窟で寝なければならない。どうしらいいんだ」

「島主様、おっしゃってください、わしらはここに残って、この洞窟に入るべきでしょうか、それともまだ明るいうちに、別の場所に行くべきでしょうか」

「ああ、わしは腹が減ったし、疲れた。どうしたらいいのか、わしにもわからない。おまえたち、何か方法を講じられないのか」島主はつぶやくような調子で言った。

「わしはもうどうでもいい。ほかの場所に行くぞ。眠る場所がなくても、まず食べ物を見つけて、腹をふくらすべきだ」役人のひとりがいきなり喚いた。

「島主様、まだ暗くなっていませんし、まず何か見つけて食べるべきかと思います。ほんとうのところ、わしはあのふたりのことばは、全く信じていません。それに、この洞窟は道のすぐそばにあるので、夜中に誰かが入ってくるかもしれません。そうすれば、思いがけないことが起こるかもしれません。たとえ今夜、全員がこの洞窟に入って、一晩を無事に過ごすことができ、明日、南へ歩き続けたとしても、そこの住民からうまく協力を得られるかどうか、あるいはもっとたくさんの詐欺師に出会うか、全くわかりません。むしろ、暗くなる前に、この近くで果物でも見つけて腹をふくらし、暗くなったら、その近くに眠る場所を見つけるほうが、ここで海風に吹かれるよりは暖かいでしょう。わたしはすぐにここを離れるのに賛成です」村長のひとりが言った。

「それは……。船頭よ、わしらはどうするべきだと思う」島主が言った。

「島主様、どんな決定でもかまいません。ここを離れるなら、すぐに行動を起こしましょう。ここに残るのなら、できるだけはやく、寝るための準備をそれぞれがしてください。時間の猶予はありません」船長が言った。

「だが……」島主は眉をしかめて、少し躊躇した。

「もし、ほかのところへ行って、あいつらの言っていた人食い生番に出くわしたら、どうするんだ」

「島主様、それは言い伝えにすぎません。ほんとうにそんなことがあったのかもしれません。しかし、台湾は、宮古島から琉球へ行くより近いですが、この海で漁をしている漁民がそんな目に遭ったとは、長い間にも聞いたことがありません。あのふたりが話をでっちあげて、わしらを騙したのだと思います」さっき話した村長が、こう言った。

「そうか……。ではわしらはどっちへ行くべきなんだ」

西へ、川に沿って奥に入り、食べられる物を探しましょう、野原は思わずそう言いそうになった。さきほど西の山麓を眺めた時に、長山港の老人の話が脳裏にはっきりと浮かび、具体的な形となって刻みこまれたのだが、自分の身分が低いことを思って、西へ行こうとは言い出さずにいた。

「島主様、西へ行きましょう。川に沿って奥へ進めば、食べられる物が見つかるにちがいありません。食べ物がすぐには見つからなくても、川の水を飲めば、飢えを抑えることはできます。この二、三日、誰もちゃんと食べてはいないはずです。ここに残れば、今夜、誰かが誰かに食べられるかもしれません」前川が思いつくままに答えた。

この答を聞いて、野原は驚き喜び、また意外にも思った。このように思っているのは自分だけだろうと思っていたのだ。しかし、前川がこう言った時、船長の口角が上がったのが目に入り、多くの人が同じように考えていたらしいと気づいた。興奮した彼は、思わずこぶしを握り、心で大声をあげた。

「ふん、誰かが誰かを食うだと？　おまえがそう言うんなら、そのとおりなのかもしれん……。おまえは何人か連れて先に行って、道を探るんだ。途中で何かあったら、その場で決めて処理しろ。わしの指示を待たずともよい。ああ、すぐに行動を起こそう。ずっとここにいても、波の音を聞くしかないんだからな。心が落ち着かなくて、悪い夢を見るだろうよ。しかし……、ああ、ほんとうに腹が減った」島主は力なく手を振って、合図をした。

島主の言葉が終わらないうちに、何人かが来た道を河口の方へ戻って行った。一刻も早く川岸に戻りたかったのだ。前川と近くにいた何人かがそれを追って行って、先頭に立った。

野原は笑った。

彼は最後のグループに加わることにした。来たばかりの道を隊列が戻って行くのを見ると、彼は急に笑い出したが、すぐにその笑いをおさめた。

おれはほんとうに単純だなあ！　野原は自分が何を願っているのかに気づいて、心でつぶやいた。今いるところがどこか、わからないが、ここが危ないかどうかは、全く考えていなかった。彼が西へ行きたいと思ったのは、長山港のあの老人の話を思い出し、危険はないと純粋に思い込んでいたからだった。それゆえ、前川が西へ行くことを言いだし、人々がすぐに行動を起こしたとき、願いがかなった喜びが湧いてきて、我慢できずに笑ったのだった。しかしすぐに、少し前、ふたりの男が落ち着かない様子で何度も西の方に目をやっていた表情が心に浮かんで、ひやりとした。笑顔が消え、たちまち不安が心に広がった。彼はそこには何か、あのふたりが恐れるようなことがあるにちがいないと直感した。大耳生番でないとしても、人を恐れさせる何かがあるにちがいない。

あそこにほんとうに危険があるとしたら、それは何だろう。西へ向かって足を速める仲間たちをじっと見ているうちに、そんな疑問が野原の心に起こった。

## 一四　クスクス社の日常

ジリュウの家の庭にはかがり火が焚かれていた。同じ段にある家の人たちと、氏族の族長たちはみな残って、チュルイと世間話を続けていたが、多くの人は帰ってしまった。

空は暗くなりかけていた。暗い夜と微かな光がにじみあい、まつわりあい、引きあい、噛みあうような光景だった。灰黒色のうえに浮かんだ水のあとのようにも見えた。残像は見えているが、瞳にはっきりとした像を結ぶことはなく、少し角度を変えると真っ暗になってしまうような明るさだった。クスクス社の家々はたいまつをともしていた。その光が建物の隙間から漏れて、大小さまざまな、明るさも異なる微かな光となってつらなり、映えあって、淡い霧が消えて夜に入ったクスクス社に、温かい光を点々と放っていた。空には、昇ったばかりの細い月のそばに、ひとつ星が明るく輝いていて、西に遠く離れた牡丹社の稜線にかかっていた。

庭に残った人たちは、カルルが海岸で見たというよそ者について、低い声であれこれ話し合っていたが、長老たちの話を邪魔しないように控えめにしていた。しかし、話題はすぐに、男女の恋愛や求愛に移った。今年の食糧不足を心配して、台風が去った今、急いでサトイモとサツマイモを植えるか、それともキャッサバでも植えようかと議論していた老人たちも、若者たちの青春の雰囲気にひきつけられ、我慢できなくなって、話題をそちらに換えてしまった。

「チュルイよ、あいつらのさっきの話だがな、おれも言わせてもらうぞ。おまえはカルルが子どものころに、統埔のパイランの家へ牛追いに行かせただろう。カルルがほんとうに柴城のパイランの女を嫁にするなら、それはなかなかおもしろいことにちがいない」族長のひとりが言った。

「どこがいいんだ、つまり……、あいつらはどう言うんだっけ」

「縁談です」アディポンが答えた。

「そうだ、縁談だ。もしほんとうにパイランがうちの部落に嫁に来たら、わしらは何かを変えさせられるかもしれないと、心配でならないんだよ」

「これ以上、何が変わるって言うの。ほんとにそうなったら、あんたたちは、このばあさんを追い出して、アワ畑の小屋にでも住ませるのかい。パイランの女子《おなご》にすれば、好きになった相手はカルルで、聞かされたのはカルルの甘い言葉なんだ。嫁に来たからといって、わたしの言うことを聞くかね。わたしらのやりかたに合わせるかね。パイランのものを一式、持ってくるんじゃないのかね。そうなったら、女主人のわたしが、嫁に教えられることになるのかね。一生ここで暮らしてきたのに、よそから来た女の言うことを聞いて、しきたりを破るのかね。そんなこと、どうして我慢できるんだね」チュルイの妻は、無表情だったが、疑り深そうに言った。

「そんなことにはなるまいよ。わしらのところへ来たなら、もちろん、わしらのしきたりに従うさ。それができないなら、カルルを追い出して、部落のそばに自分たちの家を建てさせるまでだ。実のところ、わしはパイランの女が嫁に来てくれたらいいと、ほんとうに思っているんだ」族長のひとりがそう言った。

「ハハハ、だったら自分でそうすればどうだ。それとも息子にパイランの嫁をもらうかね。ずいぶん興奮しているが、パイランの嫁をもらったら、いったい何か特別なことでもあるというのかね、言ってみろよ」チュルイが言った。

「まあいろいろあるが、聞くところによると、北の方に鳳山という大きな街があるそうだ。そこのパイランの女は、朝は早く起きて洗濯し、火を起こして飯を作り、茶を入れる。舅姑が起きてきたら洗顔を手伝い、飯を食わせ、茶を出す。カルルがほんとうにそんな嫁を貰ったら、あんたは毎日、夜が明けて起きたら、顔を洗って熱い茶が飲めるし、朝飯も食える。そのあと、さっぱりした服に着替えて、部落を見て回る。ずいぶん威勢がいい話じゃないか」

「ふん、そういうことなら、わしは毎日、朝起きたら顔を洗い、きれいなこざっぱりした服を着て、あちこち歩きまわるさ、雄のキジみたいに気取ってな。そうすれば、半月と経たないうちに、近所の女たちがみな、わしに惚れてしまう、そうなったらどうするんだ。どいつからそんな話を聞いたんだ。わしらのいくつかの部落から、柴城や保力へ何人か嫁に行ったが、誰がそんな生活をしている。あそこのパイランの女の誰が、そんなふうに暮らしてるんだ。パイランのどこが、わしらよりこざっぱりしてるんだ。汚らしい格好で出かけて、どこにでも痰を吐いたり大小便をしたりしてるじゃないか」

「アディポンがそう言ったんだよ。アディポン、おまえ、そう言ったよな」

「ああ、それはごく少ないが、金がある家のヤァホヮン（丫環）がそうするって聞いたんだよ」

「ヤァホヮンって、何だ」

「下女さ、人に使われる使用人だ。おれはそれを聞いて、おもしろいだろうと思って、みなに話したんだ。ほんとうかどうかは、見たことがないんだが、そういうことはあるだろうと思う。おれは枋寮に来たプユマ人が話すのを聴いたんだが、ピマバ（台東平原）の女頭目の家でもそうだという話だった」

「プユマ人だって？　プユマ人が言うことなんて、あてになるものか。おまえまでプユマのやつらに騙されたっていうのか。忘れるなよ、プユマ人はおれたちと同じように見える。狩や畑仕事をするところ、汚いところ、酒に酔うところなんかは同じだ。だが、あいつらが頭の中であれこれ巧みに考えるところは、パイランにそっくりなんだ。プユマ社からここまでやってきて、売り買いを仕切っているやつは陳安生〔訳注4〕というんだが、あいつはパイランなんだ。去年、ここを通った時に、牡丹社のアルグにこっぴどくやられたんだ、下十八社の領地に入ることは許さないってな」族長のひとりが言った。

「みんながそうというわけじゃないが、そんなパイランの家もあるんだよ」アディポンが言った。

「なあ、アディポン、おまえがちゃんと話さなかったから、おれはチュルイに文句を言われたじゃないか」

「おいおい、おまえたち、何を考えているんだ。パイランの嫁たちがみなそうだとしても、考えてもみろ、そんなにたくさんの布が、いったいどこにあるんだ。今でさえ、服を手に入れるのに、何袋ものイモと交換しなきゃならんのだぞ。毎日洗うほどたくさん服を持ってるやつなんているか。茶を買って気取って飲むだけの力があるやつなんているのか。おれにはそんな力はないよ。ほんとうにわしらの家に嫁に来たら、その嫁は部落の女たちと同じように畑仕事をし、食べ物をこしらえ、わしらと同じサツマイモやサトイモを食わねばならん。考えてもみろ、もし、パイランの女が心から望んでへりくだってうちに嫁に来て、そんなふうにわしに仕えたとしたら、おまえたちはおもしろいか？　そんなこと、考えたくもないわ」チュルイが言った。

「あの、みなさん、どうして、パイランの女がほんとうにおれのところへ嫁に来るみたいに言われるんですか。おれはまだ誰にも何も言っていないのに。笛を吹いて求愛したことだってないんですよ」カルルが我慢できなくなって言った。

「おまえの浮いたうわさは嘘だとでも言うのかい。パイランのところで牛追いをしていた子どものころ、大きくなったら、統埔でいっしょに牛追いをした娘を嫁にすると言ったのを忘れたのかい。おまえが忘れても、わたしは覚えているよ。親戚の娘たちが柴城に嫁に行っているが、おまえが三日にあげず柴城に行ってることも、ちゃんと知ってるんだから。それに、おまえが吹く笛が、その娘につきあってくれという意味だなんて、パイランにわかるのかい」カルルの母親がそう言った。

「おれは……、なんでそこまで言うんだ、子どものころのことまで持ち出すなんて。あいつらに笛の意味がわかるかなんて、どうしておれにわかるんだ。あいつらがほんとうにわかるとしても、おれはまだあの娘を訪ねてないし、縁談や嫁取りなんて、話してもいないのに」

「ハハハ、カルル、恥ずかしがらなくてもいいよ。パイランを嫁に貰ったら、稲やキビの栽培を教えてくれて、食糧が増えるかもしれないし、酒や蒸留酒を造る方法も教えてくれるかもしれない。パイランの織物のしかたも教えてくれるかもしれない。そうすれば、おまえは塀ごしによその家の長い布切れを取ってこなくてもよくなるぞ」ウライという若者がそう言うと、庭じゅうの人が大声で笑った。カルルが柴城で、女が月経の時に使う長い布を手にしたことは、知れわたっているのだ。

「おい、ウライ、おまえは……、何の話をしてるんだ。それは……、何の関係があるんだ。みんな、ほんとうに、……」カルルはそう抗議しながらも、自分でも我慢できなくなって笑い出した。

しかしながらチュルイは沈んだ表情でみなを見回すと、こう言った。

「みなが冗談を言うのはかまわない。ほんとうにパイランの娘を嫁にもらうことになったら、わしは受け入れられる。わしらが注意しなければならないのは、パイランどもが、あの手この手でわしらの山に入りこもうとしていることだ。山や木を見るだけじゃない、あいつらが欲しがっているものはたくさんある。あいつらと行き来したり交易したりする時には、自分たちの土地を騙し取られないように気をつけてくれ、あいつらはいろいろ理由をつけてくるからな。牡丹社では、パイランに土地を譲ることに同意した村人を、厳しく処罰したし、今では、パイランが牡丹社に入ることを厳しく禁じている。そのために、部落からもパイランどもからも恨みを買っているということだ。柴城のやつらは牡丹社をひどく恨んでいて、アルグを痛い目にあわせてやると息まいているんだ」

チュルイはちょっと話を止めると、みなを見て言った。

「あんたたちの家の財産は、それぞれの家のものだ。道理から言えば、わしの考えに従うよう求めるのは、筋がちがう。しかしよく考えてほしいんだ。パイランはひどく頭がいい、どんなやり方で欲しいものを手に入れるか、わしらには想像もつかない。これから先、もめごとが起こるよりは、あいつらとの行き来や交易を少なくしたほうがいいと思うんだ。おまえはどう思う、アディポン」

チュルイは話題を変えると、急に振り返ってアディポンに尋ねた。

「それは……、確かにそうですね。しかし、おれたちはやはりパイランと全く接触しないわけにはいきません。あいつらは頭がよくて機転がきき、ずるい。生き抜くためにあちこちで気を使い、こまめに働いている。それはおれたちにはないもので、しっかり学ぶべきことです。だから、カルルがほんとうにパイランの娘を嫁にもらうなら、あるいは、おれたちがパイランとつきあって友だちになるなら、それはそれでいいと思います。ただ、特に気をつけて慎重にしなければならないのは、おれたちはあいつらほど頭がよくないし、外のことをほとんど知らないので、騙されやすいということです」アディポンは言った。

「なんだって、おまえまでそんなことを言うんだ。おれがいつ、パイランの娘を嫁にもらうと言った。みんなが勝手にでたらめを言ってるんじゃないか。なんで真に受けるんだよ」カルルは眼をむいてアディポンを見ながら、声を高くして言った。

「ハハッ、部落の女たちが何人か、あいつらのところへ嫁に行ったんだから、おまえがほんとうにパイランの娘を嫁にもらったら、少しは面目が立つじゃないか、悪いことじゃない。今、パイランはどんどん増えている。まるで海の波がおしよせるみたいだ。おれたちがそれを止められるのは、いっときに過ぎない。もうすぐ、ここにもあいつらが入り込んで住むようになるだろう。今、おれたちが、あいつらとつきあわざるをえないのと同じだ。おまえがパイランを嫁にもらえば、あいつらの考え方がもう少し、わかるようになるかもしれない。あいつらの言葉がわかるようになるかもしれない。あいつらが海岸で、よそから来た人たちにしたように、ちょっと話すだけで、けんかなんかしなくても、相手のものを手に入れられるだろう。それは恐るべき力なんだ。相手に自分の考えをわからせる力なんだよ」アディポンが言った。

「そうだよ、カルル、おまえがパイランの女を嫁にもらったら、おこぼれに預かる機会がおれたちにもあるかもしれない」ウライが言った。

「ふん、ウライ、おまえ、なんで、まだそんなところにいるんだ。今夜はチュウクのところに行くんじゃないのか。チュウクに、おまえの心にあるのは、柴城の白いおっぱいのパイランの娘たちだと言ってやろうか」

「おい、カルル、おまえ、ずいぶん真面目ぶっていたが、とうとう口を滑らしたな。パイランの白いおっぱいのことまで言い出すとはな。いいとも、だいたいおまえが柴城に行くのは、パイランの女の白い大きなおっぱいを、こっそり見るためじゃないか。言っておくがな、でたらめなことを言うんじゃないぞ。もしチュウクがそんなことを信じたら、おまえは責任を取って、おれのためにパイランを見つけるんだぞ。少なくとも、毎日おれを柴城に連れて行って、パイランのおっぱいを見させろよ」

「ふん、おまえたち若いものときたら、ここの年よりたちが不真面目なのを見習っているのかい。わたしらの部落の女が死に絶えたとでも言うのかい。近くの部落の女たちが、みな嫁に行ってしまったとでも言うのかい。それで、おまえたちはパイランの女たちのことばかり考えているのかい。おまえたちがほんとうにそう思っているなら、いいとも、わたしが行って大声で言ってやるさ。若い者たちは部落の女はいらないそうだから、みんなパイランのところへ嫁に行けってね」

チュルイの妻が、聞いていられなくなって、ウライとカルルを指して言った。

「イナ(おふくろ)、そんなことしちゃだめだよ、みんなパイランに嫁に行って米の飯を食ったら、誰がおれたちのためにサツマイモを植えたりサトイモをゆでたりしてくれるんだ。なあ、ウライ、今夜はシナケ社のアディポンもいる。おまえといっしょに、チュウクの家を訪ねることにしよう。おまえの笛をずいぶん聞いていないよ。この縁談がうまくいったら、おれたちのことを忘れるなよ」カルルが言った。

「おお、そうだ!」カルルは何か思い出したように、つけくわえた。

「アディポン、おまえもいっしょに行こう。すごく興味があるんだ。おまえのような立派でかっこいい男を、チュウクがみそめて、ウライをふるかどうか。ああ、これはいいぞ。ウライは朝から晩まで、でたらめで不真面目なことを言っているんだから、ふられればいいんだ」

「おい、カルル、おまえ、何をいいかげんなことを言ってるんだ、こういうことは……」ウライはそう言ったが、みなが庭の入口に眼をやったのを見て、思わず口をつぐんだ。

刀をつけたジリュウたち三人が入ってきたのだった。かがり火に照らされていたが、その表情はあまり愉快そうではなく、明らかに何かに腹を立てていた。

「ジリュウ、何かいいものでも見つけたかい」カルルがからかうように言った。

「いいものだって？　ふん、何もなかったさ、人っ子ひとりいなかったよ」ジリュウは刀をはずすと、ついでにカチンもはずしながら、頭もあげずに言った。

「ひとりもいなかっただって？　あいつらは、ほんとうにパイランについて行ったのか？」カルルは訝しげに言ったが、知らぬまに声が高くなった。

「何だと？　パイランについて行っただと？」ジリュウは手を止め、頭をあげて尋ねた。

「そうさ。パイランがふたり現れて、海から来た人たちのものを取り上げたんだ、そして彼らを連れて行ってしまった。だからおれたちは手ぶらで帰ってきたんだよ」カルルは少し前に起こったことをもう一度話した。

「何だって？　パイランがそいつらのものを取り上げてから、連れて行っただと？　おまえたちは眼を開けて、それを見ていたって言うのか」

「そのとおりだ」

「それで、文句も言わずに、そいつらが行ってしまうのを見ていたんだな。そして、おれたちに無駄足を踏ませたって言うんだな」ジリュウは刀とカチンをいっしょにして投げ出すように置くと、カルルをにらみつけた。

「ふん、そいつらが行くのを、どうして止められるんだ。それにおまえたちは急いで走って行って、おれたちの言うことを聞こうともしなかったじゃないか。おれたちが呼んでも、おまえたちは誰も止まらなかったじゃないか」

「つまり、おまえは気に入らないって訳だ。きっと何かいいものを取ってきたんだ。おれには隠しているんだろう」

「おい、ジリュウ、でまかせを言うなよ。おまえも海岸に誰もいないのを見たんだろう」

「それは……、ほんとうにおかしいんだ。海の近くの道には人はいなかった。そんなに遠くまで行ってないと思って、おれたちも行ってみたが、小石だらけの浜に小舟が二艘あるだけだった。南へ行く道には足跡がたくさん残っていたが、そちらを見ても誰もいなかった」ジリュウは仲間をちらっと見て言った。「何かいいものを見つけられないかと思ってたんだ。今夜、チュウクへの贈り物にしようと思っていたんだが、何もなかった」

「ハハハ、そうだ、おまえもチュウクが好きだったんだな。ああ、今夜はほんとににぎやかになるぞ。おまえとウライがどんなふうに競い合うのか、すごく興味がある。ウライはおまえより笛がうまいからな。おまえは多分、チュウクの心を手に入れられないだろうよ」

「ふん、カルル、人の不幸を喜ぶなよ、おれのことは放っておいてくれ。女を訪ねるのは、独身の男なら誰にだってその資格がある。ウライの笛が上手だとしても、何の保証にもならないさ。それに、ウライの歌は、おれなんかとはくらべものにならないからな。チュウクはきっとおれが気に入って、おれとつきあいたいと思うさ。見てろよ。おまえのような、パイランの女しか好きにならないやつは、黙っていてくれ」

庭では話し声が続き、老人たちは笑顔で若者たちを眺めていた。青春の盛りの若者たちは、誰と誰がうまくいっている、誰と誰はうまくいっていない、などと話し合っていた。今夜は青年たちが、楽器や鼻笛〔パイワン族の伝統的な双管の笛〕や笛を携えて、連れだって、あるいはひとりで、心に思う娘の家を訪ねるだろう。年ごろの娘がいる家の主人は、この機会を利用して、はじめて訪ねてきた若者であれ、すでに何度か来たことがある青年であれ、娘の心をつかむことができるか、家族になる資格があるか、この縁談はうまくいくか、しっかり見定めるはずだ。青年たちはそう話し合い、励まし合っていた。

アディポンはその様子を静かに眺めながら笑っていた。思いを伝えるこの伝統的な方法が、男にとってどれほど重要か、彼にはよくわかっていた。誰かを好きになった青年が、笛の音に乗せて遠くから思いを伝えてこそ、縁談が始まる機会があるというものだ。彼はクスクス社のあちこちに目を向けた。そしてもうすぐ、月の薄明りのもとで、笛の音や歌声が、いろいろな方向から競い合うように起こるにちがいないと思った。誰かの演奏が一段落すると、必ずすぐに別の方角から笛の音があがるはずだ。その旋律や笛の調べが、どれも熱情と真心にあふれ、切実に愛を求める青年を表していることを、彼は理解していた。誰もが笛の音を聞き分けられた。特に、嫁に行く年ごろの娘たちは、どの笛の音がどの家の青年のものか、よく知っていた。心に思う娘がいる男や、娘に少しは受け入れられた男たちは、楽器を手にひとりで訪ねて行って、庭の前で演奏を始める。まだ相手が見つけられない青年や、まだ迷っている青年たちは、まず自分の家の庭で何日か笛の練習をして、まわりの人たちに自分の笛の音を知ってもらい、その後、ひとりで、あるいは連れだって、部落の道を歩き回って笛を吹く。やがて、笛の音にひきつけられた大胆な娘が、出てきて彼らを庭に招き入れてくれ、おしゃべりをすることになる。生真面目で気が小さい娘は、好ましいと思う笛の音や歌声にひかれる心を抑えつけ、それが庭先を通り過ぎてから、自分の意気地なさをひそかに嘆くのだった。しかし笛の音がゆっくりと遠ざかって行っても、庭に出て呼びかけることはしなかった。

「たぶん、今夜、部落のあちこちで、好き合った男女が何組も、夜じゅう、おしゃべりに興じたり、歌ったり笛を吹いたりするはずだ」カルルが突然アディポンに言った。

「そうか」

「うん。ウライの笛とジリュウの歌も、競い合うだろう。今夜はにぎやかになるぞ」

「ハハハ、おまえがその争いに加わらなくてもいいのは、結構なことだよ」

「おれはそんなつもりはないさ。それから、おまえは、どこかの娘にみそめられたりしないように気をつけろよ、ほかのやつらの機会がなくなってしまうからな」

「ハハハ、考えすぎだよ」アディポンは笑いながら答えたが、心にふと、海からやって来た人たちは今どこにいるのだろうかという思いがわいた。
彼らはどこにいるんだろう。何をしているんだろう。アディポンはそう思った。

## 一五　林での野宿

空はほんとうに暗くなった。最初はみな、流れに沿って遡り、おおむね、西の方向に歩いていたが、夜が更けるにつれ、方向感覚が鈍ってきた。そのうえ、台風の雨で川床が広がっており、水は川床いっぱいに、広がった破れ網のように、枝分かれして流れていた。川床は泥土だが、硬い部分と軟らかい部分があり、植物が乱れて生えていた。隊列は、少し西へ進んだが、その後、方向を変えて東や北へと進んでいるらしいと野原は直感した。上陸した場所の近くへ戻ってしまったことさえあった。船長は人並みはずれた方向感覚があったので、何度も警告したのだが、耐えがたいほど飢え、渇きを覚えている六十六人は、意識ももうろうとしていて、列は崩れてばらばらになってしまい、船長は彼らについていくしかなかった。

人々は無意識のうちに海の方へ向かい、二艘の小舟がある浜に戻ってしまった。船長は思わず大声で怒鳴った。

「しっかりしろ。前の人から離れないように歩くんだ。列から離れたり、自分勝手な方向へ歩くんじゃない。これじゃあ、同じところをぐるぐる回っているようなものだ」

月明かりのもとで、船長はぼんやりとだが野原の姿を認めて、こう言った。

「おい、さっきのやつらを連れて、先に行って道を見つけてくれ。前川氏は、ほかの随員たちといっしょに島主や役人たちを守ってくれ。わしと船乗りたちのあとを離れないように。ほかの村の与人と随員はそれぞれ組を作って、互いに離れないようにしてくれ。わしらはもう少し西へ進もう、海風を避けるんだ。誰もはぐれてはならんぞ」

船長の怒鳴る声を聞いても、みながすぐに奮い立ったわけではなかった。役人や商人たちは、抑えてはいたが、そこここでため息をついていた。野原だけは、すぐに親しい何人かを連れてそこを離れ、夕方と同じように率先して列を整え、先頭に立って西へ向かった。

海岸の南北に通じる小道を横切ると、背の低い草に覆われた砂地に入った。くるぶしまで届く草が、幅五〇メートルほどの細長い平坦な砂地を覆っていた。微かな月明かりのもとでは、柔らかくて目の粗い、灰黒色のネルの布地のように見えた。月の光を微かに反射して影がたくさんできていた。

夕飯を終えて、庭にござを敷いて、ふたりの子どもたちと遊ぶ時間だ。

野原の心は、わが家へと飛んだ。宮古島の下地村にある家、突き出た岬にできた堤の上の、自然の防風林の後ろにある、自分で建てた木造の家を思いだした。ふだんなら夕暮れ時、夕食を終えて、家族と過ごす時間だ。たちまち心が締めつけられ、いっそう空腹を感じた。

家にはゲットウ（月桃）で編んだござが二枚あり、ふだんは巻いて入り口の両側の軒に吊るしてあった。六尺四方のござは、一家三人と赤子が涼んだり遊んだりするのに、ちょうどいい大きさだった。

こんな時に、おれは何でこんなことを思い出すんだ。野原は心で自分を責めた。飢えがいっそうひどくなった。

砕けた岩でできた自然の堤を超えると、野原は、いま歩いている小道が、西へ延びて、すぐに大きな雑木林に入っていくのに気づいた。列から落伍したものがいないのを確かめると、近くにいたふたりに、列を率いて進むように言いつけ、自分は別のふたりを連れて、先に行って様子を探ることにした。

細い月が放つ薄暗い光のもとでは、雑木林がどこまで広がっているのか、判断できなかった。小道をたどって林に入ると、中はもっと暗かった。石の高低で道ができていたので、林に迷い込んで、木の枝でけがをするようなことはなかった。岩だらけの道はゆっくりと上り坂になり、やがて背の低い草がびっしり生えた砂の小道になった。野原には、その植物が何か、よくわからなかったが、踏みつけた音から、グンバイヒルガオのような茎の長い植物が、背の低い草でできた道ぞいに生えているのだろうと思った。さらに進むと、右側に砂丘がひとつあった。道をたどって砂丘に上がると、後ろの方は小さな山のような尾根になっており、林もあって、夜空を背景にしてはっきりと見えた。砂丘の頂上のやや後ろには木が一本あった。野原は、海から吹きつけた細かい砂が、小さな山とその近くの林に遮られて、砂丘ができたのだと思った。

「止まろう！」野原が低い声で言った。

「どうしたんだ」ひとりが尋ねた。

「気がついたか？　ここは風が弱い。海からだいぶ離れているようだ」野原はそう言いながら、かがみこんで地面に手を触れてみた。暖かかった。

「野原、おれもずいぶん歩いたように思う。暗くなってきたから、これ以上は進まないほうがいい。危ないかもしれない」

「そうだな、おれも同じ意見だ。暗すぎるし、これ以上歩き続ける気力は、誰にももう残っていないだろう。大耳生番に出くわさなくても、何か危険な目に遭うかもしれない。ここで休むほうがい い、あした、夜が明けてから進むことにしよう」もうひとりもそう言った。

「進もうと思っても、おれには力がもうあまり残ってないよ。ここは風もないし、風があたらないところには、草も生えているだろうし、草を敷かなくても、そんなに寒くないだろう、寝るにはいいはずだ。あたりを見てまわって、みながやってくるまでに、どんな様子か、確かめておこう」野原が言った。

　砂丘の裏側はゆるやかな傾斜になっていたが、それほど広くはなかった。砂が吹きつけるせいで、細かい砂が厚くたまり、背の低い草と浜辺によく見られる植物で覆われていた。砂地と植物は昼間の陽ざしの温度を保っており、手で触ってみると、地面が暖かいのがはっきりと感じられた。それにあちこちに木が生えていて、露を防いでくれそうだった。野原は野宿に適した場所だと思った。ただ、はっきりとはしないが、潮の香りと生臭さを含んだ空気の中に、食べ物のにおいが極めて微かだが、切れ切れに漂っていて、それがいささか不安だった。

　三人はあまり時間をかけずに、砂丘の頂上の少し後ろにある木の下に戻った。船長が率いる本隊が上ってきて、進んできた列のまま、砂丘の裏側に集まった。船長は島主の同意を得ることなく、船乗りたちと護衛たちに夜の警備を割り振り、今夜はここで野宿すると宣言した。難破して命がけで上陸し、食べ物と飲み水を探していた人々は、異議を唱えることもなく、ほとんどの人が地面にじかに横たわって休んだ。あまり話もせず、荒く息をついたり、わずかな言葉をかわしたりしただけで、数分もすると静まりかえった。

島主や村長たち、役人たちは、砂丘の頂上のやや後ろにある木の下を割り当てられたので、野原とその仲間たちは、砂丘の頂上の方へ少し移動した。野原はあたりを見回した。近くの、砂丘を取り巻く雑木林の不揃いな木々の梢は見えたが、海岸や海はもうはっきりとは見えなかった。彼は崩れるように座り込むと、後ろにひっくり返った。すぐに砂地の温もりが背中から身体全体に広がった。幾人かのいびきがあちこちから聞こえてきた。海鳴りは、変わることなく、遠くから規則正しく聞こえてきた。

みんな、ほんとうに空腹で、疲れているんだ、野原はそう思った。

自分の瞼も重くなり、深いところから飢えが襲ってきた。胃腸がぎゅっと縮んで、腹の中でぐるぐると動いたように感じ、沈み込んだかと思うと、食道、喉、そして口までこみあげてきた。我慢できなくなって、唾を呑み込んだが、その瞬間、喉の渇きがいっそう強くなった。そして、昼間、岩に打ちつけられた時の痛みが、手足から顔、上唇へと広がった。

眠ろう、おまえはもう夕飯も食ったじゃないか、自分で捕ってきて干した魚と、まだ残っていた去年のサツマイモに、魚のあらと昆布で作った汁を食っただろう、忘れたのか？　おまえの大好物じゃないか。浦は、おまえが家に帰る前に、火を起こして煮炊きを始める。その煙が家じゅうに漂い、隙間を抜けて屋根の上に昇っていき、雲のように漂う。おまえはそれを見て、網をあげ、舟を漕いで家に帰る。庭に入ると、息子が戸口でおまえを待っている。息子は真剣な顔をして、こすって真っ赤になった目で、自分がどんなに勇気があったか、おまえに話すのだ。忘れたのか？　だからおまえは腹いっぱい食べると、むしった魚の身を息子の口に入れてやって、こう言うんだ。魚をたくさん食べると、身体が丈夫になるんだぞ。そうすれば、大人になったらきっと、たくさんの弟子をかかえた宮古島一の拳士になり、琉球じゅうでいちばん強い武術家になるだろう。将来は、琉球王が九州の薩摩藩や、大清帝国の紫禁城に朝貢に行くときに、その護衛もできるだろう。忘れてしまったのか？　おまえは夕飯を食ったんだ、もう腹は減っていない。

野原は自分に話しかけて、眠りを誘おうとしたが、飢えが耳の穴からにじみ出して、頭の半分がたちまち空になり、いきなり、めまいと吐き気が襲ってきた。彼は身じろぎもせず、目を開いて、星がいっぱいの空を眺めながら、今がどんな時間か、はっきりと思い出していた。子どもたちが庭で風邪をひかないか、心配だった。そろそろ、ござを片づけて、家に入る時刻だ。しかし、下地村では、多くの人が夕飯をすませて、庭に座っておしゃべりを楽しむ時間だった。もうすっかり夜になっていたが、どんなに倹約する家でも、動き回るのに便利なように、灯をともしている時間だ。時間はまだ早い、どんなに早く寝る家でも、灯を消して寝たりはしていないだろう。この時間は、どの家も魚油でともす灯をつけているにちがいない。その黄色く揺れる光は、息子との遊びのなかでいちばん好きな、影法師を作るための道具だった。両手を交差させて灯の方に向けると、影は飛ぶ鳥の姿になった。息子に物語を聞かせながら、影法師を作ってやることもあった。三歳になる息子は、いつもアハハと笑ったり、驚いて妻の胸に逃げ込んだりするのだった。

ああ、ほんとうに会いたいなあ。おれたちが宮古島に帰れるよう助けてくれる人に、きっとうまく出会えるだろう。野原は心でそうつぶやいたが、涙がこみあげ、鼻がつんとした。

夜になったばかりだったが、月は山の稜線に近づいていた。まわりから聞こえてくるいびきは、こちらからあちらへと移っていった。目を覚ましている人もいれば、ぐっすり眠り込んでいる人もいるようだった。彼は手足を伸ばそうとしたが、動きたくないとでもいうように、身体はぐったりとしていた。極度に疲労したあまり、身体と脳中枢の連絡がしばらく絶たれた状態だった。彼は疲れも痛みも感じることなく、死体のように静かに横たわっていた。

野原は思わず苦笑し、自分がほんとうに疲れ切っていたのだと実感した。これほど疲れた経験は記憶になかった。結婚する前に、海辺に木造の家をひとりで建てたときでも、こんなには疲れなかった。木を切って柱にし、土地をならし、穴を掘り、家を建てた。半年かかったのだった。きのう、波で岩に打ち上げられた時、しばらく気を失っていたが、それでもこれほどは疲れなかった。

彼はやはり眠ったのだった。微かな風が鼻翼をかすめて、目が覚めた。それは、潮の香りのする風だったが、食べ物のにおいと、穀類を発酵させて造った酒のにおいをごく微かだが運んできた。そのにおいに起こされたかのように、彼ははっと目を開いた。見わたすと、月は姿を消していた。夜空の右上方に銀河があり、別の世界へ通じる道の入口を開いたように見えた。明るく輝く星がつながって、簡単な幾何の図形を作っていた。つらなって直線となり、夜空を横切っているものもあった。満天の星で、夜空は藍紫色を帯びた無限の空間のように見え、山々の稜線と遠くの水平線ではっきりと区切られていた。

煮た食べ物だ！　野原は鼻をひくつかせると、そうにちがいないと思った。

彼は自分がしばらく眠っていたのに気がついた。彼といっしょに砂丘の頂上に横になっている仲間たちは、みな、いびきをかいていた。彼は起き上がり、それから立ち上がって、左手の真っ黒な灌木の影の方に歩いて行った。そしてしばらくあたりを探っていたが、戻ってきた。砂丘の、海岸よりの端に人影があった。彼はひどく驚いた。

「眠れないんだろう」その影が話しかけた。

「ああ、船頭か。脅かさないでくれよ。あんたも眠れないのか」

「ちょっと眠ったんだが、急に目が覚めてね。人影が動いたのに気がついて、見に来たんだよ。どうしたんだ、眠れないのか」

「寝たよ。食べ物のにおいで目が覚めたんだ」

「食べ物のにおいだって？」

「ああ」野原はそう言うと、砂丘に横たわっていびきをかいている仲間たちをちょっと見た。それから砂丘の端をさらに下って行って、座った。船長もついて来た。

「この砂丘に、昼間、誰かがいて、何か食べたんだ。おれたちが座礁してから、小舟で上陸するのを、ここに座って監視していたやつがいるんだ」

野原はさっき、砂丘の左手にある灌木の茂みの中で、クワズイモの葉を一枚、見つけた。その葉っぱには、よく煮た肉の脂のにおいと、漬物のにおいが残っていた。さらにその茂みの砂地からは、アルコールのにおいがした。彼は、誰かが酒を飲む前に、酒をまいて祈禱する儀式を行なったにちがいないと思った。彼は考えたことを船長に話した。

「クワズイモで食べ物を包んでいたのか？　それに酒をまいて祈禱しただと？　わしら宮古島の習慣と同じじゃないか。この海岸と陸地の様子は、宮古島のどの海岸とも全くちがうからな」船長は低い声で言ったが、何かを思い出したように言った。

「ここは台湾にちがいない、もしあんたの言うとおりだったら、わしらは今、番人の土地にいるんだ」

「なんだって？　ほんとうにそうなのか？」

「ああ、そう推測してみただけだが……。わしら、海で貿易をしている人間のほとんどが知っていることだが、台湾の生番には、宮古島や琉球と似た習慣がいくつかある。だから、もしほんとうに誰かがあそこに座って、わしらが上陸するのを見ていたとしたら、それは生番だろう。絶対に清国人じゃない。この近くに生番の部落があるはずだ」

「ほんとうにそうなら、西へ進むのは、危険がないとは言えないんじゃないか」

「いや、わしらはやつらがどんな人間なのか知らない。生活習慣が少し似ていたとしても、わしらはよそ者だ。やつらの土地に入りこんだら、やはり危険が生じるだろう。ちょっとした不注意でも、もめごとがおきて、危険なことになるだろう。ここには大耳生番がいて人を殺すという言い伝えもある、わしらは気を緩めるべきじゃない」

「楽観的に考えれば、あいつらは監視していただけで、敵意はないのかもしれない。おれたちが宮古島に帰れるように助けてやろうという人に巡り合えるかもしれない」

「ハハハ、野原、あんたは勇敢な、自分の意見を持った人だと思っていたよ。あんたの考えにも、確かにいくらかの道理はあるな」

「船頭は、おれの考えに反対なのかね」

「いや、誤解しないでくれ。反対なんじゃない。ただ、わしは、そういうふうに理屈通りには、ものを見られないんだ。わしらは番人の部落がどんなところか、知らない。わしらを監視していたやつらの村がどのくらい大きいか、わしらの船の修繕を手伝えるほどの技術があるのか、大きな船を造れるだけの道具を持っているのかも、わからない。しかし、わしの経験では、おおむね、内陸に住んでいる人には、海で活動するための大型の機械を作るだけの力は、全くない。ここの森の木が、大きな船を造るのに適した上質の木材になるとしても、彼らには適当な道具がないだろう。何といっても、彼らはそれで生計を立てているんじゃないからな。たとえ、どちらも揃っていたとしても、わしらが新しい大船をつくるのにどれくらい時間がかかると思う？　航海できるのは、何年も経ってからのことになるんじゃないか？」

「つまり、船頭は……」

「つまりわしは、いちばんいい方法は、この地方を管轄する役所を見つけて、協力を求めることだと思う。それが無理なら、海岸に出て清国人の部落を見つけ、船を借りて宮古島へ戻ることだ」

「それなら……」野原は夕方のふたりの漢人を思い出して、ためらった。

「どうしてあのふたりについて行かなかったのかと言いたいんだろう？」船長は野原をちらっと見て、続けた。

「あいつらは、思っていることをはっきりと言った。だから、あれ以上、いっしょに行くことはできなかったんだ。自分たちで南に行って運を試すしかない。それにみなは、西の山の方へ向かうことに賛成した。あんたもそう思ったんじゃないのかね」

「そうだ、少なくとも、食べ物を見つける機会はある。今の状況から見ると、方向は正しい、ここには集落がある、食べ物もあるだろう」

「だから、わしは反対しなかったんだ。番人に出くわしたら、気をつけて慎重に意思疎通を図らなければならないとは注意したがね。食べ物を手に入れ、清国人の村まで連れて行ってもらう。いちばんいいのは、役所に直接、連絡をつけることだ」

「なるほど。おれたちはきっと番人に助けてもらえると思う。少なくとも、少しは食べ物をもらえるだろう。もちろん、気をつけなければならない。彼らを怒らせてはならない」野原はそう言いながら、女たちが驚いて逃げて行ったという長山港の老人の話を頭に浮かべた。

船長と野原は長く話すことはせず、それぞれ休んで眠った。ゆるがない土地と砂丘のぶあつい砂の温もりのおかげで、野原はたちまち眠りこんだ。東の海上の空が明るくなり、人々が嬉しそうに話しながら砂丘の外側から戻って来たときになって、やっと目を覚ました。

砂丘の左手の流れの向こうでバンザクロを見つけたと、何人かが嬉しそうに話しあっていた。この話はすぐに伝わって、いびきをかいて眠りこんでいた人たちも次々に目を覚ました。ほとんどの人が砂丘のはずれに行ってしまい、がやがやと話す声が広がった。

「おまえたちは……」野原は目を覚ましたが、そのままの姿勢で、顔だけ上にむけて、そばのふたりに尋ねた。

「おまえたちは探しに行かないのか」

「こんなに人が多いのに、暗いなかで果物をさがしても、ほんとうにバンザクロがあったとしても、みんなが食べられるほどたくさんあるとは思えません。我慢しましょう、気力を残しておいて、明るくなったら、もっと奥へ探しに行きましょう」ひとりが言った。

「そうだな、今、急いで行っても、みんなあちこちに散らばってしまったし、もし何か事故でもあったら、連絡ができなくなる。しかし、腹が減ったなあ」もうひとりが言った。

「それじゃあ、もう少し眠ろう」

野原は言葉少なくそう言った。身動きしないで横たわったまま、もう一度眠って、空腹をまぎらわそうと思ったのだ。しかしどうしても目を閉じることができず、明るい星がいくつか残っている空をぼんやりと眺めていた。彼は耳鳴りがしはじめたのに気づき、我慢できなくなって唾を呑み込んだ。護衛頭の前川のあわてたような声が近づいてくるのが聞こえた。

「島主様、出発したほうがいいです。この先の林の近くにいた人たちは、ばらばらになってしまいました。われわれも出発しなければ、みな、ばらばらになって、勝手に行ってしまいます」

「ふん、そんなにあわてると、馬鹿のように見えるぞ。今、出発する？　どこへ行くんだ。散らばってしまったやつらは、どの方向に向かっているんだ」島主の仲宗根玄安は座ったまま、ぶっきらぼうに言った。

「おまえは前川屋真だったな、落ち着け。まだこんな時間だ、島主をもっと休ませてさしあげろ。急いで出発することはない。人をやって、離れてしまったやつらを呼び戻し、あの果実をつけた木がある林のあたりに集めるんだ。おまえはそこで様子を見て、果実を見つけられたら、島主にお届けしろ。あわてることはない」村長のひとりが見かねてそう言った。

「それは……」前川はためらい、夜明けの薄暗がりのなかで、はっきりとは見えない島主の顔を見つめた。

「行くんだ。もう少し明るくなったら、出発しよう。おまえは散らばってしまったやつらを全員、一か所に集めるんだ。勝手に行かせてはならん。こんな時に、これ以上、やっかいなことを起こしてはならん」島主は言った。

野原は静かに横たわってそれを聞いていた。流れ星がいくつか夜空を流れた。彼はごろごろする目を開いて、星の後ろに広がる空をじっとみていた。夜空は黒い幕のような色をしていたが、その色はもう薄くなっていた。きのう、岩の上で一日じゅう、岩に打ちつけられた痛みに耐えながら、風に吹かれ、日光に晒されていたことを思い出した。彼はふと身体をよじって、背中で砂丘のぶあつさをしっかりと感じ取った。心に安らぎが広がった。

夜が明けたら、きょうこそ少しは運がいいように、野原は心でそうつぶやいた。遠くからキジが二、三羽、騒いでいる声が聞こえてきた。

# 一六　娘たちを訪ねる夜の恋歌

もうすぐ明るくなる。アディポンは目を開くと、そう思った。クスクス社の何軒かの家で飼っているニワトリが競うように鳴く声があちこちから聞こえてきて、うるさかった。彼は本能的に首を動かして、腕が届く近さで熟睡しているカルルをちらっと見ると、起き上がって座った。

鳥の肉を食べるのは、統埔や保力、柴城一帯の漢人の習慣だった。パイワン族下十八社の部落の人たちは獣の肉は食べるが、鳥は食べなかった。鳥をつかまえるのは、その美しい羽根を抜いて飾りにするか、矢を作るためだったので、鳥を飼うのはふつうのことではなかった。だから、部落の中でニワトリが鳴くのを聞くのは珍しく、いつもあちこちを歩き回っているアディポンですら、少しなじめなかった。

アディポンはすぐに、カルルが柴城の漢人の娘とつきあっているらしいという噂を思い出した。クスクス社の人たちは、昔から機転がきき、新しいものに関心が高く、それを受け入れることも多かった。それゆえ、クスクス社は、地理的には、シナケ社や竹社より山奥にあったが、分水嶺を超えて漢人たちと頻繁に行き来していた。何軒かの家でニワトリを飼っているのは、きれいな羽根が必要なためでもあるが、漢人との交易に使うためにちがいない。アディポンはそう考えると、振り返って、カルルが目を覚ましたかどうか確かめた。このことについて聞きたいと思ったのだが、カルルのいびきは続いていた。アディポンはキセルを取り出すと、タバコを詰め、立ちあがって炭火を取って火をつけた。

ここはカルルの家だった。部落の中心となる指導者層の氏族なので、家々が五段に並ぶクスクス社の中ほどにあった。部落の上と下にある二つの入り口を結ぶ通路が、部落を二つに分けており、通路の右側には、カルルの家と、さらに右手の坂の近くに、家がもう一軒あった。左側には広場があり、広場のそばには普通の家より少し大きな建物があった。広場は、部落の人たちがみなで集まる会合や祝いの行事に使われるので、この段はほかの段よりは広かった。カルルの家の庭には、倉庫らしき建物がいくつかあったが、それを別としても、家は普通の家より広かった。庭に入って右側の、垣根から一メートルほど離れたところにケガキ（毛柿）の木が一本あった。庭を囲む垣根のそばには石板で低い壁が作られ、その前に膝ぐらいの高さの石の段ができていて、座って休めるようになっていた。ゆうべは、部落の青年たちについて娘たちを訪ねた。戻ってから、カルルとアディポンはかがり火を焚き、木の下にござを敷いて眠ったのだった。

寝る前に娘たちを訪ねた時のことを思い出しながら、アディポンはそっとタバコの煙を吐き出した。

ゆうべ、庭に集まって話に興じていた人たちが帰ってしまうと、アディポンとカルルだけになった。ふたりはタバコを吸っていたが、月が西の山の稜線に沈んだ時、低い笛の音が響いた。その笛の音はゆるやかで温かみがあり、かん高くもなく騒々しくもなく、重く沈んで、暖かい風のように、軽やかに流れてきた。陽ざしのように暖かく、物憂げに、人々の耳をやわらかくかすめた。ククスクス社の二十数軒の家はたちまち静まりかえった。笛の音は動くことなく、一か所に留まっていた。落ち着いた笛の音が流れ続けた。それは、チュウクに求愛するジリュウとウライの競争の幕開けではなく、部落のいちばん下の段に住む人がまず登場したのだった。

アディポンは口をぼんやり開けていた。信じられなかった。普通なら、高い音や大声を出さなければ、伝わらないのに、こんなに低くおだやかな笛の音が、ゆるやかにいくつもの建物のあいだをぬけて部落じゅうに広がり、まわりの山林にまで広がっているのだ。

「すごいなあ、これはクラル（鼻笛）だろう？」アディポンは沈黙を破った。笛の音は息継ぎを終えて、やや高い音を奏で始めた。

「そうだ。彼のクラルはおれたちの部落では最高だよ。知ってるだろう、鼻笛は、息がたっぷりなければ音が出ない。彼の笛の音はしっかりしているだけでなく、部落いっぱいに広がるほど息の量がある。音は澄んでいるが、力んではいない」カルルが言った。

「大したものだなあ、百歩蛇《ひゃっぽだ》〔訳注5〕が鳴く声のように、長く続いて孤独で、沈んでいて威厳がある」

「そうさ、毎日、夜になると、彼が真っ先に笛を吹くんだ。みんなは、彼が最初に吹くのを黙認しているみたいだ。彼が指導者層の氏族だからだが、クラルの技量がすぐれているせいでもあるんだ」

「ウライとくらべると、どうなんだ」

「どうして、ふたりをくらべられる？　彼は貴族の家系で、ウライは平民だ。貴族の家では、愛を打ち明けるにも、身分を考えなければならない、クラルの技量だって考慮に入れるさ。彼のクラルの技量は優れている。しかし、クラルの音が厳かで沈んでいるからといって、好き放題に吹くわけにはいかないんだ。ウライの単管の笛とはちがうよ。あいつには家系や身分といった重荷はない。感情が昂ぶれば、笛の音も軽く、明るくなって、気の向くままに作曲できる。とてもおもしろいよ」

「それで、今夜、おれたちはどっちに加わるんだ」

「ハハハ、もしおまえが貴族の娘を手に入れたいんだったら、それほど骨を折らなくてもいいはずだ。が、それはまた時間があったらのことにしよう。今夜は、ウライとジリュウの腕競べを鑑賞することにしよう。それに、チュウクやその仲間たちが、男たちにどう対応するか、見るだけでもずいぶんおもしろいぞ」カルルは歯を見せて笑うと、上機嫌で言った。

「いつ、はじまるんだ」

「あせるなよ。今夜はジリュウが先に始めるはずだ」

「どうしてだ」

「忘れたのか。あいつは今夜、若い娘への贈り物にできるようなものを何も持ってこなかったじゃないか。それに、おれたちはさっき、あいつとウライをたきつけたじゃないか」

「そうだった、おまえは何か企んでいたんだな」

「なんでそんなことを言うんだ。おれはただ……」カルルが続けようとしていると、ジリュウの歌声が響き、それまで聞こえていた鼻笛の音がやんだ。

パクリド（もちろん）、風はやまずに吹くだろう
風はぼくの心を君に伝えるから
海から吹きつける塩気を帯びた細かい砂は
ススキの茎を通り抜け　葉先に凝結した水分は
明け方にはきらきら光る露となる
愛しい君よ、そこには君を想うぼくの愛がある

パクリド、夜は時間どおりにやって来る
暗い夜には君に恋い焦がれるぼくの心があるから
新月の微かな光の輪が山にかかり
やがてそっと隠れてしまうと
明け方には夜と昼が入れ替わる
愛しい君よ、それが君を想うぼくの愛なんだ

アディポンは耳をすませて聞いていた。その歌声は、部落のいちばん上段にあるジリュウの家から流れてきた。落ち着いた歌声で、力強く、気力がこもっていたが、情感は損なわれてはいなかっ

た。中低音の歌声で、さっきの鼻笛と音域が近かった。アディポンはクスクス社に二、三度来たことがあり、いろいろな人の歌を聞いていたので、ジリュウの歌声も知っていた。しかし今夜は、わざと音程を下げて歌っているようだった。アディポンにはそれがどうしてだかわからなかったが、その美しさに驚いた。

「カルル、ジリュウは前にはこんなふうに歌わなかったと思うんだが」

「もちろん、そうさ。もうずいぶんここに来ていないだろう？　前に来たときは、みんなが集まったときに、あいつが高く響く声で歌っているのを聞いたんだろう。この部落では自分より歌がうまいやつはいないと、ひけらかすみたいに」

「そうさ、おれが覚えているのは、確かにそんな歌い方だった。高い声で、遠くからもはっきりと聞こえた。きっと、力いっぱい歌っていたんだろう。普通の人にはできない歌い方だった。それが今はどうしてこんなふうに変わってしまったんだ」

「変わったように聞こえるが、変わってないんだ。実はあの歌い方は彼にしかできなかった。どんなに上手な歌でも、力をこめて音程を高くすると、ひけらかしているようにしか聞こえない。女の心をひくが、誰もが気に入るというわけじゃないんだ」

「ハハハ、わかったよ、チュウクは、あの歌い方が好きじゃないんだな」

「ハハハ、そのとおりなんだ。最近、あいつは歌を何曲か作ったが、みんなこんな感じなんだ。チュウクのせいなのは確かだよ」カルルは煙を吐き出した。ジリュウの歌がまた響いた。するとあちこちの家から、ジリュウについて歌う声がかすかに聞こえてきた。年配の女たちが歌う低い声も混じっていた。

「ある日、女たちが畑仕事を助け合う日に、みんなでアワ畑の草取りをしたんだ。おれたちも手伝いに行ったんだが、その時、みんながジリュウをおだてて、音頭をとらせ、仕事をしながら歌った。ところが気がつくと、最後まで歌っていたのはジリュウひとりだった。ジリュウは馬鹿にされたと思って、かんしゃくを起こしたんだが、チュウクに文句を言われたんだよ。みんなが気軽に歌える歌を作れ、と言われたんだ。そういう歌なら、気軽に歌えるし、仕事にもさしさわりがない、気分もよくなるというんだ」カルルが言った。

「そのとおりだな。確かにあいつのあの歌は、仕事の時や、くつろいでいる時にみんなで歌うにはむかないな」

「そうなんだ。チュウクがそう言ってくれてよかったよ。さもなければ、あいつの気性だと、刀を抜いてけりをつけなければ、気がすまなかっただろう。その時から、あいつは気軽に歌える歌をいくつか作ったんだ。覚えやすくて、歌いやすかったから、あっというまに広まってしまった。ふだん、何もない時でも、あちこちで歌っているんだ。あいつの新しい歌ができてから、昔から伝わってきた歌もいっしょにして、みんなが歌うようになった。部落の女たちは、年齢に関係なく、みんなあいつの歌を聞いたり習ったり覚えたりするのが好きなんだ。あいつの嫁になってもいいとほのめかす娘たちもいるんだが、あいつはチュウクしか目に入らないのさ」

「だから、いまあいつが歌っている歌は、チュウクのために特別に作った恋歌ってわけなんだな。ハハハ、ジリュウはずいぶん長くチュウクを追いかけているようだな。きらきら光る露となる、とか、明け方には夜と昼が入れ替わる、とか聞かされるとは、ほんとうにご苦労なことだな」アディポンは頭を振った。顔の前でタバコの火が左右に揺れて、ゆがんだ楕円形の輪を描いた。

「そうさ。チュウクはそんなに簡単には妥協しないさ。部落の男たちを何人もひきつけてるんだからな。台風が来る前は、天気もよくて、部落には何も特別なことがなかったから、毎晩、若い男女のこういうかけひきがあったんだよ。することがあって、覚えたり歌ったりできる歌がある。集まっておしゃべりをするのは、いい時間つぶしだったんだ」

「ハハハ、おれたちのシナケ社に最近、そんなにぎやかな夜があったかどうか、忘れてしまったよ。部落の人たちは、若者が青春を楽しむ様子を、豊作の次に見たいと思っているのにな」

「おまえにはそんな必要はないだろう。器量も体格も、知識や才能も、どんな娘だっておまえに魅かれるさ。しかし、おまえは何かを避けているように思えるんだが、どうしてだろう」

「おれのことを言うのか？　おまえはどうなんだ」

「おれ？　わからないよ。昔はおれもそうなるだろうと思っていた。大きくなったら、部落の娘と結婚するんだと。だから、大人になって、部落の若者といっしょにあちこち娘たちを訪ね歩けるのが、待ち遠しかった。大人になってからは、気にかかる娘もいたんだ。ところが何か月か前に柴城に行ってから、自分が変わったと感じた。部落の娘たちについても、ちがう考え方をするようになったんだ」

「ああ、やっぱりそうだったんだな。柴城のパイランの娘が好きになったんだろ」

「うん、おまえには隠しごとはしないよ。だけど、それは好きになったとか、すぐに確かめなければならない男女の情愛というわけじゃないんだ。おれが考えたのは、おれたちはずっと部落の娘と結婚してきた。近所の部落とも行き来がある。男であれ女であれ、結婚して出ていくほうが多くて、入ってくる者は少ない。パイランがこの近くに住むようになってからは、いろいろな理由で、おれたちの女たちが嫁いで行った。このままいくと、部落の女たちはどんどん少なくなる。おれたち男は何とかして外から嫁をもらって、ちがう民族と親戚になり、部落の力を増やさなければならない」カルルは言葉を切ってタバコを吸うと、こう言った。

「パイランにどんな習慣があるのか、パイランの女がいったいどうちがうのか、おれにはわからない。でも、部落の男に嫁いで来てもいいと思うんだ」

「だから、おまえは柴城の娘を嫁にもらいたいんだな」

「おい、さっき言わなかったか？　自分がいったい何がしたいのか、おれは今、よくわからないんだ。ただ、そういうこともできると思わないか」

「もちろん、できるさ。おやじさんや氏族の族長たちも言っていたが、おまえがパイランの娘を嫁にもらうのは、悪いことじゃないし、大きな助けになるさ」

「でも、まだ決めちゃいないんだ」

「でも、おまえはその娘が忘れられないんだろう。この三か月というもの、おまえの口にも、心にも、彼女の姿が生き生きと残っている。それとも……、あの布は」

「ハハハ、あの布は」カルルは笑った。タバコの煙が口から流れ出た。

「たぶん、たぶんそうなんだろう。だから、おれは部落の娘たちが好意を寄せてくれるのをいつも無意識に避けているし、娘たちを訪ねたり、楽しく遊んだりしゃべったりするのも避けてるんだろう。心に何か、かたまりのようなものがあるんだ。どうしてか、うまく言えないんだ」

「それはおもしろいな。おやじさんは反対していないんだから、いいじゃないか。それこそ部落の指導者としての気概と広い視野だよ。部落が生き延び、発展していくのに役に立つだろう。まじめに考えるべきだよ、プラスの面から考えるんだ」アディポンが言った。

「どうしたんだ、おまえのおやじさんは、おまえがそういうふうに考えるのに反対してるのか？それとも、おまえには心がひどく傷ついた経験でもあるのか」

「おい、かまをかけてるのか？」

「そうじゃないよ、おれたちは兄弟だ、おまえを他人だと思ったことはないよ。もちろん、おまえの秘密を話させようなんて思っていない、ちょっと口が滑っただけだ。かまをかけるなんて、失礼なことはしないよ」

「わかったよ、おれにも何か特に隠したいようなことはないさ」アディポンはキセルを掃除すると、身の回り品を入れる袋にしまった。

「知ってるだろう、おれはずっとあちこちを歩きまわってきた。畑が忙しい時や祭りの時以外は、いつもあちこち、歩き回っていた。おやじは止めなかったし、おふくろも、おれを早く結婚させるのはあきらめてしまった。おれといっしょになりたいという娘がいたとしても、おれはそんなに早く身を固めて部落にひっこむつもりはないんだ」アディポンは言った。

カルルは答えなかった。ウライの笛の音が聞こえてきたのだ。

ウライの家は、カルルの家の二段下の層にあった。単管の笛の音は澄み切っていた。その笛の音には、鳥が三羽、隠れていて、明け方にペチャクチャしゃべっているみたいだった。採った虫を誰がたくさん持って帰るべきか、言い争っているかと思うと、次の瞬間には、余った虫を誰に分けてやるべきか、言い争っている。一羽が、自分が持って帰って、兄弟に分けてやる、いつも世話になっているからと言う。別の一羽は、持って帰って姉妹にやりたい、彼女たちはもうすぐ好きな人ができて、家を出ていくからと言う。それまでおとなしく話していた鳥が、最後にこう言う。余った虫はおれに持って帰らせてくれ、好きになった娘がいるんだ、その子にたっぷり食べさせて、きれいになってもらいたいんだ。二羽はずっと争っていたが、あとの一羽はうまく隙をついて、口を挟み、あれこれ言った。クスクス社の部落じゅうの若者や娘たち、それに、結婚はしているが、若者たちの恋の行方が気になる年配の人たちが、それぞれ自分の場所で笑い声をあげ、がやがやしゃべりながら、ウライの笛の音がどの方向へ向かうか、議論していた。チュウクの家の方へ行くにちがいないと言い切る人もいた。笛の音が自分の家の門口に来るのを期待している娘もいて、そうなったら、自尊心をかなぐり捨てて、ウライに愛を打ち明けようと思っていた。ウライの笛の音がやむまで、そのざわめきは収まらなかった。

「この点は、おれはおまえたちに及ばないな、おれにはほとんどわからないよ」アディポンは言った。

「おまえにはその必要はないさ、口を開きさえすればいいんだから」

「たぶんな。でもやっぱり、あちこちを訪ね歩くのが好きなんだ」アディポンはカルルをちらっと見て、続けた。

「南はクアール社から、北はジナイ社まで行ったよ。シナケ渓に沿って、チュラソ、ランキョウに行って、それから保力や柴城など、パイランの村にも行った。そのあと牡丹社を回って、このクスクスに来て、ブタワン（現、旭海）へ行った。何年もの間、機会があれば、あちこち、歩き回って、海を見、山を見、いろいろな部落の人たちと話して、物語を聞いた。パイランともつきあってみた。いろいろな言葉は上手にならなかったが、楽しいこともたくさんあった。心にはたくさん課題ができたが、いろいろなことがわかるようになったよ」

ウライの笛が別の曲を奏で始め、右の方へ動いたようだった。部落のあちこちから、長さも高さもちがう女たちのため息が、抑えられないとでもいうように聞こえてきた。その微かなため息には、期待や悔しさがこもっていた。

「おれたちは今、重大な挑戦に直面していると思うんだ。たぶん、すぐに変化が起きるだろう。今後、ここは、おれたちのように同じ言葉を話す部落だけではなくなるかもしれない。パイランや、海から来たよその土地の民族が次々に現れるだろうし、その数も増えていくだろう」アディポンは言った。

「おまえは、どうするべきだと思ってるんだ」

「わからないよ。おれたちが知っていることは少なすぎる。パイランが使っている布はどうやって織るのか、あいつらの鉄鍋はどうやって作るのか、海から来た毛をいっぱい生やした異人の大きな船はどうやって造るのか、銃はどうやって使うのか、あんな大きな弾をどうやって撃つのか。おれたちには考えもつかない。言葉を使ってあいつらと互いに理解しあうのさえ、むずかしいんだ」

「でも、おまえはたくさんのことがわかっているじゃないか。この近くの部落では、おまえ以上に言い伝えを知っているやつはいないし、このあたりの人情や風俗だって、おまえ以上に完璧に話せるやつはいないじゃないか」

「確かにそうだが、それこそ、おれが恐ろしいと思うところなんだ。おれはこんなに長くあちこちを歩き回って、結婚しなかった。おれは、何もかも知りたいと切望しているんだが、たとえおれが、おれたちが暮らす土地の道理や昔の話をすべて、よく知っていたとしても、パイランの考え方を少しずつ知るようになったとしても、それはおれたちがよく知っている土地のことでしかない。おれたちが見ることができる範囲の外には、おれたちが想像できる範囲の外には、いったい何があるのか、それはおれの力と想像をはるかに超えているんだ。カルル、兄弟よ、おれたちはこれまでにない変化に出くわすだろう。それが何なのかすら、おれにはわからない。おれたちの暮らしている土地は、しょせん、外の世界とはちがうんだ」

「じゃあ、おれたちはどうすればいいんだ」

「そういう未知のことに直面したら、何ができるっていうんだ。おまえは努力してクスクス人であり続け、おれは部落を巡り歩くシナケ社のアディポンであり続ける。誰もがそれぞれに方法を考えて、生き残るための力をつけていくんだ」

「ああ、深刻な話だなあ。おれまで気分が滅入ってきたよ。おまえは年寄りたちと同じだ。くだらんことをあれこれ考えてるから、女にさえ出会えなかったんだ」

「ハハハ、確かにそのとおりだ、ほんとに面目もないよ」

ウライの笛の音は、急に部落の右下に向かった。カルルが、いっしょに見に行こうとアディポンを誘おうとしていると、ジリュウの声が響いた。

「おまえたち、ここでしゃべってばかりいないで、いっしょにチュウクのところへ行こう」

昨夜、娘たちへの訪問は、ずいぶん晩くなってからやっと終わった。チュウクはおおらかに、ジリュウとウライをどちらも庭に招き入れて話に興じたし、アディポンとカルルも歓迎してくれた。もちろん、チュウクのそばには、娘たちが何人かいた。

アディポンは、暗がりのなかで、何人ものきらきら輝く青春のまなざしが、自分の顔を絶えず、ちらちら見ていたのをはっきり覚えている。娘たちの美しい声は、アディポンを楽しくさせた。ジリュウとウライは、チュウクの心を得ようと、あれこれ手を尽くして話題を見つけ、機嫌を取り、笛の音と歌声が交互に繰り返された。それはほかの家々の老若男女までひきつけて、彼らも我慢できずに加わった。チュウクの家の大きくもない庭はにぎわい、両親も挨拶や接待に出てきた。

「目が覚めたのか？」カルルは横になっていたが、いきなり寝返りを打つと、ぼそっと言った。

「とっくに目が覚めてたさ。もうすぐ明るくなる、鳥たちはもうひとしきり、仕事を終えたよ」アディポンが言った。

夜空はすでに暗さを失い、空は東のほうがすでに明るく、いくつか漂っている雲は、橙色から濃い青色に変わっていた。クスクス社の正面にある、はるか遠くの山の稜線もはっきりと見えるようになった。カルルの家のあたりから、起きだして食事のしたくをする音がしていたが、やがてあちこちでさえずる雀たちの声とひとつになって聞こえはじめた。

クスクス社が目を覚ましたのだ。

## 一七　大耳人との出会い

砂丘に立つと、まだ痛む目を大きく見開き、あたりを見回した。それから、だんだん明るくなってくる海岸を身動きもせずに眺めた。海は陸へ大きく入りこんでいた。海に向かって両側から山の尾根が伸び、弧を描いて、明るく輝く海面を囲んでいた。座礁した大きな船は、海面に突き出した大きな二つの岩にきっちりとはまり込んで、岸に寄せる波のなかに孤立しており、波の動きにつれて今も微かに揺れているようだった。

昨夜は闇のなかを進んだ。まず海岸から南へ向かい、岩の洞窟まで行き、そこで折り返して西へ進んだのだが、ぼんやりしていたので、またもとの海岸に戻ってしまった。それから、微かな月明りをたよりに、はっきりしない道をたどって、この砂丘の上まで来たのだ。太陽が海から昇るところだった。視界が明るくなって、昨夜は河口付近をぐるぐる回っていただけで、歩いたのは数百メートルの範囲に過ぎないことがわかった。

野原は心のなかでちょっと笑った。自分たちがむだに動き回ったことを笑ったのだが、きのう、この砂丘に座って自分たちの一挙手一投足を監視していた人たちがいたのだという思いがいっそう強くなった。

「野原、おれたちもそろそろ行こう」

「そうだな、夜は明けたし、腹が空きすぎて胃が縮んでしまったよ。さっさと先頭に立とう」

野原は、先頭に立てば食べ物を先に見つけられるかもしれないとは言わなかったが、十数歩離れたところにいた人たちも同じように考えていたらしかった。雑木林のなかはずっとざわざわしていた。昨夜、林の中で眠った人たちはみな起き出して、草の茂みにできた、はっきりした踏み分け道を急ぎ足で歩き、川を渡ってその先にある雑木林のほうへ向かっていた。昨夜、そのあたりで野宿した仲間たちに追いつこうと思っているらしかった。島主と役人や商人たちは、腰を伸ばしてゆっくり動いており、ここを離れたくなさそうだったが、船長に促されて、軽くため息をもらすと、のんびりとした足どりでやっと歩き出した。その林には確かにバンザクロが何本かあり、木にはいくらか実が残っていた。護衛頭の前川が昨夜、少し採って来させたのだが、その実は誰の腹も満たさなかった。島主はいっそう空腹を覚えただけで、もうろうとして歩きながら、かすかに震えていた。野原はそれを眼にして、少し申し訳ないと感じた。

野原の身体の痛みは、ずいぶん軽くなっていて、歩くのに支障はなかった。彼は深呼吸して筋肉を引き締めようと思い、ゆっくりと息を吐いた。それから数人を連れて、島主たちが動き始める前に歩き出した。野原は雑木林の中で木を一本折り取って杖にし、できるだけはやく前にいる人たちに追いつこうと、前川に声をかけて、西への小道を進んで行った。

野原は、道がはっきりとしていることに気づいた。生えている低い草は踏みつけられ、丈の高い草は切れたり裂けたりしていて、露が一面に散っていた。それだけでなく、近くの雑木林の中に果実がなりそうな木があったので、その方向へも道が一、二本できていた。この道と、左右へ分かれた道は、野原たちが歩いている道の前方に伸びており、ゆうべ、林の中で野宿した人たちがつけたものらしかった。

「かなり大勢、前を歩いているようだ」野原はひとりごとを言ったが、いっそう空腹を感じた。

「それもいいさ。前に人がいるということは、危険がないということだろうからな。しかし、食う物は何も見つけられないだろう」後ろを歩いている男が答えた。

「こういうふうに歩いていると、ばらばらになってしまう。危険なことがあったら、どうする」

「こういうふうにするしかないよ。えらいさんは自分たちのことで手いっぱいだ。みんな、腹を空かせている。食べる物を見つけることが何より大事だ。それに、危険な目に遭うとは限らないよ」

野原は長山港の老人から聞いた、船乗りたちが見知らぬ山林へ入った話を思い出した。そして、彼らが女子どもに出会うことまで連想した。それはとても親切で、食べ物を気前よく分けてくれる人たちだった。

「野原、おまえ、ほんとうにそう思ってるのか」

「おれは……」野原は言葉につまった。ある考えが浮かんで、危機感を覚えたのだ。

彼は、女や子どもたちのいるところについて考えてみた。彼女たちの背後には、相当数の大人の男たちがいて、彼らを守り、養っているにちがいない。もしそうなら、彼らに遭遇したら、どんなことになるだろう。

「ハハ、そう思うしかないだろう」野原はばつが悪そうに笑った。

三人は一組になって歩いていたが、前を行く人たちに追いつくことはできなかった。少し離れた後方を、役人と随員たちがついて来ていた。シチクの林を抜けると、人ひとりで抱えられるほどの太さのケガキの木が一本あった。根元に葉や折れた枝がたくさん落ちていた。かじってから吐き出した橙色の皮もすこしあった。野原には何の木かわからなかったが、好奇心から、毛が生えた橙色の皮の切れ端をとって、においをかいでみた。甘い香りがして、いっそう空腹を覚えた。

「これは何の実だ？」

「わからない。幹はまっすぐで、叩いたら硬そうだ。この香りからすると、実はうまいにちがいない。先に行ったやつらは、食べられる物は全部、食べてしまうだろう。後ろから来るえらいさんたちは、何を食べるのかね」仲間のひとりが指の節で木の幹を叩いた。

「後ろから来るえらいさんが何を食べるかだって？　何を心配しているんだ。自分たちのことだけでも手にあまってるのに」

「とにかく、彼らの前にいれば、少なくとも食べるものが見つかるだろう」

「前にいるやつらに追いついて、これ以上、勝手に進まないようにするべきだ。後ろの人がついて行けなくなってしまう」野原はふたりの言い争いを止めた。

彼は、何歩か先で道が分かれており、最近そこを通った跡があるのに気づいた。道ははっきりしていたが、露はまだ残っていた。野原はその道へ進んで様子を見ようと思った。人間の大便のにおいがしてきた。彼は思わず言った。

「誰かいるぞ！」

「何だって？」

「人が来たらしい。大便はまだ新しい」野原は別れ道に入り、においをたどって行って大便を見つけて、大声で答えた。

「どうするんだ。おれたちの先に行ったやつらのものじゃないのか」

「いや、これはきのう、残したものだ」

「つまり、きのう、誰かが来たって言うんだな。ということは、近くに人が住んでいるってことだ。そうだろう？」仲間のひとりが興奮したように言った。

「そうだ。ここから遠くないところだろう」野原はそう答えながら、ゆうべ、砂丘で見つけた、食べ物のにおいがするクワズイモの葉のことを思い出した。

「つまり、何か食べられる希望があるってことだな。急ごう、腹が減って死にそうだ」ひとりが言った。

　野原たちの話が伝わると、後ろにいた人たちも元気づけられ、足を速めてついて来た。全員が揃う前に、野原たち三人はケガキの真下の、西へ向かう道を進むことにした。その道は以前からある道のようだったし、道ばたの草に人が通った跡がたくさん残っていたので、空腹をかかえて懸命に食べ物を探している仲間たちが、ずっと前にここを通ったのは明らかだったからだ。

　ここはほんとうに特別な場所だ、何度も来たことがあるような親しみを感じる、野原はそう思った。

　この緑の大きな茂みは、遠くから見ると、ススキやアシが雑木に交じって茂っているように見えるが、中に入ってみると、さらに背が高いシチクの茂みがあり、知らない木もあった。木の下には、さまざまな草がはびこっていた。彼は唾を呑み込んだ。空腹のために、腹の中にずっと虚脱感があり、時にはそれがこみ上げたり、下っていったりして、吐き気やめまい、けだるさを覚え、ウォンウォンと耳鳴りがしていた。道を歩くときは、無意識のうちに目を閉じていた。道におおいかぶさって生えている植物の葉先が顔をかすめても、手を伸ばして払おうとはしなかった。ぼんやりと歩いていたが、鋭い痛みが顔に走ったのを感じて、野原は目を開けた。葉先が尖ったカヤの茂みだった。彼ははっと気づいて、目を細め、手を伸ばして葉をはらったが、腕に浅い傷が幾筋もついてしまった。彼は急に昔のことを思い出した。下地村で材木にするための木を探していた時のことだ。そのことを思い出すと、少し元気づいた。

　野原は、浦を娶る前に、家を建てるために、大黒柱にする木を探して、下地島の中心部を北へ入って行ったことがあった。正確に言うと、下地村の西から、島の中心のやや北よりの土地を歩き回ったのだ。そこには今、目にしているのと同じような植物が生えており、同じように、野生動物が運んだ種から生えた果実のなる木もあちこちにあった。最初の日は、果物を採ることに熱中してしまい、広い雑木林のなかをあちこちさまよい歩いて、夕方、集めた果物を浦の家に届けた。その後、家庭を持ったが、浦が二人目の子どもを身ごもる前のある春の日、野原は漁に出ずに浦と息子を連れてその林に行き、果物を採って遊んだ。野いちごを頬ばった息子の口が赤紫色になっていたのを思い出して、野原は急に笑った。

「残念だな、今は春じゃない」野原は思わずそう口走った。

「どうしたんだ、野原。何を考えている」

「ああ、下地島の、まだ開墾していない荒地もこんな様子だったと思い出したんだ。あそこには春には果物がたくさんあった。ここも同じだろうと思うんだが。残念なことにまだ十一月だ、春じゃない」

「だったら、果物は手に入らないだろう」

「考えすぎるなよ。見ろよ、ここには道が何本もできているし、さっき見たように、誰かが食った果物の皮も落ちている。草むらには人の大便が残っていて、そのにおいがまだ漂っている。この近くには人がいると思う。住まいもあるだろう。きっと食べ物を見つける方法があるさ」もうひとりが言った。その言葉を聞いて、たちまち誰もが飢えを感じた。

野原はそれ以上話さずに、足を速めて小道を西へ歩いて行った。先に行った仲間たちに追いつこうと思ったのだが、急に前方で歓声のようなざわめきが起こった。

「何を見つけたんだ」

「食べ物だろう。それとも……、畑かな」

食べ物が植わっている畑かもしれないと聞きつけた人たちは、遅れまいと急いで駆け出した。何度か曲がると、道はススキの茂みを出た。そこに広がる眺めに野原はひきつけられ、立ちすくんだ。

そこは畑のように見えた。幅二十歩、長さ五十歩くらいの広さで、畑に沿って道が西へ延びていた。その耕地を半分ほど行ったところに、カヤ葺きの小屋があった。野原がいるところから小屋までのあいだにはサツマイモが植えられていて、半分干からびた葉が残っていたが、深緑の葉のあいだには、柔らかい緑の新芽が混じっていた。畑のまわりには、あまり高くないパパイアの木が三本あり、豆類も一列に植えられていた。小屋の向こうの畑は整理されたばかりで、出てきた石を大人の膝の高さにまで積み上げて、低い石垣にしてあった。野原が立ちすくんだのは、先にここに来た十数人の様子を目にしたからだった。三人が夢中になって黄ばんだパパイアを採っていた。何人かは下地島にあるのと似た豆を採っては、せわしなく口に入れており、口いっぱいになると少し吐き出していた。ほかの人たちは、畑で葉の下のイモを探していた。サツマイモを掘り当てた人は大喜びで笑い声をあげ、見つけられない人はぶつぶつ言っていた。小屋の向こう側、石垣のそばの枝を払った低い木のそばで、三人の男女が目を見張り、口を開けて、驚きあきれたように無言でこの騒ぎを眺めていた。野原はこの様子に驚いたのだった。仲間たちが傍若無人に他人の畑に入りこんでひっくり返し、作物を探しているのに、この畑の持ち主らしい人たちは驚いて見ているだけで、止める力すらないらしい。仲間たちにはそれが目に入らないらしい。野原はそのことがいっそう不思議だった。

「野原、おれたちは食い物を探さないのか。遅れたら、何も口に入らないぞ」

野原はそれに答えず、畑の向こうにいる三人をじっと見ていた。

「おい、おまえたち、自分で何か探して食うんだ。そんなところで誰かが分けてくれるのを待っているんじゃない」目の前で痩せたサツマイモを掘り当てた仲間が、彼を見て言った。

「おれたちも掘ってみよう」もうひとりが言った。

野原はそこに立って前方を眺めたまま、動かなかった。ほかの人たちはそれに気づいて、次々に手を止め、野原の視線の先を見た。そして衝撃を受けて、立ちあがった。

「どうする」

「おまえは戻って、後ろの人に急いで来てもらってくれ。おれたちはここで人に出会った。えらいさんたちに決めてもらわなければならない」野原はそう言うと、驚いている三人の方へ歩いて行った。ほかの人たちは立ちすくんだまま、彼が歩いて行くのをなすすべもなく眺めていた。

野原はわけもなく心臓の鼓動が早くなり、頬と腕の傷が引きつって来た。彼は思わず肩を上げ、顔の筋肉を動かして、表情を和らげようとした。笑顔を作って、手を半ば上げると、三人の方にちょっと振った。彼は三人が自分を見ているのを知っていた。四、五十歩しか離れていなかったので、互いの表情がはっきりと見えた。できるだけ何気ない様子で、なごやかな表情で何か言わねばならないと野原は思った。

何か言わなければ、と考えて、野原はいきなり笑い出し、その瞬間、表情がずいぶん和やかになった。彼らはどんな言葉を話すんだろう。おれの琉球の言葉がわかるのだろうか。野原は自問したが、ひとりが自分の目をじっと見ているのに気づいて、なんとなく親しみを覚えた。

長山港の老人！　野原は心で大声で叫んだ。彼は魚を二匹持ち、並んだ小舟を越えて、はじめて老人を訪ねたときのことをはっきりと覚えていた。その時の老人の目には、よくわからないが何かを期待しているような、親しげな光があった。

もしそうなら……、長山港の老人の話はほんとうだ。確かにそういうところがあって、そこにはそういう人たちがいるのだ。野原はその先を考えようとはしなかったが、あの老人とここの人たちに、何らかの関係があることを願った。

立っていたのは男が二人で、女が一人だった。真ん中に立っているのは中年の男で、髪は結っておらず、耳たぶは指三本ほどの幅に垂れて、真ん中に穴があいていた。背は高くなく、腕はがっしりしていた。荒い布で作った短い上着と膝までの黒いスカートをつけている。そのまなざしは親しげだったが、好奇心が溢れていた。右にいるのは十何歳かの少年で、垂れた耳たぶの穴に、親指ぐらいの太さの丸く平べったい木片がはめ込まれていた。眉を少ししかめていたが、目は鋭く光っていた。女は黒っぽい布を多めに身にまとっていたが、不安そうな目で、真ん中に立っている男を振り返っては、近づいて来る野原の方を何度も見ていた。三人とも手に土を耕す鍬を持っていた。

この人たちは家族なんだ。この男は畑の持ち主だ、野原はそう確信した。すでに彼らの前まで来ていた。

「おれたちは……」野原はお辞儀をした。

「おれたちは琉球から来たんです。船が座礁して……」野原は海の方向を指しながら、ゆっくりと言った。

「おれたちは何日も食べていないんです。食べ物と水が欲しいんですが」野原は続けたが、自分が言っていることを相手が理解していないのは確かだった。彼らは顔いっぱいに疑うような表情を浮かべていたし、真ん中の男は野原の左頬の傷と、身振り手振りをしている傷ついた手をじっと見ていたからだ。野原は両手で腹を抱え、うわむいて水を飲む動作をし、口をあけて飯をかきこむしぐさをした。ほかの人たちも思わず近寄って来た。

畑の持ち主は踏み荒らされたサツマイモ畑に目をやると、そばの少年を振り返って何か言い、さらに女の方を向いて何か言った。それから手を振って、自分についてくるように合図した。突然、少年が走り去った。

この人はおれの言うことがわかったんだ！ 野原は嬉しかった。そのとき、後ろの方からがやがやと話し声と足音が聞こえてきた。役人たちが、先を行った人たちがこの土地の人に出会い、食べ物も見つけたと知ったのだった。

## 一八　シナケ社のアディポン

「みんなもう畑仕事に出て行くぞ」アディポンは左下の小道を見て言った。

「知ってるだろう？　今、畑をきれいにしておかないと、種まきの時期が遅れてしまうんだ」

「そうだな。嵐のあとの今のうちに畑を整理すると、土はまだ湿っているし、種をまくのにちょうどいい。クスクス社にはこの冬は、食い物がたっぷりあるだろうよ」

「そんなことまで知ってるのか」

「何のことだ？　そんなこと、誰だって知ってるさ。おれだって、何もかも放り出してあちこち歩き回ってるわけじゃない。畑へ出なきゃならない時は、おれだって畑に出るさ。おまえは畑仕事を手伝わないのか」

「それは……」カルルは頭をかいて、言葉を濁した。

「忘れていたよ。おまえは指導者の家系なんだから、畑に出ないんだ」

「そんなことはないよ。たまには畑に出て手伝うさ。ただ、そんなに手伝った記憶がないだけさ」

「あれ、あの娘たちはゆうべ、チュウクの家でおれたちと歌ったりしゃべったりしていたのに、こんなに早く起きてるぞ。作業を助け合うんだろうな」アディポンは昨夜、彼らをもてなしてくれたチュウクと、彼女と仲のよい三人の娘が籠を背負い、石板の家のそばの石段を上がって来て、自分のほうをちらっと見たのに気づいた。

「そうだ。あの娘たちはいつもいっしょに仕事をしたり、あれこれやっている。仲がいいんだよ」

「おれもそろそろ、帰るよ。何も手伝えないし、ここでぶらぶらしていても、目ざわりだからな」

アディポンはそう言うと、起き上がった。

「何か食べてから行けよ。待っててくれ。家に行って食べるものがないか見て来るから」

カルルも起き上がって、それまで寝ていたござを片づけた。そこへカルルの母親が、サトイモと燻製の肉を入れた皿を持って出てきた。

「さあ食べなさい。みんなもう畑に出るんだから。おまえたちも、おなかを空かせたままでいないようにね。特にあんた、アディポン、そんなに背が高いんだから、おなかを空かせてるなんて聞くと、うちの部落の娘たちが悲しむわよ」

「おっ、この肉はどうしたの」カルルが尋ねた。

「あの娘たちがアディポンに食べてほしいって」

「ええ、そんな……。不公平すぎるじゃないか。おれはここに長くいるのに、おれのために食べ物を贈ってくれた娘なんて誰もいないぞ」

「何だって？　誰もおまえに贈ってくれないって？　まあ、カルル、おまえはわざと忘れてるんだね。食べ物を贈ってくれる人が欲しいって言うんなら、いいわよ、わたしがすぐに部落の娘たちにそう言ってあげるよ」

「あ、やめてくれよ、冗談だよ。本気にしないでくれよ、イナ〔母さん〕」

「本気にしないでだって？　本気にしないわけにはいかないわよ。おまえがこんなに何年もの間、娘たちを断り続けるから、もうすぐ土に入って祖先に会う姉さんたちから、ずっと責められてきたのよ。わたしは人情がわからなくて、頭の上に目がついてて、彼女たちを馬鹿にしてるって言われてるのよ。そう言われてもずっと我慢してきたんだよ。おまえに食べ物を贈ってくれる人が誰かいたら、おまえがこれ以上、わけのわからない理由で娘さんを断ったりしなかったらと、どれほど願っていると思うの。本気にしないではいられないわよ。言ってみなさい、おまえはいつになったら、家庭をもつつもりなの」

「ああ、イナ、アディポンがいるのに、もうそれ以上、言わないでくれよ」

「これ以上、言うなですって？　そうだ、アディポン、あんたを他人だと思ったことはないのよ。

あんたはあちこち歩いて、いろいろ知ってるでしょう。カルルに言ってやってよ。もしこの子がほんとうに、柴城のあのパイランの娘を嫁にしたいって言うんなら、わたしのかわりにこの子の気持ちを決めさせてやってよ。この子はわたしの言うことは聞かないんだから」

「ハハ、イナ、畑に出るんじゃないのか？　もうすぐ陽があたりはじめるよ」カルルが言った。

「そうよ。こんなに遅くなってしまって……。みんな出かけたんだから、わたしも畑へ出なきゃね」カルルの母親は手を振って向きを変えたが、また振り返って言った。

「アディポン、カルルに言ってやっておくれ。パイランの女は頭がよくて働き者だけど、たぶん、山での仕事はできないって。この子に教えてやってよ、目標をそんな高くするなって。部落には、きれいで仕事ができる娘たちがたくさんいるんだよ。毎日誰かに食べ物を届けてもらって、いい気分になりたいなら、部落の女にしかそんなことはできないわよ。それとも……、アディポン、シナケ社の娘をひとり、この子に紹介してやってくれないかしら……」

「イナ、陽が射してきたよ。さっさと畑に行けよ！」カルルは母親を押すようにして庭から出て行かせた。

「ハハハ」アディポンは突然、笑い声をあげて、気まずさをごまかした。

「イナはいつもこうなんだよ」

「おふくろさんは、おまえが柴城の娘を好きになったことをとても気にしてるみたいだな」

「おい、おれは彼女にまだ何も言ってないんだぞ。手に触ったことだってないっていうのに、そんなふうに言われるなんて。遅く結婚するというのは、そういうことを我慢しなければならないってことのなのかな。おまえもそうだろう？」

アディポンはそれには答えずに、向かいの山の牡丹社のほうを眺め、サトイモをひとつ取って、口に入れた。

空はすっかり明るくなっていた。クスクス社は山の稜線の背面にあり、牡丹渓を隔てて、牡丹社とはるか遠く向き合っていた。太陽が昇って、牡丹社に光があたりはじめてから半時間経って、やっとクスクス社に光があたるのだった。牡丹社のあたりの山にはもう霧は見えなかったが、海風があたらない場所にあるクスクス社の下のほうには、まだ霧が残っていた。この時刻には多くの人たちが畑に出ていた。植えておいたサトイモやサツマイモなど、主食になるイモの手入れをするだけでなく、キマメ（樹豆）やそのほかの野菜を植え始めていた。畑仕事があまりなくても、多くの人が畑に出て歩き回り、暇つぶしをしたり、気が向けば畑をきれいにしたりしていた。冬の東北の季節風が吹く時期になっても、クスクス社の人たちは、陽の光が部落にあたる前に家を出て仕事に行く習慣だった。一年のうちでは、暇でのんびりした時期だった。東北の季節風は吹くが、アワや陸稲《オカボ》の収穫が終わったばかりで、次の種まきまでには時間があった。サトイモやサツマイモもほとんど収穫したばかりで、再び成長するのを待っていた。多くの人が豆類や野菜を植える方法を考えなければならなかった。男たちは機会があれば、山に行って猟をしたりワナをしかけたりして動物を獲り、食べ物の種類を増やさなければならなかった。アディポンはそういうことをよく知っていた。

アディポンは噛み砕いてどろどろになったサトイモを呑みこむと、手にしていた残りの半分を口に入れた。彼はこのこぶしの半分ぐらいの大きさの、火であぶってから乾燥させたサトイモが好きだった。家を出るときや、畑仕事に行くときは、袋に二、三個入れて持って行き、空腹をなだめた。家で食べるときは、蒸して柔らかくして食べた。さっきカルルの母親は硬いイモと軟らかいイモと、どちらも持って来たが、彼は硬いほうを選んだ。ゆっくり噛む習慣のせいもあったが、火にあぶって乾燥させたサトイモは、噛んでいるうちに唾液で発酵し、香ばしさと甘みが少しずつ出て来て、サトイモ本来の味がするからだった。彼は左側の、部落の集会用の広場の向こうの傾斜地に目をやった。そこはすでに収穫が終わった陸稲畑で、持ち主はサトイモの苗を新しく植えたようだった。畑のまわりには石が積み上げられ、キマメが人の背丈の半分ぐらいにまで育っていた。

クスクス社の人はほんとうに勤勉だなあ。アディポンは心の中で思わず讃嘆した。そして急に、石門《せきもん》の向こうにある漢人の村、統埔と保力を思い出した。あのあたりは水田が一枚一枚つながっているが、先月の収穫の前には、稲穂がふくらんで黄金色に輝いていた。彼はそのことについて考え続けた。

このあたりの部落の人たちより漢人のほうが勤勉でまじめだとは思わない。しかし漢人の農耕の技術が、彼らの村の人口規模の発展の速さを決定づけていた。アワと陸稲、水稲の耕作規模を比較してみただけでも、統埔や保力の村の家々が一軒で所有している水田の面積は、クスクス社の耕地全部の面積とまもなく同じになるだろう。穀物を一年に二度収穫し、収穫しては貯えている。その貯えた量は、一年分の食糧を何軒かの家に供給してもさらに余剰があるほどだ。それには、水稲の二期作のあいまに作る雑穀の収穫は含まれていない。一方、農業をしない漢人は、いつもあれこれ方法を講じて山に入り、部落の農作物や山の産物、毛皮、漢方薬の材料、さらには木や土地まで買い付けていた。同時に平地から持ってきた布や古着、鉄器、塩、砂糖を売り、利潤が大きい火薬類まで商っていた。これらは部落の人たちが必要とする生活物資だったので、漢人は優位に立って売買を進め、部落の人たちは食糧をたくさん出して交換してもらわねばならなかった。このため、漢人と交易をしている部落の人たちは、漢人に対して低姿勢にならざるを得なかった。漢人との接触を嫌う人たちは、最初から敵対的な態度をとっていた。クスクス社の大頭目のチュルイは、部落の人たちに、どのような交易であれ、部落の土地を漢人に渡してはいけないと何度も注意していた。牡丹社の大頭目のアルグは漢人との交易を拒否し禁止していたが、それは部落は漢人の村とはちがうし、部落の人たちが、漢人の交易の手慣れた手法と深い企みをよく知らないと考えているからだった。交易の場で必要な機敏さと狡猾さは、昔から山奥で暮らしてきた人々が少しばかり知っていることからは、かけ離れていた。部落の人たちの多くはそのことを理解していたが、生活に必要だったり、ほかの理由があったりして、漢人と接触することになり、ほとんどの人が極めて弱い立場に立たされて、不公平な取引をせざるを得なかった。食糧の生産と収穫を増やそうと思えば、漢人の知識と長所を学ばざるを得ない。しかし、水稲栽培を教えに来たがる漢人は、閩南人《びんなんじん》であれ客家人《はっかじん》であれ、みな農地を手に入れたがり、ほとんどが教える報酬として、部落に土地を要求した。しかも水稲栽培の手順は煩雑で、灌漑水路の建設と水の分配についても学ぶべきことは多かった。三年や五年で習得できる自信は誰にもなかった。さらに大きな問題は、水稲栽培を始めてしまうと、山の部落は周辺の木を切り倒して水路を開かなければならない。生活構造が破壊され、祖先の記憶とともにあった神話や伝説、そして生活習慣も、根本から破壊され変わってしまう。そうして、山の部落であれ、平地に近い部落であれ、おそらく、まだ水路も開かず、苗の栽培も学びはじめないうちに、漢人に早くから目をつけられていた最良の土地を自分から失ってしまうのだ。

むずかしいなあ、アディポンはまた心の中でつぶやいた。

あちこちを歩き回るのが好きなアディポンは、長年にわたって観察をしてきた結果、食糧生産や日常生活で必要なものについて、それは文化的な習慣であり、民族が百年、いや、さらに長い年月の間に積み重ねてできた慣習であることを理解していた。すべてを学ぶと、漢人に全面的に同化されてしまうことになる。最後には、漢人が下十八社の人になるのではなく、下十八社の部落がすべて漢人の村になってしまうのだ。それならむしろ、今のままのほうがいい。日が出たら働き、日が沈んだら休む、簡単なものを食べ、楽しく歌って、満足して暮らす。同時に、我慢して、漢人と接触しすぎないようにし、長い時間をかけて、漢人から必要な知識を少しずつ学んでいくのだ。

しかし……、パイラン以外の、さらに賢く、さらに進んだように見えたあの人たちは、どのような部落に住み、どのような世界に生きているのだろうか。アディポンの思いは突然、海から来た人たちに向かった。

「何を考えているんだ？　ちっとも動かないけど、牡丹社に何かあったのか？」水を入れたひしゃくを手にしたカルルはそう言うと、アディポンの視線をたどって、牡丹社のある山の方に目を向けた。

「牡丹社のアルクも、部落の人たちといっしょに畑仕事に出ただろうな」アディポンが言った。

「それは……、きっとそうだろう。あいつが家でぶらぶらしているはずがない。おれとはちがうよ」

「みんな頑張って働いてるんだ、おれもそろそろ帰らなきゃな」アディポンはそう言うと、ひしゃくを受け取って水を飲んだ。

「送っていくよ。肉が二切れ、残っているから、一切れずつ片づけてしまおう」カルルはそう言うと、ひしゃくと皿を受け取った。

「送ってくれなくてもいいよ。身内なんだから、そんなことしなくてもいい。残っていろよ、みんな仕事をしてるんだから」

「残って何をするんだ。知ってるだろ、今は畑にも仕事はそんなにないんだ。ちょっと待っててくれ、これを片づけて、刀をつけて送っていくから」

陽の光がクスクス社にあたりはじめた。アディポンとカルルは、稜線を超えて東へ向かう坂道を前後して歩きながら、話をしていた。鳥たちのさえずりは少なく、嵐が去ったあとの植物の幹や枝には、何かがぶつかってできた傷がたくさんついていたが、残っている葉は青々として生気があった。遠くの海には雲がなく、海岸は波しぶきが連なって白い帯のように見えるだけで、暗い岩礁に何か変化があるかどうかは、よく見えなかった。

山道は蛇行しながら、クスクス社の外側の道が分かれるところへと下っていった。ふたりは足を止めた。シナケ社へ行く小道は、左の方へ下って行って、麓に何軒かある家と畑に通じていた。道が分かれるところは、長年、人々が行き来し休息してきたので、十歩四方の空地になっていた。

空地のまわりには石が積み上げられて低い石垣ができており、腰をおろして休めるようになっている。部落の方向に簡単な石の首棚《くびだな》が設けられており、ずいぶん古そうな髑髏《どくろ》が三つ並んでいた。髑髏の眼窩にはクモが巣を張っていた。

「ここまででいいよ、会う機会も多いんだから、きょう、急いで話を全部しなくてもいいじゃないか。次に嵐が来て、出かける時間があったら、また会おう」

「次の嵐だって？　来年まで待つっていうのか？　ずいぶん先じゃないか。おまえはいつでも時間の都合がつくんだろう？　おれたち、何人かでいっしょに猟に行かないか。おれをあちこちに連れて行ってくれてもいいぞ」

「おい、カルル、どういうことだ？　柴城の娘はもう要らないのか？　男が何人かでいっしょにいて、何の意味があるんだ。喧嘩して殺しあうわけじゃなし」

「離れたくないんだよ。おまえと話す時だけは、愉快で気をつかわなくていい。軽々しく考えたり深刻に考えたりして話しても、誰かの機嫌を損なうかもなんて考えなくてもいいしな」

「ハハハ、元気でな。何日かしたらまた来るよ、その時は牡丹社にアルクを訪ねよう。牡丹社の稜線を超えて、ジナイ社に二晩泊まって、それからまた山を越えて、マリバリを訪ねよう。きょうはもう行くよ。チュラソ社の任文結《じんぶんけつ》（のちの潘文杰《はんぶんけつ》）を訪ねようと思ってるんだ」

「任文結だって？　用もないのに、トキトク頭目のパイランの娘婿を訪ねて、何をするんだ。時間があるんなら、今から牡丹社に行こうよ」

カルルは目を大きく開いて、声を張り上げた。彼にはどうしても納得できなかった。任文結は、下十八社の名義上の総指導者であるトキトクの漢人の娘婿だった。頭がよくてすばしこく、閩南語と客家語、それに下十八社で話されるパイワン語に通じていた。その言動は下十八社の青年たちとほとんど同じだったが、カルルは、彼が小柄で弱々しく、目が一重で、それに、横から口を出して自分の意見を主張するのを嫌っていた。

「ハハハ、何といっても、あいつはトキトクの娘婿だからな。いつか、あいつがあの部落の指導者になるかもしれないぞ。何か起こったら、あいつと十分に意思をかよわせなければならないだろう」

「そんなわけにはいかないよ。あいつがあの家族の指導者の地位を継ぐってことは、それはつまり、おれたち下十八社の連盟の盟主の地位を継ぐってことじゃないか。あいつはパイランだぞ、そんなことはありえないよ。チュラソ社の人間はみんな死んでしまったのか？　ほかに人がいないのか？　あいつがほんとうにそう宣言しても、おれたちクスクス社は絶対に認めないぞ」

「ハハハ、その時が来たらどんなことになるか、誰にもわからないよ。だが、今、あいつがどんな人間か、よく理解しておく必要があるんだ。あいつはパイランだ。保力や柴城のパイランたちの考え方をよく知っている。おれたちがあいつらから何か学びたいと思うなら、あるいは何かの技術を導入したいなら、任文結のような人間がたくさん必要なんだ。ましてや、今、パイランたちがおれたちの部落に入ってきて、深刻な状況になってるんだから、しっかり意思疎通をして、話をはっきりさせておくべきなんだ。牡丹社みたいに、刀を抜いて対立するのは得策じゃない」アディポンは笑顔のまま続けた。そして急に何か思い出したように言った。

「おまえが柴城の娘を嫁にもらうんなら、あいつに声をかけるべきかもしれないぞ」

「ふん、この近くの部落から柴城に嫁に行ったものはたくさんいるんだぞ。あいつの出番はないさ」

「ハハハ、きまり悪いんだろ。風が吹くのも、雨が降るのも、自然には定まった縁があるんだ。今のおれたちが考えても、どうなるものでもない。今後のことはまた話そう。もう行くよ」

「わかった、もう言わないよ。行こう。おれも山を下りて、見て回らなくちゃならない。きのうは、あわただしく行ったり来たりしていたから、下の方の家が最近どんな様子か、わからないんだ」

「そうだ、あの海から来た人たちは、もう南の方のパイランの村に着いただろうな」アディポンは何歩か歩くと、急に足を止めてそう言った。

「待てよ、誰か、上がって来るぞ」

「ああ、ずいぶん急いでいるようだな。息を切らしている」

アディポンがそう答えている間に、カルルは刀の柄に手を置いて、左の別れ道の方へ歩いて行った。アディポンもついて行った。

「誰だ？」カルルが歩きながら叫んだ。

「おれです……」その声が終わらないうちに、若い男の顔が目に飛び込んできた。汗びっしょりで、頬を真っ赤にした少年だった。

「大変です。おやじがおれに知らせに行けって……。下に、どこから来たのかわからない人たちが来て……、おれたちのサツマイモやほかの作物を盗んで……」少年は息を切らしながら言った。

カルルは少年にそれ以上、尋ねず、このまま部落に行って指導者に知らせるように言いつけると、アディポンのほうを振り向いて言った。

「あの海から来た人たちだろうか？　先にいっしょに行って、見てみよう」

## 一九　大耳人の善意

野原は身動きもせずに、建物の前の様子を眺めていた。その眺めは確かにいささか奇妙だった。宮古島の島主は再び曲げた両腕のあいだに頭を埋めていた。やせた白い腕が幅広の袖から出て、耳を覆っている。細長い手のひらは頭の後ろを覆っていたが、指のあいだから白髪が何本かとびだしていた。

少し前に野原たちは、大きな耳を垂らした夫婦のあとについて、畑の小道を五十歩ばかり進み、山裾の前に築かれた石壁のところで方向を変えた。カヤ葺きの家が三軒、目に入った。三軒は後ろの山裾に沿って建てられており、弓形に東北の方向に並んでいた。それぞれの家の前には木に囲まれた場所があった。広い空地に木を植えたらしかった。大耳の地主は一軒目の家の前で止まると、少し話をし、家の戸口の外の木の下を指さした。野原たちにそこで休むように言っているようだった。そして野原たちが理解したかどうかも気にせずに、夫婦はそれぞれ家を出たり入ったりした。

このカヤ葺きの家は、中心となる建物のほかに、後ろと横に小さな建物があった。あとの二軒も同じように建てられていた。さっきの畑のカヤ葺きの小屋よりはずいぶん大きかった。屋根のカヤも二層に葺かれていて、ずっと厚かった。建物の壁は、基部から膝の高さあたりまでは石でできていたが、上の方はカヤと竹で編まれていた。東寄りの部分には新しいカヤが縛りつけられており、建物のほかの部分とはちがっていた。今度の嵐では大した被害はなかったらしい。林の中に建てられたカヤ葺きの建物を見て、野原は宮古島の下地村に自分ひとりの力で建てた木造の家を思い出して満足し、誇らしく思った。野原が自分の手で建てた家は、カヤや竹をたくさん使っていたが、中心になる梁と柱はすべて木を用いていた。壁は、竹とカヤをつかっていたが、特に腕ほどの太さの枝を組んで、防護壁にしていた。建物の四隅の柱は、二本の木の幹を外から差し込んで支えにしていた。ふだんは海風に耐えたし、台風の時にももちこたえた。野原は優越感と誇りの気持ちをもって、目の前のカヤ葺きの家を見回した。

野原の満足は長くは続かなかった。島主のあとから役人たちが、がやがやとやって来て、家の前の木の下の空地に入った。誰かが二軒の家の前の空地から、木の幹で作った椅子をいくつか運んできて、島主と役人を座らせた。夫婦はゆでたサツマイモを持って来ると、竹で編んだ籠に入れて、島主の前の椅子の上に置いた。そのサツマイモは灰色で、それを見た役人たちは悲しげな声をあげた。役人や商人たちのため息を聞いて、前の方に立っていた人たちは頭を振りながら、外の方へ散って行った。外側にいた人たちは内側の様子を離れて眺めていたが、島主の前に置かれた、ゆでた灰色のサツマイモを見て、希望を捨て、地面にぐったりと座り込んだり、木にもたれて目を閉じたりした。山のそばへ行って、木の幹をくりぬいて作った水桶から、竹の節でできたひしゃくで水をすくって飲む者もいた。そこには大木の幹をくりぬいて作った貯水槽があり、半分に割って節を抜いた竹をつないで、家の後ろの山壁の隙間から流れ出る湧水を引き込んでいた。貯水槽のそばには枯れ木で作った棚があって、太い竹で作った水筒が二本、掛かっていた。人々は順番に水をがぶがぶ飲んだ。湧水は澄んでいておいしかった。何人かはげっぷをするほど飲んだが、話をする人はいなかった。さっきまで不満を言い続けていた商人たちも、おとなしくなって、島主の方を見ていたが、ぼんやりと絶望の表情を浮かべていた。

野原は島主のそばを離れることはしなかったが、極度の空腹感がふたたび襲ってきた。唾を呑み込んだが、胃が痙攣して座り込みたくなった。彼は我慢できなくなって腰を曲げた。顔と腕の痛みが急にはっきりしてきた。頭を上げて、まわりの人たちが水を飲みに行ったり、食べ物を探し続けているのを見た。役人たちに目を戻すと、島主は変わらず両腕に頭を埋めており、両肩がぴくぴくと震えていた。彼は最後に自分の四歩前、島主の前に、なすすべもなく立っている大耳人の夫婦に目を戻した。男はきまり悪そうな、少し怒ったような顔をして、不安そうに身体を揺らしていた。

野原は推測してみた。この大耳人はおれたちが腹を減らしていることを知っている。今、家にあるだけの食べ物を全部持って来たが、食べ物が少ないことで恥ずかしいと思っているらしい。宮古島から来た六十六人の男たちが全員、家の前の空地に入ってきたが、彼らの空腹を満たすだけの食べ物がないことで、不安を感じているようだ。さらに、食べ物を手に入れられないと知った人たちの反応を見て、大耳人は恥をかかされたように感じ、少し怒っているらしい。

おれたちはほんとうに礼儀知らずだ。突然、野原は心でそうつぶやいた。そしてひどく申し訳ないことをしたという気持ちが起こった。思いは宮古島の西側にある、一年じゅう、海風に吹かれる下地村に戻った。

野原は心の中で見積もってみた。この大耳人の畑は、自分が下地村に開いた畑ほど肥沃ではない。農作物の生育状況から判断すると、一年の収穫量も多くないだろう。彼の農耕技術が高くて、収穫量が多いとしても、このような予期しない状況の中で、六十六人を満足させられるだけの食物を出せるだろうか。できたとしても、おれたちが食べる量は、この大耳人一家が何か月分もの間に食べる量になるはずだ。

ああ、おれたちはどうして彼がそんなにたくさんの食べ物を持っていると期待できるのだ。それに、彼が持っているすべての食物を出してきて、食べさせてくれるだろうと期待するんだ。失望したとはいえ、なんで彼の好意に全く気がつかないんだ。野原は心でつぶやいた。そして思わず前に二歩進み、主人に笑顔を向けた。

野原は大耳の主人を見た。彼は少し眉をしかめ、口をしっかり結んでいた。持って来た食べ物に対する人々の反応を見て、彼がきまり悪く感じ、むっとし、傷ついたことが野原にはわかった。野原は何歩か近寄って、この場をやわらげようとした。耳を垂れた男も野原に気づいた。野原はいきなり身振り手振りをしながら、口を開いて彼に話をした。

「ほんとうに申し訳ない。おれたちがいきなりここに現れたので、困らせてしまった。あなたの好意に感謝します。この食べ物はおいしそうだ。誤解しないでください。おれたちはあなたの好意にとても感謝しています。ただ、このおいしい食べ物をどうやって分け合ったらいいのか、わからないのです」野原はお辞儀をすると、身振り手振りで微笑みながら、主人に言った。彼の言葉が役人たちの注意を引き、島主も頭を上げ、気を取り直して、野原と垂れ耳の主人をおだやかに見ていた。

主人は急いで何かを伝えようとして、野原に話しかけ、籠に入ったゆでたサツマイモを指し、それから、目の前に座り込んでいる島主や役人たちのほうを向いた。彼は話すうちに焦ってしまい、それを見た人々はいっそう困惑した。

主人はみなが困惑しているのを見て、話をやめたり続けたりしていたが、急に長い話をし、籠のサツマイモを指してから、家の後ろの山を指した。

「こういうことだろうか……」野原には話の意味はわからなかったが、この山の上か中腹に集落があり、もっと食べ物があるという意味だろうと推測した。

話し続けるうちに、大耳の主人の表情は少しやわらぎ、笑みさえ浮かべた。彼の話す声は人々の注意をひき、多くの人が近寄って来た。主人はまた口を開くと、あとの二軒の家の方を向いて、声をあげて何か言った。二軒の家の主人が、それぞれ竹で編んだ小さな籠をもって出て来た。彼らは自分たちの畑で仕事をしていたのだが、人の声を聞いて、気になって戻って来たのだった。ちょうど隣人が食べ物を持って来るのを見、彼の説明を聞き、さらにその場の様子を見て、それぞれが家にあった調理した食べ物を全部、持って出て来たのだった。耳たぶに飾りがない三人の男と、ひとりの女を見て、みなが好奇心を持った。役人たちは無遠慮に、粗末な麻布の短い上着を来て、漢人風の七分丈のズボンをはき、裸足の痩せた男女をじろじろと眺めた。

「島主様、少し召し上がってみませんか。ここには十分な食べ物はないようです。今、少し召し上がって、腹をなだめ、水を飲んでください。よく休んだら、近くに大きな集落がないか、探してみましょう。ここで悲しんでいても、どうにもなりません」

船長も近づいて口をはさみ、ついでにサツマイモを入れた籠を島主に渡した。その籠には、サツマイモとサトイモが入っており、ゲットウの葉に盛った漬物が添えられていた。そのきついにおいに、役人たちは鼻を覆って、近づこうとはしなかった。島主は手を伸ばしてサツマイモを取ると、大耳の主人たちにうなずいてみせると、ゆでたイモの皮をむき、何口か食べた。

「おまえたちも分け合って食べなさい。みな、もう少し辛抱してくれ。もっと先には食べ物があるだろう」島主は言った。

島主のおだやかな言葉を聞いて、役人たちは不思議に思ったが、何も言わずに何人かがおとなしく、一人一口ずつ、サツマイモを口にした。この様子を見て、ほかの人たちはいっそう絶望した。外側に立っている人たちは、多くが外に散らばり、緑の灌木の茂みに潜り込むものもいたし、畑の方に行く人もいた。水槽のところへ行って、水を飲むものもいた。

食べ物は少なかったが、船長はそれをみなに回して、少しずつ食べさせた。サトイモとサツマイモは少なすぎたし、人は多すぎた。口にできなかった者は変わらず空腹だったし、少し口にした者はいっそう空腹を感じた。野原も一口食べてみたが、下地村の家で作っているサツマイモより甘くてねっとりしているように感じた。もう一口食べたかった。唾液がだらだら出て、空腹感が一層強くなった。呑み込んだばかりのサツマイモに吐き気を感じ、吐き出しそうになった。彼は島主の前を離れて、貯水槽のところへ行き、列に並んで、水をがぶがぶと飲んだ。そして水槽を離れて、何歩か離れた木の下に行ったが、とうとう我慢できずに吐いてしまった。そばにいた人が面倒をみてくれたが、吐き出したのは、溶けて糊のようになったサツマイモと、粘液が混じった多量の水だった。野原は食道と喉を酸で洗われたように感じ、軽いめまいがして、耳鳴りが始まった。何日か前に船倉の吊り床で嘔吐した経験がよみがえった。彼は仲間たちが座ったり横になったりしているのに気づいた。たくさんの人が草の茎を噛んでいた。彼は身体が弱ったように感じた。何歩か歩いただけで両足がだるく、尻の穴もやや緩んでいるようだった。彼は思わず木にもたれて座り込んだ。目の前が暗くなり、目を閉じた。

「ここは下地村より貧しいんだろうか」野原はぶつぶつひとりごとを言った。

「この人たちはのんびり暮らしているにちがいない」野原はまた言ったが、カヤ葺きの家の主人を思い出して、申し訳ないと思った。

彼が申し訳ないと思ったのは、たとえ自分の漁の腕がこの大耳人たちより優れており、農業の技術も優れているとしても、こんなに多くの人にいきなり来られては、自分だってそれに完全に対応できるわけはないと思ったからだ。しかも、彼らは食物をできるだけたくさん出してくれたのだ。たとえ、その食べ物がおいしそうでなく、量が少なかったとしても。

何軒かでいっしょに暮らすのは、いいことにちがいない。互いに面倒をみあえるし、子どもにも遊び仲間ができる。そんな考えが浮かんだ。

彼と浦の結婚については、一軒だけ村を出て、いつも風が吹いている南の方に引っ越すことを、村人たちから非難された。はじめのころ、野原は何度も説明した。南の海での漁獲を増やしたいし、海辺の林は破壊されていないし、家族とだけ暮らすのが好きだから、そうすることにしたのだと説明した。しかしほんとうの理由は、東にある伊良部島中部の街の出身の浦が、野原についてひとりで宮古島に来たというので、住民から疑われ、噂され、つまはじきにされたことだった。野原はそのことに憤りを覚えていた。彼はおとなしい浦が傷つくのを心配していたので、結婚前に南の海辺を選んで家を建て、村を離れたのだった。野原は浦の出身について、人に話したことはなかった。浦は彼に従い、彼のために男の子をふたり生んだ。確かに野原は楽しく落ち着いた生活を送った。野原は村でやっていた活動や拳術の教授を少しずつ再開した。浦が村に戻ろうと言ったことがあったが、野原は自分で建てた家を誇りに思っていたし、南の海の風と漁場に慣れていた。また彼は村の人たちのように伊良部島中部の街に何度も行くのは好まなかった。野原はほとんど伊良部島の南にある長山港でとってきた魚類を交換し、日常用品を購入していた。彼のこだわりを浦がわかってくれたので、一家は静かで豊かな生活を送っていた。彼らをよく知る村人は彼らの生活をうらやましがり、憧れてもいた。今回、進貢船の航海に出る前に、野原と仲が良い三つの家族が、彼の家の近くに家を建てていっしょに住みたいと言ってきた。

ほんとうに引っ越して来るなら何よりだ、協力し合える。野原はそう思った。しかし、台風が来た時に吹く風の恐ろしさに彼らが耐えられるかどうかは疑問だった。

おれは村に戻りたいのだろうか、野原の頭に浦と子どもたちが浮かび、心でこうつぶやいた。子どもには遊び仲間が必要だ。彼が拳術を教えに行く時も距離が短くてすむし、浦が子どもをつれて長い道を歩かなくてすむ。

何といっても浦は伊良部島のにぎやかな街の出身なんだから、野原は心の中でそう言った。

彼は唾を呑み込み、起き上がって島主のそばに戻ろうと思い、大耳の主人たちをちょっと見た。数人が走る音を耳にしたような気がして、はっと目を開けた。畑に食べ物を探しに行っていた仲間たちが、カヤ葺きの家の前に続く小道をあわてて戻ってくるのがちょうど目に入った。彼らがうろたえた表情であわてて走って来たので、騒がしくなり、人々の内側へ入る人もいた。島主と役人たちも緊張して外のほうを見つめていた。

野原は息を吸い込んで立ち上がった。小道の入口に、たくましい大耳の男がふたり、長刀をつけて並んで立っているのが見えた。右側の男は左側の男より頭一つ分、背が高かった。

おお……、人々が軽い驚きの声をあげたので、野原はやっとそれに気がついた。すでにみな、彼がもたれていた木の後ろに身を隠していた。

野原はそっと息を吸い込むと、筋肉に力を込めた。心臓の鼓動が速くなるのを感じた。

目の前に立っている大耳の男は最初は黙っていたが、時々、口を動かして話しているようだった。短い上着から出ている広い肩と背中の筋肉には、くっきりした線が見えた。短いスカートの下の太い脚は、木の幹のようにがっしりしていた。足は大きく、ふたりはしっかりと立っており、それを見た人々は、今が冬で、嵐が去ったあとの寒い季節だということを忘れた。宮古島の人たちは静まりかえり、誰も声を出さず、今まで見たことがない人種をぼんやりと眺めていた。彼らが腰につけた刀の端から垂れ下がった長い毛髪と、垂れ下がった大きな耳たぶにはめ込まれた丸い木片を見て、野原や船長たちははっとした——このふたりは武器を身につけた大耳生番だ。刀につけられた毛髪と大きな耳に気づかなければ、おそらく人々は、人を殺して食う伝説の人種のことを忘れていただろう。

そこまで考えると急に身震いがして、野原は唾を呑み込んだ。喉がカラカラになっているのに気がついた。後ろでいきなり誰かが高い声で叫んだ。

「カルル……」カヤ葺きの家の大耳人たちが近づいてきて、話を始めた。

## 二〇　海から来た人との出会い

やって来たのはカルルとアディポンだった。三軒のカヤ葺きの家の前にある木に囲まれた空地に入るとすぐに、ぎっしりと立った人たちが自分たちの方をぼんやり見ているのが目に入った。ふたりは思わず左右に並んで立ったが、左手が自然に刀の柄にのび、警戒しながら人々を眺めていた。

ほんとうに奇妙な人たちだった。カルルは口を開いて何か言おうとしたが、急に警戒心が起きた。緊迫した雰囲気にアドレナリンがどっと出て、どうしても声が出なかった。アディポンのほうを振り返ろうとしたが、また我慢できなくなって、木の前にじっと立っている男のほうを眺めた。その顔には傷跡がはっきりと残っていた。

「きのう、おれたちが海岸でずっと見張っていた人たちだ」アディポンが突然口を開いて、小さな声で言った。

その声を聞いてカルルは我に返り、鋭いまなざしで左右をすばやく見回した。そこにいる人たちはみな、飢えて、疲れ切っていた。建物の前に座っている中老年の男たち以外は、ほとんどが若い男たちだった。いつも働いているらしく、身体には余分な肉や脂肪はついていなかったし、腕に筋肉の線がくっきりと見える男たちもいた。多すぎて、何人いるのか、すぐにははっきりとわからなかった。

「きのう、海から上がって、パイランについて南に行った人たちにちがいない。なのに、どうしてここにやって来たんだろう」カルルは小さな声でアディポンにそう答えた。呼吸はすでに落ち着いていた。あちこち見まわしてから、最前列にいる男に目を戻した。その男の腕にひどい擦り傷があるのに気づいた。血は凝まっていたが、皮膚の下の赤い肉が見えた。三軒の家の主人たちが近づいて来た。その後ろから、よそから来た、黒く日焼けした男たちも何人かついて来た。

「カルル……」最初に宮古島の人たちに接触した主人が口を開いた。野原は最前列に立っていたが、その声を聞いてほっとして、思わず振り返った。

「カルル、この人たちがどこから来たのか、わからないんだが、いきなりおれたちのサツマイモ畑に現れて、植えておいたものを食べたんだ。どうしたらいいのか、わからないんだよ。この人はずっと、おれに話しかけてるんだが、海から来た、何日も食べてない、助けてほしいと言ってるようだ。それでクスクス社に知らせるために、息子を走らせたんだよ」主人は野原を指さしてこう言うと、さらに続けた。「おれたちは朝食の残りを出してやったんだが、全く足りないんだよ。こんなにたくさんいるんだ、どうしたらいいんだ？」

「こいつらは乱暴しなかったか」カルルが尋ねた。

「いいや、礼儀正しいよ。だが、おれたちは助けてやれないんだ」

「どうする？」カルルは振り向いて、アディポンに尋ねた。

「数えてみたんだが、六十六人いる。きのう、数えたよりも多い。みんな、あのパイランについて行けばよかったのに……。今、ここに現れたとは、ほんとうにやっかいなことになった。クスクス社に連れて行くしかないだろう。何とか手を打って、しっかり食べさせてやり、休ませてやったら、そのあとは保力か柴城へ連れて行って、パイランに協力を頼もう」アディポンはこう言った。

気がつかぬまに手が刀から離れていた。

「問題はないかな？　六十六人もいて、みんな男だぞ、それも半分以上が若い男だ」

「問題はないだろう。きのう、海岸であのパイランに出会って、持っていたものを言われるままに出して、全部、持って行かれてしまった。今は、あれこれ考えて、緊張しているようだが、おとなしい。地位が高い族長がいて、若い人を抑えているにちがいない」アディポンは宮古島の島主の仲宗根玄安と役人たちの方を指さして言った。

アディポンが低い声で話しながら、役人たちを指さすのを見て、家の主人について来ていた船長は思わず前に出た。野原は船長のその動きに気がつかず、頭を下げると、自分たちは船が難破してここに来たが、悪意はないと話した。船長があとを続けた。野原の後ろから声が聞こえてきたので、アディポンは眉をしかめたりうなずいたりした。カルルもいぶかしく思ったが、聞いていると、意味がわかるように思える部分があった。

「こいつが話す言葉は、保力のパイランの言葉に似ているみたいだ」カルルは言った。

「そうだな、だが、ちがうところもある。こいつの身振り手振りからすると、多分、あの船は自分たちの船で、台風にあって壊れた、腹が減っている、助けてほしいという意味だろう」アディポンが言った。

「こいつらと話してくれ。おまえはおれよりパイランの言葉がわかるんだから」カルルが言った。

ふたりの会話は宮古島の人たちの関心を引き、大勢がおそるおそる近寄って来た。商人たちも近づいて来た。カルルが思わず刀に手をやったので、野原は圧力を感じ、両手を広げて人々を止めた。

商人が話し始めた。船長よりはやや流暢に漢人の言葉を話したが、アディポンは彼の話が完全にはわからなかったし、それが客家語か閩南語かもわからなかった。

「わかった、もう話さなくていい。おれにはあんたたちの言葉がわからないんだ。あんたたちが困ったことになっているのはわかったが、おれたちには、解決するだけの力はないんだ。ここからいちばん近い部落はクスクス社だ。あんたたちはこのクスクス社の青年に頼んで、彼の部落に入れてもらうんだ。食事を出してくれるだろうし、そのあとで、パイランの村に連れて行ってくれるだろう」

アディポンは、自分が知っている客家語とパイワン語を混ぜて話し、なんとかして意味を伝えようとした。しかしカルルと宮古島の人たちは疑いの表情を浮かべた。商人のひとりはその意味がわかったらしく、振りむいてほかの人たちに説明した。アディポンはパイワン語でカルルに説明した。

「何だって？　ほんとうに部落に入れるのか。こいつらはよそ者だぞ、掟を犯すことにならないか？　それに、おまえの言ったことを、こいつらはほんとうにわかっているのか」カルルは目をむいて言った。

「おれにもわからないよ。この人たちには助けが必要なことははっきりしている。今、助けてやれるのは、クスクス社だけだ。助けてやらないわけにはいかないだろう。この人たちをクスクス社に連れて行ってやろう。部落に入《はい》れないなら、部落の入口の、あの道が分かれるところで、休ませればいい。部落の人が、彼らに何か食べさせてやるだろう。一晩休んだら、明日の朝、稜線を超え、川を渡って、茄芝萊（現、石門村）にあるパイランの店に連れて行って、助けてくれるように頼もう」

「ほんとうにやっかいだな」

「そうだな、確かにやっかいだ。さっき、おれたちはそう話していたじゃないか」

「そうするしかなさそうだな。この人たちに話してみてくれよ。おまえはほんとうにパイランの言葉ができるみたいだからな」

「そんなことはないよ。習おうとしたんだが、すごくむずかしくて、話そうとすると舌がもつれてしまうんだ」

ふたりが話しているのを、野原はそばでじっと見ていた。アディポンはそれを興味深く思い、この人をよく知っているように感じた。アディポンは微笑みながら野原に向かってうなずいて見せると、また口を開いて少し話し、山の中腹の方向を手で指した。

アディポンは文にならない、ばらばらの客家語と南パイワン語を混ぜて、何とか伝えようと骨を折ったが、果たして宮古島の商人たちと船長が完全に理解したか、実は疑問に思っていた。宮古島の人たちが、柴城の漢人たちが使う言葉を話していることは、アディポンにもわかった。流暢とは言えないが、自分よりずっと上手だった。

この人たちはパイランなのだろうか。おれが話す言葉がわかるのだろうか。アディポンはあれこれ考えながら、この見知らぬ人たちが、ゆっくりと家の前にいる老人たちのところに集まるのを見ていた。あちこちから話し合う声が聞こえてきた。

「あいつはきのう、おれたちが見たやつにちがいない。一人で海に跳びこんで、水に落ちた仲間たちを助けたやつだ」カルルは、島主や役人たちのところへ戻る野原を見てこう言った。

「おれもそうじゃないかと思ってたんだ。あいつの傷はまだ新しい。岩の上で倒れた時にできたにちがいない。あいつの目つきは落ち着いていて鋭い。背がまっすぐ伸びているだろ、アルクにそっくりだ。あいつは腕の力も強いと思う。喧嘩が強い男だよ、勇士なんだ」アディポンが言った。

「残念だなあ、アルクがここにいないなんて。アルクがいたら、誰よりも先に、あいつと友だちになろうとするだろうよ」

「アルクはきっとうるさく言って、あいつと友だちになるさ。気がついたかい？　あいつ以外の若者は、ふつうの護衛じゃないみたいだ。ここには氏族の族長や大頭目のような指導者か、北の鳳山にいるような高官がいるにちがいない。あの青年たちは護衛として来たんだ。彼らはここのパイランには似ていない。パイランだとしたら、きっとほかのところから来たんだろう」

「おい、アディポン、おまえにわからないんなら、おれにわかるはずがないじゃないか。しかし、そう言われると、心配になって来た。この人たちを全部合わせると、部落の青年より数が多い。ほんとうに部落に入れたら、何か起こるんじゃないんだろうか」カルルはちょっと眉をしかめて言った。

「そんなことはないと思うよ。この人たちはおれのサツマイモ畑でイモを盗っていたんだが、おれに見つかると、申し訳なさそうな、恥ずかしそうな顔をした。おれたちクスクス社やほかの部落の人間なら、そんなことはない。保力や柴城のパイランなら、もっとあり得ない。この人たちは善良で礼儀正しいよ」カヤ葺きの家の主人が言った。

「そうだ。パイランなら、勝手にものを持って行ったとして、それをおまえのせいにしなかったら、それだけでも大したもんだよ。恥ずかしそうにしたりはしないさ。この人たちは大声でわめいたりしないし、身につけているものも、材質がちがうみたいだ。きっと、この近くの人じゃない、海の向こうのどこかから来たにちがいない」カルルは何度もうなずきながらそう言った。

「もしそうなら……」アディポンはカルルをちらっと見て続けた。「この人たちを部落に入れても問題はないはずだ。そう言いたいんだろう、カルル」

「問題があるかないかなんて、どうしておれにわかるんだ。今はとりあえず、そう決めるしかない。もしこの人たちが望むなら、部落に連れて帰るよ。部落に入れるかどうかは、おやじが決めるだろう」カルルが言った。

「こいつらは奇妙な顔をしているなあ」カルルが言った。

「ハハハ」アディポンは我慢できずに笑った。

アディポンから見ると、彼らの外見は、確かに彼がよく知っている漢人に似ていた。背の高さもこの近くの人とほとんど変わらず、骨格も同じように小さい。目は一重だったが、皮膚はすこしきめが粗かった。着ているものは、布をたくさん用いているようだ。動きやすくするためだろう、青年たちは膝から下は脚絆をつけており、袖はひじのあたりで縛って、ひじから先をむき出しにしていた。髪は無造作に後ろでまとめている。やや年配の人たちは、ほとんどが長い着物を着ていた。髪を上で束ねて、帽子をかぶったようにまとめている。布地は上等なものらしく、その表情には威厳があった。奇妙というなら、この近くの部落の人たちのほうが奇妙だろうとアディポンは思った。耳に穴をあけ、はだしで、粗末な布でできた古い服を着て気取っている様子は、よその人には、いっそう奇妙に見えることだろう。

彼らはこの人たちの族長たちだろう、アディポンはそう推測した。そしてすぐに、ほんとうに指導者のグループがあるなら、遠征してきた貴族たちにちがいない、それをたくましい青年たちが護衛しているのだと思った。そうだとしたら、彼らはなぜやって来たのだろうか。どこへ行こうとしているのだろうか。嵐でここに流されて、船は壊れてしまった。どうやって戻るのだろうか。彼らは帰る方法を考えているにちがいないが、この近くには、大きな船を造るのを手伝えるような部落はひとつもないし、漢人の村にだって、手段はないだろう。アディポンは急に興味を覚えたが、やや不思議にも不可解にも感じた。

宮古島の人たちの議論はまだ続いていた。アディポンが興味深く思ったのは、外側に座ったり立ったりしている人たちは、ほとんどが静かに聞いているだけで、内側にいる、着物を着た人たちだけが話し合っていることだった。さっき近づいて来て、ふたりと話した船長も時たま、口をはさんでいた。

ほんとうに規律正しいなあ。アディポンは心の中で讃嘆した。

「あの人たちは道を歩けるかなあ」カルルがいきなり言った。

「どうしてだ？」

「見ろよ。あの人たちはみんな履物を履いてる。履物を履くのは、柴城あたりの金持ちのパイランの年寄りだけだ。彼らがおれたちについて来たとしても、クスクス社に着くころには、真っ暗になってしまう」

「ハハハ、太陽はまだ、肩のあたりにあるんだぜ。たしかにもうすぐ正午になるが、おまえは、彼らがクスクス社に行くのに、夕方までかかるって言うのか？　ちょっと大袈裟なんじゃないか」

「ワハハ、アディポン、おまえは賢いが、小さなことを見過ごす人間だってことが、やっとわかったよ。見ろよ、あの青年たちは、上半身はがっしりして丈夫そうだが、足はまっすぐで、細い木の幹みたいだ。ここらのパイランのほうが、膝から下の筋肉はしっかりしてるよ。年配の、族長や長老のような人たちのことは、言うまでもないだろう」

「ああ、おまえはほんとうに細かく見てるんだなあ。船で旅をする人たちは、山を上がったり下りたりして動物を追いかける必要もないんだろう。重いものを担ぎ上げるだけなら、確かに足には大した負担はかからない。履物を履いていて、どうやって道の石をつかめるんだ。ハハハ、カルル、こう言いたいんだろう？」

アディポンの笑い声に、宮古島人が何人か振り向いて、彼をじっと見た。

「そうさ、部落によく来る保力のパイランたちは、部落の人みたいに歩くぞ。まあ、数はすごく少ないがな。ほとんどのパイランは、道を歩くとき、地面にくっつくみたいにして歩く。遠くまで歩けるが、速くは歩けないんだ。おまえがこんなことに気がつかないなんて、信じられないよ」

「確かにそうだな。そう言われて気がついたよ。この人たちが暗くなる前にクスクス社に着けるか、心配しなければならないな」

アディポンとカルルの心配は、全く理由がないわけではなかった。クスクス社は、この三軒の家の後ろの山をまっすぐ七、八〇〇メートル登った稜線の向こうにある。この家の少年のように、近道を走って登って行けば、ふつうは二時間はかからない。下りて来る時は、全力で走れば、五十分もあれば十分だ。カルルやアディポンのように敏捷で、身体機能が高い男なら、時間はもっと短くてすむ。しかし、この海から来た、老人が数人混じった人たちなら、山道を登って行っても、ずいぶん長い時間がかかるだろう。

「焦るなよ。あいつらには、おれが言ったことが、全部はわかってはいないだろう。わかったとしても、いろいろ考えなければならないだろう。十分に議論させよう。おれたちは刀を持っている。できるだけ離れていよう。緊張させないほうがいい」アディポンは言った。

「カルル、あの人たちを必ず連れて行ってくれ。ここに残られたら、明日までにおれたちの畑のものは、食いつくされてしまう。そうなったら、これから先、何か月か、おれたちは石をかじることになる」カヤ葺きの家の主人のひとりが言った。

「安心しろ。あいつらを助けて、必ずここから出ていくようにするよ。人がこんなに多いんじゃ、クスクス社の二十数軒にだって、彼らに食べさせるだけのものはないよ」カルルは言った。

「それから、アディポン、おまえは急いで帰らないでくれよ。おまえはパイランの言葉が少しわかる。身振り手振りでも言いたいことは通じるはずだ」

「そうするしかなさそうだな。水を飲もう。話に熱中していて、急いで駆け下りてきたことを忘れていたよ」アディポンが言った。

「それから、家にある竹筒を全部出してくれ。水を入れて、途中であの族長たちに飲んでもらおう」

アディポンたちはそれぞれ、水を飲んだり準備をしたりしたが、あいかわらず議論を続けている宮古島の人たちには、全くかかわろうとしなかった。

## 二一　山路をたどって

「それがいちばんいい方法だ、もうここまで来てしまったんだから。この東の方には大きな街はないようだし、もしここがほんとうに台湾だとしたら、役所はみな、西の方にある。西へ行かなければ機会はつかめないぞ」船長が言った。

「ああ。しかし、あいつらは狂暴そうだ。もしあいつらが、ほんとうに伝説の人食い生番だったら、わしらは自分で自分の首を絞めるようなもんだ。わしは反対だ」商人のひとりが言った。

「おい、まだそんなことを言ってるのか。さっき、島主様がおっしゃったじゃないか」

「島主様が何を言ったって？　さっきは、畑を作っている三軒の家しかなかった。食べ物は確かにあれだけしかなかった。あいつらの話では、後ろの山には少し大きな村があって、腹いっぱい食べられるということだった。だが、それはさっきまでの話だ。あそこにいる刀をつけた生番が目に入らないのか。あんな凶暴な恐ろしい顔つきをした人間を見たことがあるか。あいつらは貧しくて、着る物さえ、ろくに買えないようじゃないか。わしらを助けられる力なんかあるものか。万が一、飯も食えずに、逆にあいつらに殺されて食われてしまったら、大損じゃないか」もうひとりの商人が言った。

「あんたらはやっぱり商人だな、考えることといったら、損をするか得をするかだけだ。あのふたりの表情や目つき、それに動作に注意しなかったのか？　凶暴そうで恐ろしく、野蛮に見えたとしても、あいつらが刀を抜いたか？　それとも怒鳴り狂ってわしらを脅したか？　あんたたちは忘れたのか？　わしらが畑をひっくり返してめちゃくちゃにしても、あの人たちはそれを責めたか？　水を飲ませてくれて、家にあった物を全部だしてくれたじゃないか。どこの凶悪なやつが、そんなことをするんだ。わしは見ていたが、あの人たちの目には善意がある。琉球の首都に住む人たちがわしらを見る目よりは、ずっと好意的だよ」眉をしかめて船長が言った。

「何をぬかす。どうしてこんな野蛮人を、王国の首都にすむ位の高い人たちとくらべられるんだ。ほんとうに無礼だぞ」役人のひとりが小さい声で叱りつけると、船長を指さして続けた。

「どうしてもあいつらの村に行こうと言うなら、何かあっても責任がとれるんだな」

「わしが責任がとれるかどうかとは、どういうことだ。疑わしいから、ついて行きたくないと言うなら、わかる。だが、わしらには今、食い物がないのは事実だ。役所を見つけて助けてもらわなければならない。船を造る材料と資金を提供してもらえるかもしれない。それも事実だ。このことはきのう、何度も言ったじゃないか。みな、気をつけて慎重になっている。あいつらを恐れてさえいる。今、あいつらの村に行きたくないというなら、それでもいい。わしらは南へ行って、運を試してみよう」船長は腹を立てて、唾を呑み込みながら続けた。「わしらは何日も腹を空かせている。船乗りたちやこの随員たちはまだ若い、草を食い、木の根をかじっても、何日かは持ちこたえられるだろう。島主様や役人たちは、我慢できるのかね。ここが台湾かどうか、わしにははっきりとはわからないが、しかし南には街がないことははっきりと言える。きのうのふたりは、ここは台湾だと言った。もしそうなら、台湾の役所や大きな街はみな、西側にある。この山の稜線を越えなければば、機会は得られないんだ」

話し合いの雰囲気は衝突と怒気を含んだものだったが、それでも小さな声で落ち着いて話していた。船長の言葉を聞いて、役人や商人たちはしばらく口を閉ざした。島主は頭を上げてまわりを見回したが、再び曲げた両腕のあいだに頭を入れてしまった。着物が滑り落ち、ひじから下の痩せた白い腕がむき出しになっていた。野原は船長に賛成だと言おうとした。言葉が口元まで出てきたが、呑み込んだ。役人たちの話に、どうして彼のような随員が何度も無礼をはたらけるだろうか。

ほとんどの人が座り込んで、頭を垂れ、目を閉じていた。誰もが楽な姿勢をとって、島主と役人たちが何か決定を下すのを待っていた。建物の前の木の下の空地はしばらく静まりかえっていた。陽の光が木々の葉のあいだから射しこんで、人々の疲れ切った身体と顔に点やまだらを作っていた。野原はアディポンたちがどこにいるのかと振り返ってみた。アディポンとカルルはすでに水槽のほうに移動していた。家の主人たち三人は、島主が座っている後ろを通って、それぞれの家に入って行った。

この人たちは善良な人たちなんだ。野原は心のなかでつぶやいた。飢えがいっそうひどくなってきた。

彼は濱川に気がついた。海に落ちたのを岩の上から助けてやった男だ。濱川は身体を起こして目を閉じていたが、震えが止まらず、唾を呑み込んでいた。

この山の稜線を越えて行こう！　野原は思い切って目を閉じ、心で再びそう言った。

まもなく、人々がざわついたように感じて、野原は目を開けた。三人の主人が、両手でつかめるくらいの太さで、腕ぐらいの長さの竹筒を二本ずつ持って、近くに立っていた。カルルと長身のアディポンは水槽のそばに立って、微笑みながら野原の方を見ていた。野原がけげんな顔をしているのを見て、アディポンは三人の方に合図をした。宮古島人はみなひきつけられて野原の方を見た。島主まで頭をあげて、三人が提げている竹筒で作った水筒を見ていた。

「あれは水筒なのか？」船長がいきなり言った。

「つまり、わしらにいっしょに行こうというんだな。今、行くのか？」

「島主様、決めてください」船長が再び言った。

「こういう状況になったんだ。わしらは彼らについて行こう」

「島主様、どうしてそんなことができるのですか。もし……」商人のひとりが言った。

「もっといい方法があるのかね」島主の顔が暗くなった。

「もう言うな。少なくとも、目の前に村があるんだ。わしらを助ける力がないとしても、飢えを満たせる食べ物はあるはずだ。おまえたち、疲れていないなら、別の機会をさがすがよい。わしにはもう何も考えられない。この人たちの村に行けば、西に近くなるはずだ。船頭が言うとおりにしよう。人を配置しなさい。すぐに出発する」

島主の口調はしっかりした、威厳を帯びたものに変わった。水槽のそばにいたアディポンはそれを聞いて心がひきしまった。思わずしばらく、島主を見つめていたが、彼がこの人たちの指導者だと確信した。

「こうしよう。野原、おまえは何人か連れて、先頭を歩いてくれ。船頭の部下はしんがりを務めてくれ。役人や村長たち、随員は、島主様の前後を歩いてくれ」護衛頭の前川はこう言うと、随員たちを指して言った。

「おまえたちはあの水筒を持って、島主様のそばにいるんだ。いつでも水をさしあげられるようにな」

アディポンは人々が動き始めたのを見て、彼らはおおむね、クスクス社に行くことに同意したのだろうと思った。そこでカルルといっしょに、カヤ葺きの家の前の空地の入口に行って、彼らを待っていた。

「島主様、何をなさるんですか」島主が黒い着物を脱ぎ、家の主人に差し出したのを見て、役人のひとりが驚いて言った。

「何でもない。この人たちはこんなに善意をもって、わしらに食べ物と水をくれた。わしらも感謝の気持ちを表すべきだろう。船にあった物はみんな沈んでしまって、もうあまり残っていない。寒くないのだから、上から羽織るこの着物はこの人たちに贈ろう」島主が言った。

「それはいけません。冬のこんな時期です、いつ急に寒くなるかわかりません。島主様のような身分の高い方は、羽織る物がなくては、暖かく過ごせません。贈るとおっしゃるなら、わたしども、下々の者がそうするべきです」下地村の村長はそう言うと、着ていた着物を急いで脱いだ。平良村と伊良部村の村長もそれに続き、あとの二軒の主人に着物を贈った。三人の主人は嬉しそうに何度も感謝を口にした。

この情景を目にしたアディポンとカルルは、親しみを覚え、すぐに心に好感がわいた。この人たちと部落の人たちの習慣は同じだ、何かを贈って感謝の気持ちを表すのだと思った。

野原たちはすでにアディポンの近くまで来ていた。アディポンはちょっとうなずくと、あまり待たずに、向きを変えて歩き始めた。カルルも彼にぴったりついて歩いていった。野原たちがそのすぐあとを歩いた。

十五分も経たないうちに、宮古島の六十六人は、カルルとアディポンのあとについて、クスクス社への道をゆっくりと歩いていた。白っぽい服装が、黒い着物にまじり、緑のなかを毛虫のような隊列がゆっくりと上へ向かって動いていた。カルルは列の先頭に立つと、山の上下を直結している、急な時に使う道を注意深く避け、「之」の字を描く小道をゆっくりと登って行った。角をひとつ曲がったところで、アディポンの後ろを歩いていた野原は気分が晴れたような感じがして、思わず何回も深呼吸した。力が出て、空腹感が少しおさまった。

アディポンはカルルより頭一つ分、背が高かった。身体をまっすぐにして、優雅にゆったりと、大幅でゆっくりと歩いていた。道はゆるゆると高くなっていき、視界は、上から見下ろす角度にだんだん変わっていった。灌木の茂み、トキワススキの茂み、ノボタン（野牡丹）の茂みが足元に沈んでいき、低い喬木の梢も視線より低くなった。野原はもの珍しく感じた。こんな経験ははじめてだった。宮古島にも林はあるが、海に囲まれた島の海抜は海面とほとんど同じだった。木登りで遊ぶ以外は、木の梢より高くまで上がった経験はなかった。しかし、木に登って木の上から遠くを眺めるのと、両足で一歩一歩登っていき、地面にしっかりと立つ実感と満足は全く別物だった。

小道がまた折れ曲がると、山裾の茂みを脱け出て、視界が開けた。空の丸い線と海面がつながり、東の海岸線につながる平坦な土地の景色が小さく見えた。

「わあ」野原は急に口を開いて、思わず声をあげ、低く叫んだ。

「海だ、あれは海だ」

登って行くにつれて、目の前に陽の光を浴びた緑があふれた。植物が生い茂っていた。足元の左下方のどこかの山ひだから、水が一筋、流れ出し、折れ曲がりながら海へと伸びていた。川床には何本もの流れが網のように広がっているのがはっきりと見えた。流れは分かれたり合流したりしながら、くねくねと伸びて海岸に達していた。

「あれはきのう、おれたちが通った川床だ。このカヤがもう少しまばらで、低かったら、もっとはっきり見えるのに」野原はぼそぼそとつぶやいたが、その声には喜びと興奮がこもっていた。

この光景は、彼が小舟を操って漁をしながら海から眺める長山港の街並みとは、全くちがっていた。彼の家の前にある堤や、防風林でもある自然林の眺めともちがっていた。海を遠く隔てたあちらとこちらでは、景色は全く異なるのだ。足元にびっしりと茂る一面の緑は、木の梢やススキの葉先からできた緑の海だった。午前の風がない時間には、おだやかな水面のように、陽の光を反射する。そのさざめきや砕けた光が、きらめく緑の光となった。枝分かれしたような川床や、遠くに見えるいくつかの砂丘だけが、あちこちを灰褐色に染めていた。その色調はこれが冬の景色であることを忘れさせた。

野原はこの一面の緑の向こうにも目をやった。黒褐色の岩が長く連なる向こうに海が広がっていた。足が止まった。

海水と岩が接するところは、波しぶきで帯状に白くなっていた。岩礁が狭くなっているところでは、波が打ち寄せて激しくぶつかり、たちまち両側の岩礁をおおうと、すばやく引いていった。そしてあとから寄せてくる波とぶつかってうねりとなり、再び岩礁にぶつかると、巨大な水柱となってしぶきを噴き上げた。

なるほど！　野原は遠くこの景色を眺めて、心でつぶやいた。

ずいぶん遠く離れていたが、彼には、あの左側の狭い岩の隙間が、きのう、自分が座礁した船から飛び込み、転覆した小舟から落ちた濱川たちを救おうと、力の限り泳いだ水路だとわかった。その時は力を使い果たし、海水の満ち引きする力に乗って、力いっぱい泳ぐしかなかった。ただ、それが異常なほど巨大な力だということはわかっていた。思いがけなくも、今、遠くから眺めて、それが、人が思いどおりにできるような力では全くないことが感じられた。

「なるほど、あんなにひどい転び方をしたわけだ」野原は思わずそう言った。波に高く持ち上げられて岩の上に落とされた時に、頬と身体のあちこちにできた傷が、急にひどく痛みはじめた。彼は思わず手を挙げて、頬をさすった。

岩のあいだの水路の左側、それほど遠くないところに座礁している大きな船の残骸も、野原の目に入ってきた。遠くから見ると、真っ黒で、岩の一部分のようだった。きのう、彼らが船を離れたあとも元の姿を留めているのかは、よくは見えなかった。船体の半分が岩にはまり込んだ船は、波に微かに揺れているのだろうか？　それとも波に打ち砕かれて、木っ端みじんになって岩の上に散らばり、行ったり来たりする無数のイワガニにつつかれたりかじられたりしているのだろうか。

きっとそうなんだろう、野原は心で言った。あの船は一昼夜の波の打撃にもちこたえられずに、とっくにばらばらになってしまったにちがいない。

あるいは、土地の人々が拾って行って、燃料にしようとしているかもしれない。野原の心は乱れた。何とも言えない絶望がひそかにこみ上げ、無意識のうちに、船よりさらに北の方向を眺めた。遠くは、海も空も同じように晴れあがっていた。

あれは宮古島にちがいない、それとも琉球の方角だろうか。もしそうなら、仲間たちも気づいたはずだ。彼はそう思って、思わず後ろを振り返った。列の先頭近くでは、何人かが、海のほうをぼんやり見ていた。後ろの方では、みな足を止めていた。そして、植物の茂みが少し低くなって海が見える場所に、こちらに一組、あちらに一組とかたまって、遠くの海をぼんやりと眺めていた。島主は、道の斜面に突き出た木の幹にもたれて座り込み、曲げた両腕に頭を埋めていた。役人や商人たちが海を指さして話している声が、大きくなったり小さくなったりしながら、野原の耳にも届いた。彼ら以外はみな静かで、悲しげな雰囲気だった。

野原は急にあわてて頭を振った。妻子の姿が頭に浮かびそうになったのだ。彼は自分が弱り、気分が落ち込んでいると感じた。

野原は、いっしょに先頭を歩いているグループが速く歩きすぎたことに気づいた。そうでなければ、隊列がこんなに伸びるはずがない。彼は振り向いてアディポンの方を見た。驚いたことに、彼らはすでに百歩ほど先にいた。ふたりは道を曲がった上の方にいて、ちょうどこちらを見ていた。その位置は、灌木の茂みが低いようだった。

あそこの方が視界がきくはずだ、野原はそう思った。彼はそこの灌木が、目の前にある茂みの木と似ているのに気づいた。それは花が終わって、実をつけはじめたノボタンだった。野原は変わった形をしたその葉や実に興味を持った。成熟した葉は手のひらの半分ぐらいの大きさで、葉先が尖っており、表と裏に細かい毛が生えて、ざらざらしている。枝には、壺のような形の丸い実がいくつかついていたが、果肉はなかった。この植物にどんな花が咲くのか、よくわからなかったが、実は食べられないにちがいないと確信した。そうでなければ、動物がかじった痕がついているはずだ。食べることを思い出すと、突然、空腹感に襲われた。

## 二二　大頭目チュルイ

「この人たちはやっぱり、あまり歩けないなあ」カルルが長く伸びた宮古島の人たちの隊列をちらっと見て言った。

「ハハハ、この人たちは海から来たんだ。山道を歩いたことがないんだろう。着ているものを見ても、山道を歩きなれていないことがわかるはずだ」

「そうだな、言われなければ気がつかなかった。この人たちの着ているものは、おれが見たパイランのものより上等だ」カルルが言った。

「族長か指導者のように見える人たちは、たしかにいいものを着ているが、ほかの人はまあまあだ。柴城や保力あたりのパイランとあまり変わらないよ。この人たちの住んでいるところでは機織りの技術が優れているんだろう」アディポンが言った。

「そうだな。大きな部落から来たにちがいない。北パイワン族の貴族たちのように、族長ならいい服を着られるんだろう。おれのおやじも、もう少し立派なものを着たら、もっと威厳が出るんだがな」

「ハハハ、おれたちは山でとれたものをパイランに渡して、服と交換するしかないんだ。それにパイランどもも、質のいい布地と交換してくれたりはしないだろう。おまえのおやじさんが、あの人たちが着ている黒い上着を着たら、もっと威厳が出るだろうなあ」

「どう考えてもわからないよ。あの人たちのあの布は何からできてるんだ。柔らかくて着心地がよさそうだ。おれたちの、カラムシから糸をとって織った服や、獣の皮をなめして作った衣装とは、とてもくらべものにならないよ」カルルが言った。

「それこそ、おれたちがパイランにかなわないところさ。おまえは、柴城の娘を嫁にもらったら、しっかり学ばなきゃならないぞ。おまえのような賢いやつなら、すぐに上手になるだろう。その時は、ああいう上着の布を一着分、織って、おれにくれよ」

「ふん、なんで話を柴城の女にくっつけるんだ。わかったよ、シナケ社の賢いアディポン、約束するよ。おれが機織りと裁縫がうまくなったら、おまえに一着、作ってやる。その時には、おまえは、リクラヴ（雲豹）二頭分の皮と交換するんだぞ」カルルが言った。

「リクラヴだって？　おいおい、クスクス社の未来の大頭目が自らお作りになった服はずいぶん値が張るんだなあ。何を考えるかと思ったら、北のほうの部落のやつらが着るような衣装のことしか考えないとはな。わかった、約束しよう。おまえの婚礼が終わったら、おれはすぐに北の大武山〔パイワン族の聖山〕に行って、数か月かけてリクラヴを二頭、おまえのためにつかまえてやるよ。ハハハ」

アディポンの笑い声がしたところに、道の上の方から小石を踏む音が聞こえてきた。ガサガサと草に触れる音が飛ぶような速さで近づいて来た。

「ジリュウか？　おまえたち、何をしに来たんだ」刀をつけた六人の青年たちが大股で歩いてくるのを見て、カルルがこう言った。ジリュウが先頭に立っていた。

「何をしに来たんだ、だって？　おい、カルル、忘れたのか？　ガキをひとり寄こして、下に人が大勢来たって知らせさせたじゃないか。先に行ってみるから、あとから急いで来て手伝えって伝えさせただろ。忘れたのか？　何しに来たって言われるとはな」ジリュウが言った。

「ハハ、忘れていたよ。この人たちにのんびりつきあっていたからな。あの子はどうした？」

カルルは、さっきは大急ぎで駆け出したのに、今はこの人たちを品定めし、そのうえ機織りや裁縫を習うことまで約束してしまったことを思い出して、自分でもおかしくなった。

「あの子は後ろにいるよ。あの人たちは？」

「あそこだ」カルルは「之」の字になった道の下の方を指さした。そこでは宮古島の人たちがあちこちに固まって、ぼんやりと立っていた。

「あいつらは何をしてるんだ」

「休んでいるのさ。それから、家族のことが恋しくなって、歩くのを忘れてるんだ。腹が減っているのも忘れているさ」

「ほんとうにおかしなやつらだなあ。行こうぜ、おれたちも見に行こう」ジリュウは大いに好奇心を起こして、大声で青年たちに呼びかけた。

「ちょっと待て」アディポンが手を伸ばしてジリュウを止めると言った。

「おまえたちは刀をつけて、急いでやって来たから、殺気立っている。あの人たちは驚くだろう。彼らは海で遭難して、魂がまだ戻って来ていないんだ。彼らが正常な人に見えるか？　みな魂を失ったようにぼんやりしている。これ以上、あいつらを脅かすな。おれたちのところには、魂を呼び戻せるプリンアウ（巫師）はそんなに大勢いないんだからな」

「おまえと来たら」ジリュウはアディポンの言葉を信じたくないらしく、何度も宮古島の人たちのほうを眺めた。

「ジリュウ、焦るなよ。部落の入口まで戻って、そこで待っていてくれ。この人たちは、多分、陽が沈むころにはあそこに着くと思う。おやじにそう報告して、食べ物と水を用意してもらってくれ。それから、今夜、どこに寝させるかも考えてもらってくれ」カルルが口をはさんだ。

「何だって？　あそこには、おまえが野糞を二回する間に着いちまうぞ。あいつらはそんなに長い時間かかるのか。それに、よそ者を部落に泊まらせようって言うのか？」

「ああ、忘れていたよ。おまえたちはまっすぐ上ったり下ったりして、飛ぶように行き来してるが、海の人間がそんなふうに歩けるか？　それに、あの様子を見ろよ。いつになったら元気を出して歩きはじめるか、わからんじゃないか。あの人たちを部落に泊まらせようとは言ってないよ。おまえはおやじに先ずこのことを話してくれ。六十六人もいるんだ、部落に泊める以外に、いい方法がないんだよ。おまえたちは先に戻ってくれ。あの人たちを見たいんなら、部落に戻ってからしっかり見たらいい」

「カルル、アディポンといっしょにいるうちに、おまえまで、とんでもないことを考えるようになったなあ」ジリュウはそう言いながら、目を何度も野原たちにむけ、さらにその後ろの方向を見ながら、ぶつぶつ言った。

「ほんとうに大勢だなあ。交換できるいい物がまだ残っているんじゃないか?」

「わかったよ、ジリュウ。どんなに話しても、手に入るものがあるか、おまえは気になるんだろう」カルルはうんざりしたように言った。

「あの人たちは、着ている服以外は、取り換える物なんてないよ。おまえは山でイノシシを捕って来て、冬を暖かく過ごせるようにチュウクに贈ったらいい。ほかに、彼女が気に入りそうなものがないんだろうから」カルルが言った。

「ふん、カルル、くどいよ、おまえは。チュウクと何の関係があるんだ」ジリュウも不機嫌そうに言い返すと、ぷりぷりしながらほかの男たちを連れ、道を上って戻って行った。

野原たちはカルルたちが話す声を聞いていた。その言い争うような、からかうような口調を不思議に思い、気になって何度もアディポンの方を見た。そして振り返って、遠く離れたところにぼんやり突っ立っている仲間たち、特に、島主を取り巻いている役人たちを眺めた。

上の方からいきなりカルルが笑う声が聞こえてきた。

「ハハハ、ほんとに、ジリュウのやつは、チュウクを必死で追いかけてるんだな」カルルが言った。

「それだけならいいんだが、あいつがほんとうに、この人たちから何か手に入れようと思っているなら、何か困ったことになるんじゃないかと、おれは心配なんだ」アディポンが言った。

「そんなこと、あるだろうか。そんなことまではしないだろう。何か欲しいと思っても、この人たちは余分なものは何も持ってないんだから、あいつと何を取り換えるんだ。おれたちははっきり見たじゃないか。彼らはものを持ってないんだ」

「確かにジリュウと交換するものは何も持ってないようだ。そうしたくても、ジリュウだって交換するものを持ってないだろうがな」

「ハハハ、考えすぎだよ」

「そうだな、おれはいつもこういうふうに、つまらないことを考えてしまうんだ」アディポンは自嘲したが、宮古島の人たちの列に目を向けて言った。

「あの人たちはもう動くべきだよ。海を見て、船を見て、悲しくなって、心配している。だが、道はまだ先があるんだ。夕方までかからないほうがいいよ」

「あいつらに声をかけるよ」カルルはそう言うと、すぐに野原の方に声をかけた。

人々の列が動き始めた。あちこちに固まって立ったり座ったりしていた人たちも、だんだん動き始め、一列になってゆっくりと小道を進んだ。野原たちはたちまちカルルに追いついた。先頭に立ったアディポンはあまり話さず、わざと足を緩めて、ゆっくりと登って行った。道を一、二回曲がったところで、後ろの方からあえぎ声や意味もなく低く呼ぶ声が何度も聞こえてきた。アディポンもそれを察して、歩く時間を短くし、休む時間とその回数を増やした。

無理もないなあ、アディポンは心でこう言った。

この海から来た人たちは、確かに野や山を歩くのには慣れていない。環境と生活習慣からそうなったのだ。農業で暮らしを立てている柴城や保力の漢人たちが、生活の習慣と習俗がちがうせいで、このへんのパイワン族の部落とはずいぶんちがうのと同じだ。この理屈は誰もわかっているらしい。しかし、それを民族を超えた議論にまで広げると、優越感や差別、誤解がどうしても出てくる。それで、漢人とパイワン人の習慣や能力について論じるとき、おれは比喩をいくつもあげて説明してきた。例えば山を歩くということだが、このごくあたりまえのことについて、部落の人たちは、近くに住む漢人がどうして山をもっと速く、長時間歩けないのか、なかなか理解できなかった。今回、海から来た人が六十六人もやって来た。クスクス社の人たちにとって、よその世界の人たちは自分たちと、顔立ちや習慣のどこがちがうのか、じっくり観察する機会になるだろう。

宮古島人の先頭をわざとゆっくりのんびり歩いて来たアディポンが、クスクス社の外側にある道の分岐点に着いたのは、すでに正午を過ぎてずいぶん経ってからだった。太陽は西の牡丹社の山の稜線に沈むのだが、今はまだ頭いくつか分の高さのところにあった。山々には濃い霧がたちこめていた。アディポンは振り返って後ろを見た。離れずについて来ようとしていた野原たちも、やはり、ずいぶん遅れていた。さらに後ろにはいくつかのグループが、三々五々ため息をつきながら、愚痴を言ったり、背中を叩いたり足を揉んだりしながら、よろめくようにゆっくりと動いていた。

「アマ〔おやじ〕、着いたよ」カルルは、石の椅子に腰かけた父親チュルイを見て、大きな声で呼びかけた。刀をつけた部落の青年たちが十数人、十数歩四方の空間に立ったり座ったりしていた。

「おまえたちはほんとうに勇敢だなあ、こんなふうに歩いて来るとは。わしはここに座って待っていたが、鳥たちが何度も来て飛んで行ったぞ。ここに停まって、巣に帰る時間を遅らせようとした鳥は一羽もいなかったわ。ここにずっと座っていて、わしは風邪をひくところだった。おまえたちの客人は大丈夫か？　どこにいるんだ」

「まだ後ろの方なんだ。列が伸びてしまって。山道を歩くのに慣れていないし、何日も空腹だったからだろう」カルルは言った。

「そうだ、アマ、あの人たちは……」

「きのう、わしが言っただろう。あの人たちがわしらの部落の土地にやって来たら、やっかいなことになる。だが人が困っていて、しかもここまで来たのなら、何があろうと、助けの手を差し伸べるべきだと。わしら氏族の族長たちはこう決めたんだ。部落のどこの家もサツマイモを少しずつ出す。おまえたちが着いたら、それをゆでて、あの空いた建物の前に届けて、みなに食ってもらう。もしその人たちが望むなら、そこに一晩、泊まってもらってもいい。明日の朝、おまえたちが送って山を下る。いつも山に入って商売をしているパイランたちに会えるだろうから、そいつらに助けてもらおう」チュルイはそう言った。

「そうするしかないな。あの人たちは、おれたちがよく知っているパイランとはちがう。アディポンだって、彼らの言葉がよくわからなくて、推測するしかないんだから」それからカルルは、ここへ来るまでにあったことを話した。

「おまえがいてくれてよかったよ、アディポン」チュルイが言った。

話しているうちに、野原たちが休憩地に着いた。チュルイは立ち上がった。ほかの青年たちも自然に立ちあがり、チュルイのまわりに立った。そして続々とやってくる宮古島の人たちをじっと見ていた。

チュルイは、この海から来た人たちに、慎重に対応しているようだった。彼はイノシシの毛皮とキョンの角をあしらった帽子をかぶり、最近、物々交換で統埔の漢人から手に入れた古い漢人風の上着を着ていた。そして大切な式典や祭りの時につける皮製のカチンをつけ、赤と黒の刺繍をした布袋を斜めに背負っていた。足は裸足で、指を開いて地面にしっかりと立っていた。その痩せた頬と落ち着いたまなざしには微笑みが浮かんでおり、できるだけ温和に見せようとしていた。チュルイは、やや年配の中年の男たちとひとりの老人に気がついた。みな黒い着物を来て、表情には威厳があり、目つきが鋭かった。チュルイは、彼らはこの一団の指導者にちがいないと思った。族長か高い職位にある者だろう。しかし、それがどのような位階なのか、部落の氏族長の概念とはどうちがうのか、想像もつかなかった。

チュルイは突然、わけもなく少し気おくれを感じた。それは階級に対する本能的な気おくれだったが、すぐに立ち直った。何と言っても、自分はクスクス社のいくつかの氏族から推された大頭目で、部落を率いているのだ。彼が手を振って合図すると、五人の青年が竹の水筒を持って来て、海から来た人たちに贈った。

チュルイのそばに立っていたアディポンも嬉しくなって、口角が微かに上がった。

アディポンは静かにじっと見ていた。一方は家族間の道義に厳しく、長幼の序が明確で、各自が本分を尽くす部落の人たちで、彼らは会ったことのないよそから来た人たちを待っていた。もう一方は、はるか遠くの知らないところから来た一団で、ふつうの集団では考えられないような規律を保っており、六十六人がかすかに息を切らしながら、すこし驚いた様子で狭い空地に詰めかけていた。中に入れずに道に残っている者も、できるだけ近寄って、これまで聞いて来た、凶暴で人を食うという「大耳生番」はいったいどんな様子なのか、見ようとしていた。双方とも、このうえなく大きな好奇心と不安を抱えて相対していた。双方の青年たちが自分たちの長を護ろうと自然に動いたので、たくまずして、双方の長のあいだに礼を失しないだけの空間ができた。

チュルイは指図して水の入った水筒を贈ったが、それは、良き友を歓迎し、盟を結ぶ伝統の儀式で、クスクス社の大頭目チュルイが最大級の善意を示して、海から来たこの見知らぬ人々がクスクス社の友人となることを歓迎していることを表していた。

ずいぶん不思議な出会いだ！　あの時、チュラソの大頭目のトキトクも、巨大な大砲を積んだ大きな船に乗って、海からやって来た異人の役人を、こんなふうに接見したのだろうか。その時、よそから来た人たちは、早くから噂を聞いていた大頭目のトキトクをどのように見て、対面したのだろうか〔訳注6〕。きょうのクスクス社でのこの出会いは、後代の子孫にどのように伝わるのだろうか。アディポンはそう思うと、興奮せずにはいられなかった。

「わしはクスクス社の大頭目だ。あんたたちのことは聞いている。わしらの若い戦士たちが二日にわたって、あんたたちを観察していたのだ」チュルイは話しながら、手で胸を撫で、さらに指を二本立てたのち、手をクスクス社の方に向けて続けた。

「わしらがあんたたちの役に立てるかどうかは、わからない。だが、あんたたちがわしらの部落に入ることを歓迎する。わしらは水をさしあげた。これからは、あんたたちはわがクスクス社の良き友だ」

チュルイの言葉が終わると、宮古島の人たちは急にざわめいた。多くの人たちがさっと恐怖の表情を浮かべ、大きな声や小さな声で話し合っていた。時には甲高い声もあがった。この反応を見て、クスクス社の人たちはわけがわからなかった。頭目のチュルイはさらに納得ができず、顔には怒りの表情が浮かんだ。侮辱されたように感じて、不機嫌な口ぶりで、アディポンに通訳するように言った。

宮古島の島主の仲宗根玄安は、いきなり人々をしかりつけて、静かにさせた。アディポンは力を尽くして、パイワン語に、少しばかり知っている客家語と閩南語を混ぜて、チュルイの言葉を翻訳して伝えようとした。しかし宮古島人はそれを聞いて、いっそうざわざわと話しはじめた。

アディポンはどこかに手ちがいがあったのだと気づいた。野原に目を向けると、彼は眉をちょっとしかめて、クスクス社の方向を見ていた。一方で、船長と役人と商人たちが、懸命に声を抑えて議論していた。島主は、口を閉じて何も言わなかった。ほかの人々もそれぞれ議論しており、宮古島の人たちはクスクス社の人たちの存在をほとんど忘れていた。しかし彼らはそれとはなしに、驚きおののく目でクスクス社の人たちの背後にある石垣をじっと見ていた。

アディポンははっとした。

## 二三　首棚の恐怖

「わしがとっくに言ったじゃないか、ここに来てはならんと。あんたたちは聞こうとしなかった。わしらは苦労を重ねて、この山道を歩いて来たのに。今度こそわかっただろう。あんたたちも見ただろう。わしの命もこれまでだ」商人のひとりがうろたえ、クスクス人のほうへ何度も目を泳がせながら、こう言った。

「ほんとにまずいことになった。腹いっぱい食べられて、家へ戻るのを助けてくれる人が見つけられると思っていたのに、こんな大きな代償を払うことになろうとは、思いもかけなかった。ただ飯を食いたかっただけなのに。死にたくなかったのに」別の商人が言った。

「あんたたちはどうして聞いてくれないんだ。わしらは時間をかけて話し合ったじゃないか。いったいあんたたちの誰が、彼の言うことが理解できるんだ」船長はひどく不機嫌そうに、声を荒げて言った。

「みんなおまえのせいだ。船頭ともあろうものが、こうなるとわからなかったのか。はじめにおまえがここへ来ようと言い張ったんだから、責任はすべておまえにある。あいつらが何か要求したら、おまえが応じればいい」役人のひとりが言った。

「あいつが言ったことは、誰でもわかる。わしらはずっと言い争い、責め合ってるが、わしが見るところ、最大の責任をとるべきなのは、おまえ、えらそうにしている船頭だ」村長のひとりが言った。

「誰でもわかるだと？　おれがえらそうだと？」船長の声が急に高くなった。

「わしらは長い間、言い争い、あれこれ推測したが、何の結論も出せなかったじゃないか。あいつの言ったことは、誰でもわかると言ったな？　じゃあ、言ってみろ、あいつは何て言ったんだ」

「あいつが言ったのは、あの、ここの族長のようなやつが、手ぶりをしながら言ったのは、こういうことだ。ここはおれたちの土地だ、もし無事に通りたいなら、頭をふたつ残して行け。そうすれば通してやる」

「確かにそうだ。そんな意味にちがいない。あいつらの後ろの石垣が見えるだろう。髑髏がいくつも置いてある。あいつらこそ、伝説の大耳生番なんだ。あいつはわしらに、頭をふたつ残せと言ってるんだ。あの伝説はほんとうだったんだ。だのに、おまえ、航海の経験が十分あるなんて、ほらを吹いたやつのせいで、わしらはこんなところへ連れて来られたんだ」別の商人がそう付け加えると、船長を憎々しげににらみつけた。

空気は一気に硬直した。船長は激怒して、今、話した商人をにらみつけた。野原はその議論には入らなかった。彼はさっき話した大耳人の老人が、顔に怒りを浮かべて彼らの言い争いを見ているのに気がついた。彼らを連れてきたふたりの男は、老人の左右に立っていたが、背の低いほうの男はわけがわからないという顔をしていた。老人の話を通訳した背の高い男も、わけがわからないといった顔つきだったが、急に笑みを浮かべて、おだやかにあたりを見回した。今の状況が理解できたようだった。

彼は聡明な人間にちがいない。だが、いったいどうしたというんだ。野原はそう考え、眉をちょっとしかめて、アディポンの後ろのほうに目をやった。

それは、ふぞろいな石板を積み上げて作った石垣だった。大人の背丈ぐらいの高さがあり、幅は十歩くらいで、道のそばに設けられていた。左半分には、青緑の苔と白斑がある地衣《ちい》類が生えている。壁には三列に穴が二十くらいあり、その二段目の左の方に、下顎がない、かなり古そうな髑髏が四つ、あいだをあけて置いてあった。はじめは誰も気がつかなかった。クスクス社の人たちが立って出迎えたので視線が遮られていたし、石垣はアコウの木の下に設けられていて、アコウの気根《きこん》や落ち葉が積み重なっていた。そのうえトキワススキの茂みが大人が両手を挙げたくらいの高さまで成長しており、外向きに広がった葉や茎が、視線をかなり遮っていた。さっき、クスクス社の指導者である大頭目チュルイが手を動かし、その方向に目をやった人たちにだけ、石垣の髑髏が見えたのだった。それが耳打ちされて広がり、人々を恐怖に陥れたのだ。

野原も衝撃を受けた。彼は眉をよせて、もの思いに沈み、ほかの人たちが言い争いを続けているのにとりあわなかった。髑髏がわけもなくここに現れたはずがない。この人たちの身内であるはずもない。村の入口に置いてあるのは、ここが村の領域だと示すためだろう。だが、この髑髏の身体や骨はどうなったんだ。肉体は？　彼らはいったい誰なんだ。敵なのか？　それとも、あちこち巡り歩くうちに、ここにさまよいこんだ旅人なんだろうか。そこまで考えて、彼は思わず身震いした。豚のように煮られて、食われたくはなかった。急に力が抜けたように感じ、手足が軽く震えた。これは空腹のせいではないとわかっていた。幾日も腹を空かせてきたが、今、彼は、空腹を全く感じなかった。

すべておれのせいだ。その思いがずっと頭にあった。船長までこの考え方に引きずりこんでしまった。野原は自分を責めはじめた。心の中でぶつぶつ言いながら、自分を責めていた。もし宮古島下地村の家族が、自分が数百カイリも離れた台湾という島で、人食いの大耳生番たちに煮て食われてしまったと知ったら、どう思うだろう、将来、家族は肉類に手を出そうとはしないだろう。

しかし……、彼は急に長山港のあの老人を思い出した。この島のあたりから船乗りに連れて行かれたにちがいない子ども、長山港のみすぼらしい小屋に長く住んでいるあの老人のことを思い出すと、気力が戻り、心が落ち着いて来た。彼は最初に出会った、あの三軒の農家のことを思い出した。家に残っていた食べ物を持って来てくれた時の、心がこもった様子や、駆けつけて来たアディポンたちふたりの大耳生番が、水を用意し、細やかな気づかいをしながら、自分たちを連れて山道を登って来た様子などを思い出した。

彼らは決して人食い人種じゃない。野原は心ではっきりとそう言った。そして気を取り直して、目の前に立ったりしゃがんだりしている大耳人を注意深く見た。あの老人がむっとした表情を浮かべているほかは、みな静かに、もの珍しそうに、宮古島人たちの議論と驚いた表情を見ていた。野原はさらに、誰も刀に手をやったり、警戒をしたりする様子がないのに気づいた。

彼らには敵意はない！　野原は心ではっきりとそう言うと、アディポンのほうに目をやった。ちょうどアディポンも彼のほうを見ていた。野原は申し訳ない思いがして、微笑みを返した。耳元に船長の声が響いた。

「わしらはあの人の言ったことを誤解しているにちがいない。ほんとうにわしらを殺そうと思っているなら、武器を持った男たちがとっくに、山の下でわしらを攻撃していただろう。こんなに手間をかけ、水を用意して、わしらを連れて来なくてもよかったんだ。忘れたのか、この山の下の人たちは、食べ物を全部、わしらにくれた。この人たちはここを護っているが、みなおだやかにわしらを待っていたじゃないか」船長が言った。

「これはみんな嘘だ、あいつらはそう見せかけているだけなんだ。わしらを騙して、あいつらの村に連れて行くのが目的なんだ。それからわしらをひとりずつ殺して、食ってしまうんだ。それから、頭をあの穴において、頭の肉をタカやアリに食いつくさせるんだ……」商人のひとりが言った。

「黙れ！」島主が我慢できなくなって口を開き、商人がそれ以上言うのを止めた。

「これからどうなろうとも、あの人たちは道々、わしらの面倒を見てくれた。目の前にいるこの老人は、おだやかな態度で、礼を尽くし、わしらの前に立って話してくれた。わしはこれが歓迎の意味だと信じる」

「ですが、あの髑髏は？」

「もう何も言うな。あれはこの人たちの風習なんだ。確かに気持ちはよくないが、だからと言って、この人たちが人を食うとは言えない。もう何も言うんじゃない。わしらは無礼をはたらいているんだぞ」島主はそう言うと、頭をあげて、目の前にいるクスクス社の大頭目を正面から見た。すべての人が静かになった。

野原はあれこれとくだらないことを考えるのをやめて、ふたりの指導者を見つめ、その様子を興味深く思った。

チュルイと仲宗根玄安は、体型も背の高さもだいたい同じだった。仲宗根玄安は着物を着ており、帽子の下から白髪が何本かはみ出していた。顔は青白く、いかめしい表情をしていたが、空腹と不安で疲れ切った様子だった。彼は相手の目をじっと見ていたが、その目には島民を見る時の習慣的な優越と、琉球中山国に進貢して異郷でその地の首領に拝謁する時の謙遜がいりまじっていた。チュルイは痩せてひきしまった体つきで、簡素な服を身につけていた。むき出しになった浅黒い皮膚には毛がなく、たるんではいたが、その下には筋肉の線がくっきりと見えた。終始、微笑をたたえているが、目はタカのように鋭く、客を歓迎する好意を見せようとしているようだったが、人々はやはり何となく気づまりを覚えた。

「あなたはここの族長にちがいない」仲宗根はちょっとうなずいてみせると、続けた。

「わしは宮古島の島主です。遠くの島からやって来ました。何日か前に嵐にあって、船が壊れたので、ここに来たのです。みなさんを驚かせてしまい、誠に申し訳ない。あなたの村の方が食べ物を分けてくださったことに、まず感謝申します。今もわしらは、みなさまに助けていただかなくてはなりません。船を修理するか、郷里へ帰れる船を探さなければなりません。おまえたち、誰か通訳しろ」仲宗根はそう言うと、振り返りもせずに、近くにいる役人か、ほかの誰かに通訳を命じた。

島主の話を聞いて、宮古島の人たちは静かになった。クスクス人たちもその話に引きつけられた。誰も通訳しないうちに、クスクス社のチュルイは笑顔になり、長々と話をした。たいへんおだやかな表情だった。そして話し終えるとうなずき、宮古島人たちが立っている左の方へ手を挙げた。そしてさっさとその方向に去って行った。刀をつけた三人の青年もあとをついて行った。

この様子を見て、宮古島の人たちは驚いた。島主と役人たちは、チュルイが去って行くのをじっと見ていたが、船長と野原は思わずアディポンの方を見た。アディポンはあいかわらず笑みをたたえたまま、チュルイが去った方向を手で指し、あまり話さなかった。

「これはどういうことだ。あいつは島主様が話されたことがわかったのか？　どうして自分の話を終えると行ってしまったんだ。わしらもついて行くべきなのか？」役人のひとりがわけがわからないというように尋ねた。

「そうだ、船頭、おまえたち誰か、何とか言えよ」商人のひとりも焦った様子で言った。

「これは、わしらについて来いということだろう。わしらを連れて来た背の高い大耳人も、同じ手ぶりをしてるじゃないか。わしらについて来させようとしてるんだ、悪意はない」

船長はそう言うと、役人や商人たちの反応も気にかけずに、さっき立ち去ったチュルイのあとを追って行った。役人たちもしかたなく、島主といっしょに、あとをついて行った。

「これではだめだ。わしらはあいつらが人を食う生番かどうか、まだはっきりさせていないじゃないか。いいかげんなままで、あいつらについて行くのか？　島主様の言葉に、あいつは一言も返答しなかった。ほんとに無礼なやつだ」商人のひとりが歩きながら、こらえきれずにぶつぶつ言った。

この様子を見て、野原もおかしなことだと思った。彼はぼんやり立って、石垣の左側の、緑の茂みに入っていく小道を眺めていた。仲間たちが彼のそばを通り過ぎて行った。彼はこう考えた。もし、髑髏を置いてある石垣が村の入口を示すものであり、領地を示して敵を防ぐものだとしたら、目の前の、小道の先に右へ延びる、踏み跡がはっきりした道こそ、ふつうの出入口ではないのだろうか。ところがさっき、チュルイは左側の隠れたような細い道に入って行った。これはいったいどういうことだろう。近道なんだろうか、それともほかに何か考えがあるのだろうか。それに、チュルイについていた戦士たちはみな、刀の鞘の尾から毛髪を二、三束垂らしていた。垂れ下がった黒い毛は少しくねっていた。つまり、ほんものの髪の毛だということだ。だとしたら、どんな人の髪の毛なんだろう。野原は思わず石垣の上に目をやった。黄色く、破れたクモの巣が張っているように見える髑髏を見ると、不安がこみあげてきた。

しかし……、野原は躊躇した。今朝、彼らに会って以来、自分が見てきたことをすばやく思い返した。彼らの顔には驚きと疑いの表情はあったが、その目にはずっと敵意はなかった。あとからカルルとアディポンが刀をつけて駆けつけて来たが、その目には警戒の色しかなかった。敵愾心があるとしても、宮古島下地村で拳術を教えている時に弟子たちが発する殺気にくらべれば、ずっと弱いものだと野原は確信した。

敵意はない、野原は心で大声をあげ、はっきりとそう確信した。

「野原さん、おれたちも行きましょう」仲間のひとりが声をかけた。

野原ははっとした。アディポンが微笑みながら彼を見ていた。人々はみなついて行ってしまい、野原とその仲間たち、それにアディポンとクスクス社の三人の青年が残っているだけだった。彼らが最後のグループだった。アディポンが手ぶりをして、先に行った。野原はうなずいてみせると、あとをついて行った。アディポンは野原より頭半分、背が高いだけだったが、彼の後姿は特に大きく見えた。野原はひそかにこう決意した。この村の大耳人が、おれたちの役に立とうが立つまいが、いつか機会があったら、必ず下地村の名物か、自分が捕って干した魚を持ってこの村に戻り、この人に贈ろう。

この人は聡明な人間にちがいない。野原は心でそう言った。

## 二四　部落の疑惑

夕方が近かった。クスクス社の人たちはいつもより早くから忙しく動き回っていた。太陽が谷向こうの牡丹社の山の稜線に沈んだばかりだったが、クスクス社の二十数軒の家々ではすでに火を起こして煮炊きをはじめていた。その煙が屋根を抜けて空に昇って漂い、薪を燃やす煙のにおいと木の香りが部落いっぱいに広がった。女たちは細竹とシュロの葉で作ったほうきを手に、何度も行ったり来たりして広場を掃き清めた。広場のそばにある大きなカヤ葺きの建物は中も外もきれいに掃除して、中にはゲットウのござとカヤを敷いた。眠る時に掛けるためのカラムシの布も、巻いて壁ぎわに置いておいた。青年たちや少年たちは木の幹をくりぬいて作った水槽をふたつ、きれいに洗って運んできて、交替で水源へ行って水を汲んで来た。水槽にはすでに水が半分ほど貯まっていた。子どもたちが七、八人と犬が数匹ついてきて、広場から楽しそうな声が広がり、いちばん遠く離れた家まで聞こえた。階段状に五層に建てられた家々からは、女たちが話したり笑ったりする声が時々聞こえてきた。クスクス社の中心となる精悍な男たち数十人のうち、何人かは泊まりがけで遠くへ猟に出ていた。今、部落に残っているのは十数人で、ほかの青年たちは大頭目のチュルイについて、海から来た宮古島の人たちを迎えに行っていた。

「こんなことはずいぶんひさしぶりじゃないか、まるで、七月のアワの収穫祭の準備をしているような気分だ」

「確かにそうだな。だがわしはやはり心配だ。よそから来た人たちをそのまま、部落に入れて、何か問題が起こらないだろうか」

「わしも確かにそのことは心配だ。話し合って決めたことだが、わしはやはり落ち着かないんだ。何といっても、会ったことがないやつらなんだ。どんな習慣を持ってるのか、部落に病気を持ち込んだりしないか、わしらにはわからないからな。古い部落のころも年寄りたちからそんな話を聞いたことはないし、部落がここに移ってからも、よその人間がこんなにたくさん来たことはない。生まれてからこのかた、わしらと関係がないパイランが部落に入って来るのも見たことがない。柴城のパイランに嫁いだ親戚の娘だって、何年も部落に帰っていない。考えてみると、やっぱりほんとうに心が落ち着かないんだよ」

「そんなにあれこれ考えるなよ。古い部落のころだって、今の部落だって、確かによそ者が入って来たと聞いたことはない。だが、チュルイの考えもまちがっているとは言えないぞ。あの人たちは海から来て、風で海岸に吹き寄せられた。船は壊れてしまって、どうやって帰ったらいいのかわからないんだ。家族はどんなに心配していることだろう。わしらには船のことはわからないし、助けてやる力もない。飯を食わせて、一晩休ませてやり、それからパイランのところへ連れて行ってやる。チュルイの考えに反対するのはむずかしいよ」

「ハハハ、考えてみると、わしはあちこちに行ける人たちがほんとうにうらやましいよ。船に乗るって、海の上はどんな感じなんだろう。海の波は見るだけでも恐ろしいのに、波でひどく揺れないんだろうか。どうやって、そんな波の上を、あんな遠くから来られたんだろう」

「あちこちに行くだって？　あんたはそんな人間じゃないじゃないか。柴城へ行くのだって、遠くだからいやだとか、畑仕事をかわってくれる人がいないとか、ぐずぐず言うじゃないか。ほんとうにあいつらのように船に乗って、聞いたこともないところへ行って、どうするんだ？」

「考えてもみろよ、わしらは山の獣にそっくりだ。よく知っている木々のあいだや山でしか動けない。ここを出たら、恐ろしくて、どんなふうに暮らしたらいいのかわからない。若い者はできるだけ多く、外に出してやらねばならん。部落以外の場所を見て、パイランたちがどんなふうに暮しているか、何を考えているかを見るためにな。あいつらの道具の作り方を習えば、部落の役にも立つだろう。将来、よそ者と接することが多くなるだろうが、その時どう対応したらいいかわからなかったら、わしらは損をしたり傷ついたりすることになる。そんなことにならないようにな」

「考えすぎだよ。わしは、おもしろいと思ってるんだ。わしらがこんなに早くから火を起こして煮炊きしているのを見たら、牡丹社のやつらはきっと何が起こったんだと思うだろうな」

「ハハハ、そうだな。牡丹社のやつらほど好奇心が強い人間はいないからな。明日になったら、何か理由をつけて、このことをたずねに誰かがわざわざやって来るかもしれないぞ」

族長たちと長老たちは、クスクス社の最上段にあるジリュウの家の庭で話をしながら、大頭目チュルイがよそから来た人たちを連れてくるのを待っていた。留守を守っている青年たちは二組に分かれ、部落の上の入口と下の入口で話しながら待っていた。

「ほんとうにじれったいなあ、おれはどうしてあいつらとこんなに行きちがうんだろう。きのうは海岸に、きょうは朝のうち、山の下に行ったのに、近くでよく見られなかったなんて。もう太陽は沈んでしまったのに、あいつらはまだ来ない。どこか、別のところへ行ってしまったんじゃないだろうな」ジリュウは手にした短い木の杖で地面をとんとんとたたきながら、部落の入口から左へ伸びる小道をじっと見て言った。

「焦るなよ。チュルイが自分で迎えに行ったんだから、何も問題はないはずだ。あいつらが姿を見せたら、おまえは遠く、畑のこちら側から、あいつらがどんなふうに歩くのか、よく見られるさ」青年のひとりが小道を指して言った。小道の両側の畑はほとんど片づけが終わっていたので視界が開けており、百歩向こうもはっきりと見えた。

「どういうふうに歩くか、だって？　何をふざけたことを言ってるんだ。人が歩くのに、どんなちがいがあるって言うんだ」

「そうじゃないんなら、おまえはなんで、あの人たちを見るのをこんなに待ちこがれてるんだ」

「それは……」

「わかってるさ、あいつらが来るのが遅くなったら、今夜、チュウクに会いに行く時間が遅れるんじゃないかと心配なんだろう」

「ふん、何をくだらんことを考えてるんだ。あいつらが来ても、おれたちはやっぱり話をしに行くさ。おまえはそうしたくないとでも言うのか」

「もちろん、そうしたいさ。ほかの娘たちも来て、いっしょに話すだろう。行かなかったら、まさか、あのよそから来たやつらと一晩、話をするんじゃないだろうな」

「一晩、話をするだって？　あいつらの言葉がわかるのか？　それともあいつらと何か売り買いしたいのか？」

「アハハ、口を滑らせたな。おまえこそ、あいつらから何か手に入れて、チュウクに贈ろうと思ってるんだろう。だからあいつらに会いたいと焦ってるんだ。そうだろ？　安心しろよ、もしあいつらがほんとうに取り換えられるものを持っていたら、おれたちはおまえに譲ってやるよ。おまえが先だ。さっさとチュウクの心を手に入れろよ。おれたちのために、ほかの娘たちを口説いてくれてもいいぞ」

「ふん、おまえたち、何を馬鹿げたことを言ってるんだ」

「馬鹿げたことなんて言ってないよ。ジリュウ、おまえ、できるだけ大声でしゃべれよ。ここからチュウクの家までは、ちょうどおまえの声が聞こえるぐらいの距離だ。おまえは大声でしっかり話して、チュウクに聞いてもらえよ。そうしないと、そのうち、ウライに彼女をとられてしまうぞ。そうなったらおまえは辛いだろう。あいつの笛の音はずいぶん遠くまで届くからなあ」

「ふん、おまえたち、ほかに話すことはないのか」

「ハハ、ジリュウ、おまえでも恥ずかしがるのか」

「もうしゃべるな、あいつらが来たぞ！」

遠くの畑の小道に、チュルイの姿が現れた。彼は落ち着いて先頭を歩いており、そのあとをクスクス社の青年たちが歩いていた。さらにその後ろに一列になった宮古島の人たちがいた。ジリュウたちが、迎えに行くか、ここで待っているか、決めかねているうちに、広場で遊んでいた子どもたちが叫びながら、きれいに片づけられた畑を走って行った。それにつられて、ほかの子どもたちも駆け出し、いっしょに遊んでいたイヌたちも吠えながら追いかけたので、部落は騒がしくなった。

少し前、部落の外側の入口から歩き始めたチュルイは、部落の人たちがいつも通る、稜線を越えて部落の上の入口に出る道を行かずに、予備の道を行った。この道は山腹から緩やかに、海を背にした斜面に入り、広い原始林を抜けて、だんだん上り道になって、クスクス社の西側に達する。そこは部落の人たちが木を切る林だが、さらに進むと、部落の建物のすぐそばの畑に出る。そこまで来ると視界が開け、牡丹渓と対岸の牡丹社の山が一望できた。

宮古島の人たちの出現は確かに大騒ぎをひきおこした。部落の多くの人たちは好奇心いっぱいで、畑に近い家や庭に詰めかけて、彼らを眺めた。部落は静かだったが、時おり、大きな声が聞こえた。

「まあ、気の毒に」チュウクは戸口のそばに立って、近づいてくる行列を遠く眺めて言った。

「誰のことを言ってるんだい」母親がかまどの火をかきたてながら尋ねた。

「イナ〔お母さん〕、さっき外で子どもたちがわめいているのが聞こえなかった？　よその人が来たのよ。チュルイ頭目がよその人を大勢連れて戻ってきたのよ」

「あの子たちが静かだったことがあるかい？　よその人って、チュルイがほんとうに、よその人たちを連れてきたって言うのかい」

「そうよ、みんな出て来て見てるわ。イナも出て来て見てよ、ほんとうにおかしな人たちだわ」

「おかしいだって？」チュウクの母親も出て来たが、チュウクの父親が早々と庭にいるのを見ると、不機嫌そうに言った。

「あんた、何を見てるの？　どうして一言も言わずに出て来たのよ。もし……。あら、確かにおかしいわね。あの人たちは誰かと戦争でもしたの？　なんで、みんな、病人みたいなの？　まあ、病気なのに、どうして部落に入れたりするの？　もしわたしらが病気になったら、どうするのよ」

「病気じゃないわ。あれはカルルがゆうべ話していた、海から来た人たちよ。何日もおなかをすかせていただろうし、そのうえ山道を一日歩いたから、きっとひどく疲れているんだわ。だから頭目さんがこのサツマイモを準備するように言ったのよ、あの人たちに食べてもらおうって」チュウクはそう言いながら、父親のそばへ行った。

「それなら、さっさと用意しなければね。広場に持って行って、あの人たちに食べてもらいましょう。まあ、ほんとうに気の毒だわ」チュウクの母親は頭を振ると、家に戻って、サツマイモをゆでている鍋の具合を見た。

同じような議論がほかの場所でも起きていた。宮古島の人たちの行列はひどく哀れに見えた。島主と商人たちや役人のほとんどが、誰かに支えられて、よろめきながら歩いていた。全身汗びっしょりになって、上に羽織るものをほとんど脱いでいた。若い青年たちもみじめな様子で、うなだれて元気がなく、大きく息をついたり、嘆いたり悲しんだりしていた。畑に入って来た時だけは、急に気力が戻ったようだったが、すぐに元に戻ってしまった。船長が大声で叱咤激励したので少しはましになったが、その様子を見て気の毒に思わない人はいなかった。広場にいた女たちは、彼らを上から下までじっくりと観察していたが、やや年配の女たちは眼を赤く潤ませていた。太陽を見た日から今まで、こんなに落ちぶれて哀れな様子の男たちを見たことがなかったのだ。誰かが女たちに、さっさと食べ物を用意して広場に持ってくるように促した。

しかし、それとは異なる声が、最上段の家の族長たちから発せられた。それはジリュウの家で車座になって待っていた、ふたつの氏族の族長と長老たちだった。宮古島の人たちの隊列が部落に現れて騒がしくなると、何人かの老人が石段の西側に移動した。そして下の畑を見下ろし、チュルイを先頭にした隊列が部落に近づいてくるのを見て、疑いの声をあげた。

「人が多すぎるじゃないか。しかも若い男が多い。あいつらが部落に入りこんだら、問題が起こらないだろうか」

「チュルイは冒険しすぎる」

「わしらのほうは、いますぐ刀をとって戦えるのは四十人もいないのに、あいつらは六十六人もいる。手助けがいる年寄りたちを除いても、まだ五、六十人はいるじゃないか。ほんとうに問題はないのか」

「何も問題はないだろう。チュルイは思いつきで動く男ではない、きっと考えがあるんだ」

「だが、万一……、万一、何か起こったら？」

「例えば？」

「例えば……、ああ、はっきり言えないんだが」

「あんたたちは、さっきは、あの人たちが遠くまで来て困ったことになったのに同情して、助けてやらねばならんとか言ってたじゃないか。こんな祭りみたいな感じはずいぶん久しぶりだと言ったやつもいたな。どうして今になって心配するんだ」

「それはちがう。さっきはこんなに大勢の人を誰も見ていなかった。今、あっというまに、あんなにたくさん現れて、しかも、おれたちの若い者より数が多いんだぞ。影響は全くないなんて、あんたたちは言えるのか？　正直言って、おれはすごく不安だ」

「おれもこれはかなりまずいと思う。だが、今となっては止められない。チュルイはもう下の入口まで来てしまったんだ。あいつらを追い返せとは言えない」

「ああ、何てことだ。チュルイをここに呼んで、わしらに説明させ、安心させてもらおう。わしはほんとうに不安だよ」

不安に思ったのは、老人たちだけではなかった。部落の上の入口を守っていたウライたちも、下にいたジリュウたちも、ひどくまずいことになったと感じていた。特に、宮古島から来た六十六人が部落に入り、そのあと、祭りで踊る時に使う広場に入った時、クスクス社の人たちとはちがう身なりの人たちが大勢集まった場面を想像すると、言い知れない圧迫感を覚えた。チュルイは、宮古島の人たちはわしらの部落が出した飲み水を受け取った、もう少ししたらゆでたサツマイモでもてなす、彼らはすでに良き友なのだから、みな安心するようにと言った。しかしそう言われても、漢人に似た顔立ちや服装の宮古島の人々が一か所に集まった時、その人数の多さから来る圧迫感は弱まらなかった。そのため、刀をつけた三十数人の部落の青年たちは、本能的に警戒心を強めた。

チュルイに、今夜はいつもどおりに過ごすようにと言われて、人々はやっと圧力弁を緩められたように感じ、部落は正常な生活を取り戻した。子どもたちの騒がしい声や大人たちの話し声が聞こえた。各家に一鍋ずつゆでるように命じてあったサツマイモが広場に届けられた。

チュルイの妻は、女たちに呼びかけて、サツマイモを籐で編んだ器に盛り、広場の真ん中に五つに分けて置いた。二人の少年が、水を飲むための竹筒をいくつか持ってきた。チュルイが簡単に話をし、それをアディポンが何とか通訳した。アディポンとカルルは残って宮古島の人々に付き添い、広場にはまだ子どもたちが遊んでいたが、それ以外の人はみな家に帰った。

時々遠くから、ジリュウののんびりした声が聞こえてきた。今夜も必ずチュウクを訪ねると言っていた。続いて誰かが、ジリュウはウライに負けるにちがいないとはやし立てる声が聞こえた。みなが大声で楽しそうに笑い、それにつられて、巣へ帰る鳥たちも鳴き声をあげた。

# 二五　はじめての山村

飢えは何とかおさまった。サツマイモの皮の切れ端しか残っていない浅い籐の籠を見て、野原はそう思った。

彼は列に並んで、水を飲んだ。そしてはじめて、広場に残って楽しそうに遊んでいる子どもたちに気がついた。時々驚いたような笑い声や言い争いの声があがった。この数日、空腹のために耳鳴りがしていたが、その子どもたちの声が耳鳴りを少しずつ消していった。野原は、子どもたちの多くが七、八歳で、三、四歳の子もふたり混じっているのに気づいた。男の子も女の子もいた。子どもたちは三つの組に分かれて遊んでいた。やや年長の子どもたちは、的あてのような遊びをしていた。手のひらほどの大きさの石板を石垣に斜めに立てかけ、その石板を基点にして楕円形の陣地を描き、順番に黒くて平たい豆を持って、その小さな石板に投げる。その楕円の陣地のなかで、いちばん遠くまで豆を飛ばしたものが先に攻撃する権利を得られ、陣地から出てしまった豆を没収する権利もある。それからほかの子の豆にぶつけ、あたったらそれも自分のものにするのだ。野原はこんな遊びは見たことがなかったし、それがミズトウ（水藤）の乾いた莢から取り出した黒くて硬く平たい豆だということも知らなかったが、おもしろいと思った。別の子どもたちは、大人の手のひらほどの大きさの円をふたつずつ書いて、そこにそれぞれ小石を塔のように積み上げていた。先に崩れたものが負けで、残ったものは誰が高く積めたかを競い合っていた。勝った子は短い棒でほかの子どもたちの手のひらをたたくのだが、そのために、時々驚きの声や痛いという声が聞こえてきた。いちばん小さいふたりは短い棒で、籐で作った球を叩き合っていた。野原は、自分たちが入ってくる前から、この子たちは広場にいたことを思い出した。その時はもっとたくさんの子どもがいた。皮膚は浅黒いが、その黒さはそれぞれちがい、着ているものもまちまちだったが、目を輝かせて活発に手足を動かしているのはみな同じだった。子どもたちが楽しそうに遊ぶ様子に、多くの宮古島の人たちが引きつけられ、身振り手振りでいっしょに遊ぼうと誘う者も何人かいた。

広場の外から子どもたちを家へ呼び戻す女たちの声が聞こえた。何人かの女たちは、子どもを迎えに来たついでに、器を回収していった。

子どもにはやはり遊び仲間が必要だ。野原はふたりの息子を思い出し、きのう思いついた、下地村の中心部に引っ越すという考えがいっそう強くなった。

あいつらは腹いっぱい食べたはずだ、野原は妻子を思い出すと、鼻がつんとした。彼は立ち上がって広場のそばの炭や木がくべられている火床《ひどこ》のそばを通り、西側の山よりの畑の石垣のところまで歩いて行った。石垣は、畑から掘り出した石を集めて積み上げて作られていた。野原はそこに腰を下ろすと、目の前の景色を上から下へと眺めた。心が開けるように感じ、心が震え、言葉が出なかった。

向かいには山があり、足の下にも山があった。木々の枝や葉が下のほうにあり、木々の梢も足の下にあった。山の稜線は左へ延びており、幾筋かの谷と渓流が、稜線の方向に沿って、薄暗い密林の中に消えていた。これは野原にとってはじめての経験だった。少し前、彼らは下のほうから畑の小道を、力を振り絞ってよろよろと、登って来た。まばらになった木々のあいだに山の部落が見えた。山の傾斜に沿って階段状に家が建てられていた。屋根や壁をカヤ草で厚くおおった灰黒色の長方形の住まいで、黒い頁岩《けつがん》が敷かれた通路や庭があった。家と家のあいだには草花が植えられており、冬にもかかわらず赤や黄色の花が咲いていて、灰黒色のカヤ葺きの家々のあいだでとりわけ目につき、心が和んだ。野原はそれを貪欲に目にやきつけ、記憶に留めた。見知らぬ土地に来た不安と焦りがだんだん薄らぎ、空腹と「大耳生番」に殺されて食べられてしまうかもしれないという恐怖も忘れた。

ほんとうにきれいなところだ。もし機会があったら、朝から晩まで一日じゅうここに座って、何もせずに山の景色が変わっていくのを眺めたい、そうできたら幸せにちがいない。野原はしみじみとそう思った。

向かいの山の稜線は、すでに雲や霧で覆われていた。雲の向こうの夕日があちこちを赤く染めており、見わたす限りの夕焼けだった。視界はよく、遠く離れた向かいの山々から炊事の煙が昇ってひとつになり、薄い霧のように見えた。離れた谷の林では、いつものように、夜に入る前に、鳥たちが巣穴でさえずっていた。冬にはめずらしいセミも、シャンシャンシャンとあちこちでさまざまに鳴いていた。名も知らぬ動物の鳴き声まで、あちこちから聞こえてきた。山の斜面の畑はきれいに片づけられ、緑はまだ芽ぶいていなかった。霧が少しかかって、空気がだんだん冷たくなってきた。世界全体が閉じ込められたように、ゆっくりと暗くなっていった。山も木もいつのまにか黒いぼんやりした影になってしまった。その蒼然とした、愁いに沈んだ光景に、野原の心も重くなり、もの悲しさとなつかしさをおぼえ、急に息がつけなくなって、涙が流れた。

宮古島の人たちも多くが広場や建物の近くに座っていたが、それぞれ思いにふけって、涙を流しており、自分勝手にあたりを歩き回る人はいなかった。部落のほかの場所からは話し声や笑い声が聞こえてきたが、広場は静まりかえっていた。船長と役人たちだけが話していた。

「ほんとうに貧しい山村だなあ。どうしてこんな山奥に人が住めるんだろう。道もないし、海の水もない、山と木だけじゃないか」

「たぶん、彼らも、どうして、山のない島に住める人がいるんだろうと思っているだろうよ。海風が吹いて、食べる魚はあるが、一日じゅう、海の水といっしょだなんて」役人のひとりが誰とも目を合わせずにつぶやいた。

「そうだとも。どの民族も自分が生きていく環境のなかで、生活のしかたが自然に決まるんだ。ここは土地が肥えているし、景色も美しい。この村は山の稜線の裏側にあるから、海風も避けられるし、海から襲ってくる台風で破壊されることもない。残念なのは、もっといろいろな植物を育てる力がないことだ。サツマイモとサトイモだけで、それ以外に主食はないらしい」

「わしらはここに来たばかりだし、あちこち見て歩く機会はなかったじゃないか。ほかの作物を作っているかもしれないぞ。ただ、わしらに出してくれた量は少なかったな」

「そんなことはないよ。あの人たちは、わしらを心からもてなしてくれていたじゃないか。族長が自ら出迎えて、わしらをこの村に連れてきてくれた。それに、誰も指図しないのに、物事は順調に進んでいたし、秩序正しく自分たちの仕事をしていた。わしらに腹いっぱい食べさせてくれたが、自分たちはふだんどおりに生活している。わしらが村に入ることを重く考えて、前もって十分に意思疎通がしてあったんだろう。仕事も割り当てて、わしらにいちばんいい食べ物を出してくれたんだ」

「だから、彼らがいつも食べているいちばんいい食べ物は、サツマイモだと言うのか？　サトイモだと言うのか？　もしそうなら、ここは確かに貧しい村だ」商人のひとりが言った。

「そんなふうに、誰が貧しくて、誰が豊かだなんて、くらべちゃいけない。わしら宮古島でも、人がたくさんいる町以外は、暮らしが特にいいわけじゃない。多くの人がやはりサツマイモを食べているよ。見ろよ、宮古島の家が建っている通りで、ここよりましなところがどのくらいある？　それに、彼らは楽しそうに話したり朗らかに笑ったりしているが、あんな声は、わしらのところではなかなか聞けないよ」

「確かに、彼らには何か悩みがあるようには見えないな。土人《どじん》生番の特性かもしれない。頭が単純で、生活も単純なんだよ。腹いっぱい食べられるか、生活に必要なものがそろうか、そんなことに頭を悩ますだけで、それ以外の事は心配しないんだ。ただ……、わしが言いたいのは、わしら、海で生きる人間は、どんなに貧しい家でも干した魚が少しはあって、海に出られない日でも魚が食える。ここは山だ。森や林がある。あちこちから動物の鳴き声が聞こえているじゃないか。だから、肉を食う習慣があるはずなんだ。まさか干した肉が全くないというわけじゃないだろう」

「そうだな……」この話題に、誰もが同じような返事をした。

「無礼だぞ！」島主が突然低い声で言った。

「今朝から今まで、何度、同じ話をしてるんだ。ほかの話はできないのか。ここの人たちが貧しいか、豊かか、わしらとは関係はない。人にもてなしてもらったのに、感謝することも知らんとは、そのうえ、誠意まで疑うとは、ほんとうに無礼だぞ」

「島主様、怒りをおさめてください。わしらはここの人たちの誠意には大変感謝しています。不満に思ってなどおりません。ただ、いろいろしゃべっているうちに、急に、この山の獣の肉はどんな味だろうと気になっただけなんです」役人のひとりがそう言うと、ほかの人たちも静かになった。

野原は十数歩離れたところに座っていたが、広場の話し声がはっきりと聞こえた。下地村の彼の家は、一年じゅう、波の音が聞こえ、その音が鼓膜にはりついているので、聴覚はやや鈍くなっていた。しかしここは静かすぎる。夜になったばかりで、人々はまだ動き回っていたが、野原は鼓膜が痛くなるほど静かだと感じた。これまでの二日間は、落ち着かず、休むことなく歩き回り、そのうえ空腹も我慢していたので、特に気がつかなかったのだが、内陸へ入れば入るほど、山奥へ入れば入るほど、海鳴りは遠ざかり、静かになった。今、足を止めると、あたりは静かだった。役人の話す声がはっきり聞こえるだけでなく、まるですぐそばに座って話しているように聞こえた。野原はみなを見回し、ほかの人たちにも、あちこちから聞こえる話し声がはっきり聞こえているらしいと思った。そう思うと、心は乱れて宮古島に戻って行った。

野原の印象では、下地島には野生の獣は多くない。海でとれる海産物以外の肉類については、実は考えたこともなかった。何かわからない肉が実際にあったとしても、自分がそれに手を伸ばして口に入れる気になるか、わからなかった。

この人たちには真心がある。野原は心で言った。彼は広場の外を眺めて、アディポンとカルルが静かに座っているのに気がついた。ふたりは急に立ち上がると、広場の大きな建物のそばへ行って薪を取り、広場のそばの火床に戻った。野原の近くに来ると、うなずいて見せた。野原はサツマイモを食べ始めた時から今まで、言葉を交わしていなかったのを思い出して、何か話そうとしたが、急に申し訳なさを感じた。彼は立ち上がると石垣から離れ、何か手伝おうと近づいた。

アディポンたちふたりの動きは、広場の人たちの注意を引き、みなが静かにふたりを見ていた。建物から何歩か離れたところ、広場と上段の石垣のそばに火床があって、不揃いな太さの木が何本か置かれ、火がつきやすい黒い木炭を燃やした痕もあった。火床のまわりには、長い木の幹を二本置き、それに段をつけて、座れるようにしてあった。そこに宮古島の人たちが何人か座って、ぼんやりしていたが、アディポンたちが薪を持ってきたのを見ると、立ってあいだを空けた。

野原は、背が低い方のカルルが薪を置いて、離れて行ったのに気がついた。カルルの歩く方向に目をやると、家々の庭に炭火の光が見えた。家の建物からも光が漏れているらしかった。野原はこの人たちはこんな時間にもう火を焚いているのだろうかと思った。

夜になったクスクス社では、どの家もかまどの炭火を消さずに、暖を取り、灯りにしていた。安全のために炭火の光だけにしているのだ。広場の火床は、人が泊まる時に火を焚いて、暖まったり、虫よけにしたりしていた。あちこちの火の光が、微かな明かりとなり、家々の戸や窓や隙間から漏れて、それぞれが微かな光を放ち、連なってぼんやりした光になっていた。その黄昏の月のような淡い黄色の光にクスクス社は包まれていた。前景はよく見えなかったが、ぼんやりした中でも何があるのかははっきり見え、暗闇との対比をなしていた。このうえなくおだやかな情景で、目に入るものはこのうえなく暖かかった。

カルルが戻って来た。手にした火種で火床に積み上げた薪に火をつけると、すぐに燃え上がり、広場はたちまち明るくなった。山は夜に入ったばかりで、露がおり、野原は肌寒く感じていたのだが、すぐに暖かくなった。

アディポンが手招きをしながら話しかけ、島主や役人たちに火床の近くに座るように誘った。この動作に野原は嬉しくなり、島主と役人たちに火の近くに来て暖まるよう、急いで声をかけた。

「ほんとうにおもしろい」村長のひとりが言った。

火の光が広がり、人々は引きつけられて、広場に集まってきた。火に近づけないものは、ぴったりと身を寄せ合って、火のほうに身体を向けていた。微かな光にも暖かみがあって、遠くても伝わってくるとでもいうようだった。

ほんとうに不思議だ。野原は思った。ゆうべは夜になる前に、あの洞窟の前で火を起こそうと考えていた。今、山の反対側に来て、火を焚いて暖をとっている、きのうにくらべると、なんと暖かく、落ち着き、心が安らぐことだろう。

秋や冬に屋内で火を起こして暖まる光景は、野原にもなじみ深いものだった。それは日常生活の一部で、特に夕飯のあと、寝るまで、かまどに残った炭火が消えないように、妻の浦は気を配っていた。大型魚の肉質の粗い魚肉を燻すためでもあったし、家族が暖まるためでもあった。浦は口数が少なく、野原が子どもたちと影法師を作って遊んだり、海での漁の話や、波や魚の話をしてやったりするのを、いつも黙って見ていた。

家に帰ったら、秋や冬の夜、夕飯を終えてから、家の外でこんなふうに小さな火を焚いて、暖まりながら話をしてやろう。野原は冬になると、上の息子が両頬を寒さで赤くしていたのを思い出した。夜、いろりの近くでは、炭火の微かな赤い光に照らされて真っ赤になり、可愛かった。彼は心でそんなことを思っていた。

あの子は火のそばに座って、今度のこの経験について、おれから聞くのを喜ぶにちがいない。いちばんいいのは、いつも村の人が何人か来て、火でものを焼いて、食べながら話をし、小さい子どもたちがいっしょに遊べることだ。野原は目を細めて、微笑みながら考えていた。時々、火床のまわりに座っている島主や役人たちに目をやった。

いや、それは無理かな。引っ越して、みなの近くに住まなければならないだろう。野原は急に下地村の南にある自分の木造の家を思い出し、宮古島では冬には、強弱や風向のちがいはあるが、海風がやまないことを思い出した。それに今、彼の家の近くにはほかの家はない。いくつかの家族が、近くに越して来ていっしょに暮らしたいと言っていたが、実際に引っ越して来なければ、野原の家はやはり一軒家で、子どもには遊び仲間はできないだろう。

クスクス社は稜線の西側にあった。秋と冬には東北から季節風が吹き、稜線の東側にある海から山頂まで風が吹き上がる。稜線に遮られて、風はクスクス社の上空を越えると、昼間は陽の光に暖められて温度が上がるが、冷たい空気に包まれて冷えてくると、凝結したようになって上から下へと下りてくる。空気は涼しくなり、夜がふけるにつれて、冷えてくる。今は夜になってまだ間《ま》がないので、風はなく、燃えあがった炎は上に向かって微かに揺れていた。これは宮古島や下地村とはちがっていた。島には海風を防いでくれる高い山はなかった。

野原はこの点についてはよくわからなかったが、下地村の風のことならよく知っていた。下地島で、伊良部島が接するあたりに多くの人が住み、集落ができたのは、風のためだった。そこはふたつの島のはざまで、島のあいだには細い水路があり、漁船が出入りできた。

村に戻って、みなといっしょに暮らさなければならない、子どもには遊び仲間が必要だ。野原は心でこう言った。耳元に商人の声が響いた。

「島主様、明日、夜が明けたら、わしらはどうするのですか。この人たちがどういうふうに手助けしてくれるのか、もう一度、確かめなくてもいいのですか」

「昼間、あの別れ道のところで族長が話したことについて、わしらの理解がまちがっていなければ、こういうことらしい。彼らにはわしらの問題を解決する力はない。しかし、その力がある人のところへわしらを連れて行って、手助けを頼んでくれるということだ」島主が答えるのを待たずに、船長が答えた。

「わしらの理解とは何だ。あんたの理解じゃないか。もう暗くなったし、わしは眠りたい。わしらは確認しておかなくてもいいのか？　それにわしはあんたと話しているんじゃない、なんであんたが答えるんだ」

「なに？　なんであんたは、そんなに礼儀知らずなことを言うんだ。大族長たる人がそう言ったんだぞ。どうしてもう一度尋ねられるんだ。あんたら、首里の礼儀はそんなものなのか。もう一度尋ねたとしても、誰があんたに答えるんだね。わしらはやはり同じように推測するしかないんじゃないか」船長は腹を立てた。

「声を小さくしろ、こんな時に言い争うとはどういうつもりだ」村長の一人が注意した。

「誰が言い争いなんかしたいもんか。こいつは船頭のくせに、ずっと馬鹿げたことばかり言いやがって。今はいいとしよう。わしらはこんなところへ連れて来られた。あした、何ができるのか、尋ねてはならんとでもいうのかね。話がはっきり通じなくても、もう一度尋ねたら、少しははっきりするかもしれないじゃないか」

「わかった。あんたは首里の商人で、清国人と商売をしている。あいつらの言葉をいくつかは話せるだろう。尋ねたいんなら、あんたが訊けよ。あの背が高い男は、少しは清国人の言葉がわかる。行って訊いてみろよ」

「なんだと、無礼な船頭め。あんたは見てわからないのか。ここにはわしらを助ける力はないんだ。もしわしらをどこかへ連れて行って、人に助けてもらうつもりなら、わしらはもう一度はっきりと尋ねておくべきじゃないのか」

「黙れ、みな黙るんだ。今をどんな時だと思っている。まだ言い争うのか？　今、何を尋ねられるというんだ。おまえたち、誰か、ここの方角と、助けてくれる人がどこにいるのか、知っているのか。あの人たちと意思の疎通ができたとしても、今、何ができるというんだ。口を閉ざして何も言うな。さっさと寝るんだ。あしたも歩かなければならないだろう。寝つけなくて尋ねたいんなら、行って尋ねるがいい。どんな結果でも、わしには知らせるな。わしは寝なければならん……。ああ、あしたは、どれぐらい長い道を歩かねばならないか、わからないんだぞ。わしはどうしてこんなひどい目に遭うんだろう。おまえたちはどうしてこんなに役立たずなんだ」島主も腹を立て、話し終わると両腕を曲げて頭を抱え込んだ。

「何日もよく眠れなかったんだ。今夜はよく眠れるはずだ」島主は突然、弱々しくそう言った。

「あの建物の中にはカヤが敷いてある。前川、島主様とほかの方々をあの左側へお連れしろ。ほかのものは右側と、入口のあたりで眠るんだ。夜、小便に行きたくなったら、できるだけ連れ立って行ってくれ、遠くへは行かないように。詰め合って、できるだけ眠るんだ。あしたも長い道を歩くことになりそうだからな」船長は商人の挑発にはもう取り合わず、眠る場所を割り振った。

しっかり眠るべきだ！　野原は黙って言い争いを眺めながら、心で言った。広場に座っていたアディポンとカルルが立ち上がったのが突然、目に留まった。彼らの後姿を見ていると、刀をつけた大耳生番人の青年たちの姿が目に入った。彼らは暗闇のなかで、ひそひそと話をしていた。

「何事だ？」野原は思わず口走った。その言葉がちょっとした騒ぎをひきおこした。広場にいた宮古島の人たちは少し身を寄せあった。役人たちは振り返ってこっそり見ていた。とまどったような目に、微かな恐怖が浮かんだ。

「何事だ？」村長の一人が思わず低い声で叫んだ。それを聞いて島主が頭をあげた。広場全体が急に静まりかえり、広場の外の大耳人の若い男たちにみなが目を向けた。

# 二六　クラル（鼻笛）

「ウライ、いまはどうなっている」カルルが尋ねた。

「チュルイ大頭目が、ここにはふたりほど残って指示を待つように、ほかのものは家に戻って自分のことをしろって言われました」

「わかった。頭目が言われるように、おれたちもここを離れよう。みんながここに残っていたら、遠くから来た友人たちが緊張して寝つけないだろう。アディポン、おれたちも行こう」

「そうだな、あの人たちはみな疲れているはずだ。おれたちがここにいたら、よく休めないだろう」

青年たちは散らばって、暗がりのなか、小道を戻って行った。

「そうだ、ウライ、今夜はチュウクのところに行かないのか」

「行かないわけがないだろ。行かなかったら、チュウクとあの娘たちは、おれを恋しがるにちがいない。今夜、よく眠れなかったら、あした、彼女たちの仕事に差し支えるじゃないか」

「ふん、そこの川のカニが吹きだす泡だって、おまえの言葉よりしっかりしているぞ。何をいいかげんなことを言ってるんだ。チュウクがおまえに気があるなんて、聞いてないぞ。娘たちがジリュウの歌声をほめているとは聞いたがな。チュウクはジリュウに、自分への思いをこめた歌を作って、何日かあとの満月の夜に、部落の上のあの入口で歌って、みなに聞かせてくれと言ったらしいじゃないか」

「上の入口だって？　馬鹿なことを言うなよ。あそこはいつもおれが警備している場所じゃないか。ジリュウがあそこで歌うだって？　それはおれの家の前で、おれを侮辱するのと同じじゃないか。おまえ、言いまちがってないか？」

「こんなことで、おれがどうしてでたらめを言うんだ。おれたちの何百年も続くしきたりじゃないか。チュウクがそう言ったのは、自分の気持ちを明らかにしたたってことだ。ジリュウを選んだってことじゃないか。おまえじゃない。考えてもみろよ、ジリュウの歌はほんとうにうまい。あいつの歌を聞いて、心を寄せない娘がいるか？　おれだって、我慢できなくて、女になってあいつを追いかけたいぐらいだ」

「ふん、おまえが女になって、あいつを好きになるだって？　こんな話はカルル、おまえしかしないだろうよ。だが、おまえが言うのはほんとうなのか。もしそうなら……、おれにはほんとに望みがないのか。それが……」ウライは急に言葉を詰まらせた。

「それがって、何がだ。おまえは二言三言、言われただけであっさりあきらめるのか。チュウクがおまえを好きにならないはずだ」

「それが……」

「それが、あれがなんて、もう言うな。うそだよ。おれたちは一日じゅう、外にいたんだ。どうしてチュウクと話す機会なんてあるんだ。おれは適当に言ったんだよ。真に受けるとはな、何てざまだ」カルルはそう言うと、自分でも我慢できずに大声で笑った。

「わかったよ。カルル、おまえは何でも冗談にしてしまうんだな。心が傷ついて、いっぺんに牡丹渓まで落ちてしまったぞ」

「もう行けよ。用意しないと、ジリュウのやつが先に始めてしまうぞ」

「おまえは……」ウライはカルルをさらになじろうとした。クスクス社の下の家から笛の音が聞こえた。ウライはそのまま立ち去り、暗闇の中に消えた。

「ウウー……」鼻笛の細く低い音がゆるやかに長く続いた。息を継ぐと、すぐに音階が一つ高くなり、また低くなってさらに低い音を長く鳴らした。孤高で、昂然としながら臨場感あふれる姿がクスクス社のまわりの夜の山稜をさまよった。音を換えると、笛の音は二十数軒の家のあいだを巡り歩くように二回、流れた。それから、タバコをキセルで一回吸い終わるぐらいのあいだに、いくつかの音を奏でると、急に音がやんだ。

「あ、今夜のクラルの音は……、きのうとはちがうな」アディポンは思わずそう言った。クスクス社は静まりかえり、ふだんは小道に停まって鳴いているヨタカ（夜鷹）も静かだった。指導者の家系の者が高尚な鼻笛を奏でて、青年たちの求愛行動の幕開けとするのが慣例らしかった。今の笛の調べはその合図だった。

「どういうことだ」

暗闇のなかで、カルルの姿が薄明りに浮かび上がった。彼は驚き、引きよせられたように、下の段にある家の方をぼんやり眺めていた。

その方向の何軒かの家から、人が二、三人出てきた。背を曲げてよろよろと庭に出て来ると、笛の音がする方を静かに眺めていた。庭にいた人たちは一言も発さず、いつもは騒がしい子どもたちまで粛然としたものを感じたのか、大人のそばで口をつぐんでいた。すべてが暗がりの中で静かに移動し、立ったり座ったりした。

「あの老人たちはどうして庭に出てきたんだ。どういうことなんだ」カルルはうわごとのようにぶつぶつ言った。庭に設けられた火床が、急にあちらこちらで光を放ち始めた。

「今夜は素晴らしいものになりそうだな」アディポンがのんびりと言った。

「アディポン、これがどういうことか、知っているのか」

「知らないのか？　あの笛の音は、クスクス社の指導者の家系の家のひとつから聞こえてくる。これがどういうことか、知らないとでも言うのか」

「ああ、彼が昼間に練習しているのは聞いたことがあるが、夜にこんなふうに吹くのは聞いたことがないんだ。それに笛をこういうふうに奏でるときには、マリバ渓（現、楓港渓）を超えてやって来て、重大なことを発表する大武山の大頭目を取り囲んだ貴族たちのように、誰もが静かに耳を傾けなければならないんだ。これまでに、おれはこんなにも心を締めつけられる笛の音を聞いたことがないよ」カルルは身震いして言った。

「この笛の音は確かに何かを語る開幕の旋律だが、おまえの言うほど晴れがましくはないよ。おまえはふだんからこの笛の音に注意していたようだな」

「何度も聞けば、鼻笛の調べから情景が思い描けるようになる。おれは思いついたままに言ってるんだが、いつもそうだというわけじゃない。だが、おまえもこの笛の音がわかるのか」

「今は話すのはやめて、静かにしよう」アディポンはちょっと笑うと、カルルを止めた。

アディポンの言葉が終わらないうちに、鼻笛の音が再び響いた。笛の穴から流れ出た細い息が音となり、薄雲のようにうっすらと漂い、やがて山々に集まって層をなした。山の風に吹かれて漂い、留まり、おしよせた。突然、涙ながらに訴える声があがり、争いが起こり、未練の思いと決別、別離が現れた。笛の音は、やんだかと思えば続き、高くなったと思うと、急に低く沈んだ。涙と後悔と微かな怨みが混じりあっていた。山なみの中で何度も振り返って眺め、足を止めることなく急いで遠ざかる。笛の音はやんだかと思うと、ふたたび流れ始めた。沈み込み、つぶやき、玉《ぎょく》がぶつかり合うような音がし、水が滔々と流れる山の渓谷に戻り、嘆きの声や、哀しみの声が漂った。笛の音は連綿と続いた。

笛の音がやんだ。クスクス社の階段状に並んだ家々の庭では、ほとんどがかがり火を焚いていた。その黄色く淡い光が繋がって、暗闇の中で輝き、讃えあうように光っていた。庭にはさらに人が大勢出てきた。広場のそばの建物でも、宮古島の大半の人たちが思わず出て来て、広場のそばにぼんやり立って、笛の音が聞こえてくるほうを眺めていた。

笛の音がまた響いた。力をこめて高い音を長く吹き鳴らしたが、すぐに高い音と低い音が入り混じり、速くなって乱れたかと思うと、のびやかな調べになった。笛の調べからは、殺戮、遠征、流血、追撃、急行、呪詛が聞き取れた。矢が飛び、巫術で防ぎ、巨獣が勢ぞろいし、戦士が陣を組む。タカがひとりしきり鳴くと、急に陽の光が射しこみ、おだやかな風がそよそよと吹いて、笛の音もやんだ。

あちこちからすすり泣く声が聞こえた。低く抑えた声が一言二言聞こえた。枯れた、寂しげな声だった。カルルも両頬を涙で濡らしていた。そしてぼそっと言った。

「彼は物語を語っているんだ」

「確かに物語を語っている。クラルのような、鼻で音を出す笛の音が、こういう物語を語るのを聞く機会があるとは、ほんとうに思いがけなかった」アディポンは何度もうなずいた。

「彼が語っているのがどんな物語か、はっきりわからないが、頭にずっと浮かんでいる光景があるんだ。一組の人たちが、何かの理由で故郷を離れなければならなくなり、新天地を求めて旅立つ。故郷を離れる辛さ、不安、なごり惜しさ、そして離れようという決意、そういうものが、おれの心の底の哀しみを引き出すんだ。彼らは殺人を犯し、追跡されたにちがいない。そして生き抜くために、苛酷な環境からの挑戦を受けた。危険に遭遇したが、誰も屈服せず、それぞれ立ちあがって戦い、ついにはさまざまな困難を克服して、最後には自分たちの郷土を建設した。そして新天地の住民からも受け入れられ、彼らの一員になった。おれはあの笛の音に、歓迎の意味が込められているのを感じたよ」カルルは涙を流すのをやめた。涙を流していると、話す時に、鼻が詰まったような声になるからだった。

「思いもしなかったなあ、頭が切れて、いたずら好きなおまえが、クラルの旋律から、そんなことを悟るとはなあ」アディポンは頭を振りながらカルルを見て言った。目の中で炭火の微かな光が動いた。

「彼が語っているのは、ずいぶん昔、東部の山地にある有名な大部落カリカランの指導者家系だったマバリュウ氏族が南へ移動した物語だ。チュラソの大頭目トキトクの祖先の物語だよ。おまえの祖先もそのうちのひとりかもしれない。その後、おれたちの部落は彼らが定住するのを受け入れたんだ」

「ああ、その物語だったのか。もちろん聞いたことがあるよ。クラルの音からこんな物語をあらためて聞く機会があろうとは、思いもしなかったよ。部落の老人たちが庭に出て耳を傾け、泣くはずだ。あの笛の音の心を聞き取ったんだ」

「まだ若いうちにこんな笛の音を聞けて、おれは運がよかったよ。おれが驚いたのは、彼がこの物語で、きょう来た客人たちを歓迎する気持ちを伝えようとしたことなんだ」

「つまり……、ああ、ほんとうにそうだ。おれはどうしてそのことに気づかなかったんだろう。この物語には、確かにそんな意味がある。海から来た人たちには、その意味がわかっただろうか」カルルはそう言いながら、広場にいる宮古島の人たちを見た。がやがやと話し声が聞こえてきた。

「おまえでも、すぐにはわからなかったのに、どうしてあの人たちに物語の内容がわかるもんか。笛の音に込められた情感から、悲しくなり、故郷を思い出したことだろう。あのクラルは、百歩蛇と同じような調べだ。ひどく沈鬱で、ひどく厳粛で、そして遠くから来た人の心を慰めるんだ」アディポンが言った。

「なあ、そんなふうによく知らない言葉を並べられたら、おれにもわからなくなるよ。だが、おまえが言うとおりだ。だから、おれはこのての笛の音が嫌いなんだ。重すぎるし、はるか昔を思い出させる。老人たちやおまえのような、いろいろなことがわかっている人のための音色だよ。おれが必要なのは、ジリュウのような歌声や、ウライのような笛の音だ。しかし、あのふたりはどうしてまだ始めないんだろう。始めないなら、おれたちは思いを抱いたまま眠ることになるよ」

「焦るなよ。ゆうべ、ふたりは甲乙つけがたかったじゃないか。今夜はあの笛の音で始まったんだ。次は、もっと驚くようなものがあるにちがいない。おれはほんとうに運がいいよ、今晩、ククス社に泊まってすべて見られるなんて」

ククスクス社全体がそれを予感しているらしく、多くの人がそれぞれ、庭に集まって、かがり火を焚いていた。笛の音が終わると、あちこちで話し声があがった。澄んだ女の声が特に耳につき、部落の若い男たちをひきつけていた。みな、耳をそばだてて、心をひきつける異性の声をとらえようとし、ロマンチックな想像をしていた。

「どちらが先に始めると思う？」カルルが尋ねた。

「ジリュウだろう」アディポンが言った。

「ウライだと思うよ」

「どうして」

「さっき、おれは言いがかりをつけて、あいつを怒らせただろう、あいつは先手を取られるんじゃないかと心配してるにちがいない。それにさっきのあの貴族の高貴なクラルの笛の音があいつを刺激したはずだ。おれはあいつが先手を打って笛を吹くと思う。あいつは自分の笛にすごく自信を持ってるからな」

「そうなのか」

「信じないのか？」

「ハハ、おれはやっぱりジリュウが先に始めると思うよ」アディポンは笑って自信たっぷりに言った。

「ハハ、おまえがどんな理由でそう言うのかは、聞かないよ。おれのほうが正しいからな。おまえの理由は、今、おれには意味がないんだ。こうしよう。もしジリュウが先に歌い始めたら、このことが片づいてから、おれはあの海へ行って、あいつらの船の底から木の板を取って来るよ。それで刀の鞘を作っておまえにやるよ。こんなに遠くまで航海できるのだから、あの木材はきっと上質なものにちがいない」

「ウライが先だったら？」

「おまえが負けたら、おまえがおれに何かくれるんだぞ。何をもらうかはまだ思いつかないが、とりあえず、そのことだけ、覚えておいてくれ」

「わかったよ。柴城の女の布以外のもので、なにかいいものをおまえにやるよ」

「ちっ、またあのことを言うのか」カルルは目をむいてアディポン見ながら言ったが、急に口調を変えた。

「そんなことを言うから、牡丹社のアルクがなつかしくなったじゃないか。あいつらは今夜、何をしているかなあ」

カルルの言葉が終わらないうちに、ジリュウの歌声が突然、部落の最上段から響いた。それを聞いたカルルは目を見張って、残念そうにアディポンを見た。

階段を下りてきたジリュウは、アディポンとカルルを無視して、歌いながら下りて行った。柔らかい歌声が聞こえてきた。

美しい娘よ
その美しい目で見なさい
優しい顔でトンボ玉を持ち
美しい装飾をほどこした
やわらかい土と濁った水で作られた人形は
風に吹かれると灰となって崩れる
そのとき流れる涙を見誤ってはいけない

健やかな娘よ
その形のよい耳で聞きなさい
物語をじょうずに作る人は
媚びるような言葉でおまえをたたえる
蜜蜂のように針を隠した心で
雲豹のように爪を隠して
心が傷ついたという言葉を信じてはならない

愛する娘よ
おれが優しく歌うのを聞いておくれ
おれにはトンボ玉の輝きはない
おれは千年の物語を話せない
だがおれには雲のような歌声がある
おれには谷川の水のような声がある
おまえがうなずいて微笑みながら聞いてくれるのを待っているんだ

ジリュウはゆっくりと歩いて行った。歌声もごく自然で、三節からなる歌を三度繰り返した時にはチュウクの家の庭の外に来ていた。後ろには青年たちが数人、ついて来ていた。チュウクの庭には熱い心を秘めた娘たちがいた。

「覚えておけよ、海に行くときは、おれにも声をかけてくれ。いっしょに行こう」アディポンがからかい気味に言った。

「ジリュウのやつめ、焦ったあまり、こんなふうにするとは。おれの話がまだ終わらないうちに歌い始めるとは、おれの口をふさいで、気まずい思いをさせようってわけだな。ほんとに、なんてやつだ」カルルはジリュウが歌うのを聞いて、たちまち気が抜けてしまい、不機嫌そうに言った。

「ほんとうに意外だなあ。ジリュウのようにせっかちで、気が荒いやつが、どうしてこんなに優しくのびやかに歌えるんだろう。おれたちがいつも聞いている歌とはちがうなあ」アディポンは、カルルにとりあわずにこう言った。

「おれたちが聞き慣れた歌じゃないってわけでもないんだ。あいつは音をいくつか変えて、ゆっくり歌っているだけで、それに自分の歌詞をつけたんだよ。それにあいつの声も音域も確かにすごくいいんだ」カルルもアディポンに無視されたことなど気にせず、本能的にジリュウをかばった。

「だが……、ウライはどうしたんだ？　彼もそろそろ出て来るころじゃないか」カルルは賭けに負けたきまり悪さをまぎらすように、話題を換えた。

部落中の話し声が大きくなった。ジリュウをほめたたえ、慕う声はすべて女たちの声で、若い娘の声も中年の女の声もあった。ちょっとけなしているおばあちゃんの声もしたが、聞いてみると、最上級の称賛が込められていた。若い男たちの声には嫉妬はなかった。やや年上の中年の男たちは不満そうに、昔はどうだった、こうだった、と言い出して、身内の女たちにからかわれていた。そのような声があちらこちらから聞こえた。宮古島の人たちがいる広場でも、人々が火床まで行って薪を足し、座りこんで温まりながら、議論したり称賛したりしており、その声がだんだん高くなった。

「アディポン、おまえも行ってあいつらに加わったらどうだ」

「面倒なことはしないほうがいいだろう。今夜は彼らだけで楽しんでもらおう。どうしたんだ？おまえは行きたいのか」

「ハハハ、おれは部落の娘と結婚しようなんて、真剣に思ってはいないさ。だから娘たちを訪ねるのにも、熱心じゃないんだ。きょうは一日、外にいたんだ。おれたちはここに座って休もう。疲れているんだから早めに寝よう」カルルが言った。

「あ、ちょっと思いついたんだが、明日の朝、いっしょに部落を出て、山を歩いてみないか。何か獣を獲る機会がないか見てみよう。あの人たちに肉を食べさせてやるんだ」

「肉を食べさせるって?」カルルの声が少し高くなった。驚いているようだった。

「それはいい考えだ。あいつらに食べさせるだけじゃなくて、おれも肉を食いたいよ。嵐が去ったばかりだし、山の中がどんな様子か、見に行くべきだ。だが、気になるんだが、あの海の部落から来た人たちは、獣の肉を食べるだろうか」

「食べるはずだ。マツァックスの向こうのパイランたちが、口にしないものが何かあるか。あの人たちは顔立ちがパイランと似ている。言葉もいくつか通じる。生活習慣も近いかもしれない。問題はないはずだよ。それにこれはおれたちの真心だ」

「そのとおりだな。おれは行って、ちょっと聞いて来るよ。ついでにほかのやつらにも、明日の朝、いっしょに山を見に行こうと声をかけてくる」カルルが言った。

アディポンの考えは、カルルが立ちあがって行こうとしていると、すぐ反応が得られた。大頭目チュルイが家から出て来て、部落の青年たちに明日の朝、山に猟に行くことを命じたのだ。女たちには、朝早く、大鍋をいくつか集めて、狩猟隊が戻ってくるまでに、広場に火を起こしてサツマイモをゆでるように、そして猟の獲物を処理するために、湯を沸かしておくように命じた。チュルイは同時に、今夜はみなあまり遅くまで起きていないように、客人を早く休ませてやるようにとも命じた。

命令を受け取ると、カルルはひとりでチュウクの家へ行き、楽しんでいる人たちに明日のことを伝えようと思った。彼の心には、まだ笛を吹き始めないウライのことがあった。あいつは手を引いてしまったんだろうか、何もせずにチュウクを譲るつもりなんだろうかと思った。

「ほんとうにおかしなことだ。ウライが急に鳴りをひそめてしまうとは。いったい、どういうつもりなんだ。まさか、おれにちょっと言われたからって、チュウクをあきらめようというんじゃないだろうな。ほんとうに軟弱なやつだ」カルルはひとりごとを言いながら歩いた。

## 二七　夜半の驚愕

クスクス社の青年たちが夜、娘たちを訪ねてまわる若さあふれる活動を、宮古島の人たちはもの珍しく感じ、ひきつけられた。とりわけクラルの低い音が訴えるように語る物語は、哀愁に満ち、美しくも悲壮で、役人や商人たちは感動のあまり何度も涙をぬぐった。若い随員たちや船乗りたちは、笛の音が伝える物語に特に感動することはなかったかもしれない。しかし、若い女の声が混じった話し声や、はじめて聞く鼻笛の音、それにジリュウの純粋で優しい歌声は、やはり宮古島の若者たちの心をゆさぶり、大勢が広場で火を焚きながら話しあっていた。そして、かがり火の微かな光で区切られたいくつかの暗闇の向こうの、声が聞こえてくる方向を眺めながら、意見を述べあったり、ひとりで思いにふけったりしていた。

宮古島の人たちがみな、影響を受けたわけではないが、心が昂ぶったり、言いしれぬ感動を覚えたりした者もいた。島主と商人の何人かは、鼻笛の音が響きわたるとひどく驚き、何人かはたまらなくなって、笛の音について語り合い、何度も称賛の声をあげた。感動のあまり涙をぬぐう者さえいた。笛の演奏が終わりに近づくころには眠りこみ、軽くいびきをかいていたが、目じりや顔はまだ涙に濡れていた。若くてたくましい野原は、戸口を左側に数歩入った窓ぎわで、目を閉じて静かに横たわっており、ほかの若い男たちのように外へは出なかった。

野原の心はひどく静かでおだやかだった。今回、家を出てから、これまでの人生にはなかった激動を経験した。航海では生死の境を何度もさまよい、大耳生番に殺されるという噂と飢餓から、この何日かは極度の警戒と驚愕の状態にあった。いつ命を失うかもしれないと恐れおののき、何としても家に帰りたいという望みを抱いて、絶えず注意を払い、妥協し、奮闘しなければならなかった。

なんという笛の音だったろう。野原は心のなかで思い出し、笛の音の響きと、澄み切った、のびやかな歌声の情緒をじっくりとかみしめて、感慨をおぼえ称賛していた。まるで夢の中にいるようで、すべてが急に現実離れして感じられた。このように俗世間から離れた静かな山村で、このように冷たい漆黒の夜に、笛の音が漂い、恋歌が流れる。このような争いのない笑い声とのんびりした話し声の調子は、野原のこれまでの経験とは大きく異なっていた。彼は急に思いついた。このような場所で、妻の浦といっしょに土地を拓き、家族四人の一年分の食糧を毎年作るべきだ。そうすれば、子どもたちが楽しそうに遊んだり言い争ったりするのをいつでも見ることができる。浦の姿をいつでも見ることができる。かがみこんで畑仕事をしたり、重いものを持ち上げたりすると、彼女の額にも背中にも汗がにじむだろう。それをおれが拭いてやろう。彼女は恥ずかしそうに頬を染めて、笑いながら身をかわすが、そのあとで嬉しそうに彼の胸に身を寄せるにちがいない。家を建てていた時、ふたりはいっしょに働き、いつも戯れていた。その後、彼が魚を捕り、山菜や果物を集め、浦が身ごもり、子を産み、家族をもつようになると、別々に働くようになったので、ふたりでいっしょに仕事をしていたころの甘いやりとりはだんだん忘れてしまった。しかし、結婚する前の浦とのさまざまな情景は頭に深く刻みこまれている。

彼女も、いっしょに作業をしたあの日々のことを、なつかしく思っているにちがいない、野原はそう思った。

こういうふうに笛を吹いたり、彼女のために歌ったりできるよう、おれも学ぶべきだと野原は心でつぶやいた。

今夜のクスクス社でのすべてが、かつてない経験だった。宮古島にも楽曲はあるが、しかし、このように笛を吹ける人はいなかったし、また聞いたこともなかった。歌についても、このように歌って、青春の思い出を作ることができる人はいない。

「この人たちは人を殺して食う大耳生番だと言われている。だが、こんな笛の音や歌声は、戦争や殺戮とは無縁のところにしか生まれないのは、はっきりしている」ひとりの商人がそう言い、野原の思いは途切れた。

「そのとおりだ。聞く人に、すべての苦しみを忘れさせてくれた。たった今、すべての不幸を取り除いてくれた。こんな山奥にある村は、これまでの航海でも、わしは一度も経験したことがない」船長が言った。

「あんたたちが喧嘩しないとはな。珍しく同じ意見だな」村長のひとりが冷やかすように言った。

「公平に言うならば、この村がほんとうに貧しいとは言えない。ひとつの村で、みなが落ち着いて暮らせ、ともに楽しみ、歌も音楽もある。ほんとうに貧しいとは言えないよ」

「こんな音楽や歌が聞けるところと言ったら、首里の王城なら聞けるかもしれないな。あんたたちの宮古島に、こんなところがあるのかは知らないが」別の商人が言った。

「あんたの話は的はずれだぞ。音楽はどこにでもある、人がちがえば表現も異なる。わしらの宮古島にも、わしらの歌や楽器がある。ここの歌や笛に大いに感動したのはけっこうだが、だからと言ってよそを軽く見るもんじゃない。それに、ここを完全に美化しているじゃないか。これも大耳生番の習慣に過ぎない。人を殺して食う前の儀式かもしれないじゃないか」ひとりが口を挟んだ。

「おまえこそ、いいかげんなことを言ってるじゃないか。わしらよそ者が大勢でやってきた。あいつらはわしらの目的を知らない。あいつらの物を盗むかもしれない。あいつらはわしらを全く気にせずに、自分たちの歌を歌って、ふだんどおりに暮らしている。どこへ行ったらこんな情景が見られるというんだ。あいつらに嫉妬してるのか、それともわざと言いがかりをつけて、おれと喧嘩しようというのか。なんてやつだ」

「なんだと。あんたはここが貧しいと不満を言ってたじゃないか。あいつらは人を殺して食う大耳生番だとわめいていた。なんで今、歌を聞いたからといって、ここをほめたたえるんだ。あんたは腹がいっぱいになって、ここが好きになったんだろう。ここに残れよ」

「この……、いい加減にしろ。これをなんでいっしょにするんだ。ここに残れだと？　わしに布地の商売をやめろって言うのか。わしは首里の大商人なんだぞ」

「あんたの力だったら、ほんとうにここに残っても、一年も経たないうちに、このあたりの商売をすべて仕切れるようになるだろうよ」

「なんて口がうまいんだ。聞いていると心が躍るわ。言ってみろ、ここには商いができるどんなものがあるんだ？」

「それは……」

「それは、何だ？　わからないくせに、なんで口を出すんだ。あんたみたいな無粋な心では、他人のいいところをどうほめたらいいのか、わからないんだろう。何で口を出すんだ」

「あんたは……、そんな話し方は失礼だぞ」

声を抑えて言い争う声が、横になっている人たちの向こうから、野原の耳に一字一句、聞こえてきた。しかし一言も心に残ることはなかった。外では仲間たちが、この部落の若者たちの求愛行動を理解したらしく、羨ましそうに話し続けていた。考えられないと大声をあげる者もいたし、女が自分で誰を愛するか決めることができ、ちがう男の愛情表現を同時に受けることができるのは素晴らしいとたたえる者もいた。

建物の中にはゲットウのござが敷いてあったが、クスクス社の人たちは、ござがないところには、カヤ草を厚く敷き詰めてくれていた。野原は、数人でいっしょに寝ている一枚のござの上に、身じろぎもせずに横たわっていた。彼はこの感触をよく知っていた。宮古島の下地村の家にも同じようなござが一枚あり、彼と妻と子どもたちは、毎晩そのござで寝ていたのだ。野原はあまり考えないようにしようと思ったが、涙がとめどなく流れた。夜は涼しく、野原の耳に、仲間が無意識に寝返りを打って、カヤ草がガサガサと音を立てるのが聞こえた。まだ外にいる仲間たちの話し声も聞こえ、遠くの男女の話し声や笑い声も大きくなったり小さくなったりして聞こえた。そんな声がだんだん遠ざかってぼんやりしたかと思うと、また急にはっきりと聞こえてきたりした。

野原が尿意をおぼえて目を覚ました時、建物の中ではいびきが聞こえていたが、あたりはすでにしんと静まりかえっていた。彼は手さぐりで建物を出て、広場のそばの畑の低い石垣のそばで用を足した。西の山の稜線の上空には明るく澄んだ細い月が輝いていたが、クスクス社は闇に沈んでおり、その静寂に、野原は耳鳴りがしているような錯覚を覚えた。露はじっとりと冷たく、空気は凝結したように薄い霧となって山村を覆っていた。野原は身震いすると、建物に戻ろうとした。その時、広場の入口に近づいてくるたいまつが目に入った。たいまつの光で、刀をつけた三人の男の姿が見えた。彼はおかしいと直感して、すぐにしゃがみこみ、石垣に身を寄せてじっとしていた。

三人の男は、たいまつをかかげて建物に入って行った。いきなり光に照らされて、何人かが驚いて目を覚ました。その人たちが動いたので、カヤ草が音を立て、その音に驚いて、ほかの人たちも目を覚ました。中にいた人たちの半分が、なすすべもなく、たいまつを持った三人の大耳人を見ていた。三人は刀をつけており、丸い木片をはめこんだ耳たぶがほとんど肩まで垂れていた。目をギラギラさせながら、あちこちを見回すと、たいまつをもった男が、驚きの目を見張っている商人に歩み寄った。そしていきなり手を伸ばして、彼の頭の簪を抜き取り、着物を引っ張った。商人は後ろへ身体を丸めたので、着ているものがほとんど脱げてしまった。あとのふたりもそれを真似て、それぞれ相手を見つけて着ているものをはぎ取った。長くはかからなかった。小便を一回するぐらいの時間だった。三人は振り向くと出て行った。

目を覚ました宮古島の人たちは、驚きのあまり言葉もなかった。驚きおののく人たちが動いたので、さらに何人かが驚いて目を覚ました。誰も男たちを追いかけようとはせず、何人かは尿を漏らしそうになっていたが、ついには失禁してしまい、そばの人から文句を言われ、なじられた。

「ああ、こんなことが、やっぱり起こったんだ。わしらは結局、やっぱり強盗の巣窟に入ってしまったんだ。なんて恐ろしいことだ」ひとりが泣きそうになって言った。その言葉を聞いて、みながわっと話し始めた。誰もがいきり立っていたが、誰かが注意したので、声を抑えて議論を続けた。野原は建物に戻ったが、くしゃみをして、島主以外の人を驚かせてしまった。

「どうするんだ。あいつらに渡せるものは、わしらには何もないぞ」

「あいつらは、海岸で出会ったやつらと同じなんだ。やっぱり物を奪うんだ。この島のやつらは、なんでみな海賊みたいな真似をするんだ」ひとりが腹立たしげに言った。

「あの何人かだけだろう。あいつらは幸い、服しか盗らなかった」ひとりが言った。

「幸い、服しか盗らなかっただと？　人を殺さなければ、物を奪ってもいいとでも言うのか。あんたたち、まだあいつらをかばうのか」

感情的な言葉が飛びかったが、この憤激を和らげようとする者もいた。この村が強盗の巣窟だというような気配は、これまでなかったというのだ。村長のひとりが落ち着いて質問をした。

「もし誰かがまたやって来て、誰かの着物を奪おうとしたら、わしらはどうするんだ。抵抗するのか、それとも言いなりになるのか」

それを聞いて、みな静かになった。

沈黙が続き、野原はいきなりまた、くしゃみをした。

「どうするんだ」村長はみなを見回すと、こう言った。

「わしらは武器を持っていない。彼らは……、見ただろう、みな強そうで、刀を持っている。わしらはどうやって手向かうんだ。着ているもののほかに、何か、奪われないかと気になるものがあるのか？」

「与人は、あいつらが何か欲しがったら、それをやれと言われるんですか」

「しかたないだろう。生きて帰れるのなら、裸で宮古島に帰ることになっても、わしはかまわん。それに、きのうの朝から今まで、わしらはここの人の世話になった。食うことも、飲むことも、眠ることも、十分にしてもらった。もうすぐ夜が明けるだろう。夜が明けたら、やはり彼らに、ここから送って行ってもらわねばならない。お礼に何か贈るのが道理というものだ。それに、わしには、あいつらが人を食う番人かどうか、まだよくわからないんだ」

「しかし、物を贈るのと、奪われるのはちがいます。それに、与人、あなたの服もわしのと同じように、汚くて臭いはずです。それを人に贈るのは、あまりに失礼ではありませんか」

その言葉にわっと笑い声があがったが、すぐに静かになった。ここの大耳人が次にはどんなことをするのか、誰にもわからないのだ。さっきの略奪は偶発的だったのか、それともこれ以降の行動のはじまりなのだろうか。恐ろしさのあまり、みなが存在しないふりをしてきた恐怖を、村長はさっき口に出した。彼らは人を食う大耳生番ではないのかという恐怖である。この恐怖は、はっきりとはしなかったが、ずっと心のなかにあったのだ。人々が少しずつ再び眠りにつくなかで、議論を続けている人たちがいた。

野原はずっと黙っていた。風邪をひいていたからだ。鼻がつまり、目が腫れぼったく、視線がふらついていた。寒気もして、額はやや熱っぽく、疲労感も濃くなっていた。それに、大耳人たちがこれ以上、過激な行動に出るとは思えなかった。これまで、彼らはあんなに心をこめて、おだやかに、親切に接してくれたではないか。そして彼らは情緒を理解している。

野原は身体を丸めると、夢うつつのうちに、うとうとと眠り込んだ。どれぐらい時間が経ったのだろう、ニワトリが鳴く声で目が覚めた。さらに、金属が擦れあう音がはっきりと聞こえてきて、すっかり目が覚めた。目を開いてみると、微かな光のなかで、建物の中のほとんどの人が目を開けているのに気づいた。多くの人がちょっと眉をしかめて、その音をじっと聞いており、起きて座っている人もいた。窓から外を見ると、東の空の半分がすでに白くなっていた。

もうすぐ明るくなる。誰か、刀を研いでいるのだろうか、野原は思った。目を覚ました人たちは、みなそう思っているようだった。彼らはふだんは、ほとんどの者が漁をしており、夜明け前に漁具の準備をするのは基本的な作業だった。刃物がいつでもよく切れるようにしておくのもその作業のひとつだった。それで刀を研いでいる音だとわかったのだ。しかも、刀を研いでいるのはひとりではなく、あちこちから刀を研ぐ音が聞こえてきた。朝早く、刀を研ぐとは、いったい何を考えているのだ。

「あいつらは刀を研いでいる。大勢が刀を研いでいる」どこかから震える声があがった。

「あいつらは何をするつもりなんだ」驚きおびえ、泣き出しそうな声がした。

刀を研ぐ音がしばらく続いた。建物の外の広場には人が続々と現れ、がやがやと話す声や、陶器と鉄器が触れ合う音がした。

「あいつらは何をしているんだ」

何人かが外を見た。中年の男女が動いていた。さっさと動き回って、誰も話をしなかった。男たちは石をいくつか運んで来たらしく、石を並べたかまどが四つ、できていた。大人が抱えられるほどの大きさに石を三つ置いた、石のかまどだった。何人かが何度も行ったり来たりして、短い薪を運んできた。女たちも忙しそうで、細い薪と乾かした竹を数束まとめて、かまどのそばに置いた。力を合わせてかまどにかけた大鍋の位置を調整している者もいた。形から判断すると、大鍋がふたつと大きな鼎《かなえ》がふたつで、大量の食材や、体積が大きい材料を煮炊きするのに使うらしかった。野原は窓から外を見たが、いったい何を煮炊きするのか、判断できなかった。自分は発熱して目がかすんでいるのではないかと疑った。

人々はしばらく作業をすると、立ち去った。広場にはもとの静けさが戻ってきたが、建物の中にはそれまでとはちがう雰囲気が漂っていた。

「あいつらはいったい何をしているんだ。なんでかまどを作ったんだ」

「何を煮るんだろう、大きな鍋が四つも必要だなんて」

「あいつらは刀を研いで、それにかまどを作った。これは……」

「家畜を殺して、わしらに肉を食わせてくれるんじゃないか」

「家畜を殺すだと？　家畜の声など聞かなかったじゃないか。これは……」

議論する声はだんだん息せき切ったようになり、息づかいも乱れてきた。家畜を殺すという言葉に、みな、突然、何か思いあたったらしく、一瞬、話し声がやんだ。そしてまた突然、誰かが沈黙を破って、泣くように言った。

「そんなことがあるだろうか」

建物の中では全員が目を覚ましていた。島主と役人たちも用足しに出て来たが、あちこちから聞こえてくる刀を研ぐ音を耳にし、広場に並んだ四つのかまどを目にして、驚きのあまり真っ青になって、急いで建物に戻り、震えていた。村長たちが、今の状況を説明した。人々は次々に建物を出て、近くへ行って状況を確かめようとした。そしてそそくさと用を足すと、あわてて建物に戻って来た。建物の中と外を往復するだけの短い距離だったが、薄暗いなかでは、恐怖のあまり、ずいぶん遠い道のりのように感じられた。思い切って外には出たものの、戻るのもまた一苦労だった。

「刀をつけて、やって来たぞ」外に残っていた人たちが、突然、あわてて建物に戻ると、取り乱した声で叫んだ。

「どこから来るのかわからないが、どんどんやって来るぞ」
外では確かにあちこちから、武器がカチャカチャとぶつかり合う音と話し声が聞こえてきた。広場と同じ段の反対側からは、重々しい音がとりわけはっきりと聞こえてきた。すでにたくさんの人が集まっているらしく、さらに続々と人が集まっていた。

「何事だ」船長は耐えきれずにそう言うと、外へ出て行った。護衛頭の前川と野原や仲間たちも彼のあとについて外に出た。

同じ段の反対側には大頭目が住んでいたが、その広くはない庭にかがり火が焚かれていた。影から判断すると、すでに二、三十人が集まって、立ったり座ったりしており、さらに人が集まっているようだった。村の真ん中を貫く階段状の小道を挟んで、三十数歩、離れていたので、野原にも彼らが身につけているのは何か、どんな意図があるのかは、わからなかった。だが、仲間たちが想像したこととはちがうと、直感した。

集まっていたクスクス社の人たちも、船長たちが足を止めてこちらをうかがっているのに気づいたらしく、何人かが立ち上がると、こちらへ歩いて来た。猟犬が二、三匹、あとをついて来た。武器が触れ合って軽い音をたてるのを耳にして、建物の中にいる人たちは神経をとがらせた。やって来た男たちはみな刀をつけており、さらにふたりは長い銃を背負っていた。野原は、きのう、ずっといっしょに歩いてくれた背が高い男がまじっているのに気づいて、少し安心した。船長の前に立つと、先頭にいた男が少し話をした。それから背が高い男が、パイワン語と客家語と閩南語をまじえて、長々と話し、話し終わると微笑みながら去って行った。

建物の中では、誰もが警戒しながら、耳をそばだて目を見張って、外の様子を見、聞いていた。彼らが去っていくと、冷ややかな声がした。

「ほら、わかっただろう。最後になって、わしらはやはり大耳生番の領地に来てしまったんだ。人を食うというあの噂は、嘘ではなかったんだ」

建物の中の方で、島主の仲宗根玄安が、こぶしを握り、頭を両腕に埋めていた。人々は声を抑えて議論しており、その声が低く響いていた。

## 二八　カルルの狩猟隊

狩猟隊は四十人弱から編成され、カルルが隊を率いた。これは何年か前にクスクス社が新しい土地に移って以来はじめて、青壮年を大規模に組織して行う狩猟だった。この決定に、いくつかの氏族の族長たちは疑問を覚えた。何といっても、村には、どこから来たのか、何を企んでいるのか、よくわからないよそ者がたくさんいるのだ。それに、猟をするためだけに、こんなに多くの人を動員するのは、かつてないことだった。山林の狩場はそれほど広くなかったし、武装して集団で動けば、近くの部落は怪しく思うだろう。しかし大頭目チュルイの考えに道理がないわけではなかった。何年か前に部落がここに移って来てから、戦士の団体行動を行なったことはなかったのだ。それゆえ、何か緊急事態が起きても、どれくらいの力を発揮できるかわからないと思っていた。この機会に、部落の青年たちを試し、団体行動を体験させるのもいいことだと思った。それに、この機会に、嵐のあとの山林を見て回り、様子を確かめることができる。また、狩猟は短時間で切り上げることにし、人をたくさん出していくつかの方向と場所から狩猟を行えば、獲物が手に入る効率も上がる。そうすれば、太陽の光が部落に射すまでに、狩猟隊を引き上げられるだろう。みなで食事をする時間が正午まで、十分にとれる。そのあと、よそから来た客人を送り出そう。このよそからの客人について、チュルイは自分の経験から、彼らの人となりには問題がないと考えていた。クスクス社の指導者として、チュルイがいい加減な決定を下すことはなかった。

チュルイの決定について、氏族の族長たちが強く反対することはなかった。部落の青年たちは興奮した。急な決定だったので、昨夜の娘たちへの訪問は、その話題で持ちきりだった。娘たちはジリュウに歌を先導してもらったり、教えてもらったりするつもりでいたのだが、その時間を短くせざるを得ず、残念そうに早めに解散した。狩猟に加わる男たちは、翌朝いつもより早く起きて刀を研ぎ、武器を用意しなければならなかったし、女たちは明朝、すぐに準備にかかれるように、どの陶製の大鍋と鉄製の大鼎を使うか、寝る前に話し合って決めておかねばならなかった。

狩猟隊は四組に分かれた。狩場に入るまでは、稜線を一列に北へ進んだが、東の海上の空が赤く染まるころ、カルルとアディポンとほかの六人が一組となって先頭に立った。カルルが連れてきた二匹の猟犬はすでに先を争うように進んでいた。

「アディポン、今、思い出したんだが、おまえ、さっき、長々としゃべっていたな。おれには何を言ってるのかよくわからなかったが、あの海から来た人たちにはわかったのか」カルルは振り返りもせずに言った。

「ハハ、おれに何が言えるんだ。おれはこう言ったんだ。ゆうべ、みなさんがよく眠れたことを願っています。ここはきっと、みなさんの郷里とはちがうと思いますが、安心してください。きょうは必ず山を下りて、皆さんを助けてくれるパイランのところまで送って行きます。おれたちは今から、山へ猟に行って来ます。獲物を捕って、それを皆さんへの餞別にできたらと思っています。女たちも、もうすぐサツマイモをゆでる支度をはじめるでしょう。そしておれたちが獲物を持って帰るのを待つことでしょう。いまのうちによく休んでおいてください。山を下る道は歩きやすいですが、しかしそれでも、かなり歩くことになりますから」

「しゃべりすぎだよ。おれにだって、聞いてよくわからないのに、あの人たちがわかったと思ってるのか」

「ハハハ、おれは気分が乗って、あんなふうに話したが、あの人たちはきっと、おれが言ったことがわからなかっただろうと思うよ。おまえの話は簡単だったけど、同じことを話したんじゃないのか」

「そうさ、おれもそういう話をしたよ。だが、おれは、パイランの言葉は自信がないんだ。はっきり話したからと言って、あの人たちが理解できるってわけじゃないと思うよ」

「確かにそうだな。だが、あの人たちがずいぶん怖がっていたのに気がついたんだ。建物の中にも、恐怖と不安のような空気が漂っていた。ずいぶん変じゃないか。よその土地にいるせいで、緊張が解けないだけならいいんだが。ほかに何事もなければいいんだが」アディポンが言った。

「そんなふうに考えるなよ。あの人たちが来てくれて、感謝しなければならないよ。おれたちにも、こんなふうにみんなで猟をする機会ができたし、一日じゅう、忙しかった。部落の人が全員、忙しく動いたと言ってもいい。ここに移ってきてから何年か経つが、おれたちには、部落みんなで何かをやることが、ほんとうに必要だったんだ。そうでないと、おれたちは、パイランから人を騙すことばかり習っていて、力を合わせてカヤ葺きの家を建てることさえできなくなったと、牡丹社のやつらにいつまでも馬鹿にされるからさ」

「ハハハ、牡丹社のやつらはほんとうにそう言うのか？　おれたちの兄弟分のアルクなら、そんなふうには言わないだろう」

「そんなふうに言わないだって？　これはあいつが言ったことなんだ。おまえに言われなければ、思い出さなかったよ。この二日、あいつといっしょにいないが、会いたくなってきた。あいつが知り合いになりたがっていた海から来た人たちのために、おれたちが狩をしていると知ったら、あいつは真っ先に飛んでくるだろうな」

カルルとアディポンは、歩きながら時々言葉を交わした。だんだん明るくなってきたので、狩猟隊は簡便なたいまつを前と中間と後ろに配しただけで、炭火の微かな光でしばらく歩いた。密林の中を目を凝らして歩くのは骨が折れたが、進む速度には影響しなかった。一行はたちまち狩場に近づき、少し休んでから、カルルが人の配置を指図した。北向きの稜線を基準にして、一組は稜線の右側に、一組はジリュウが十数人を連れて、動物がよく現れる稜線の左側に待機する。ウライは一組を連れて、すぐに前方に進み、カルルの本隊は後方を守る。こうしてほぼ円形の包囲態勢をとり、各組に火縄銃を二挺と、弓や矛を分配した。ここには獲物がいるはずだし、山菜もたくさん育っている。どんな動物であれ、各組が一頭か二頭ずつしとめれば、海から来た人たちと部落の人たちがいっしょに、熱いスープをたっぷり飲めるだろう。このようなやり方なら、この狩場に動植物を十分に残すことができて、いつでも獣を獲ったり山菜を採ったりできるのだ。

太陽が昇り、密林はすでに明るくなっていた。カルルが撤収の合図の口笛を教え、獲物をどれくらい獲るかを説明すると、それぞれの隊はすぐに出発した。鳥が飛んでいるのを見て、いきなりアディポンが尋ねた。

「ゆうべ、あいつの笛が聞こえなかったが、ウライは大丈夫か」

「言われなければ、忘れるところだった。さっきはあいつにあまり尋ねなかったんだが、見たところ、問題は何もなさそうだ」

「ほんとうにおもしろいなあ。あの娘が決める前に、自分からあきらめるとはな。こんなことははじめて聞いたよ」

「あいつにはあいつの考えがあるんだろう。何か特別なやり方でチュウクの気を引こうと思っているのかもしれない」

「ほんとうにそうなのかなあ。ウライはそんなやつじゃないと思うんだが。あいつはあきらめたんだよ」カルルは頭をかしげて、ちょっと考えてから言った。

「おふたりに話があるんですが。言うべきかどうか、わからないんですが」ひとりの青年が口をはさんだ。

「何だ？　言ってみろ」

「ゆうべ、誰かが、あの海から来た人たちのところへ行って、ものを取って来ました」

「ゆうべだって？　誰がそんなことしたんだ。何を取って来たんだ」カルルが驚いて言った。

「わかりません、暗かったので。おれは小便に起きたんですが、何人かがたいまつを持って、手に服のようなものを持って、急いで離れて行くのを遠くから見たんです」

「あの人たちの誰かだろうか」

「そうではないと思います。みな、刀をつけていたので、おれたちの部落の人間だと思います」

「ああ、どうしてそんなことを。アディポン、誰だと思う」

「わからないよ。あてずっぽうで言うと、人を傷つけてしまう」アディポンはジリュウたちだと直感したが、自分はよその部落の人間だし、確証もなかったので、思っていることをはっきり口にするわけにはいかなかった。

「ウライがチュウクに贈ろうと思ったんだろうか。あいつはそんな人間じゃないと思うが」

カルルはウライの性格をよく知っていた。しかし、ウライは笛でジリュウに対抗しなかったのだから、ものを奪って来て贈る以外に、どうやってチュウクの歓心を得られるだろうか。

「憶測でものを言うのはやめよう。太陽が昇った。あいつらはみな、自分たちの持ち場で動いているはずだ。おれたちも進まないとな。動物がみな逃げてしまう」カルルは自分からこの話題を打ち切った。

キセルを一回、ふかし終えるぐらいの間に、左側のジリュウの組が銃を二発撃ち、右側の組も一発撃った。前方のウライが口笛を長く吹いて、自分たちの位置を知らせた。

「嵐のあとだが、このあたりの植物はたいして損害を受けていないし、動物もたくさんいる。今回はあまり時間をかけなくてもよさそうだ。それもいいさ。早めに戻って、みなでたっぷり食べて、それから客人を送って山を下りよう。おれたちもふだんの生活に戻れるよ」

「何頭獲るつもりだ」アディポンが尋ねた。

「あいつらが何をしとめたのかわからないが、うまくいっているようだ。五頭も獲れば十分だよ。もう少し待ってみよう。おれたちも、最低、二頭はしとめないとな。そうじゃなきゃ、あいつらに笑われてしまうよ」

アディポンは実は、特に意味もなく尋ねたのだった。彼はゆうべ、服を奪われたという宮古島人のことが気にかかっていた。出発前に、特に多くの言葉を費やして自分たちの行動予定を話したのは、話好きだからではなく、彼らが尋常ではない恐怖と敵意を抱いているのを感じたからだった。

無理もない、あの人たちは海でさんざん、辛い目に遭い、船は壊れ、見知らぬ陸地に上がって、飢えに苦しみ、持っていた物を巻き上げられた。そのうえ、刀をつけた人たちとずっといっしょにいなければならなかった。緊張と恐怖から完全に解き放たれることはあり得ない。アディポンは、彼らがよく理解できるという思いから、心でこう言った。

だが、これが運命なんだ。アディポンは心でまたこう言った。

彼は自分があちこちを訪ね歩くようになったころのことを思い出した。漢人が活動しているところへ行くと、じろじろ見られ、軽蔑の言葉を投げつけられた。ぶらぶらと遊び歩いている輩《やから》からは、わざと挑発され敵意を向けられ、いつも危険を強く感じた。しかし、そこは自分が選んで行った場所だったし、彼は背が高く身体も大きくて、刀をつけていたので、なんとか均衡をとって、すぐに自分の位置を見定めることができた。あの海から来た人々は、パイランたちと同じように、ふだんはおだやかに日を送っているのだろう。たまに商売に出ることがあっても、時間どおりに家に戻ってくつろぐのだろう。家へ戻れないような危険を冒したいなんて、誰が思うだろうか。こんな目に遭いたいなんて、誰が思うだろうか。

　よくわかる、よくわかる、アディポンは心でずっとそう叫んでいた。

「カルル！　カルル！」隊員のひとりがあわてた口調で後ろから呼びかけた。

「部落から狼煙が上がっているぞ」

「何事だ？　何が起こったんだ？　部落で何か起こったのか？　どうして狼煙を上げているんだ？なんで今まで気がつかなかったんだ？」

　振り向くと、クスクス社から狼煙が上がっているのが眼に入り、カルルも驚きあわてて、いぶかるような口調になった。

　狼煙はかなり高く上っており、すでに上端は灰色の雲に達して、横に広がりはじめていた。煙は上がり続けていたが、中ほどはすでに色が薄くなり、細くなっていた。下のほうは濃い色と薄い色がまじり、煙ははっきりとした形になって上っていた。すでにかなりの時間、煙を上げ続けていたことは明らかだった。今も誰かが、湿った緑の枝葉を大量に投げこんで、煙を上げ続けているのだ。

「出発はいつだった？」アディポンが尋ねた。

「太陽が昇ってすぐだった。陽の光が牡丹社にあたっているのを見たよ」

「焦ってはだめだ。みんなを呼び戻して、すぐに戻ろう」アディポンが言った。

カルルが口笛を吹こうとしたとき、ジリュウたちが戻って来た。ジリュウたちのいたところからは、部落から上がる狼煙が真っ先に見えたのだった。狼煙台はふだんから設置してあり、緊急事態の時には、部落のすべての人たちやほかの部落に知らせるために、狼煙を上げることになっていた。ジリュウは緊急事態が起こったと判断し、みなを呼び集めて戻って来たのだった。彼らはキョンを二頭、しとめていた。

「ジリュウ、おまえはみなを連れて、先に急いで戻ってくれ。おれとアディポンはあとの二組といっしょに戻るから」

カルルはそう言うと、すぐに親指を口に入れて、口笛を長く吹いた。

ジリュウたちと、カルルの組の男たち、三十人ほどが戻って行くと、まもなく稜線の右側の組とウライの組が戻ってきて、合流した。そして、カルルに率いられて、言葉少なく、すぐに出発し、クスクス社へ急行した。

山の男だけあって、出発するやいなや、ジリュウたちは小道の茂みに姿を消し、たちまちのうちに、ずいぶん遠くまで行ってしまった。あとから出発したカルルたちも風のように走った。牡丹社に通じる小道を通り過ぎてまもなく、刀をつけた青年が大きく息を切らしながらやって来た。大頭目のチュルイが知らせに走らせた青年だった。あの海から来た人たちの姿が見えない、ひとりも残っていない、というのだ。

「何だと、姿が見えない？　どうしてだ」カルルたちはみな、脚を止めた。

「わかりません。大頭目に知らせに行けと言われて、来たんです。さっき、ジリュウたちにも話しました。みなさんは状況がわからないんじゃないかと思って、ここまで来たんです。知らせなければと思って」

「建物の中は見たのか」

「見ました。ひとりもいませんでした」

「ひとりもいない？　誰もいないのか」

「いません。広場のそばの畑に、足跡が残っていました。畑を通って、山を下りて逃げたようです」

「まず戻ろう。あいつらは……、どういうことなんだ。どうして何も言わずに、行ってしまえるんだ」

「それから、部落の子どもが何人か、姿が見えません。急を要するので、チュルイが狼煙を上げてみなに知らせろと命じたんです」

「何だと。ああ、何てことだ。子どもたちを連れて行くなんて、まさかそんなことを」カルルは怒鳴った。

「もし海から来た人たちが畑から下って、川床沿いに行ったなら、あまり時間がかからずに、あのふたつの川の合流点に出るだろう。彼らは地形をよく知らないから、おれたちはきっとあいつらを引き止めて、問いただすことができる。それに、ずいぶん長い間、狼煙を上げ続けているから、牡丹社もおれたちに何か起こったと知ったはずだ。今ごろは、人を集めているにちがいない。もうすぐやって来るだろう。彼らに、クスクス社まで無駄足を運ばせることはない。おれたちが人を送って、途中で止めよう。彼らには山を下って、海から来た人たちを追ってもらうんだ。海から来た人たちを止めなくてもいい、マツァックスから向こうへ行かさなければいいんだ」

アディポンも明らかに動転していたが、口ぶりは異常なほど冷静で落ち着いていた。

「よし、そうしよう。ウライ、おまえは人を連れて牡丹社のやつらを止めに行ってくれ。アルクに、両脚を少しは速く動かせって言ってくれ。海岸の岩の上で卵を陽にあてている亀みたいに、のそのそ這って双渓口《そうけいこう》まで行くんじゃないってな。おれとアディポンは、酒を竹筒に入れて、そこで待ってると伝えてくれ。ほかの者はおれについて来い。行こう。あの無礼なやつらに追いついて、はっきりさせようじゃないか」カルルも落ち着いてきたが、語気はまだ荒かった。

カルルたちがクスクス社へ駆け戻ったとき、広場のまわりには人だかりがしていた。四人の女が、子どもたちを木の枝で叩いているところだった。女たちは今朝早く、作業のために広場に来たのだが、子どもたちもそれについてきた。広場の外でほかの子たちに出会って、いっしょに遊びはじめた。太陽がクスクス社の稜線を超えて、向かいの斜面に光があたりはじめたころには、子どもたちは部落の下の方まで行ってしまい、野いちごが残っている畑で楽しく遊んでいた。女たちは火を起こそうとして、宮古島の人たちがいないのに気づき、同時に、子ども四人も姿が見えないことに気づいた。このうち、子どもたちの父親がふたり、ジリュウの組に入っていた。彼らが部落に戻って来た時には、子どもたちはまだ見つかっていなかった。

「ジリュウたちは全速力で追いかけて行ったよ」族長のひとりが言った。

広場の四つのかまどに火はなかった。用意してあった薪やサトイモ、サツマイモ、それに食器も、かまどのそばに置かれたままだった。隅にある火床の木の腰掛に大頭目のチュルイが座っていた。眉をしかめ、不機嫌な顔で、何も言わずにタバコを吸っていた。建物に近づいて中を探る人や、中まで入って調べる人がいた。広場の中にも外にも、人が三々五々集まって、議論していた。そのざわついた声のほかに、子どもがぶたれて泣く声が広場の外側でしていた。クスクス社には「いったいどういう事だ」という疑念がたちこめていた。推測する人もあり、結論を出す人もいた。口に出そうとして言わない人もいたし、事の成り行きを大げさに言い立てる人もいた。

「あいつらがきのう来た道は、ジリュウが追って行った。おれたちは、上のあの道で止めよう。銃と矛は置いて行け。刀だけ持って追いかけよう。必ずあいつらを止めて、問いたださねばならない。挨拶もせずに出て行くとは、あまりにも人を侮辱している。人に呪いをかけるやりくちだ」カルルはそう言うと、チュルイのほうを見てうなずいた。

一行は余分な装備を下ろすと、すぐに部落の上の出入口に沿って移動した。アディポンも建物の中をちらっと見ると、ついて行った。

## 二九　逃亡の決議

宮古島の人たちは、何組かに分かれてすでに逃げ出していた。

少し前、野原と船長と護衛頭たちは、カルルたちがクスクス社を出て行くのを見送った。そのとき、建物の中には、夜が明けないうちにここを出ようとうるさく言う人がいた。誰が言い出したのかわからなかったが、島主の仲宗根玄安のまわりの役人や商人たちは、すでにそのことを真剣に考えており、ほぼ合意に達していた。野原と船長は態度を保留していた。というのは、夜中に誰かが入ってきて服を奪ったとしても、それは出来心からの事件のように思えたのだ。それに、さっきやって来て話をしていった大耳人は、きのうからずっと親切にめんどうを見てくれた。船長は彼の言葉から「食べ物」「満腹」「送別」という漢民族の言葉を聞きとったように思い、暗いうちに黙ってここを出て行くのは、確かに失礼なことだと思っていた。

「ぐずぐずしてはなりません。あいつらはさっき、山に行って、わしらに腹いっぱい食わせてやると言いました。だが、途中でどんなことが起こるか、誰にもわかりません」船長たちのためらいを見て取ったらしく、商人のひとりが、おだやかな口調で言った。

「あんたたちはあちこちに行って、経験もたくさんある。どんなところに危機があるか、わからないはずがない。ここは、わしらがよく知っている土地じゃない。あいつらが伝説の人食い生番かどうか、わしらには確かめるすべがない。あいつらは刀も銃も持っていた。何かしようと思っているはずだ。わしらには、あいつらがいったい何をしようとしているのか、見当もつかない。少しでも待てば、危険もそれだけ増える。やはり行こう」彼の言葉は、多くの人たちが心で思っていることだった。半分以上の人たちが何度もうなずき、「うんうん」と同意する声が上がった。

「島主様の安全のために、そしておれたちみなが危機に陥らないために、夜が明ける前に、あいつらが注意していないうちに、ここを出ることにしよう。わしは心配でならないんだ」護衛頭の前川が口を挟んだ。

「わしらは客に来て、もてなしを受けたんだぞ。だのに、相手にきちんと礼も言わずに、そんなふうにこそこそと出て行くなど、栄誉ある家族出身の島主であるわしが、どうしてそんなことができるんだ」島主は落胆したように言った。

「島主様、正常なつきあいや訪問なら、確かにその点は気をつけなければなりません。しかし、わしらは明らかに罠にはまって、ここへ連れて来られ、食われようとしているのです。それなのに出て行かないなんて、実際、話になりません。ごらんください、外には大鍋が四つしつらえられて、薪があんなにたくさん積まれています。牛を二頭、調理することだって、十分できます。人間で計算すれば、六人分にはなるでしょう。わしは、最初に鍋で煮られる人間になどなりたくありません」ひとりの商人が言った。

「黙れ！」島主は叱りつけたが、外の鍋を思い出すと、急に震え始めた。思わず庭に目が向いた。あの鍋に放り込まれて、魚のように煮られて食われるのはいやだった。

「島主様、ぐずぐずしてはなりません。わしらは、宮古島に妻子がいるのです。わしは食われたくありません」ヒステリーのように誰かが叫び、ほかの人たちもそれに共鳴した。

「あいつらは武装していたようです。何かの儀式を行なっているのかもしれません。生番は人を殺して食う前に、一種の祭儀を行うと聞いたことがある。きっとそうだと思います」前川が言った。

「あんたたちは想像力がほんとうに豊かだな。いいほうには想像できないのかね」船長が、聞いていられなくなって、こう言った。

「またあんたか。船頭ともあろうものが、なんでそんなに生番の肩を持つんだ。そんなにあいつらが好きで、あいつらが全く無害で友好的だと言うんなら、どうしてここに残らないんだ。あいつらはきっと、あんたが好きだろうよ。あんたが食べられないことを願うよ。そして、ここの女を嫁にもらって、子どもをどっさり作るんだな。ここは森に木も多いようだし、そいつらといっしょに大きな船が造れるぞ。何年かして宮古島に戻って来たら、歓迎してやるよ。おまえの生番の家族を必ず盛大にもてなしてやるよ」役人のひとりがそう言ったので、笑い声があがり、緊張が少しほぐれた。

「ほんとうに無礼なやつめ。なんでそんな話が、おまえみたいな役人の口から出るんだ」船長は怒って彼をにらみつけた。

「ここを出て行くのに反対しているんではない。あんたたち、えらいさんがよく話し合って決めたのなら、わしらは行くさ。わしが反対しようが賛成しようが、関係ないんだろ。わしはただ、くだらんことを考えて、自分で自分を怖がらせるような真似をするなと注意しただけだ。行くなら行くで、どういうふうに行くのか、計画を立てるべきじゃないのか。あんたたちには、ほんとうに我慢がならん。気が小さいくせに、傲慢で、そのうえ、馬鹿げたことばかり思いつく」

「何の話をしてるんだ。無礼なやつめ。はっきり言っておくがな、ここは船じゃない、おまえが指図することはない」

「黙れ、みな口を閉じろ！」島主は、すぐには考えを決められなかったが、言い争いは聞きたくなかった。

「船頭、何か考えがあるのか？　言ってみろ」

船長はすぐには答えなかった。全員が黙り込んで、さっき船長が言った「計画」が必要だということについて、真剣に考えていた。船長がさらに説明するのを待っている者もいた。野原は口を開いて話をするつもりはなかった。鼻づまりがひどくなり、めまいもひどくなったように感じた。彼は、ここが人を殺して食う村だとは思わなかった。さっき彼らがやって来て話をしたのは、絶対に善意によるものだ。しかし今、問題になっているのは、ここの人たちが善意の人たちだと、みなをどのように説得し、信じさせるかではなかった。この村の中心になる人たちがいないうちに、全員がそろってここから逃れるにはどうしたらいいか、しっかり計画を立てることだった。宮古島の仲間たちは、すでにとてつもなく大きな恐怖にとらえられている。何を言っても信じないだろう。

野原は、きのう、ここへ来る途中、好奇心から、沿道の地形を細かく観察していた。この村の下の渓谷はまっすぐ下へ続いており、谷の地形に沿って折れ曲がっていたが、その先に視界が大きく開けている個所があった。その方向には平坦な土地が広がっているように思われた。つまり、もしこの谷に沿って下へ逃げれば、西の海岸にたどり着けるかもしれない、あるいは、どこかのもっと大きな川につながっているかもしれない。問題は、そこがどこなのか、何があるのか、別の生番の村なのか、ほかの危険があるのか、ということだった。もし、自分たちが急にいなくなったことに気づいたら、彼らはどうするだろう。その時はどう釈明したらいいだろう。

野原が考えていることは、船長が疑問に思っていることでもあった。ここは生番の領地だ、この川の近くには、ほかにも家がいくつかあるのではないだろうか。六十六人もの人間が、どうすれば、ひそかに、見つからないように、安全にここから出て行き、助けてくれる人に会えるのだろうか。

「この下のほうは渓谷のようです。きのう、歩いてきた道がこの村へ入る前に、下り道が三本ありました。その道の先にほかの家があるかどうかはわかりませんが、どの道も川床へ通じていると思います。できるだけいちばん下の道を行きましょう。髑髏が置かれていた石垣のところへ出るまでに、最初にある別れ道です。川床に沿って行けば、機会があるはずです。今、空はまだ暗いです。できるだけ早く出発しましょう。あいつらが気がついた時には、わしらは遠くまで行っているでしょう。海岸まで行ったら、漢人に会えるかもしれません」護衛頭の前川が、野原と同じような考えを口にしたが、みな、黙って考え込んでいて、誰も答えなかった。

「船頭、ずいぶん静かだな。何か言ってくれ、どう思う?」島主の声も弱々しかった。役人たちも意見を出せずに、船長を見ていた。

船長は眉をしかめていたが、野原をちらっと見ると、言った。

「ここを離れたいというみなの願いは強そうだ。これ以上、何か言って、引きとめようとしても、むだだろう」船長は言葉を切ると、人々を見回して続けた。

「何組かに分かれて行こう。前川氏は島主の護衛を連れて、島主と商人たちを護ってくれ。最初の組だ。次の組は下地村と伊良部村の者だ。わしと船乗りたちは最後の組になる。あいつらが気がつかないうちに、一組ずつ出発しよう。ここの人たちが驚いて騒ぐことがないよう、気をつけてくれ。前川氏の言ったように、わしらが来た山道を戻って、いちばん下の別れ道まで行くんだ。そこから川床に下って休まずに進み、河口で合流しよう。何か、もっといい意見はないか？」船長の言葉を聞くと、みな静かになり、しばらく黙り込んだ。

「待ってくれ」野原が急に口を開いた。

「少し調整したほうがいいと思うんだ。主立《おもだ》った人たちには、できるだけ先に行ってもらう。あいつらが追ってくるかどうかはわからないが、もし追いつかれたら、誰かが釈明しなければならない。それ以上、追いかけて行かないように、引きとめなければならない。だから、最初の組は変わらない。村の与人や役人たちと船頭たちは、次の組で行ってくれ。おれは、下地村でいっしょに拳術の修練をしているやつらと最後の組で行く」

野原の意見に船長は注目した。

「その編成は道理にかなっているようだな。だが、わしはあんたといっしょに、最後の組で行こう。わしは漢人の言葉が少しはわかるし、役に立てるかもしれん」

「ああ、そうしよう。ほかに意見がないなら、そうしよう」島主は心が昂ぶったように言った。言葉が少し震えていた。

野原と六人の男と船長、それに海で野原に助けられた濱川が志願して、九人が最後の組になった。編成が終わると、人々は三々五々、建物の入口に向かい、立ったり座ったりして機会を伺った。ちょうど部落の女たちが薪とサツマイモを運んできたので、一瞬、緊張した雰囲気になった。しかし女たちは、建物の入口にいる野原たちを見て、彼らが緊張しているのに気づいたらしく、ふたりが笑って彼らに言葉をかけた。そしていきなり身をよじって踊りだした。野原たちはどうしてよいかわからず、しばらくぼんやりしていたが、何人かが手を振って笑顔を返した。

この光景を見た建物の中の人たちの解釈はちがうものだった。着物や上着を奪われた三人は、ほぼ同時に言った。あれこそ、あいつらが人を殺して食う準備をしている証拠だ、だから、あんなに嬉しそうなのだ、というのだった。船長はその話を聞いていられなかった。そこで、最初の組に出発の準備を促すことを口実に建物に入り、三人が話を続けるのを遮った。建物の中は、カヤ草がガサガサと音をたてるだけで、静まりかえり、緊張のあまり息を荒くしている人もいた。

野原は急に、ニワトリが鳴いてからずいぶん時間が経っていることに気づいた。頭を上げて部落の上のほうを見上げると、ふと涙がこみあげてきた。稜線の向こうの空は白みはじめており、星がいくつか光っていた。稜線を越えると東で、そこは、きのう彼らが一歩ずつ登って来た方向だった。さらにその東にある海岸には、座礁した船がある。あの船で宮古島に帰るはずだったのだ。海流の流れる北の方向は、故郷の下地村への方向だと野原は信じていた。今ごろ、妻の浦が起きだして火を起こし、食事の用意をしているだろう。彼にしっかり食べさせ、漁に出る時に食べ物をたくさん持って行かせるために用意しているのだ。

子どもたちも目を覚まして、乳を欲しがっているだろう。妻は先に乳をやるのだろうか、それとも火を起こすのだろうか。そう思うと、涙がこぼれそうになり、急いで鼻をすすってごまかした。

「風邪を引かれたようですね。この二、三日、身体がお辛いにちがいない」濱川が言った。

「大丈夫だろう」野原はそう言いながら、手を振って、こぶしを突き出した。

「ふだんからこうなんだ。漁に行ったら、どうしてもけがはするし、風に吹かれて冷えるなんて、しょっちゅうだよ」

「ですが、おととい、危険も顧みずにおれたちを助けてくれました。倒れた時に、ひどくけがをされた。おれたちはずっと申し訳ないと思っているんです。今度、家へ帰ったら、必ず家族といっしょに宮古島に行って、しっかりお礼をします」

「ハハハ、その話は帰ってからにしよう。あんたが来るまでに、干し魚を用意しておくよ。いっしょに漁に出て、魚を捕ろう」野原はていねいに答えたが、心はいささか苦しかった。彼には今の状況がよくわからなかった。これまで心が通じ合っていたのに、どうして一触即発の状況になってしまったのだろう。こうして逃げてしまって、どう釈明すればいいのだろう。大耳人たちはどう反応するだろうか。

「ほんとうにお礼申し上げます。お会いできて光栄です」濱川は思わずお辞儀をした。

濱川の言葉は、野原の耳には届かなかった。大頭目の庭にいた男たちが広場の向こうに集まり、猟犬を何匹か連れて出て行ったのだ。かがり火の光で見ると、男たちの姿は部落の上の入口のほうへ向かっており、先頭はすでに稜線に沿って北へ進んでいた。外にいた女たちもしばらく広場を離れて、ほかのものを準備していた。

「みんな、立つんだ」野原は低い声で、建物の外にいた人たちを立たせた。二、三人があちこちに立って、目隠しになった。

船長が野原たちの動きに気づき、護衛頭の前川に、島主たち、最初の組を連れて出発するように促した。

「船頭、必ずついて来てくれ。あまり遠く離れないようにしてくれよ」島主は船長を見て言った。

「島主様、心配なさらないでください。わしらは必ず追いつきます。道はきっと歩きにくいでしょう。どうぞお気をつけて」

「船頭……」

「島主様、もう何も言わないでください。時間がありません。女たちがすぐに戻ってきます」

「船頭……」

「島主様、行きましょう！」前川は島主の言葉を遮ると、軽く手を添えて、島主を持ち上げるようにして出て行った。護衛たちはすでに低い石垣沿いに畑に入っていた。商人たちもついて行った。最初の組が出発した。

十五分ほどたって、女たちが物が入った籠をいくつか持ってくると、別のふたつのかまどのそばに積み上げた。野原は気になって近寄ったが、いきなり続けさまに三回、くしゃみをした。その大げさな響きと体内の圧力から、傷がひどく痛み、身体をすくめた。女たちはそれを見て笑い声を上げた。

「彼女たちは食べ物を用意している。わしらのために用意してるんだ」船長が近づいてきて言った。

「そのとおりです。だが、わしらはもう行ってしまう。どうして、わしらはこんなことができるんだろう。止めることすら、できなくなってしまった」野原は鼻水をすすりながら言った。

「海の潮と同じだよ。海水が波になって岸に打ち寄せ、岩の間に入りこむと、分断される。そして別の力になってしまう。分断され、上や左右に巻き込まれた力は、絶えずひとつになって進み、次に来た波といっしょになって、中心的な力になる。そして、すべての力を巻き込み、水柱を上げて、左右に砕け散る。それからすべての力が引き戻されて、次の波に注ぎ込まれるんだ」

「おととい、おれが岩に放り上げられたのも、そういう力だったんだな」

「そうだ。今回、わしらは、気がつかれないうちに、こっそりここを出て行かねばならないが、これもその力なんだ。恐怖によって知らぬまにできた、海の大波のような力なんだ。どっしりしていて、力が強い。わしとあんたは、あの人たちの善意がよくわかっている。しかし、この状況を変えることはできない。あの人たちの善意と、わしらの無礼は、次にやってくる力に吸収され、ひとつになるだろう。わしらが心配しなければならんのは、このふたつの要素がどんな衝撃的な結果をもたらすかということだ」

「それで、船頭、あんたは心配してないんだな」

「そういう潮流の中では、すべての流れは、混じりあうなかで衝突して抵抗するしかない。そのような力ができてしまったら、そのままその力に融けこんで、その一部になるしかないんだ。ほかの可能性は全くない。別の力の衝撃がない限り、あるいは潜んでいた巨大な力にぶつからない限りはな。それは、大きな船を破壊する暗礁みたいなものなんだ。わしにもあんたにも、十分な力はない。力がひとつになるのを遅らせるほどの力や、すぐに状況を変えられる力はない。今はいっしょに動くしかない。みなの邪魔をしてはならないんだ。今は、わしら宮古島人が感じている恐怖に、彼らの側の要素も加わっている。いつか、変える機会があるかもしれないが、今は、まだその機会がどこにあるのかわからない。強い海流の中で泳ぐのと同じだ。あんたは我慢して待つしかないんだ、溺れないように気をつけてな。それから、勢いに乗って姿勢を変え、少しでも機会をつかんで、自分の思う方向に進むんだ。今は、心配しているというより、この状況を受け入れたと言ったほうがいいな。あとは、辛抱強く機会を待つんだ。ああ、すべてのことが、こんなふうになるべきじゃなかったのに」

「それは、おれにも理解できます」野原は、おととい、倒れた時にできた傷が急に痛み始めたのを感じた。骨がだるく痛み、力が抜けるような感覚だった。

「わしらは確かにあいつらを誤解してしまった。こんなふうになるべきではなかったが、今は心配してもむだだ。やってみるしかないさ」船長はそう言って、女たちが姿を消した暗闇をじっと見つめた。そして振り返って建物の中で待っていた人たちを呼ぶと、言った。

「出発だ。みな、注意しろよ。できるだけ急いで出て行くんだ」

二組目の人たちは、小便を一回する時間で、全員が畑の小道に入って行った。空は薄明るかった。クスクス社の家々の輪郭がぼんやりと姿を見せ始めた。

「おれたちも、そろそろ行ったほうがいいんじゃないか」野原が尋ねた。

「いや、あのかまどのそばには、まだ食べ物が積まれていない。女たちがすぐに戻ってくるはずだ。女たちが戻ってきて、行ってしまってから、おれたちは出て行こう。空はすぐには明るくならないだろう」船長が言った。

はたして、部落の女たちが、サツマイモや名も知らぬ青菜の籠を背負って戻って来て、四つ目のかまどのそばに積み上げた。彼女たちが帰って行くと、船長が残った男たちに、別々にこっそりと、何気ないふりをして歩いて、畑に移動するように告げた。

野原は最後にそこを離れた。何ともいえない罪悪感を覚えた。

## 三〇　追撃

陽の光はすでにクスクス社を照らしていたが、部落の畑の下にある谷は霧が濃かった。ジリュウたちは畑を出ると、霧が濃く立ちこめている部落の予備の道に入っていった。この道は、クスクス社が建材を切り出す雑木林を通っていた。そのうち明るくなってきたので、十歩先にあるものまで見えるようになった。

「ジリュウ、ここに跡が残っている。あいつらはここから川床へ下りたんじゃないか」先頭を歩いていた男が言った。

「ああ、大勢がここを通ったようだ。ここから下へ下りたにちがいない。あの馬鹿どもは、この先にも川床へ下りる道が二本あることを知らないはずだ」ジリュウはふだん通る道をちらっと見た。その道にも足跡が残っていたが、この下への別れ道ほどはっきりとはしていなかった。下り道は細くて、人の足を二つ三つ並べたほどの幅しかなかった。まわりの草木には踏みつけた跡が残っており、下の渓谷の方向に倒れていた。ジリュウは、視界がきかないのにあわてて走ったために、あちこちにぶつかってできた跡だと判断した。

「わざとこの跡をつけたんじゃないだろうか？　部落に入るこっちの道を行けば、もっと早く山裾に着くじゃないか。それにきのうは、あっちから来たじゃないか。来た方向をたどって海岸に戻ったかもしれないぞ」

「そうかもしれない。だがあいつらは、ここをよく知らない。出て行くときは、まだ暗かっただろう。そんなに気を配れただろうか。下りて行ってみよう」ジリュウはそう言いながら、小道を下って行った。巣にいた鳥や獣が驚いて飛びだし、鳴き声をあげた。

下り道は六、七十度に近い傾斜があり、少し行くと「之」の字型に折れ曲がっていた。道を二、三回曲がると、道の両側に低い草や木がひどく踏み荒らされた跡があり、道ばたの、腕ぐらいの太さの木の枝も裂けていた。誰かが強くつかんだらしい。地面には足跡がいくつかあり、滑って崩れているものもあった。滑って転び、引きずった跡もいくつかあった。先頭に立っていたジリュウは、それを見て思わず笑いだした。

「やっぱり海から来たパイランだなあ。この道は子どもでもめったに転ばないのに、このざまだ」ジリュウが我慢できずにそう言うと、ほかの男たちも同調した。

「急ごう！　必ず追いつくぞ」ジリュウはそう言ったが、まもなく三つ目の角を曲がると、目の前の光景に呆然として、口走った。

「あいつらは引き返したんだ！　おれたちも引き返そう！」

目の前の光景は確かにいささか奇妙だった。ここまであった、野牛が転がり落ちたような跡は全く見られなかった。ジリュウの前方に延びている道には人が通った形跡はなかった。両側の低い草は倒れていたが、葉先についた露は壊れずにきらきら光っていた。つまり、この小道を曲がった先は、人も動物も通らなかったということだ。ここまでは、腕の長さぐらいの幅で、植物が押しつぶされ、踏みつけられていた。つまり、人々はここまで来て、向きを変えたということだった。あるいは、先に来た人たちがわざと、「人が通ったばかり」のように偽装したのだ。追ってくる人たちを欺いて、ここまで来させるための偽装だった。ジリュウはひとめで、後者の可能性だと見抜いた。彼は怒りを押し殺し、心を落ち着けて、やつらは引き返した、と言うことにした。それは、彼が歌を作るのと同じぐらい自然できれいな流れだった。しかし罠にはまって騙された屈辱で、怒りのあまり、目は火を噴きそうだったし、足どりも危うく、胸は穴でも開いたかのように息苦しかった。

追撃隊は三十人ほどいたが、全員が靴下のように狭い道に押しかけたので、向きを変えて列を整えるだけでも、時間がかかる大ごとだった。幸いなことに、クスクス社の人たちは敏捷だったので、まもなく方向を転換して、部落の外へ通じる道に戻った。ジリュウは一秒たりとも停まろうとせず、思わず刀の柄に手をやると、小道を狂ったように追って行った。

カルルが率いるもう一組は、クスクス社の上の入口に上り、稜線を越えた。太陽はすでに水平線を離れ、かなり高く昇っていた。空には雲はなく、太陽の光がまばゆかった。日のあたる緑色の斜面は黄金色に明るく輝き、山々や丘が上から下へと折り重なっていた。きのう、宮古島の人たちを連れて登って来た道は、遠くから眺めると、緑色の糸玉に筋をつけたように見えた。海に向かった斜面には陽があたり、いつものように鳥が飛んでいた。アディポンとカルルは、きのう、彼らを連れて登って来た、首棚のあるところには、宮古島人たちはまだ着いていないと判断した。

「急ごう！　あいつらを全員つかまえて、問いたださなければならない」言い終えないうちに、カルルは下の方へ駆け出した。

彼の顔には怒りと焦りがあった。急いで走る両足の腱がそれをはっきりと物語っていた。彼の後ろを行くアディポンは、それがよくわかっていたし、すまないとも思っていた。彼の言葉が、直接的にも間接的にも、海から来たよそ者たちをクスクス社へ連れて行く決定を促したからだった。クスクス社では、大頭目チュルイがみなの反対を押し切って、このよそ者たちを助けてやらねばならないと考えた。カルルは彼らをクスクス社まで連れて行ってやった。ところが今、そいつらは何も言わずに出て行き、部落の盟友が守るべき掟を破った。チュルイの指導者としての位置は危ういものになっていた。将来、指導者になるはずのカルルは、父親が侮辱されたのが我慢できなかった。これよそから来たやつらは、水を飲み、食べ物をもらい、そのうえ部落に泊めてもらったのだ。これは盟友とみなされる関係だ。ところがこのよそ者たちは、なぜか出て行ってしまい、敵となってしまった。このような呪詛し、敵対したとみなされる行動は、盟友だと思い込んだクスクス社がとった態度と対照されて、今後何年もの間、ひどければ数十代にわたって、子孫から笑われることになるだろう。チュルイにはよくわかっていたし、クスクス社のすべての氏族、すべての人もよくわかっていた。マリバ渓より南にあるすべての部落が、やがてこの笑い話と恥辱を知ることになるだろう。

しかし……、アディポンは心でためらっていた。あの人たちに追いついて、原因を聞き出せたら、それがいちばんいいが、もしすべてが友好的に運んだなら、彼らにクスクス社に戻ってチュルイに釈明し謝罪するように求めるのだろうか。それとも、その場で和解と賠償の品を出させるのだろうか。あの人たちは賠償と謝罪のための品物を何か持っているだろうか。仮に彼らがほんとうに恥ずべきことをしたのだったら、おれたちは彼らをどうするべきだろうか。カルルの怒りはすでに極限に達している、どんな予想外の出来事を引き起こすかわからない。アディポンはここまで考えると、急に身震いがした。

「ここから行こう。この先の下り道で、あいつらを止める機会があるだろう」カルルがそう言ったので、アディポンの悩みは断ち切られた。疾走したあとだったが、たいして息は切れてはいなかった。

一行が部落の外側の入口にある首棚のところに着いたとき、あたりの草についた露はそのままの形で残っており、人がここを通ったことを示すものは何もなかった。カルルは、宮古島の人たちはきのう、部落に来る時に使った予備の道を通って八瑤湾の方に逃げたのではないと判断した。最初に考えたように、直接、川床へ下った可能性が極めて高い。もしそうなら、牡丹渓に出、川沿いに石門を出て、統埔の方に行ったのだろう。カルルはためらうことなく、きのう、彼らを連れて歩いた予備の道に入り、いちばん下の、川床へ下りて行く別れ道へ急行した。道の入口は一面、踏み荒らされており、草の根といっしょに土もめくれあがっていた。土やぬかるみには裸足の足跡も残っていた。

「おれたちの判断は正しい。あいつらは直接、川床へ下りたんだ。この足跡は、履物を履いていたあいつらにしかつけられない。ジリュウが追いつけたらいいんだが」カルルが言った。

「気づくのが遅すぎたんだ。あいつらは、明るくなる前に、おれたちが出発して、女たちが最後のサツマイモとサトイモを運んだあと、出て行ったんだ。おれたちが山に上ったり下りたりしているあいだに、あいつらはずいぶん遠くまで行ってしまっただろう」アディポンはそう言いながら、ふと、彼らがあの要害〔石門〕の向こうまで逃げていたらいいのにと思った。彼は自分がそんなふうに思ったことに驚き、心ひそかに自分を責めた。

「ふん、たとえ、あいつらが石門の向こうまで逃げて、統埔や柴城まで逃げていたとしても、あいつらに追いついて、問いただしてやる。はっきりした釈明がなかったら、おれたちクスクス社はどんな顔をしてここにいられるんだ」カルルは眉をしかめ、冷ややかな口ぶりで言った。

「ジリュウは速い。牡丹社のアルクも追いつくはずだ。この山の中を、海から来たやつらが、リクラヴ（雲豹）より速く走れるとは思えない」

カルルがジリュウのことを二度も口にしたので、アディポンの脳裏に、夜中に衣服を奪った男たちのことが浮かび、また悩みがもどってきた。

「あれこれ考えるなよ。ジリュウたち三十人は、川床沿いに追っている。おれたちは山腹の猟道を行こう。機会が多くなるはずだ。行こう！」カルルはそう言うと、すぐに出発した。

一行はまもなく川床へ向かう小道に入り、やがて左へ曲がって山腹の、山沿いに下っていく猟道に入った。途中、たくさんの鳥や動物が驚いて、鳴き声をあげながら逃げて行った。カルルは疾走しながら、いきなり口笛を吹いた。遠くの川床から、それにこたえる口笛が聞こえてきた。二組の男たちは、上と下に分かれて疾走しており、逃げ出した宮古島の人たちに、自分たちの位置と意図をわざと知らせようとしているらしかった。

ジリュウたちは手間どっているのだろうか？　前方のあまり遠くないところにいるように聞こえたが、どうしてなんだ。アディポンの心に疑問がわいた。

クスクス社の山の稜線は東北から西南へと伸びていた。西側のいちばん低いところを流れるのが牡丹渓だった。牡丹渓とクスクス社のあいだには、さらに稜線が二、三本、並行して走っていた。その山あいにも、名もない川が二、三本流れている。クスクス社の下の川床はバラ渓（芭拉渓）だった。バラ渓は南へ流れ、稜線に沿って西に方向を転じると竹社渓と合流した。それから西へ向かい、何度か大きく曲がったのち、牡丹渓に合流する。

川床を疾走していたジリュウは、竹社渓の北の谷に達するところだった。カルルの方は、クスクス社の山の猟道を出て西へ向かい、流れの上の斜面を走る猟道や、作業のために使う道を行って、側面から追撃しようとしていた。

ジリュウは終始、黙ったまま、谷底で足を置く地点を探すのに専念していた。谷は浅かったり深かったりした。嵐が過ぎたばかりだったので、以前からあった道は使えなくなっていた。幸いなことに、宮古島の人たちが歩いた跡はとてもはっきりしていたので、それをたどるだけでよく、道に迷う心配はなかった。ジリュウは、谷が竹社渓に合流する前に、必ずあのよそ者どもを止められると確信していた。彼は「確信していた」が、実はよくわからないことも多かった。あいつらは山をよく知らず、山道も歩きなれていない。クスクス社の男たちが部落を出発したのと同時に、あいつらも部落を出て行った。あいつらがこの道を行ったとしても、ジリュウたちが全速力で追跡しているのに、今のところ、宮古島の人たちの姿はまだ見えなかった。

ジリュウは確信してはいたが、実は、やましさと手柄を立てたいという思いがあって、自分を励ましていた。彼は、よそ者たちが部落を出て行ったのは、深夜、彼が仲間と連れ立って、彼らから着物を奪ったのと関係があるにちがいないと信じていた。直接的な原因でないにしても、きっと関連があるはずだ。もし、あいつらを先に止めることができたら、出て行った原因を問いただし、いなくなった子どもたちを取り戻す。そうすれば部落の人たちの理解を得られ、未明の行動も見逃してもらえるだろう。ただ、ジリュウも葛藤し、躊躇していた。あいつらに追いついたとして、何ができるだろうか。それに、あいつらは山道を歩けないと見くびっていたのに、雑木林の最初の別れ道では、まちがった方向へ誘導されて時間をとってしまった。今になってもまだ追いつけないのは、屈辱だった。それでずっと無口で、ひたすら追いつづけていた。ジリュウの仲間たちもよくわかっていて、何も言わなかった。これは追撃隊全体にとっての屈辱だったからだ。彼らは、海から来た人たちに、老人もまじっている人たちに、自分たちが見くびっていた人たちに、ずいぶん距離をあけられてしまったのだ。

「ジリュウ、もう少し急ごう。うちの子が連れて行かれてしまう。あいつらに追いついたら、絶対に許さない」ひとりの男がジリュウに、もっと速く進もうと促した。

ジリュウたちが出発したとき、クスクス社の四人の子どもはまだ見つかっていなかった。広場のまわりにいた女たちは、あのよそ者たちが子どもを連れ去ったと直感した。その子どもたちの父親がふたり、ジリュウの組に入っていた。それで、できるだけ早く彼らを止めようと、全員がせっぱつまった気持ちで追跡してきたのだった。

「おかしいな。あいつらには年寄りもいるし、子どもまで連れているのに、どうしてこんなに速く進めるんだろう。多分、この先にいるだろう」ジリュウの言葉は矛盾していたが、あれこれ考えているうちに、思わず口から出てしまったのだ。というのは、この先は、流れのそばの岩壁を進まなければならないが、壁のどこに足を置いて進んで行ったのか、はっきりわからなかった。滑った痕跡がひとつあり、皮膚をこすってできた血の跡が残っていた。

「誰かがここで滑って、けがをしたんだ」ジリュウはそうつぶやくと、身体を前に倒し、手を伸ばして土から出ていた大木の根をつかんで這いあがり、その勢いで岩壁の隙間に足を置いて、一、二、三歩で、人ふたりぐらいの高さがある谷底に降りた。

「あいつらは、言い伝えのなかにある、子どもを盗んで売るパイランにちがいない。もしそうなら、チュルイは責任を取らなければならない。チュルイがあのよそ者を連れてくると言い張ったから、こうなったんだ」子どもがいなくなった父親が、腹立たしげに言った。

「そんなことを言って、何になる。早くあいつらを連れ戻そう」ジリュウは彼の話を遮った。彼は左後方の山腹から鳥の群れが飛び立ったのに気づいて、カルルたちにちがいないと思った。

左後方の山腹にいたのは、確かにカルルたちだった。バラ渓の東側の山を離れて、竹社渓の北の谷の稜線に入るところだった。クスクス社の予備の道から下り、してきたが、川床には下りなかった。最初は上下の道で追跡して、機会があれば、先に出て阻止しようと思っていた。カルルは途中で、人が歩いた跡をいくつか見つけていた。痕跡は、近くの川床に通じる道に消えたかと思うと、すぐまた前方の小道に現れた。あのよそ者たちが、最も直線に近いルートを行こうとしているのは明らかだった。アディポンは、こうして追って行けば、速度さえ落とさなければ、彼らに追いつくだろうと思った。

カルルはある別れ道まで来ると、急に止まった。目の前に、人の歩いた跡がはっきりと現れたのだ。川床から上がってきて、彼らが進んでいる猟道に入り、南へ向かっていた。

「アディポン、気がつかなかったか？　この海から来た人たちは、谷底へ下りたかと思うと、小道に上がって歩いている。ジリュウはこんなふうには追っていないと思うんだ。川床を一気に追って行ったはずだ」カルルが言った。

「おれもさっき、そう思ったんだ。海から来た人たちは、二つに分かれているにちがいない。後ろの組は、前にいる人たちをずっと援護しているんだ。その援護を受け持った人たちが、最初にジリュウをちがう方向に誘導したから、あいつらは手間どっているのかもしれない」

「援護だって？　何を援護してるんだ？　追いつかれた時に、すべての質問に答えられるようにか？　おれたちを安心させるためにか？」

「彼らはおそらく、何があっても、前の方の人たちが傷つくようなことがあってはならないと思っているんだろう。それであれこれ考えて、おれたちの行動を遅らせたり、まちがった道へ行かせたりしているんだ。追いつかれなければ、それがいちばんいいからな」アディポンが言った。

「つまり、前の方にいる人たちがいちばん大事な指導者で、後ろのやつらが援護を受け持っていると言うのか？　あの人たちの中に、ほんとうに勇気がある戦士がいて、そう考えていると言うのか？」

「たぶんそうだろう。戦士かどうかはわからないが、考えて見ろよ、この二日の間、大事な場面ではいつも、ある男が現れたじゃないか。身分は高くないようだったが、きっといろいろ考えられるやつにちがいない」

「海で傷だらけになりながら、仲間を救ったあいつのことか？」

「そうだ。あいつ以外にも、腕の立ちそうな男が何人かいた。漁をしているだけじゃ、あんなふうに筋肉はつかないだろう」

「ふん、どうでもいいが、戦士だろうが、腰抜けだろうが、おれたちはさっさと追いかけなきゃならん。もしおまえが言うとおりなら、いっそう、ぼやぼやしているわけにはいかない。何があろうと、急いで追いかけるんだ。あいつらを逃がすわけにはいかない。必ず、あいつらを問いただすんだ」カルルが言った。

「それは……」アディポンは急に何か思い出した。

「さっさと出発しよう。遅くなると、逃げられてしまう」

アディポンは、出発する前に、クスクス社の広場にいた人たちが言ったことを思い出したのだった。ジリュウの組には、いなくなった子どもの父親がふたり入っていた。ジリュウたちが出発する前には、四人の子どもの行方はまだわからなかった。カルルの組が広場に戻る前に、四人が朝早くからいっしょに遊んでいたことがわかったのだった。父親たちが焦ったあまり、衝突が起きる可能性が高かった。予想外の事態を避けるためにも、カルルは先に、できるだけ早く、宮古島の人たちを見つけねばならなかった。

だが、あの海から来た人たちはどうしているんだろう。アディポンはわけがわからなかった。身体じゅう傷だらけのあの男が心に浮かんだ。

## 三一　逃亡

「おまえたち誰か、あとどれぐらい逃げねばならないのか、教えてくれ」島主の仲宗根玄安は崩れるように身体を曲げて、岩にもたれかかっていた。

「わしはこれまで生きて来て、こんなことは考えたこともなかった。この老いぼれが、命がけで逃げねばならない。川床に降りたかと思えば、山腹を進んで……。誰か言ってくれ、わしはあとどれぐらい歩かねばならないんだ」そこまで言うと、嗚咽しはじめた。

一行は護衛頭の前川に率いられて、道を選ばず、道があれば、そこを逃げた。川床が近ければそこまで下り、すぐにまた灌木の茂みに潜り込み、岩を上り、狭い水路に入りこんだ。干上がった川床で細かい石に足をとられたかと思うと、苔が生えたヌルヌルする岩で滑り、水に落ちて半身がずぶぬれになった。仲宗根は心ひそかに後悔していた。恐怖にとらわれるべきではなかったと思っていた。あそこに残ろうと強く主張するべきだった。あの村の族長とゆっくり話をするべきだった。彼らが人を殺して食う生番であるはずがない。

「こうなることは、とっくにわかっていたんだ。あそこの洞窟で餓えて凍死したほうがましだった。こんなふうに腹いっぱい食ってから、追いかけられて殺され、最後に煮て食われたくはなかったよ。いちばん悪いのはあの船頭だ。みんな、あいつが考えたことだ。わしらを、こんないまいましいところに来させやがって」ひとりの商人がぶつぶつ言った。

「何を言ってるんだ。おとといの夜、洞窟で寝られないと騒いでいたのは、あんただ。殺されてしまうとわめいていたのも、あんただ。ゆうべ、ここは仙境のように美しいとほめたたえていたのも、あんただ。いま、恨み言を言ってるのも、あんただ。少し静かにできないのか。今は瀬戸際なんだ。しっかり口を閉じて、ついて来い」役人のひとりが、その商人が島主に恨み言を言うために、わざと船長のことを持ち出したのに気づき、聞いていられなくて、彼をにらみつけて言った。

「それに、あんたは船頭に不平を言っているが、その船頭は今、後ろにいて、あいつらが追ってくるのを、なんとか阻止しようとしているんじゃないか。船頭に感謝しないにしても、どうしてそんなふうに、なじることができるんだ。追いつかれたら、あいつらに、おまえを殺して食ってしまえと、最初に提案してやるよ」

「あんたは……、おれに何か恨みでもあるのか」

「おまえたち、力を残しておけ。一息ついたら、出発しよう」島主も商人の言いたいことがわかって、怒りが爆発しそうだったが、自責の念から、うしろめたさも感じていた。

「前川、行こう。みな、急ごう。この先にはきっと、助けてくれる人がいるだろう」

島主が部落の畑を離れて、雑木林に駆けこんだ時、空は明るくなっているはずだったが、下へ行くほど霧が濃くなり、夜明けの微かな光は届かなかった。太陽の光はまだ射しこまず、カエルや鳥が道のあちこちで鳴いており、ますます暗く、冥界のようだった。息が切れ、頭の中は真っ白だった。みながあわてて走る気配に、彼も思わず駆け出したのだった。急な下りの山道が続き、膝は、波打ちぎわにいるあの脚が長い鳥のように反り返り、背骨はがくがく震えて折れそうだった。護衛たちは交替で仲宗根を左前と左後ろから挟み、彼の帯をつかんで引きずるように走った。谷底へ下りる小道や谷の中は、並んで動けなかったので、島主は自力で何とか通り抜け、随員が時々手を伸ばして助けた。地形が開けた平坦な場所に来ると、「挟む」やり方で走った。ほかの弱い商人や役人も、随員が同じように助けていた。このやり方は速度に影響したが、隊列全体の行動はそれほど遅れなかった。そのため、谷底に下りてからは、最初の組と次の組がほぼいっしょに行動することになった。出発が早く、そのうえ、野原や船頭が後方で絶えず、ジリュウたちの追跡をまちがった方向へ誘導したので、彼らをずいぶん遠く引き離していた。

しんがりを務める野原たちは、船長の指図で、まず罠をしかけた。追跡の速度を遅くさせるためと、相手の怒りと執着を刺激して、追跡する際に野原たちの足跡に専念させ、ほかのことを考えないようにさせたかったのだ。野原は船長の度胸と経験の深さを実感した。

船長は、クスクス人が夜明けに出て行ったときの人数から、追ってくるのは四十人以下だろうと判断していた。雑木林にある川床への道を下るときに、人が通ったあとを簡単に残そうと考えていたのだが、考えなおし、三つ目の角を曲がってから、わざと、きちんとした跡をふたつに分けて残した。そのあと全員が向きを変えて、後ろ向きに戻った。その際、手当たりしだい、草木を下向きにして、クスクス人が思わずそちらに入って行くようにした。その先まで行って、きちんとした跡を見たら、彼らにからかわれたとすぐに気づくだろう。そのあと追跡を再開したときには、同じような痕跡をすぐに見つけるだろう。こうして、船長たちは主導権を握ったのだった。クスクス社から外へ通じる予備の道の最後の別れ道まで来ると、船長はさっき残した二つの痕跡をさらに大きく破壊して、川床へ下りて行ったとよくわかるようにした。そのため、追跡してきた者たちは、途中で左へ入る道を断念し、あるいは見落として、船長たちの組を捉まえようと一心不乱になった。

しかし、一行が谷に分け入った時、この行為にはかなりの危険が伴うことに野原は気づいた。ここはクスクス社の下を流れる川で、切り立った谷になっていた。谷は狭く、高度差も大きかったので、たびたび小さな滝が現れた。両側の岩は崩れ、水生の灌木や苔、藤蔓、枯れ枝や腐った枯葉、小さな淵などがあちこちにあった。空は暗く、水分が霧になってたまっており、人々は転んだり這ったりしながら進むしかなく、速く歩くことはできなかった。ヒルや水ヘビに驚かされて肝を冷やし、多くの人が転んでけがをしたり、擦り傷を作ったりしていた。さらに大きな危険は、地形をよく知らないことだった。彼らはクスクス人を、サルのように敏捷で、ヒョウやオオカミのように凶暴だと思っていたが、そういうクスクス人にどこでも、いつでも、捉まる可能性が極めて高かった。今のところ、事態は船長が想定したとおりに進んでいる。彼らが転んだり這ったりした跡は、意外なことに、ジリュウたちクスクス人をひきつける餌となっており、彼らは川床を離れることなく、野原たちを追っていた。そのため、島主を連れた人たちは余裕をもって、道を進むか谷底を進むか、選ぶことができた。野原たちが山腹沿いに、西へ方向を転じた時には、野原は思わず船長をほめた。

「ハハハ、そんなにあわてなくてもいいさ。まだ安全なところへは来ていないんだからな」船長が言った。

「船頭がいっしょに来ると言ってくれて、よかったですよ。おれと仲間たちだけでは、どう進んだらいいのか、わからなかったでしょう。こういうことには経験が必要ですから」

「ハハ、わしはもう四十を超えた。いつも遠くへ出かけているから、確かに経験はふつうの人より多い。だが正直に言うと、こんな山林は歩いたことがないし、短い距離で高山から平地へ下るこんな川も見たことがない。こんな流れに、こんなにたくさんの生物や特殊な植物が育っているとは、想像もできなかった。植物の青くささと腐ったにおいに湿気が混じっている、こんなにおいは、これまで想像したこともない。もう少し長くここにいたら、病気になってしまうだろう」船長は言葉を切ったが、足は止めず、振り返りもせずに言った。

「実は、直感だけじゃなく、ちょっとした賭けだったんだ。運がよかったから、追いつかれなかったが、このあとどうなるかは、わからない。わしは、あいつらは、あまり離れずに追って来ていると思う。それに、ふた手に分かれている。ああ、ほんとに思いもしなかったなあ、今回、生番の土地を探検をして、その結果がこんなことになろうとは」

「ああ、おれもここへ来るまで、後ろから追って来る力をずっと感じていました。恐怖からそう感じてるんじゃないことはわかっています。それはほんものなんです。あいつらはすごくたくましい。おれたちの想像以上です。ちょっと油断すれば、追いつかれてしまうでしょう」野原はそう言いながら、さっき方向を転じた山の稜線に思わず目をやった。疾走してきたので、かなり汗をかいていた。今朝は、風邪で気分がすぐれなかったが、それがすっかりおさまっているのを感じた。

船長が急に足を止めたので、後ろにいた野原はぶつかりそうになった。

「どうしたんですか」野原が尋ねた。

「野原君、あんたに会えて、わしは光栄だ。それに、こんな時に、あんたといっしょにこんな野蛮な土地を駆け回れて、気分がいいよ」

「おれもです」後ろにいた濱川が、急に口をはさんだ。

「おいおい、みんな……、何を言ってるんだ」野原はわけがわからなくて、こう言ったが、船長はすでに向きを変えて、踏み跡があまりはっきりしない道を走って行った。

おれは何をしたんだろう？　彼らは何を言ったんだろう？　野原の心に疑問が浮かんだが、少し嬉しくもあった。彼らの言葉に本心がこめられているを感じたのだ。

しばらく走った。野原は絶えず、右側の谷底を見ながら、仲間たちを探していた。山腹からも、谷底の小石が見え隠れするようになった。あちこちにススキの小さな茂みがあり、シチクの高い茂みもあった。あちこちで折れ曲がっていた細い流れは、ゆるやかな流れに変わっていた。太陽はすでに高く昇っていた。野原は、あと一刻も経たないうちに正午になるだろうと見積もった。朝早くから今まで走り続けて来た。あとどれぐらい走れば、この危険な土地から逃れられるのかわからなかった。心の中でため息をつくのはしかたがないことだった。

「あそこだ！　いたぞ！　谷に下りて追いかけよう」先頭を走っていた船長が、ずっと先の、川の流れが南へ方向を変えるあたりを指さして言った。

船長が指さす方向には、左へ延びる山の稜線があった。流れは何度か曲がったのち、その山の方へ向かって流れ、最後には南へ方向を転じていた。遠くを眺めると、人々がよろよろと動いているのがはっきりと見えた。五、六人の小さな集団が前後に連なって、必死になって歩きながら、何度も後ろを振り返っていた。灰黒色の着物の色から、それが宮古島の人たちだとひとめでわかった。

隊列は長く伸びていた。四人の随員が先頭に立って、道を探っていた。ほかの若い随員や船乗りたちは、幾組かに分かれて、体力を使い果たした役人や商人を支えながら、前後を歩いていた。誰もが疲れ切り、嵐のあとで川の水が濁っているのも気にせず、道々、その水を飲んで、渇きを癒していた。川の流れが南へ方向を変え、さらに西へ向かった地点で、船長たちが追いついた。

「島主様、追いつきました」

「おお……」船長たちを見ると、島主は泣き出した。

「あいつらは追って来ているのか？　あとどれぐらい、逃げなければならないんだ？　わしは、どうしてこんな目に遭うんだ？」

「島主様、逃げればそれだけ、機会が多くなります。こんなに遠くまで来たのですから、決してあきらめてはなりません。島主様には、わしらを連れて、いっしょに宮古島に帰ってもらわねばなりません」

「ああ……、わしも、老いさらばえた命を、こんなところで落としたくはない。行こう！」

島主は元気を奮い起こした。まもなく前方に別の川が見えて来た。先頭に立っていた護衛は、川の合流点にある木の下で足を止めた。護衛頭の前川も、島主をヌルデの木の下に座らせ、石にもたれて休ませて、ほかの人たちが追いつくのを待った。島主はこらえきれずに、両腕を曲げそのあいだに頭を埋めて、再び泣いた。船長はそれを見ても、どうしたらよいか、わからなかった。彼はあとから人々が続々と追いついて来るのをちらっと見ると、さっさと先頭に行って、地形を調べた。野原もついて行った。

宮古島の人たちが歩いて来たのは、西へ流れる竹社渓だった。前方の、北から南へ流れている大きな川は牡丹渓だった。嵐が去ったばかりだったので、水量も多く流れも急だった。船長は、牡丹渓の向こうに家が何軒かあるのに気づいた。クスクス社のカヤ葺きの家とはちがう建築様式で、建物の後ろには大きなアコウの木が二本そびえていた。川のこちら側の、彼らがたどってきた流れと合流する川岸にも、大きな家が二、三軒あった。まわりにはシチクやトキワススキ、雑木が生えており、川床に身をひそめて休んでいる宮古島の人たちを隔離していた。

「ここの人たちは大耳人じゃないだろう。漢人のようだ。行ってみよう」船長が言った。

「そうだな、人がいればいいんだが。助けてくれる人だといいんだが」野原はそう言った。妻の浦が心に浮かび、あわてて頭を振って、思いを振り払った。

それはずいぶん大きな家だった。建物が三つあり、ふつうの住居と、その裏の両側に倉庫らしい建物があった。家の前には段があり、そこを上がると庭だった。庭の片隅にはサツマイモが何袋か積まれており、木の葉や削った木片が干されていた。船長にはひと目で、それが漢方薬の材料であることがわかった。戸は開いており、客間に男が三人座っていた。ひとりは老人で、ふたりは中年の男だった。船長と野原がやって来たのを見ると、彼らは庭に出て来た。

これは漢人の住まいだ、この人たちは清国人だ。出迎えた三人をちょっと見ただけで、船長はそう確信した。

「わしらは、みなさんの助けが必要なんです。山の大耳人に追われているんです」船長は簡単な漢人の言葉と宮古島の言葉をまぜ、手ぶりを加えて言った。

「助けだと？」老人が不思議そうに尋ねた。

「そうです。というのは……、ああ、どうしてうまく言えないんだ」船長ははっきりと伝えられないと感じた。

「野原、すまんが、商人を呼んできてくれ。不平を言ってるあいつはだめだぞ。ちょっと待て、みんなを来させよう」

「ゆっくり話してくれ。いったいどうしたんだ。助けが必要だと言ったが、何か困った目に遭っているのか」老人が言った。

「ああ……、生番、人を殺す……、追われて逃げて来た」

「生番に会ったのか？　あいつらが人を殺すのか？」

「ああ……」船長は言葉が出て来なくて、手ぶりをしながら口を濁した。野原が戻って来た。疲れ切っておびえた表情の老人と若者を連れている。

「あんたは……」船長が尋ねた。

「わしは首里の商人、島袋次良です。これは息子の島袋亀です」

「そうか。頼む、わしらの状況をこの人たちに話してくれ。そして、何があろうと、なんとかして、わしらを助けてくれるよう、頼んでくれ。頼む」

島袋次良はうなずくと、三人のほうに向きなおって、ぎこちない閩南語で自分たちの状況を説明した。話している間に、あわてふためいた宮古島の人たちが続々と庭に入って来た。人数の多さと彼らのうろたえた表情に、漢人たちは驚き、訝しく思った。老人は島袋次良の話を遮ると、あとのふたりに、この人たちを裏の倉庫へ連れて行って休ませるように言い、飲み水を用意させた。それから船長や島袋次良を家の客間に入れた。

「わしは鄧だ。こちらは凌老生だ。さっきの若いやつは、息子の鄧天保だ。わしらはここで長年、山のやつらと交易をしている。ここの番人とはうまくやっている。あいつらがここに押し入るようなことはまずない。安心しなさい。どんな問題が起こったんだね、どうすれば助けられるんだ」老人はそう話しながら、紙に漢字を書いて説明した。

客間には老人と凌老生のほかに、船長と野原、それに島袋親子がいた。島袋次良はこの何日かの出来事を老人に話して聞かせた。閩南語による会話は、ふたりとも聴くことも話すこともうまくできず、いくつかの言葉や話を、何度も何度も繰り返すことになった。

「あんたたちの言うことは、だいたいわかった。だが、どうして番社《ばんしゃ》を立ち去ったのか、その点は、あんたたちの説明を聞いてもわからない。あの番人たちは、恐ろしそうに見えるし、腹を立てたら、確かに人も殺す。だが、単純で、つきあいやすいやつらだ。あんたたちがこっそり出てきたことは、それほど簡単に片づけられる事ではないように思う。おそらく、あいつらにしっかり釈明して、はっきりさせなければならんだろう」老人は言った。

「事がここまで進んでしまった以上、釈明してはっきりさせるのは、ひどくむずかしいでしょう。あいつらはすぐ後ろまで迫って来ています。できるなら、おふたりから話してもらえないでしょうか。わしらは、ほんとうに恐ろしくて、あいつらにどう説明したらいいのかわからないんです」

「それは、できるだけやってみよう。あいつらとはうまくつきあって来たから、むずかしくはないだろう。人に言えないような秘密がない限りはな」

「それから、これが片づいたら、船を借りるか、誰かに乗せてもらって、郷里に帰りたいのです。費用はすべて、琉球に着いたら一括して払います。お礼に、二倍にして払います」

「このあたりにはそんなに大きな船はないが、漂流した漁民が流れ着くことは、毎年起きている。役所には救済のための慣例がある。彼らが報告すれば、うまく処理されるはずだ。金を払う必要はない。予測外の事がなければ、このあたりに流れ着いた漁民たちは、ふつうはみな、無事に帰郷している」

裏の建物では、閩南語がわかる商人が老人の話を通訳した。それを聞いて、疲れ切ってはいたが眠っていなかった人たちが、低く喝采し、たちまちがやがやと話しはじめた。その声を聞いて、眠っていた人たちも目を覚ました。老人の息子の鄧天保も客間に入って来た。

「名簿を作って役所に届け、協力を求めましょう」鄧天保が言った。

「できますか？　それはほんとうに素晴らしい。いっしょに作りましょう、よろしくお願いします」島袋はそう言うと、船長たちに通訳して聞かせた。同時に裏の建物から歓喜の声があがった。

鄧天保は紙と墨を取ると、裏の倉庫へ机を運んで行った。墨を擦って紙を広げると、最初にこう書いた。「同治十年十一月初八」宮古島の人たちがめずらしそうにわっと取り囲み、先を争って名前を告げはじめた。その拍子に墨をひっくり返して、紙の半分を真っ黒に汚してしまい、村長に叱責された。人々は礼を失したと感じて、元の位置に戻った。鄧天保は新しい紙に取り換え、首里から来た仲本加奈に名前を書かせることにした。島主仲宗根玄安の名前から書いて行った。職掌から書きはじめた時、表の建物の客間で大騒ぎが起こった。庭からも、武器がぶつかりあう音や、喘ぐような重い息づかいが聞こえてきた。

「まずい、大耳生番が追って来たぞ」誰かが驚いて声をあげた。すべての人が驚きのあまり、動きを止め、口を閉ざした。小さくなって奥の方に身を隠す人もいた。外が見えるところにいた人たちは、身じろぎもせずに、呆然として外の動きを見ていた。

庭の外には、刀をつけたクスクス社の男たちが三十人ほどいた。汗を流し、息を切らし、光る顔で客間をにらみつけている。

老人は船長たちに中で待つように合図すると、自分は出て行った。

「どうして来たんだ？　どうしてこんなに大勢で来たんだ？」老人は簡単なパイワン語で尋ねた。

「おまえたちは、同じパイランだったんだな。道理で、同じようにずる賢くて、盗人根性なんだ。あいつらを渡してもらおう。おれはあいつらに、どうしてこそこそ出て行ったのか、どうして子どもを連れて行ったのか、聞かなきゃならないんだ」

「子どもだって？　彼らが子どもを連れて来たって言うのか？」老人は訝しそうに家の中に目をやった。

「子どもは見ていないぞ」

「ぐずぐず言うな。あいつらをかばうんなら、おまえも殺すぞ」

話しているのはクスクス社のジリュウだった。建物の中を見ると、二、三人しかいなかった。この主人はあいつらを建物の中に隠しているにちがいないと思った。部落には、他人の庭に勝手に入る習慣はないので、ジリュウは老人に人々を渡すように要求したのだった。彼は自分で問いただすつもりだった。彼が話すと同時に、左右に分かれた男たちが庭を囲んで、様子を探った。すると、建物の裏の倉庫に人が隠れているのが見えた。すぐに逃げ出した宮古島人だと認めて、両側の入口でひとりずつ捉まえ、庭の外に引き出して、質問した。

野原は客間から眺めていたが、急に怒りがこみ上げ、心臓の鼓動と呼吸が激しくなった。というのは、そのふたりは下地村の仲間で、ともに隊のしんがりを務め、追跡をかわしてきたからだった。裏の建物に行く時に、野原がふたりに、入口を守るよう命じたのだ。

野原は我慢できなくなって立ち上がると、こぶしを握った。無意識のうちに筋肉が引き締まり、険しい目で、外の光景をにらみつけた。庭の外では、二組の男たちが吠えるようにふたりに質問を浴びせていた。出て行ったのはなぜか、なぜ子どもを連れて行ったのか、尋ねていた。ふたりは急いで言い返していた。

「わかりません、あんたたちが何を言ってるのか、わかりません」

「おねがいです、おれは悪人じゃありません」

野原は焦った。凌老生と鄧天保も出て行って助けようとした。しかし押し合いになってしまい、右側にいたクスクス人はせっぱつまっていたらしく、引っ張りあううちに手が出て、宮古島人を平手打ちにしてしまった。彼が手を振り上げて、もう一度なぐろうとした時、宮古島人がいきなり反撃した。こぶしがその男の鼻の下の人中にあたり、男はまっすぐに後ろに倒れた。もうひとりの宮古島人もそれを見て、両手のこぶしを連続して突き出し、もうひとりの男のみぞおちを突いた。男はかがみこむように、膝をついた。

「パパツァイ（殺せ）」庭の外にいたクスクス人が大声で叫んだ。その声が終わらないうちに、何人かのクスクス人が刀を抜いて、自衛のために反撃したふたりの宮古島人を切り倒した。あまりの速さに、飛び出そうとした野原も全く動けなかった。客間にいた島袋親子は姿を消していた。建物の中にいた人々はみなおびえて、口を堅く結び、震えが止まらなかった。

「おまえたちは……」鄧老人もおびえていた。彼は生番が人を殺すことは知っていたが、実際に見たことはなかった。彼は声を震わせて言った。

「どうしてここで人を殺したりできるんだ」

「あいつらがどうして逃げたのか、はっきりさせねばならないと言ったじゃないか。それに、あいつらから子どもを取り戻さなければならないんだ」ジリュウは目をむいて老人を見て、冷ややかに言った。ほかのクスクス人がいらいらと動き始めた。

「パパツァイ」「パパツァイ」と叫ぶ声が幾度かあがった。

野原には男たちの言葉がわからず、庭の外の様子を見ていたが、急に度胸が据わり、こぶしを緩めた。もしこいつらと対決しなければならないなら、目の前にいる、隊を率いている大耳生番を倒してやると心に決めたのだ。野原には、この男が、深夜に仲間とやって来て、着物を強奪した男だということがわかった。こいつはおれたちの後ろにぴったりついて、追って来たにちがいない。自分たちはそのためにおびえきって、ほうほうのていで逃げ、さんざん辛い目に遭ったのだ。

右側の建物から宮古島人がまたひとり、引きずり出された。クスクス人が口を開いていくつか質問すると、彼はすぐに着ているものをすべて脱いで、その男の手に押しつけた。その唐突な動作に誰もが驚愕した。彼はいきなり振り向いて逃げ出し、大声で叫んだ。

「生番が人を殺したぞ、みんな、早く逃げろ」

後ろにいたクスクス人はたちまち我に返ると、すぐに刀を抜いて追いかけて行った。野原が飛び出そうとした時、庭の外から突然、誰かが大声で話しているのが聞こえた。きのう彼らにつきそって、ずっといっしょに歩いてくれた背の高い男が歩いて来るのが目に入った。彼は殺人を止めようとしたらしかったが、まにあわなかった。裸の宮古島人は、首筋を右後ろから切りつけられた。傷口は一尺近くあり、血を噴きだしてその場に倒れた。

野原は背の高いふたり連れのほうへ歩いて行った。このふたりなら、殺人を止められるにちがいない。ふたりに、はっきり説明しなければならない。船長も野原について建物を出た。クスクス社の四十人近い男たちが庭の外に、竹の垣根に貼りつくようにして立っていた。

野原の心は期待に満ちていた。しかし、ふたりの目を見た時、彼はかすかに戦慄した。言いしれない恐怖が心に広がった。

## 三二　双渓口の殺戮

やって来たのはカルルとアディポンだった。ふたりは汗を流し、息を切らしながら、二歩前に立っている野原と船長を険しい目で見ていた。右の方には漢人の鄧天保と淩老生が立っていた。鄧老人は幾度も吐き気をもよおして客間にもどり、力なく座り込んで頭を振っていた。

さっき、建物の外の社子渓口に近づいたとき、「パパツァイ」と男たちが大声で叫ぶのを耳にし、ふたりはまずいことになったと直感した。すぐに悲鳴が二回上がったので、「しまった」と叫んで、あわてて庭に駆けこんだ。「おれの子を返せ」という声を聞いて、アディポンは急いで、「子どもたちはみんな、見つかったぞ。あいつらは子どもを連れて行かなかったんだ！」と大声で叫んだ。

しかしまた悲鳴があがった。ふたりは、素っ裸の宮古島人が、首筋から血を噴きだして倒れ込むのを、目を開いて見ているしかなかった。

「カルル、すこし落ち着いてくれ。言いたいことがあるなら、ゆっくり話そう。頼む」凌老生の声は震えていた。鄧天保は唇を堅く結び、両足の震えが止まらなかった。

「さっき何が起こったのか、おれにはわからない。だが、事をはっきりさせたいんだ。おれの言葉をはっきり伝えてもらえたら、ありがたい」

カルルの荒い息づかいはまだおさまっていなかった。急いで駆けつけたうえに、血まみれの死体を三体、目撃したので緊張していた。彼は野原にちらっと目をやり、凌老生を見て言った。

「これは事故なんだ、友よ。みんな冷静になってくれ。ここで人を殺してはいかん」凌老生は大きく息をつくと、言った。

カルルは凌老生には答えず、野原をにらみつけて言った。

「おまえに聞くが、おれたちはおまえたちに何か悪いことをしたか？　おまえたちはいきなりやって来て、おれたちの畑のものを盗み食いした。おれたちはそれを咎めたか？　おれたちは咎めずに、特別におまえたちを部落に入れてやり、ちゃんと食わせ、飲ませ、眠らせてやったじゃないか。おれたちが何か礼を失するようなことをしたか？」

カルルは感情を抑え、息を切らしながら、だが冷静にパイワン語で尋ねた。そしてちょっと言葉を切ると、急に怒鳴った。

「おれたちはおまえたちに何か悪いことをしたか」カルルの激しい声に、誰もが感情を昂ぶらせ、アディポンでさえ少し震えた。

「おれの話を聞いてくれ。このことは全部、説明できるんだ。まず落ち着いてくれ」野原は宮古島の言葉で話しながら、相手にはわからないことに気づいて、振り向いて淩老生に助けを求めた。

「カルル……」淩老生は気を落ち着けて、さっき、通訳をした島袋を見つけて通訳させようと思った。だが人を探している場合ではないと断念した。

「この人が何を言っているのか、わしにはわからない。このふたりもわしらの言葉がわからないんだ。でもまず落ち着いてくれ。みんな座ってくれ。なんとかして、わかりあおうじゃないか」

カルルは淩老生にはとりあわず、野原に向かって言った。

「おまえたちはこんなふうに、あいさつもせずに、勝手に逃げ出した。どういう意味だ。おまえたちは何者なんだ。なんでおれたちの部落に来て、それからこっそり逃げたんだ。おれたちを敵だと思ってるのか？　おれのおやじが、おまえたちが腹を減らしたり凍えたりしないように、ほかの族長を説き伏せておまえたちを受け入れたのを知っているのか。そして部落の半月分の食糧を出して食わせてやったんだぞ。おまえたちは礼を言ったか？　今、おやじは族長たちの笑いものになっている。おまえたちは一言も言わずに逃げた。おれのおやじに、これからどんなふうに生きて行けって言うんだ。おれたちの部落のやつらに、このことをどう考えろって言うんだ」カルルは最後には怒鳴るように言った。

ふたたび「パパツァイ」という声が広がった。

建物の裏の方で、宮古島の人たちがそっと戸を開け、二、三人が逃げ出した。

「おれたちはとても感謝しているんだ。わしらには、あんたたちのことがわからない。これはみな誤解だと思う」船長が口を挟んだ。閩南語が混じった宮古島の言葉だったが、おだやかな口調だった。

「カルル、この人は『感謝』と言ったようだ。それに『わからない』という言葉もあった」アディポンがカルルに言った。

「これが感謝だと言うのか？　わからない、と言うのはおれたちのほうだ。おれたちはおまえたちが何者か知っているか？　おまえたちが何をしに来たか知っているか？　おまえたちが暗いうちにこっそり出て行った理由を知っているか？　おまえたちを心配させないように、おれたちはできるだけ、おまえたちが疑いを抱くような行動はとらなかった。おまえたちがわからないんじゃないかと心配したからだ。わからないと大声で言ってもいいのは、おれたちのほうだ」

カルルは野原と船長を指さしながら話した。声が大きくなったり小さくなったりした。

「おまえたちに、おれたちが何をしているのかわからないんじゃないかと心配までして、猟に出かける前におまえたちのところへ行って、話したじゃないか。忘れたのか。おまえたちはありがたいと思ったか？」

「カルル、落ち着いて、小さい声で話せよ」アディポンが注意した。彼には、カルルが話し続けているのは、彼らを追いかけてきたことへの腹いせであり、自分の氏族や父親が屈辱を受けたという鬱憤を晴らすためだとわかっていた。

野原もかっとした。彼は鄧天保をちらっと見、建物のほうを見て、つぶやいた。

「漢人の言葉がわかる商人や役人はどうしたんだ。ふだんは文句ばっかり言っていて、売り言葉に買い言葉で決してひかないやつらが、誰よりも漢人の言葉がうまいと自慢しているやつらが、こんな時にどこへ行った?」

「なんだ? おれを馬鹿にしてるのか? おれはおまえと話してるんだ。おまえはどこを見てる? おれを何だと思ってるんだ」カルルが怒鳴った。

庭の外で誰かが「パパツァイ」と大声をあげた。

「そんなに大きな声で話すから、おれには一言もわからないんだよ」

野原は思い切ってカルルに言った。自分の言葉が通じないことは気にもしなかった。

「おまえが何を言っているのか、わからない。だがお願いだ、おれたちがどんな境遇にあるか、考えてみてくれないか。おれたちは海で難破して、岩の上で二日も動けなかった。やっとのことで上陸すると、持っていた物をすべて巻き上げられた。おまえたちは親切におれたちをここに連れてきてくれて、ちゃんと食べさせてくれ、一晩、ゆっくり眠らせてくれた。だが、夜中におまえたちの仲間がやって来て、ものを奪って行った。これをどう考えればいいんだ。あんたたちは朝早く、武装して出て行った。庭にはかまどを作った。どうしておれたちに、何も心配せずに、家の中で待っていろと言えるんだ。確かにおれたちはこっそり逃げだした。怖かったからだ。感謝することを知らないからじゃない。おれは、郷里に帰ったら、きっと贈り物を持ってここへ戻って来て、おまえたちに感謝しようと思っていたんだ。だのに、おまえたちは追いかけて来た。おれたちの仲間を殺した。どう考えろって言うんだ」

野原は話しているうちに焦ってきて、「人食い生番」という言葉をあやうく口にしそうになった。

船長は野原に落ち着くように何度も注意した。だが彼は身振り手振りで、土の上に横たわる死体を指した。カルルはかっとなった。

「こいつらを殺したことを責めるのか。こいつらは何をしたんだ。なぜ殺されたんだ？　おまえは何をしたんだ。なぜ殺されなかったんだ」カルルが言った。

「こんなことは、二度と起こってはならない。おれたちはしっかり話し合う必要がある」野原が言った。

「もしおまえがこいつらと同じことをしたら、おまえもきっと殺されるだろう」カルルが言った。

「おれたちには、ほかに考えはなかったんだ。家に帰りたかっただけなんだ。誰もこんなふうになるのを、見たくはなかったんだ」野原が言った。

「おまえたちは、よく考えるべきじゃないのか。おれたちは、おまえたちに何も要求しなかった。おれたちは何も条件をつけずに、おまえたちのために、いろいろなことをしてやった。その結果はどうだ。おまえたちは何も言わずに出て行った。それは裏切りだ。友人への裏切りだ。おまえたちはおれたちを裏切ったんだ」

「海を漂流する感覚がどんなものかわかるか？　生と死の間をさまよって、死にかけた時の、地獄のような光景がわかるか？」

「おれたちは考えていたんだ。おれたちは確かに、おまえたちを故郷へ送り返してやれない。だが、おまえたちをここに連れてきて、助けてくれるパイランを見つけてやることはできる。おまえたちはきっとおなじ種族だろうから、助け合えるにちがいない」

「特に、おまえたちのあのいまいましい海岸、おれたちの船はあそこで座礁した。おれたちは絶望したんだ」

「だのに、おまえたちは逃げた。このうえなく失礼な方法で逃げたんだ。盗っ人のように逃げたんだ」

「海の波のなかで、いつ頭が叩き割られるかしれない恐怖がわかるか。この傷を見ろ、おれたちの仲間の様子を見ろ、こんなみじめさ、こんな絶望が、おまえたちにわかるのか」

「おれが、おまえたちによくしてやらなかったか。誰かに聞いてみろ、このカルルが、誰かにこんなに気をつかったことがあるかどうか。おまえたちは逃げた。おれたちにどう思ってもらいたいんだ。おれの家族は、子孫たちからの非難に、どう答えればいいんだ。どこから来たのかわからないよそ者にもてあそばれ、騙されたと言えばいいって言うのか」

カルルのパイワン語と野原の宮古島語の会話が完全にわかる人は、誰もいなかった。宮古島語と閩南語がわかる島袋とほかの商人や役人たちは、隠れてしまった。パイワン語と閩南語がわかる凌老生たちは一歩退いて、気をもむばかりだった。閩南語が少しわかるアディポンと船長は、何度も口をはさんで言葉を補おうとしたが、邪魔なだけだった。それに、ほかのクスクス人がざわざわとうるさかった。そのため、気持ちが全く通じあわないカルルと野原は、身振り手振りで、時には声を張りあげて、それぞれが自分の話を続けており、交わることは全くなかった。

建物の裏の方で隙をうかがっていた宮古島人たちが、次々にこっそりと逃げ出した。

「おれたちはみな、台湾には人を殺して食う生番がいると聞いたことがある。それにおれたちが会ったこの土地の人間が、おまえたちはおれたちを殺して食うにちがいないと教えてくれたんだ。おれたちはずっと、恐ろしくてたまらなかったんだ」野原が言った。

「生番だと？」カルルはこの言葉だけは聞いてわかった。彼はいきなり声を荒げて怒鳴った。

「おれたち生番がどうしたんだ。おまえたちパイランがどんなにえらいって言うんだ。おれたちのものを食い、おれたちのものをもらって、おまえたちは感謝したか？　ペッ！」

カルルの言葉がクスクス人の怒りに火をつけ、「パパツァイ」「パパツァイ」と怒鳴る声があがった。ジリュウたちはもっと直接的で、刀を抜くと、庭の右側から野原の斜め後ろを襲った。家の中にいた鄧天保たちは、それを見て驚きの声をあげ、止めようとした。ふたりと向き合っていた船長は、ジリュウたちが襲ってくるのを見ると、本能的に野原とカルルのあいだをすり抜け、両腕を伸ばし、手を振って止めようとした。しかし、ジリュウに首の左側から右胸へ一太刀、切りつけられた。船長が倒れた瞬間、野原は左こぶしを突き出して、ジリュウの鼻を突いた。ジリュウは後ろへ倒れ、後ろにいた刀を持ったクスクス人にぶつかった。野原はその勢いで、左足を踏みしめて右足をあげ、右手の手刀で二人目の男の首の左側を打った。さらに左後ろにいた三人目の男の肋骨を横蹴りにした。その男は綿くずのように後ろにふっとんだ。ちょうどその時、カルルが刀を振り上げ、野原の左から首筋に切りつけた。アディポンもそれに続き、刀で野原の腹を左上から右下へと切り裂いた。

野原は倒れた。足を庭の方に向け、頭を斜めに鄧天保の家の方に向けていた。凌老生と鄧天保は驚きのあまり、つんのめって、入口の通路に座り込んだ。このやりとりは一瞬の間のことだったので、何が起こったのか、はっきりと見た人は誰もいなかった。庭のそばにいたクスクス人たちが反応しないうちに、けりがついていた。

「あいつらが逃げるぞ」

「パパツァイ……」

「あいつらを殺せ！」

庭のそばにいた誰かが、宮古島の人たちが戸を開けて、四方に逃げていくのに気づいた。クスクス人は全員が叫びながら追いかけて行った。

はじめて、人を殺した。カルルは全身が震え、ちゃんと立っていられないほどだった。アディポンもひどく動揺して、刀を持ったままぼんやりと立っていた。刀は血に染まり、血が何筋か、刃先へ流れていた。

ふたりはやっとしっかり立つと、言い合わせたように、右頬を地につけて倒れている宮古島の男を見た。彼の左頬と腕は擦り傷だらけだった。ふたりの心には言葉にならない、複雑なものがあった。この殺人は予期しないものだった。彼らが急いで追ってきたのは、事のいきさつをはっきりさせて、公正でありたかったからだ。ジリュウが何か事を起こすのを阻止するためだった。ジリュウが人を殺すのを止めるどころか、仲間を護ろうとした本能的な動作が、さらに凶悪な殺戮を野火のように広げることになろうとは、あまりにも思いがけないことで、彼らは驚愕していた。この二、三日の間に好感を持ち、敬服していた人をふたりで殺してしまったのだ。

やはりこんなことが起こってしまった、ああ。アディポンはそう思うと、長く息を吐きだした。

「どうであれ、この人はやっぱりほんものの勇士だった。彼のように度胸がある人はそんなにいない。ああ、もし、ジリュウのやつが……、ああ、言っても無駄だ。おれたちがこの人を殺したんだ」カルルが言った。

ジリュウの話になって、ふたりはたちまち我に返り、刀を鞘に収めて、まわりを見た。ジリュウは口と鼻がぐちゃぐちゃにつぶれ、血を大量に流してあおむけに倒れ、気を失っていた。野原の手刀が左首筋に命中した男は意識を失い、不自然な形で横向きに倒れていた。みぞおちを蹴られた男は、後ろへ二回転したのち、苦しそうに胸を抱いて座りこんでいた。ふたりはこの光景を見て、驚愕した。この半島の原住民は、誰もが勇猛で力があり、脚も速く、取っ組みあいもうまく、重いものも運べる。素手でヤギの首をねじ切るなど、たやすいことだった。ところが野原はあっというまに、拳術で三人を倒した。カルルたちには想像もできないことだった。

もうひとりの宮古島人の船長は、野原と反対の方向に、右側を下にして倒れていた。喉の動脈と気管は、ジリュウに切りつけられて、血が噴き出していたが、かすかに息があった。カルルはこの家の主人たちを思い出し、家の方を見た。家の中には鄧老人たちがいたが、無意識のうちに横を向いて、カルルの視線を避けていた。

「ジリュウの目を覚まさせなければならない。鼻から流れた血で喉がふさがってしまう」アディポンが言った。

「うん、あいつらの目を覚まさせて、先にゆっくり帰らせよう。ほかのやつらは追いかけて行った。この殺人は起こってしまったが、これ以上の殺人は、なんとか止めなければならない」

カルルはそう言ったが、急に牡丹社のアルクを思い出した。彼は、アルクたちが来ないよう心で願ったが、それは不可能だとわかっていた。狼煙が上がったのだ。牡丹社の人たちは気性が激しく、情と義に篤かった。あいつらは絶対に来るだろう。牡丹渓の洪水が起こす大きな波のように、激しく、断固として猛々しく、彼らは必ずやって来る！

ジリュウたち三人に部落に戻るように命じると、カルルは野原のところに戻って、しゃがみこんだ。野原はまだ息があった。カルルに切りつけられた左首筋から、血が一面にあふれ、左肩から右下へ流れていた。皮膚と筋肉も裂けて血が出ていたが、傷は重くはなく、血が固まり始めていた。腹のほうは傷が重く、体液が流れ出し、倒れた時に腸の一部が外に出て身体の下じきになっていた。

アディポンは身の回り品を入れた袋から、ふだん、肉を食べるときに使っている小刀を取り出した。その刀の鞘には模様が彫られていた。彼はしゃがみこんで、その小刀を野原の左手の上に置くと、その手の甲を撫でてから、立ちあがった。

「何をしてるんだ」

カルルは目を大きく開いて、アディポンの動作を見ていたが、我慢できずに尋ねた。

「この小刀の鞘は、初めに作った時は、何も模様がなかった。おれがあちこち歩き回っている時、休憩していた時に、あれこれ考えながら、この鞘に小さな花の模様を彫った。日が経つうちに、鞘には模様が増えていった。これは、おれがあちこち歩き回った経験と思考の痕跡なんだよ。歩き回るのに慣れたから、家を離れて遠くに来た人には、特に親しみと尊敬を感じるんだ。パイランが言う縁を、どう説明したらいいのかわからないが、おれはこの人に兄弟のような親しみを感じていた。どれほど遠いかわからない海から来たからだろう。そういう、さすらい、郷里を遠く離れる感覚を、おれはよく知っているし、くつろげるんだ。この男は死ぬだろう。だが、彼の魂が、自分を護る刀を持てたらいいと思ったんだ。それで木を伐って船を造り、故郷へ帰るかもしれない。彼には家庭があるんだろう。家族を恋しく思っているにちがいない」アディポンが言った。

「ああ、たまらないなあ。だがおまえの言うとおりだ。おれは確かにこの人に好感を持っていた。彼は勇士だ。故郷の部落では、信頼されているにちがいない。そうだ、おれたちはみんなを集めて、引き返すべきだ。人の命が失われたんだ。さっきの言い争いや怒りに何の意味があるんだ。終わりにするべきだよ」カルルはそう言うと、家のほうに向かって叫んだ。

「鄧天保、この人はまだ息がある。見てやってくれ。救えるようなら、できるだけやってみてくれ」カルルはそう言うと、アディポンといっしょに庭を出て、川の合流点に向かって駆け出した。

双渓口のあたりは、目もあてられない状況になっていた。川床には十数体の死体が散らばり、まだ血が流れていた。泥が混じって黄色く濁った川の水に、死体から血が幾筋も流れ出して、赤い布のように見えた。そのため、双渓口は赤い縞模様の怪獣のように見え、その怪獣が口を開けて川岸の三軒の家を呑み込もうとしているように見えた。牡丹渓が南北に流れ、竹社渓が東へ流れるあたりでは、男たちが追いかけ、追われていた。

カルルが口笛を吹いた。彼が牡丹渓の北に向けて二回目の口笛を吹いた時、遠い上流から、大声で叫びながら走ってくる男たちが見えた。

「アルクたちが来た！」カルルが言った。

「あの様子だと、百人を超えているだろう。ああ、おれたちには止めらない。海から来た人たちの幸運を祈るしかないな」アディポンはそう言った。海岸の岩でできたひどい擦り傷があった野原の左頬が、頭に浮かんだ。

## 三三　臨終

人々が逃げて行き、大耳人が叫びながら追いかけていく音が、急に遠ざかった。野原は誰かが手に何かを押し込むのを感じた。極めて微かな感覚で、しびれも感じた。それが何なのか、もっとはっきり知りたいと思ったが、左腕全体が動かないのに気づいた。驚いて目を開けると、目の前は、血なまぐさく、どす黒い赤に染まっていた。建物は斜めに傾いており、扉も傾き、通路と庭がつながるところも斜めになっていた。建物の中に座って、自分のほうを何度も見ている男たちも、斜めに傾いていた。鼻孔から出た息で細かい砂埃が噴き出て、目の前の血だまりに落ちた。血なまぐさいにおいが鼻孔に漂ってきた。彼にはそれが自分の血だとわかっていた。さっき、船長をかばって三人を倒した時に切りつけられた首筋から流れ出した血だった。地面に倒れ込んだ時には、あまりの痛さに気を失いそうになった。幸いなことに、顔が地面にぶつかったはずみに、傷口がふさがったので、すぐには血が大量に噴き出さなかったのだ。しかし野原は、出血が止まらず、血が流れ続けていて、自分がだんだん弱ってきたことがよくわかっていた。右手を伸ばして指で傷口を押さえようとしたが、右手は胸の下になっており、ひじから下が、流れ出した腹水と血液に浸っているのに気づいた。ちょっと動いただけで腹と胸が引きつり、激痛で息もできないほどだった。

おれはここで死ぬのだろうか。ああ、残念だ！　野原は息を吸い込むと、そう思った。目に涙があふれた。耳元にアディポンの声が聞こえた。その声はおだやかで温かく、聞いていると、さっきの言い争いはなかったかのようだった。殺人などいうまでもない。

五人も、殺されてしまったのだ。ほんとうに残念だ。野原はまた心でつぶやいた。弱々しいが、はっきりと言った。

これは避けられたことだった。もし、今朝早く、みなが島主の言うことを聞いて、あの建物に残ってよく休み、夜が明けてから、大耳人が用意してくれた食事をしていれば、こういうことはすべて避けられたのだ。辛い目に遭いながら必死で逃げ、最後にこんなところで血を流すようなことはなかったのだ。こんなことがなければ、あの背の高い男となごやかに、落ち着いて話して、別れられたのに。言葉は問題にならなかっただろう、きのう、山のふもとから登って来た時のように。言葉を交わさなくとも、言いたいことが互いにわかったのだ。

ほんとうに残念だ、野原はまた心でそう言った。耳元に、隊を率いていた男が、大声で叫びながら出て行く音が響いた。

あいつは、ほんとうに人を殺そうなんて、思っていなかったんだ。おれにはわかる。たとえ、あいつが、最後には怒鳴るようにおれと話し続けていたとしても、自分が考えていることを、おれにはっきり言いたかったんだ。おれがなんとかして、このいきさつを釈明したいと思ったのと同じだ。だが、おれたちは、結局、気持ちが通じなかった。物事をはっきり言えるあの商人や役人どもは、怖がって隠れてしまい、事態が悪化するのを、目を開いて見ていただけだ。ほんとうに残念だ。野原はまたそう思った。

野原は泣いた。涙が流れ続け、目の前がキラキラ輝き、ぼんやりし、ねじ曲がって見えた。首筋の出血はもう止まっているらしかった。少しひんやりした。脚をちょっと動かしてみたが、動いている感覚がしなかった。呼吸はますます弱くなった。

「野原さん、野原さん」

野原がまばたきをすると、目の前に影が三つ揺れているのが見えた。鄧天保が着物を持って来て、身体にかけてくれた。もうひとりは、彼が見えるところにしゃがみこんだ。

「野原さん、濱川です、平良島の濱川です」

「ああ、濱川君か。すまない、顔を見たいんだが、頭が上がらないんだ」

「大丈夫です、おれには見えますから。けがをされたんです。ここの主人が、今、薬を用意しています、もう少し待ってください」

「ああ……」野原は気楽そうにハハハと言おうとしたが、「ああ」というため息しか出て来ず、自分でも驚いた。

「船頭は……」濱川はちょっと躊躇してから言った。「足元にいます。けがをしていて、今、手当の用意をしています」

「濱川君、嘘を言うのは嫌いなんだ。おれのけががひどいことは、わかっているよ」

「そんなことはありません……」

「濱川君、クッ……」野原は軽く咳ばらいをしたが、ヒュウヒュウという音が混じった。

「もうだめなのは、わかっているよ。身体がどんどん冷えて来た。おれにちょっと話をさせてくれ、クッ……」

「野原さん、休まなければ……」

「いや、話させてくれ。おれは恥ずかしいんだ……、こんなことになるのを止められなくて」

「いいえ、野原さん、野原さんの責任ではありません。おれはずっと見てきたし、感じてました。野原さんは信頼できる人です。自分の危険も顧みずに、意識も失っているのに、おれのことを忘れないで、手を伸ばして助けてくださった。ほんとうに感謝しています。ここまで来る道でも、野原さんと船頭がいろいろと考えてくれなければ、もっと悲惨なことになっていたと思います」

「悲惨？」野原はひどい疲れと強烈な虚脱感を覚え、思い切って目を閉じた。

「悲惨というなら……、今より悲惨なことが何かあるのか」

「それは……」

「濱川君、君しかいないのか？」

「いや、中にまだ九人います。島主と役人はみな逃げてしまいました」

「そうだ、君も隠れろ……。逃げ出しちゃいけない」野原は急に息づかいが荒くなったが、また急におだやかな息づかいに戻って、言った。

「濱川君、頼みたいことがあるんだ……」

「おっしゃってください」

君はきっと、宮古島に戻れるだろう。きのう、おれの家族に会いに下地村に来ると言ったことを覚えているか。おれはもうだめだと思う。おれのかわりに、家族に会いに行ってくれないか。野原はそう言った。

「野原さん、話してください。おれはここにいます」

おれのかわりに、妻に話してやってくれ、帰れなくなってすまない、子どもも小さいし、これからはおまえがひとりで面倒を見なければ……。

「野原さん、聞こえますか。話してください」濱川は頭を下げて、野原に顔をはっきり見せようとしたが、野原は目を閉じて、涙を流していた。

おれは声が出せないのか。ハハハ、野原茶武、おまえの人生はここで終わるのか。ほんとうに残念だ。子どもたちは父親を失うことになるのか。妻の浦は夫を失うことになるのか。うらめしいよ、おまえたち番人が。ちゃんと話ができなかったら、必ず刀でけりをつけるのか。うらめしいよ、あのいまいましい風と波が、あのいまいましい岩が。彼は心で叫んだ。

「野原さん、急いで話さないでください。戻ったら、おれはきっと、ご家族をお訪ねすると言いました。いまは安心して休んでください、彼らがきっと治してくれますから。その時になったら、おれは平良島で最高の酒を持って、下地村に会いに行きます。干し魚をご馳走してくれることを忘れないでくださいよ。息子さんが庭で拳術をするのをいっしょに見ましょう。きっとおもしろいでしょう」濱川は焦った。泣き声は押し殺したが、涙は止まらなかった。

「濱川君……」野原がいきなり口を開いた。

「野原さん！」

「もし……、下地島に行ったら……、浦に会ったら……、クッ……、伝えてくれ。もう一度、嫁に行って……、必ず子どもたちを大きく……。あいつに言ってくれ、おれは勇敢だったと。息子に言ってくれ、おれはひとりで三人倒したと……クッ、……、おれは……一流の拳術士だと……」野原は切れ切れに言った。話すと咳き込んで、血がまた流れ出した。血は少しずつ流れた。

「野原さん、話さないでください」濱川はあわてて野原の話を遮ると、手を伸ばして首筋の傷口を押さえた。

なんでおれに話をさせないんだ、野原は心で言った。さらに冷えた感じがして、意識もぼんやりした。彼はすぐにそれが、自分のそばにいる濱川だとわかった。そしてすでに下地村の南の岬にある自分の小さな一軒家に戻ったように感じた。浦が手を伸ばして、漁の小舟を漕いで凝り固まった首筋を揉んでくれる。急に、人々が叫びながら走って来る音が聞こえたような気がした。

早く逃げろ、濱川。あの川床を行こう。おれを信じろ、あの川床には、大きな岩もあるし、砕けた頁板岩もある。あいつらはみんな裸足だから、足の裏を切ってしまうだろう。おれたちは履物を履いているから大丈夫だ。あいつらはおれたちには追いつけない。濱川、ここの水はひどく冷たいなあ。足がすっかり冷えてしまった。そばの石を踏んでいこう、機会があったら、できるだけ川床を歩こう。

ああ、どうしてこいつらは、こんなにぴったりついて来れるんだ。怒鳴り声は、どうしてこんなに恐ろしくて、近いんだ。濱川、怖がるな。おれは下地村一の拳術士だ。おまえを護ってやるよ。島主や商人や役人に早く追いつこう。あいつらはくどくどうるさいが、軟弱なやつらなんだ。

ああ、この木がこんなふうに横に延びているとは思わなかった。おれの首が……、痛くて死にそうだ。おい、濱川、濱川……。

「ここにひとりいるぞ」荒々しい声が怒鳴った。野原は悲鳴を聞いたように思った。それから怒鳴り声が突然やんだ。

目の前の景色が急に変わった。よく知っている景色のように思えた。それは海辺に小さな家を建てた時、彼が何度も木を探しに行った森だった。彼は、あの長山港の老人が、水たまりで水浴びをしているのを見た。老人は目を細めて彼を見ていた。

おっしゃるとおりでした、野原は老人に、ある人たちに会ったことを話した。その人たちは老人と似た顔立ちで、サツマイモを食べさせてくれた。彼は、そのねっとりと甘い口あたりが忘れられなかった。火であぶって干した小さなサトイモもあった。硬かったが、口に入れて噛めば噛むほど味が出ておいしかった。それから、老人こそ、海から来た人にさらわれた子どもではないかと疑っていたと話した。ずいぶん前に、そんなことがあったと聞いたことがあったからだ。老人は急に涙を流し、頭を両腕に埋めると、身体を震わせて嗚咽しながら、野原にはわからない言葉で長い間、話をした。野原は耐えられなくなって近寄ると、肩をたたいて、慰めようとした。老人が顔を上げた。すると濱川の顔に変わった。

おいおい、濱川、ほんとうにいたずら好きだなあ。おれに隠れて、老人の真似をするとは。ああ、おれの話を伝えなくてもいいよ。ここはおれがよく知っているところだ。今からおれの家に連れて行ってやろう。だが、次にも、また来いよ。その時は酒を持って来てくれ。おれは下地村で、いや、宮古島でいちばんうまい干し魚を用意しておくから。今、手土産がないからって、気にしなくていい。あそこに、ほら、あそこに、野いちごがたくさんあるんだ。あのいちごを持って行ってやったら、あいつらはきっと喜ぶぞ。

「野原さん……」濱川の声が聞こえた。

「野原さん……、お話を伝えられなくなりました。おれたちは、いっしょに……宮古島に帰って、下地村に行き……、野原さん、ありがとうございました……」濱川の声はだんだん微かになっていった。

叫び声が聞こえた。野原が目を開くと、浦が生まれたばかりの男の子を抱いているのが見えた。そばに長男が立っていた。

浦、帰って来たよ。嘘は言わなかっただろう。おれは必ず帰れるって言っただろ。おれたちは海で嵐に遭った。風で島に吹き寄せられて、そこで親切な人たちに会ったんだ。その人たちはおれを連れて山道を歩いてくれた。あんな山林は、生まれてから一度も見たことがない。おれたちは山の村に着いた。その夜はとても静かで、月も静かに山のあたりにかかっていた。そんな山村に、きっとおまえたちを連れて行って、何日かそこで過ごそう。山林を探して、自分たちの家をもう一軒建ててもいい。子どもが大きくなって、あいつらが漁ができるようになったら、そのあとで、山のなかで動物を追いかけることもできる。それに、恥ずかしいんだが聞いてくれ。おれはおまえに歌を歌ってやるよ。おれの歌がへたでも笑わないでくれよ。漁の時にこっそり練習して、家へ帰ってから、庭でおまえに歌って聞かせてやるよ。知ってるかい？　あの人たちはとても歌がうまいんだ。男が心をこめて歌を歌って、女に聞かせるなんて、考えたこともなかったが、おれはこんなにおまえを愛しているんだから、歌を歌って聞かせるべきなんだ。今まで口に出したことがない、おまえへの思いを聞いてほしいんだ。おまえが聞きたがると思うんだ。聞きたいだろう？

野原はちょっと動いた。遠くから水が流れる音が聞こえた。怒鳴り声と悲鳴もまじっているようだ。

こうするんだ、息子よ。こぶしを突き出す時は、声を出すんだ。力をこめて突き出したら、ひとり倒せる。力を無駄に使って手を動かしちゃだめだ、わかったか。父さんがよく休んだら、あしたは漁に出ないから、いっしょに拳術の稽古をしよう、いいな。おいで、抱っこしてやろう。父さんが恋しいだろう？　こんなに長く海に出ていたからな。ああ、おまえはずいぶん重いなあ、身動きできないよ。

野原は目を覚ました。急に、あたりがひどく静かだと感じた。彼は目を開いた。

暗くなったのか？　濱川は？

野原は手に何かがあるのをぼんやりと感じた。それが何かわからなかったし、握ることもできなかった。寒かった。その寒さは、彼の身体にずいぶん長く巣くっていたようだった。呼吸も冷え切っていた。彼には震える力も目を閉じる力もなかった。

ここは寒すぎる。家に帰って火で暖まろう。野原はそう思って、立ちあがり、家に向かって歩いた。戸を開けると、妻の浦が眉を寄せて涙を流していた。家には、魚油の灯はついていなかった。ふだん煮炊きしているかまどにも、薪はなかった。ゆうべの炭火さえなかった。ずいぶん寒い、野原は言った。

## 三四　沈黙の暗礁

アディポンは身の回り品を入れる袋を整理して、あぶって干したサトイモをいくつかとタバコを入れ、刀を身につけた。それから袋の横に、模様のない鞘に収めた小刀をくくりつけた。双渓口の事件から一か月余り経ち、もうそのことを話す人はいなかった。この数日、シナケ社では多くの家がアワ畑をきれいに片づけて、今年最初のアワの種まきの準備をしていた。アディポンも事情がわかっているので、家にいてアワ畑の片づけを手伝った。それで母親は、特によその部落に住んでいる親戚たちを家に招き、ついでに年ごろの娘を紹介してもらった。クスクス社から来た遠い親戚が、カルルからの言伝《ことづて》を持って来た。アディポンと牡丹社のアルクと三人で、きょうの正午に、あの大船の残骸がある八瑤湾の海岸で会おうと言うのだった。座礁した船の底から木片を取ってきて、アディポンに刀の鞘を作ってやるという約束を守るためだ。

宮古島の人たちが来たことで、チュウクに憧れるクスクス社の若者たちの情勢は変わってしまった。最も積極的だったジリュウは、鼻柱を折り、上の門歯も折ってしまった。上唇も少し肉が欠けてしまい、元通りにはならないだろうと言われている。今後、以前と同じように歌を歌えるかどうかは、わからなかった。ライバルだったウライは、宮古島の人たちを止めようとしたところへ、クスクス社を支援するために牡丹社人が百人余りも来たので、刀を抜く機会を逃がしてしまい、クスクス社の人たちから馬鹿にされた。そのために自信をなくして、笛もほとんど吹かなくなった。今、クスクス社では、別のグループの若者たちが、あれこれ手を尽くして頭角を現し、チュウクを含めた部落の娘たちの心を引きつけようと争っていた。

このことを考えると、アディポンは思わず笑った。世の中のことは、どうしてこうなんだろう。未来を予知できる人は誰もいないし、目の前のさまざまなことが永遠に変わらないと保証できる人もいない。宮古島の人たちも同じだ。自分たちがあんな嵐に遭うとは決して想像できなかったし、一生のうちにこんな山林に入る機会があるとも決して予知できなかった。最後には、川床の黄色い砂の上で命を失うことになろうとは、決して予知できなかったことだろう。

それにしても、カルルってやつは、やはり信義を重んじる男だ！　アディポンは心でこう称賛した。立ちあがって庭を出ようとした時、チュラソ社の任文結が、二軒の家の外の小道をやって来た。彼は遠くから手を振って、アディポンにあいさつした。

どうしてあいつが来たんだ。アディポンは少しぼんやりしていたが、任文結はちょうどいい時に来たと思った。

「アディポン、出かけるのか？　早く来てよかったよ」任文結は入ってくると、そう言った。

「ハハハ、チュラソ社の任文結、どうしてここに現れたんだ。夢でお告げをする祖先みたいに、何の気配もなく来るなんて」

「夢でお告げをする祖先だって？　アディポン、ほんとうは、おれが現れるのを待ってたんじゃないのか？」

「ハハハ、夢を待つことができるのか？　祖先は、何か思いついたら、誰かを寄こして言いたいことを言づけるんだ。だからおまえが現れたのは、祖先がおまえを来させたんだ。もちろん、おれも待っていたさ」

「おれが言づけを持って来たと言うんなら、入れてくれないか」任文結はちょっと訝しく思った。

「ちょうどいいところに来たよ。少し前に、おまえを訪ねようと思っていたんだが、あの海から来た人たちのことがあったんで、遅くなっていたんだよ。だが、おまえもおれに会いたがってたとは、思いがけなかったなあ。きょうは何もないんだろう？　時間があるなら、いっしょに八瑤湾に行かないか？」

「八瑤湾だって？　いいさ、いいとも。事件がこうなってしまったんだから、おれもちょうど、おまえがあの大船をいっしょに見に行く気があるか、聞いてみようと思っていたんだ。おまえはどうして急に、今ごろになって行く気になったんだ？」

「行こう、行こう。歩きながら話そう。遅れたら、アルクとカルルに馬鹿にされてしまう」

「アルクだって？　牡丹社のアルクのことか？　それにクスクス社のカルルのことか？」

「ハハ……、あいつら以外に、アルクやカルルがいるのか？」

「それは素晴らしい。機会を見つけてあいつらを訪ねて、友情を深めたいと思っていたんだ。行こう！」

任文結は背が低く、頭が小さく、脚も短くて、アディポンの肩ぐらいの背丈しかなかったが、シナケ社の前方の川床を渡り、肩を並べて八瑤湾へ通じる道を歩いていても、少しも辛そうではなかった。

「どうして急に来る気になったのか、まだ聞いてないぞ」アディポンが尋ねた。

「急に来る気になったわけじゃないんだ。きのう、おれはあの海から来た人たちに会ったんだ。琉球人のことだよ」

「きのうだって？　どうしてあの人たちに会えるんだ。あいつらは保力の楊友旺の家にいるんだろう？　まさか、あいつの家に行ったのか」

「そうじゃないよ。おととい、柴城に行って、一晩泊まった。きのう、帰りがけに保力を通ったんだが、楊友旺の家に寄ってあいさつして行こうと思ったんだ。それで、楊の息子が、十二人の琉球人を連れて出かけるところに行きあったんだ。あの人たちはおれを見てびっくりして、また家の中に隠れてしまったよ」任文結が言った。

「十二人だって？　どうしてふたり多いんだ。おれたちがあそこを離れた次の日に、鄧天保の家に隠れていた九人が見つかった。つかまえようとした時、ちょうど楊友旺が来て、銭四十五枚、布六反、水牛一頭、豚九頭、それに酒十甕と交換することを約束したんだ。それに、そのあとで竹社渓で捉まえたやつを足したとしても、全部で十人だ。どこで十二人になったんだ」

「あとのふたりは、楊友旺が双渓口に行った時に、道で偶然会って、かくまっていたんだ」

「ハハ、よかった。もしアルクに会っていたら、そのふたりの首も、あのアコウの木に掛けられていただろうよ」アディポンが言った。

アディポンの話はこういうことだった。あの日、牡丹社人は、クスクス人が宮古島人を三十八人殺したと知った。ところが、自分たちは百人余りも出動したのに、十六人しか殺さなかったので、面子《メンツ》が立たないと感じた。そこで、生き残った宮古島人を次の日まで探し回った。そして最後に、部落に戻る前に、すべての遺体から首を切り落として、牡丹渓の西岸のアコウの木に祀った。それから牡丹社に戻って行った。このことについて、すべての部落で議論が起こった。そしてまた、石門の向こうの漢人の村を震撼させたのだった。

「きのうはパイランの暦の二十日だ。二十二日に、北の大きな街、鳳山へ送り届ける予定だそうだ」任文結が言った。

「鳳山？　パイランの偉い役人がいるところだな。このことには多分、役所が関わるんだろう」アディポンが言った。

「そうなんだ。これまでも、異国の大きな船が座礁するようなことがよくあったんだが、その時は、こういうふうに処理したということだ。いちばん近い役所が引き継いで処理をし、それから海の向こうのもっと大きな役所〔大陸の福州にある役所〕にその人たちを送る。それから郷里に送り返すそうだ。しかし、双渓口のことでは、おれはずっと不安に思ってるんだ。だからおまえに会って話したかったんだ。おまえと話せば、何かの理屈が考え出せるかもしれないと思ったんだ」

「何かちがいがあるのか？　まさか、おれたち番人がしたことだから、ちがうと言うのか」アディポンが尋ねた。

「どう思う？」

「パイランの役所がパイランのことを処理するのは、部落の族長が部落のことを管理するのと同じで、自分たちの内輪のことだ。役所がおれたちのことを管理するなら、それは牡丹社がクスクス社のことに口を出すようなもので、越権行為だ。戦争になる。それに、パイランは物を奪ったが、殺しはしなかった。おれたちは殺した。ほんとうに処理するなら、同じではないだろう。だがパイランの役所には、まだ、おれたちの領地に入って来る力はない。だから、おまえが思い悩んで不安を感じるのは、そのせいではないいんだろう？」

「そのとおりだ。あの海から来たパイランは、大きな船を操って、行ったり来たりできる。だから、あの白色人種のように、鉄砲を積んだ船でここにやって来るかもしれない」

「だから、何年か前のクアール社のように、誰かが船で攻めて来るんじゃないかと心配しているんだな」

「そのとおりだ」

「クアール社はそいつらを撃退できたが、まさか、牡丹社とクスクス社はやって来たやつらを撃退できないとでも言うのか？」

「ハハハ、シナケ社のアディポン、おまえは聡明で知恵がある。おまえはどう思う？」

「それは……、はっきりと判断するのは、おれにはむずかしい。このあたりはパイランが多い。クアール社のあたりより状況はずっと複雑だ。それに、おれたちは五十四人、殺した。今から口を閉じて、このことに触れないようにしても、パイランたちはこの話をするだろう。このことが起こらなかったふりをするのは、むずかしいよ」

「そこが、おれも不安に感じるところなんだ。あの海から来た人たちは、パイランのように見える。だが、楊友旺の話では、あいつらは、航海の知識やものを作る技術を彼らよりずっとたくさん持っているって言うんだ。それに園芸についても深く考えているそうだ」

「園芸って何だ？」

「道具のようなものを作ったり飾ったりして、それに、植物を植えて育てたりして、住んでいる家を美しく見せる方法と能力のことだ」

「わからないなあ。園芸の能力があることが、特に何か意味があるのか」

「それは、その人たちの生活が高い水準に達していて、自分の家や庭を美しくすることを理解するようになったということなんだ。そういう人たちは、複雑なことを処理する能力を身につけているということなんだよ」

「おれには、ほんとうにわからないよ。やっぱりおまえのパイランの同胞は頭がいいな」

「おれのパイランの同胞だって？　あいつらはひとつの民族だ。むしろ、おれたち番人のほうに近いよ」

「みんな番人なんだったら、あいつらが大砲を持って来るかもしれないなんて、おまえが心配することはないだろう」

「だが、おまえは、あいつらがおれたちと同じだと思うか？」

「それは……」聡明で機知に富むアディポンも、任文結が持ち出した問題にはうまく答えられず、言葉を濁した。

「おれが心配しているのは、誰かが攻めて来るかどうかじゃないんだ。どういうふうに戦うかなんだ。何年か前、白色人種がクアール社に攻めて来た時、おれたちは攻守同盟を結んだ。あれはその後の交渉の時に、いくらか効果があった。おれたちも何かしなければならないんなら、今度のことを、相互支援体制をもう一度発動するきっかけにできるんじゃないか？」

「それはいい考えだ。おまえが心配するのも正しいよ。だが、任文結、忘れちゃいけない。部落の指導権は、おれたち若者にはないんだ。部落の指導者たちが、そういうことを考えたり望んだりするのが先だ」

「そうさ。だからおれはこうしておまえたちに会って、別の可能性がないか話したいと思ったんだ。おれたち若者が、それより下の段階の連盟を結んだら、将来、方策を決める時に、影響を与えられるだろう」

「ハハ、任文結、おまえはやっぱりパイランだなあ。頭がいいし、あれこれ考える。ぼつぼつやろう。アルクとカルルに会って、様子を見ながら話してみよう」

アディポンは言わなかったし、任文結にもわかっていたが、クスクス社と牡丹社は、いわゆる「攻守同盟」には入っていなかった。さっき任文結がほのめかしたことは、アディポンにもわかっていた。だから、アルクとカルルと任文結の三人が実際に顔を合わせて、新しい同盟関係を結ぶ機会がないか、探る必要があるのだ。アディポンには、そこにはある種のむずかしさがあることがよくわかっていた、だが、試す必要があった。

ふたりは話しながら歩いたが、脚は緩めなかった。太陽が肩に斜めに届く時間に、八瑤湾に着いて、一か月前に宮古島の人たちを観察していた砂丘の前で待った。後ろの方から追いかけっこをする力強い叫び声が聞こえて来た。

「カルル、この海から来たパイランめ、逃げるな、殺してやる！」

その声を聞いて、アディポンと任文結は顔を見合わせて笑った。ふたりは、先月の事件をまだ思い返して味わっているらしく、ここへ来るまで、宮古島人を追いかける遊びをしてきたのだ。しかし、ふたりが現れたのを見て、アディポンは我慢できずに大笑いした。アルクの左頬には、新しい赤いみみずばれがあった。ここへ来る途中で、牡丹社のアルクは、またしても、クスクス社のカルルの罠にはまったらしい。

「この腹黒くてずる賢いカルルめ。いつでもどこでも、おれを馬鹿にしようと思ってるんだろう。あのパイランたちと同じだ。おまえの心はいったい何でできてるんだ。海底のあの岩だって、おまえの心よりはずっと善良だろうよ」

「おい、誰がパイランだって？　パイランがどうしたって？」任文結が満面の笑顔で、いきなりその話に応じた。

「あっ、任文結、チュラソ社から来たパイランめ、なんでここにいるんだ」

「おまえが、おれたちパイランの悪口を言うのを聞きに来たんだよ」

「それは……」

「もう何も言うなよ。任文結、おれの兄弟のアルクを馬鹿にしないでくれ。こいつは牡丹社一の勇士なんだ。今度のことでも、こいつが助けてくれなかったら、おれたちは、あの海から来たやつらに追いつけなかったかもしれない。こいつを馬鹿にするのは、おれを馬鹿にするのと同じだ。そんなことをするなら、わびのしるしに、おれに牛と豚をどっさりくれなきゃならんぞ」カルルが言った。

「おい、カルル、口を閉じられないのか。行こう！」アルクは、カルルが自分をからかっているのがわかったので、大声で促した。それを聞いて、みな、笑った。


冬の八瑤湾の海岸は、珍しいことに風が強くなかった。しかし、風が強くないだけで、正午近い、日が高く昇る時間でも、岩の上はやはり少し寒かった。四人は岩をいくつも跳び越えて、何日か前に座礁した大船に近づこうとした。弱い風で岩のあいだに小さな波が立っていたが、砕け散る波はそれほど高くなかったので、四人は跳んだりはねたりして、とにかく船まであと二十歩ほどのところまで行った。船は二つの大きな岩のあいだにはまり込んでいた。二つの岩は船尾を境にして、水面に弧を描いて南北に延びていた。線の外側は海だった。内側は岩盤で、さまざまな高さの岩が水面から顔を出していた。海外から来た船、特に宮古島人の黒い船をはじめて近くから見て、四人は異常なほど興奮した。

「みんな、おれはアディポンに約束したんだ。あの船の下に潜って木片を取って来て、刀の鞘を作ってやるって。風に吹かれてると冷えてしまうから、岩陰で待っていてくれ。すぐに戻って来るよ」カルルが言った。

「みんなでいっしょに行こう」アディポンが言った。

「何だって？　いっしょに行く？　おれは牡丹渓にある淵になら潜ったことがあるが、海では泳いだことがないんだ。あんな波が次々におしよせて来てる。怖いじゃないか」アルクが言った。

「ワハハ、牡丹社のアルクが海の水を怖がるとはな。わかったよ、戻って来たら、おまえのためにしっかり言いふらしてやるよ。目がついてないやつが、また海で遊ぼうなんて誘って、おまえを困らせないようにな。おれの兄弟ともあろうものが、どうしてこんなざまなんだ」カルルが言った。

「おい、クスクス社のカルル、口が減らないやつだなあ、そんなくだらないことまで言えるとはな。おまえなんか、あの石にはさまれて、舌を魚に食われてしまえばいいんだ」

「アルク、いっしょに行こう。石の上にいると、どうしたって風に吹かれて、冷えてしまうよ。海の水に浸かってるほうが暖かいぞ。きょうは波も低いし、もうすぐ満潮になるから、潮もおだやかだ。いっしょに行って、することをしたら、さっさと上がって来よう、それから、風があたらないところをさがそう」任文結が言った。

「なんと、チュラソ社のパイランには、そんなことまでわかるのか」

「ハハハ、パイランだからな。海に近いんだから、こういうことも少しは知っていないとな」

任文結はアルクに海に入るように勧めた。彼が温度と潮の話をしたとき、アディポンの目が輝いた。彼はこれまで、海水の温度や潮について考えたこともなかった。それは自分の生活知識からかけ離れたものだった。これが聞けて嬉しかった、きょう、ここに来たかいがあったと何度も思った。

四人は着ているものを脱ぎ捨て、真っ裸になると、岩をつかんで歩いたり泳いだりしながら船に近づいた。海の中は、確かに岩の上よりずっと暖かかった。船尾から五、六歩離れたところで、カルルは水に潜った。アディポンもついて行った。カルルは木片を取ったら、すぐに戻るつもりだった。息を二口三口吸うと、まっすぐ船底に向かっていった。アディポンは水に潜ると、がんばって目を開けたが、目の前に広がる光景に心を奪われて呆然とした。

そこには、岸から岩礁が伸びていた。海面下の岩はしっかりつながり交錯して、内側に向かって弧を描いていた。陽の光がまっすぐに射しこんでいた。大人の男が両腕を広げて三人がかりで囲めるぐらいの太さの柱のような岩が二本、海面下二メートルのあたりに、二十歩ほど間をあけてそびえ立っていた。この二本の石柱のあいだの岩盤がどのような構造なのか、アディポンにはわからなかったが、その魔物の城のような濃緑の険しい岩のあいだに、船のものらしい器械や道具、木片が散乱していた。それでアディポンはすぐに、この大きな船が風と波と海流に押し流されて、前方の暗礁にぶつかり、そのあと再び大波に押し戻されて後方のこの暗礁にぶつかり、岩のあいだにしっかりと挟まってしまったのだとわかった。振り返って船底を見ると、船底は砕けて、中が空《から》になっているのに気づいた。船は岩のあいだにはまり込み、岩で両側から支えられていた。

アディポンはひどく動揺し、本能的に息を深く吸い込もうとしたが、海水が鼻に入ってむせた。あわてて海面に出ようとしたが、また水を飲んでしまい、規則正しく寄せる波に、左の方へ押し流された。アディポンは抵抗できずに、左側の岩にぶつかり、気を失った。

「アディポン！　アディポン！」

アディポンは誰かが呼んでいるように感じて、目を開こうとしたが、目が痛んでなかなか開けられず、右手をあげて合図をした。

「自分で起き上がって帰らないとだめだ。おれたちは、おまえを担いであそこの岩を越えられないからな」

「ちょっと休ませてやろう」

三人がそば来たのがわかって、アディポンはまた手をあげて合図した。左の額と頬と左肩がずきずきと痛んだ。彼は野原を、左頬と左腕に傷を負い、最後には自分の刀によって命を落としたあの宮古島人を思い出した。

運命だったんだ！　アディポンは心で嘆いた。

暗礁はそこにあるが、しかしまた、そこにもない。運命ゆえに、船はぶつかり、彼らはクスクス社の人に出会って、命を失った。では、下十八社はどうだろう。あの宮古島の人たちは、別の暗礁ではないのだろうか。天を突く波を起こす岩の前にあって、終始、静かに黙っている、致命的な暗礁ではないのだろうか。今回のことは、これ以上、口にしなければ、最後には忘れられてしまうのだろうか。アディポンは心がさまざまに乱れ、今朝、任文結とかわした話を思い出して、目を開いた。

「起きられるか？」任文結が尋ねた。

「大丈夫だ。ここを離れよう。裸だから、冷えて来たよ」

「アディポン、おまえは背も高いし、まさかおまえのアリチ（陰茎）も……」カルルが言った。

「黙れ！」アディポンが言った。

「そうだよ、カルルのあの布を巻きつけられるよ！」アルクが言った。

「黙れ！」カルルが言った。

あのことは、永遠に口を閉ざして、触れないままにしておけるだろうか。アディポンは心で思った。

【訳注】

（1）クアール社は半島南端にある南パイワン族瑯嶠下十八社の部落のひとつ。一八六七年三月十二日、半島南端沖で米国船ローバー号が難破し、翌日、上陸したハント船長夫妻と乗組員ら十四人をクアール社の人々が殺害した。そのため、クアール社は、同年六月に米国から報復攻撃を受けた。同年十月、米国駐厦門《アモイ》領事のルジャンドルが瑯嶠下十八社の指導的立場にあったチュラソ社に赴いて、総頭目のトキトク（卓杞篤）と会談し、漂流者を救助する協定を結んだ。

（2）当時、瑯嶠と呼ばれていた恒春半島南部には南パイワン族の十八の部落がり、瑯嶠下十八社と呼ばれていた。現在の楓港渓より北にあった上十八社に対する呼称である。（地図参照）

（3）訳注1参照。

（4）漢民族の父と原住民の母の間に生まれ、プユマ族プユマ社に婿入りして女頭目シルクと結婚した。プユマ族の頭目と婚姻関係を結んだだけでなく、時勢を見る目があり、交易にもたけていたことから、清朝末期の台東で大きな力を持った。

（5）猛毒がある蛇で、噛まれると百歩歩かないうちに死ぬと言われることからこの名がある。パイワン族では民族発祥に深く関わる蛇であり、図案としても多く用いられている。

（6）訳注1参照。

## 【解説】 原住民作家パタイが描く琉球人遭難事件

魚住　悦子

『暗礁』は日本の台湾出兵（一八七四年）のきっかけとなった琉球人遭難事件を描いた歴史長編小説である。

一八七一年に起こったこの事件について、伊能嘉矩の『台湾文化志』（一九二八年、刀江書院）には以下のように記されている。（漢字は常用漢字に改めた）

同治十年即ち明治四年十一月、琉球に属する宮古島の民六十九名、台風に遭ひ、台湾の瑯嶠番地の東部なる八瑤湾に漂着し、三名溺死し、六十六名登岸せしに、其西疆山地に割拠する生番の一群に拉せられ、五十四名屠戮を被り、生存者十二名辛うじて此方面に住する漢民の救護を得、越えて十二月二十五日、状を鳳山県に訴へ、同二十九日台湾府に著し、翌年正月十日、福建省に送られ、尋で六月二日琉球に帰還するを得たり。

『台湾文化志』にはさらに、この事件を扱った清国福建巡撫から皇帝への報告や、鹿児島県参事大山綱良から外務大臣にあてた上奏、それに添えられた生存者仲本と島袋の聞き書きも収録されている。なお、左の記事の「生番」には「自称パイワン族」と割注が施されている。

ここでこの記事と、生存者からの聞き書きを参考に、あらためてこの事件の経緯を整理すると、以下のとおりである。

一八七一年十一月、宮古島の船が台風に遭って漂流し、台湾南部恒春半島の東海岸、八瑤湾（写真1）で座礁した。この船には、琉球王国に納税して首里から宮古島に戻る島民や首里の商人ら六十九人の琉球人が乗っていた。座礁した船から岸に向かう際に三人が溺死したが、残りの六十六人は無事に台湾に上陸した。上陸後、一行はふたりの漢人と出会うが、所持品を取りあげられ、その行動に不信を覚えて彼らと別れ、その夜は海岸近くで野営した。翌日、漢人の集落があるという西海岸の方向へ向かうが、「大耳生番」（パイワン人）の畑に出た。芋を盗み食いしているところを発見され、パイワン人に案内されて山地にある部落クスクス社（写真2）にたどり着く。部落では食べ物と宿を提供されたが、夜半、侵入して来た男に衣服を奪われた。朝になるとクスクス社の人々は猟に出かけたが、殺されるのではないかと疑心暗鬼になった琉球人は部落の人々の制止を振り切って逃げ出した。一行は西へ逃げて双渓口にたどり着

写真1　八瑤湾（2015年8月筆者撮影）

写真２　クスクス社（2015年８月筆者撮影）

き、そこに住む漢人に助けを求める。しかし追って来たクスクス社と牡丹社の男たちとのあいだで衝突がおこり、五十四人が殺害された。かろうじて生き延びた十二人は、その後、平地の漢人に保護され、鳳山にある清朝の役所を経て台湾府城（現、台南）に送られた。さらにその後、大陸福州の琉球館を経て、翌年、琉球に帰還した。

『暗礁』は、船の座礁からはじまり、生き延びた十二人の琉球人が鳳山へ出発するまでを描いている。描かれた時期は一八七一年の十一月から十二月にかけてであり、舞台は八瑤湾から内陸のクスクス社、そして、殺害現場となった牡丹渓岸の双渓口にかけての一帯である。

ちなみに、この事件の三年後の一八七四年五月、日本政府は琉球人を殺害したパイワン人への膺懲を名分として恒春半島に出兵し、牡丹社やクスクス社を攻撃した。この戦役が「台湾出兵」で、「台湾征伐」あるいは「台湾事件」とも呼ばれ、台湾では「牡丹社事件」と呼ばれている。明治維新をなしとげて間もない日本は、この出兵によって国際社会にデビューし、大国の清朝政府と外交交渉を行なって賠償金を勝ち取ったことで、世界各国から注目されるようになった。また、当時、独立国であった琉球王国は、清国と日本の両方に朝貢を行なっていたが、この外交交渉によって琉球の日本への帰属を国際的に認めさせる結果となり、翌一八七五年の日本政府による琉球処分へとつながっていく。さらにまた、この事件は一八九五年の日本の台湾領有への第一歩とも位置づけられる。
この琉球人殺害事件は、台湾だけでなく、日本にとっても歴史の大きな転換点となった事件であった。台湾出兵（牡丹社事件）は外交や政治の観点から多くの研究がなされてきた。そのなかで、出兵のきっかけとなった琉球人殺害は、五十四人もの異邦人が同時に殺されるという衝撃的な事件であり、なぜパイワン人は琉球人を殺害したのかについて、人類学の観点からも研究が行われてきた。

さて、文学の分野では、日本の作家、中村地平がこの事件に関心を持ち、小説『長耳国漂流記』を書いている。中村は宮崎出身で台湾や南洋を舞台にした作品を多く残しているが、昭和十四年、この事件の現場となった恒春半島を訪れ、クスクス社の老人からも話を聞き、併せて図書館等で資料収集を行なった。その後、昭和十五年から十六年にかけて『長耳国漂流記』を雑誌『知性』に連載し、昭和十六年（一九四一年）に河出書房から一冊の本として出版した。ちなみに作品名にある「長耳国」は台湾を指し、中村は「その土地の原住民、すなわち蕃人は一般に耳輪をはめてゐる、遠望すれば、まるで耳が長大であるかに見える、長耳人がすんでゐる国」としている。

『長耳国漂流記』は「序章　南方漂到」「第二章　蕃界探検」「第三章　戦の記録」の三章から構成されており、このうち、琉球人遭難事件は「序章」に描かれている。第二章は水野遵と樺山資紀による原住民居住地域の探検、第三章は台湾出兵を扱っている。

琉球人遭難を描いた「序章」は「車城の墓」と「クスクス蕃社」の節からなっており、「車城の墓」には、殺害された琉球人の墓を中村が訪れた時のことが描かれている。「クスクス蕃社」は、台風に遭った船の漂流、八瑤湾での座礁、上陸、ふたりの漢人との遭遇と決別、西への歩み、長耳人（パイワン人）との遭遇、クスクス社のもてなし、クスクス社からの脱出、漢人への救助要請、パイワン人との衝突、漢人による保護、清朝官衙による保護、琉球への帰還が描かれている。生存者の証言や役所の記録から知られる部分がかなり詳細に述べられており、クスクス社での聞き取りの部分では、事件に関与したパイワン人の名前も明記されている。出版された作品は全二八七ページだが、「序章」は九〇ページを占め、そのうち「クスクス蕃社」の節は約七〇ページ、つまり全体の約四分の一である。

中村地平は『長耳国漂流記』の序章で執筆の動機と経過を述べているが、それによると、中村がこの作品を書こうとしたのは、琉球人殺害に「パッシヨンとキユリイオシテイ」すなわちpassionとcuriosityを持ったからであり、当初、「史実に自身の空想を加へ、一種の物語小説をかく」つもりであった。しかし執筆は挫折し、その後、台湾での調査を経て、「作者の空想をまじへることなし」に「記録と見聞によつた事実を、正確におふことの方が、かへつて材料を生かしうるのではないか」という思いを抱き、「記録と見聞とに忠実でありすぎる物語」を書いたとしている。

パタイの作品『暗礁』と中村の『長耳国漂流記』の「クスクス蕃社」はほぼ同じ出来事を題材にしている。しかし作家の小説手法は全く異なっている。

パタイは『暗礁』の後記「そこで何が起こったのか」に、「私は想像をめぐらすと同時に、十九世紀後半の南パイワン族の状況を詳細に検証し」、クスクス社の旧部落があった山地の物語を織り上げたと書いている。歴史的な事件の経緯をたどるだけでなく、事件に関わった人たちの生活や心情を描いたのだが、彼らのそのような日常に期せずして起こった出来事が、やがては夢想だにしなかった大きな変化を巻き起こすことを暗示している。

ところで、パタイはこの後記を、パイワン族を記録した映画『愛戀排灣笛（愛恋パイワン笛）』のことから書き始めている。『暗礁』に描かれているように、かつてパイワンの若者は、歌や笛の演奏で心を寄せた娘に思いを伝えた。記録映画ではパイワンの老人たちが当時の状況を語っており、彼らにとって笛や歌がどれほど大切なものであったかを知ることができる。さらにパタイは、牡丹社事件の最中に、チュラソ社の若者が笛を吹きながら現れ、娘を訪ねようとした記録も紹介しており、「それが日常というものだ、平和な時であれ、戦争がまだ終わらない時であれ、ふつうの人々はそれまでどおりの生活を送る」と記している。

『暗礁』におけるテーマのひとつは、「日常」に不意に侵入してくる「非日常」である。

その日常とは、恒春半島の山地に暮らすパイワン人の日常であり、海に囲まれた宮古島に暮らす人々の日常である。パタイはパイワン人と宮古島人の生活やその環境を詳細に描いている。そのような細やかな描写があってこそ、日常から切り離されて異郷をさまよう宮古島の人たちの郷愁と絶望の深さ、そして、おだやかに暮らしていた部落へ突如現れた多数の異邦人の男たちに対するクスクス社の人たちの驚愕と不安が深く印象づけられるのである。

『暗礁』は構成において際立った特色がある。作品を読んでまず気づくのは、章ごとに、琉球人とパイワン人の視点が交替している点である。作品は全三十四章から構成されているが、奇数章は琉球人、偶数章はパイワン人の視点で描かれている。そのような構成に読者はとまどうかもしれない。作者はなぜこのような手法を採ったのだろうか。

まず、琉球人の視点から書かれた奇数章を見てみよう。

琉球人側の主人公は野原茶武である。野原茶武は実在の人物で、宮古島下地村の人である。与人（村長）に随行していたが、双渓口で殺害された。「享年三十一歳」という記録が残っている。『暗礁』の設定では武術（拳術）の達人で二十八歳、妻子がある。

『暗礁』はこの主人公野原の覚醒から始まる。座礁した船から海岸の山々を眺めて、野原は郷里の宮古島長山港に住む奇妙な老人から聞いた話を思い出す。また郷里に伝わる、台湾には「大耳人がいて人を食う」という話も思い出す。

作者は、野原の心理や回想を細かく描写している。さらに一行を率いる立場にある宮古島の島主の仲宗根玄安や、航海の責任者である船頭（船長）、便乗していた首里の商人や役人など、遭難して苦境に陥った人々の行動を描くことで、彼らの心理を明らかにしている。

前述したように「大耳人」は台湾原住民族のパイワン族を指す。中村地平は「長耳人」としているが、「大耳人」は清代の文献にも見られ、事件の生存者からの聞き書きには「西方に行ば大耳人ありて頭を斬るべし」と記されている。

野原たち琉球人がはじめてパイワン人に遭遇するのは「一七　大耳人との出会い」の章である。彼らに連れられて山道をたどってクスクス社に着くと、威厳を正した頭目が部落の入口で出迎え、歓迎の言葉を述べる。しかし琉球人は頭目の言葉がわからず、髑髏の並んだ首棚を目にして、「大耳人は人を食う」という言い伝えを思い出し、戦慄する。クスクス社ではあたたかくもてなされたが、夜半に男が侵入して略奪をはたらいたことから疑心暗鬼に陥り、翌朝、部落の青年たちが銃と刀を携えて出かけ、女たちが大鍋の準備を始めたのを見て、自分たちは首を狩られて食べられてしまうのだと思い込む。部落の人たちに礼を述べて別れを告げるべきだと言う島主の仲宗根の言葉も聞かず、琉球人はひそかにクスクス社から逃げ出す。

ところで、この場面は、生き残った琉球人の証言やクスクス社に残る言い伝えでは、部落の人たちが引き止めたのを振り切って出て行ったとされている。しかし、パタイはこのように虚構として書いたのである。

では、パイワン人の視点から書かれた偶数章はどうだろうか。

パイワン人側の中心人物は三人の青年、すなわち、クスクス社頭目の息子カルル、牡丹社の頭目の息子アルク、シナケ社のアディポンである。クスクス社、牡丹社、シナケ社は瑯嶠下十八社の部落で、カルルとアルクは実在の人物である。当時、クスクス社と牡丹社は攻守同盟を結んでいた。シナケ社のアディポンは虚構の人物である。なお、瑯嶠下十八社とは、恒春半島南端に居住する南パイワン族の十八の部落を指す。

三人の青年は台風が去った翌日、八瑤湾を見下ろす砂丘に来ていた。彼らは座礁した大きな船に驚き、船の琉球人を観察していた。琉球人が上陸し、漢人に物を奪われるのも目撃している。彼らは台風で漂着した物を手に入れたいと海岸に来たのだったが、目的を果たせず、帰って行く。

パイワン人を描いた章には彼らの日常生活が細かく描かれている。先述したように、青年たちが夜毎、笛を吹いたり歌ったりして娘たちを訪ねることや、鼻笛の演奏に魅了される人々が描かれている。そのようなおだやかな日々を送っていた山地の部落に、突然、言葉も通じない六十六人の男が現れる。二十数戸からなる小さな部落にとって、部落の成年男子の数をうわまわる六十六人もの異人男子の出現は非常事態であった。彼らを部落に入れてもよいのか、餓えた彼らをどう扱うのか、部落の有力者は議論する。結局、頭目の判断で彼らを受け入れ、食べ物と宿を提供し、次の日に平地の漢人のところまで案内してやると約束する。言葉はほとんど通じなかったが、心は通ったかに見えた。その翌朝、十分な食べ物が準備できなかった部落では、琉球人をもてなすために獣肉を手に入れようと男たちが猟に出かける。しかし彼らの留守に琉球人はこっそり逃げ出してしまい、それを知ったパイワン人は、厚意を裏切った無礼に憤って追跡する。

この作品のクライマックスである琉球人殺害は「三二　双渓口の殺戮」と「三三　臨終」の章で描かれる。琉球人たちは西へ逃げて双渓口にたどり着き、漢人の家を見つけ、筆談で事情を説明して救助を求める。追ってきたクスクス社の男たちがその家を取り囲む。黙って部落から出たことについて、通じない言葉で言い合ううちに感情が激して、傷害に及んでしまう。そして最終的には、クスクス社と応援に駆けつけた牡丹社の男たちによって、琉球人五十四人が殺害されてしまう。
最終章「三四　沈黙の暗礁」には事件の約一か月半後が描かれている。アディポンはカルル、アルク、それにチュラソ社の任文結（後述するように潘文杰で知られる）といっしょに、八瑤湾へ出かける。任文結は平地の漢人の村で生き残った琉球人に出会ったと話す。四人は海に潜って難破船の破片を拾う。アディポンは琉球人たちは自分たちにとって沈黙の暗礁（傍点筆者）ではなかったかと思う。

この事件について、多くの人がなぜ殺害が起こったのかという点に強い関心を持った。先述したように、学術研究の分野でも、なぜ大量殺戮が起こったのか、その原因を究明することに焦点が置かれてきた。中村地平が『長耳国漂流記』を書いたのも、事件の真相を知りたいという強い思いがあったからである。

台湾に出兵してクスクス社や牡丹社を攻撃した日本当局の名分は、無辜の漂流民を殺害した未開で凶暴なパイワン人の膺懲であり、野蛮ゆえの凶行と見ていた。人類学の分野では、琉球人が部落の掟を破ったために殺人が起こったという文化習慣における誤解を理由にした説明が行われており、パタイも基本的には同じ観点からこの事件を描いている。

読者は『暗礁』をどう読んだだろうか。
『暗礁』では、殺害に至るまでの過程は、パイワン人と琉球人双方の視点から均等に書かれており、どちらか一方の立場から書かれた作品ではない。作者のねらいが事件の真相究明ではないことに読者は気づくだろう。

作者は、自身の見聞や綿密なフィールドワーク、学術的な資料から得たパイワン人の生活習慣をもとに、作家としての想像力を駆使して、当時の南パイワン人の日常を再現した。事件をめぐる新たな史料も読み込み、パイワン人側の証言も取り入れている。それだけでなく、当時の恒春半島の民族的な環境や国際的な状況も描いている。

当時、恒春半島南部は瑯嶠と呼ばれていたが、清朝の支配は及んでいなかった。西南部の海岸には柴城（現、車城）、統領埔（現、統埔）、保力庄（現、保力）などの漢人の集落があり、山地から半島南端へかけては南パイワン族の瑯嶠下十八社の領域であった。クスクス社は東海岸寄りの山地にあったが、柴城や統埔の村と交流があり、姻戚関係もあった。クスクス社のカルルはのちに統埔の漢人林阿九の娘を娶っている。一方、牡丹社は柴城と敵対しており、漢人から恐れられていた。牡丹社はクスクス社と同盟を結んで、瑯嶠下十八社の指導者的立場にあるチュラソ社に対抗していた。

宮古島の船が八瑤湾で座礁する数年前の一八六七年に、半島の南端沖で米国船ローバー号が難破し、上陸した船長夫妻と乗組員をクアール社の人々が殺害した。そのためにクアール社は米国から報復攻撃を受けた。最終的には当時の米国駐廈門《アモイ》領事のルジャンドルとチュラソ社頭目のトキトク（卓杞篤）が会談して、漂流者を救助する協定を結んだ。本作品に登場する任文結はトキトクの娘婿にあたり、のちに潘文杰の名で知られている。

さて、『暗礁』には実在した人物が多く登場しているが、上述したようにシナケ社のアディポンは虚構の人物である。作品を読み進めるうちに、アディポンの発想が当時のものらしくない、近代人的な発想だと感じた読者も多いと思う。アディポンはこの作品で重要な役割を担っているが、このような虚構の人物を設定するのはパタイの小説手法のひとつである。特に、今回、パイワン人と琉球人という、他者を描くにあたって、プユマ族の作家パタイは自分の観点をアディポンに託していると言えよう。

最終章でアディポンは、「宮古島人はこの暗礁で座礁して生命を失った、これから瑯嶠下十八社はどうなるのだろうか。宮古島人たちはもうひとつの暗礁ではないのだろうか」と憂う。数年前のローバー号事件を思い起こして、宮古島人（琉球人）を殺害してしまったクスクス社と牡丹社が、宮古島船の属する国から報復されるのではないかと懸念するのであるが、これは当時の状況を的確に把握し、歴史的展開を予測できる者の発想である。

パタイは最初の歴史小説『笛鸛』（二〇〇六年。邦訳『タマラカウ物語』二〇一二年、草風館）以来、プユマ族の視点から「歴史」を書いてきた。しかし、『暗礁』では、プユマ族ではない第三者の視点から書いており、それを代弁するのがアディポンなのである。パタイにとって、第三者の目で他民族を描くのは新しい試みである。パタイは虚構の人物を設定して、その人物に自分を投影したのである。

『暗礁』に続いて、昨年、『浪濤』が出版された。『浪濤』は牡丹社事件を描いた作品だが、台湾出兵に加わった日本の下級士族と、日本に攻撃されたクスクス社と牡丹社の人々の視点から牡丹社事件が描かれている。『暗礁』に登場したアディポンは『浪濤』でも重要な役割を演じている。

パタイは今年、プユマ族女性の戦前から現代にわたる半生を描いた『野韻』を出版した。プユマ族の歴史作家パタイはこれまで、南台湾を舞台にした、十七世紀から現代までの歴史を書いて来た。今後、どのような歴史を、どのような視点で、どのような手法で書くのだろうか。パタイの今後の創作への興味は尽きない。

なお、翻訳に用いた『暗礁』のテキストは、印刻文学生活雑誌出版、二〇一五年十二月初版である。

『暗礁』の翻訳出版には台湾政府文化部から助成をいただきました。記してお礼申し上げます。

（二〇一八年十一月六日）

[著者略歴]

パタイ（巴代）

1962年台東県卑南郷泰安村タマラカウ（大巴六九）部落生まれ。プユマ族。本名は林二郎。卑南国民中学卒業後、中正預校、陸軍官校で学び、職業軍人になる。教官を務めたのち、2006年退役。2005年台南大学台湾文化研究所修士。2002年「薑路」で原住民報導文学賞を、2008年『笛鸛』で台湾文学賞を受賞。小説に『笛鸛』（台北・麦田、2007年。邦訳『タマラカウ物語　上』）、『薑路』（台北・山海文化、2009年）、『斯卡羅人』（台北・耶魯、2009年）、『走過』（台北・印刻、2010年）、『馬鐵路』（耶魯、2010年。邦訳『タマラカウ物語　下』）、『白鹿之愛』（台北・印刻、2012年）、『暗礁』（同、2015年、邦訳『暗礁』）、『浪濤』（同、2017年）、『野韻』（同、2018年）がある。また、巫術についての研究書『Daramaw：卑南族大巴六九部落的巫覡文化』（耶魯、2009年）や、タマラカウ部落に伝わる祭儀を記録した『吟唱・祭儀：當代卑南族大巴六九部落的祭儀歌謠』（同、2011年）も出版している。台湾原住民族文学ペンクラブ会長。

[訳者略歴]

魚住悦子（うおずみえつこ）

1954年兵庫県相生市生まれ。大阪大学大学院文学研究科修士課程修了。文学修士。天理大学・武庫川女子大学非常勤講師。訳書に『抗日霧社事件の歴史』『植民地台湾の原住民と日本人警察官の家族たち』『抗日霧社事件をめぐる人々』（以上、日本機関紙出版センター）、『台湾原住民文学選2　故郷に生きる』『同7　海人・猟人』、パタイ『タマラカウ物語　上・下』、シャマン・ラポガン『冷海深情』（以上、草風館）ほかがある。論文に「台湾原住民族作家たちの『回帰部落』とその後」（『日本台湾学会報』第七号）、「矢多一生（高一生）と頭骨埋葬」（『高一生研究』第七号）、「台湾原住民文学の誕生」（『台湾近現代文学史』、研文出版）ほかがある。

# 暗礁

著　者――パタイ（巴代）
訳　者――魚住悦子
装幀者――菊地信義
発行日――二〇一八年十一月二十六日
発行所――株式会社　**草風館**
浦安市入船三―八―一〇一
印刷所――創栄図書印刷株式会社

Co.,Sofukan 〒279-0012
tel/fax: 047-723-1688
e-mail: info@sofukan.co.jp
http://www.sofukan.co.jp
ISBN 978-4-88323-202-4

本文レイアウト／DTP●尾形秀夫

## 台湾エスニックマイノリティ文学論　山と海の文学世界

孫大川著　下村作次郎編訳・解説　A5判　本体3、800円＋税

一九八〇年代に生まれた新しい文学「台湾原住民文学」は、旺盛な創作意欲をもつ原住民作家によって、いまや多くの芸術分野に影響を与えている。プユマ族出身の哲学者である著者が、台湾原住民文学の歴史と現状、そして将来の展望まで広く論じた気鋭の文学評論集！

## シャマン・ラポガンの海洋文学　1冷海深情／2空の目

シャマン・ラポガン著　下村作次郎、魚住悦子訳・解説　四六判　各本体2、500円＋税

台湾南東のはずれにある蘭嶼島は海に生きるタオ族が暮らす島である。戦後台湾の急速な現代化の波は、漁を中心としたタオ族の生活も容赦なく飲み込んでいく。それに抗って伝統的な生活を守ろうとする者、逆に新しい知識を求め本土へ渡ろうとする者、それぞれがたどる悲哀の物語を、タオ族出身の作家が確かな筆致で描く。作者自らが原点とする『冷海深情』を初邦訳。

## 大海に生きる夢　大海浮夢

シャマン・ラポガン著　下村作次郎訳・解説　四六判　本体3,200円+税

台湾南東部の蘭嶼島に生きるタオ族を襲ったのは、中国語による学校教育、大型漁船の乱獲と爆薬漁の横行、戒厳令下の八〇年代に建設された核廃棄物貯蔵所。そして急速に進む近代化。シャマン・ラポガンの文学は、タオ族の伝統を取り戻すために、現代の知識人として生きる壮絶な闘う文学、それは少数民族タオ族が生んだ人類の奇跡にほかならない。

## タマラカウ物語　(上) 女巫ディィーグワン／(下) 戦士マテル

パタイ（巴代）著　魚住悦子訳・解説　四六判　本体各2,800円+税

台湾原住民文学初の長編小説。台東平原の西端、中央山脈の麓にある集落タマラカウは、戸数四十余のプユマ族の村である。思慮深く勇敢な指導者たちや、有能な女巫たちによって、村の平穏は長く保たれていた。しかし、原住民族を完全に掌握しようとする日本総督府の役人たちは、ある事件をきっかけに、彼らへの干渉を強めてくる。村の将来を担う指導者たちの苦悩と決断！　日本側の記録『理蕃誌稿』とは異なる『野史』をプユマ族出身の原住民族作家が丹念に描き出す。